ullstein

Das Buch

Maras Leben scheint perfekt: Sie hat einen tollen Mann, ein schönes Haus und ist im neunten Monat schwanger. Alles ist bereit für ihr Wunschkind, sogar der Name für ihre noch ungeborene Tochter steht schon fest: Finja. Sechs Wochen vor dem errechneten Termin aber geschieht das Unfassbare: Bei einer Ultraschalluntersuchung stellt die Ärztin fest, dass Finja gestorben ist.

Für Mara bricht eine Welt zusammen. Nichts und niemand kann sie über den Verlust ihrer Tochter hinwegtrösten. Menschen, die ihr helfen wollen, stößt sie von sich, denn sie findet einfach keine Worte für ihren Schmerz, vor allem nicht gegenüber Klaus, ihrem Mann. Dieser ist mit der tiefen Trauer seiner Frau vollkommen überfordert.

Endlich entdeckt Mara einen Weg, ihrem Schmerz Ausdruck zu verleihen. Sie beginnt an einer Erinnerungsdecke für ihr kleines Mädchen zu nähen. Finja bleibt allgegenwärtig, doch Mara begreift nach und nach, dass sie selbst nicht mit ihr gestorben ist. Dass sie lebt und dass es sich trotz allem lohnt weiterzuleben. Weil es Menschen gibt, die sie brauchen und die sie lieben.

Die Autorin

Mila Lippke, Jahrgang 1972, studierte Theater-, Film- und Fernsehwissenschaften. Heute arbeitet sie als Fernsehautorin in Köln. Sie hat mehrere Romane veröffentlicht.

Von Mila Lippke sind in unserem Hause bereits erschienen:

Der Puppensammler
Die Kinderdiebin

Mila Lippke

Irgendwie mein Leben

Roman

Ullstein

Besuchen Sie uns im Internet:
www.ullstein-taschenbuch.de

Umwelthinweis:
Dieses Buch wurde auf chlor- und säurefreiem Papier gedruckt.

Originalausgabe im Ullstein Taschenbuch
1. Auflage Mai 2010

Umschlaggestaltung: Sabine Wimmer, Berlin
Titelabbildung: Sabine Wimmer unter
Verwendung einer Vorlage von © plainpicture/
Millennium, Fotograf: Franck Juery
Satz: LVD GmbH, Berlin
Gesetzt aus der Berkeley Old Style
Druck und Bindearbeiten: CPI – Ebner & Spiegel, Ulm
Printed in Germany
ISBN 978-3-548-28186-5

Für Gioia, deren Lächeln ich niemals sehen durfte.
Für Len und Linnéa, die mir mit ihrem Lachen immer wieder aufs Neue zeigen, wie schön das Leben sein kann.

1

Mit dem Finger streiche ich über das Ultraschallbild, auf das Klaus mit Filzstift ein Herzchen gemalt hat. Ich lege es ganz unten in den Karton, damit es nicht verknittert. Ein gerahmtes Foto von Klaus und mir in Taucheranzügen auf den Malediven kommt hinzu, ebenso der angeschlagene Henkelbecher mit dem Logo der University of California in Santa Barbara, an der ich mal ein Semester lang Film- und Medienwissenschaften studiert habe, damals, als ein gewisser John Irgendwer für einen Sommer die große Liebe meines Lebens war. Tampons, die ich seit Monaten nicht mehr gebraucht habe, verschwinden im Karton, außerdem diverse halbvolle Deoroller und Schminkutensilien.

»Mara, komm endlich, aufs Windelwechseln anstoßen!«, ruft mein Lieblingskollege Marc, während er Prosecco in Plastikbecher gießt.

»Sofort. Der Schreibtisch ist gleich leer.«

Den geschmacklosen handbemalten Stifthalter aus Keramik, das Geschenk der Sekretärin zu meinem neunundzwanzigsten Geburtstag, packe ich neben Plastiktierchen aus Überraschungseiern und rotäugige Schnappschüsse von Firmenfeiern. Dann nehme ich den glatten, runden Stein vom ligurischen Strand in die Hand, den Klaus mir mit einem Lächeln überreicht hat, das noch immer ein Ziehen in meinem Bauch auslöst, wenn ich daran denke. Ich kann mich nicht mehr genau erinnern, was für eine Frisur ich damals trug oder welche Farbe mein Bikini hatte, aber dieses warme, alles erfüllende, durch meinen ganzen Körper pulsierende Gefühl empfinde ich mit einer ähnlich starken Intensität wie vor zwei Jahren. Wie immer, wenn ich mich an einen bestimmten Moment in meinem Leben zurückerinnere, kommt mir vor allem das in den Sinn, was ich fühlte und was dieses Gefühl auslöste.

Ich weiß noch genau, wie mein dritter Geburtstag gerochen hat, nach Schokoladenkuchen und Würstchen, weil ich so glücklich war, als ich die knallrote Lackkindergartentasche aus dem bedruckten Geschenkpapier wickelte. Mit vierundzwanzig habe ich mir Schuhe in dieser Farbe gekauft, weil ich meinte, dadurch wieder den Schokoladen-Würstchen-Duft zu riechen. Und weil sich meine Laune sofort hob. Aus einem solchen Grund behalte ich auch das ehemals rosarote, nun ergraute Stoffbambi, denn es erinnert mich an die unendliche Liebe, die ich damals empfand, als ich es Olga taufte und überall mit hinnahm.

Wahrscheinlich ist es allzu menschlich, dass wir uns vor allem das Schöne und Gute in unserem Leben bewahren. Nur so erkläre ich es mir, warum meine Schwester und ich, glaubt man unserer Mutter, die pflegeleichtesten Babys der Welt waren, während die Nachbarin Stein und Bein schwört, unser Geschrei bis in den Waschkeller hinab gehört zu haben. Auch ich werde die Hämorrhoiden, das Sodbrennen und die Wassereinlagerungen in den Füßen sicher bald vergessen. Bleiben werden dagegen die Glücksmomente, wenn meine Tochter ihre kleinen Füße gegen meine Bauchdecke stemmt oder einen Schluckauf hat. Diese Sekunden der intensiven Verbundenheit versuche ich mir einzuprägen, sie auf der Landkarte meiner Erinnerungen zu verzeichnen, denn Erinnerungen sind Orte, die ich gerne wieder aufsuche.

Nachdem ich alles eingepackt habe, lagern meine Habseligkeiten in einem Pappkarton auf dem anthrazit-hellbeige-blau gesprenkelten Teppichboden des Großraumbüros der Fernsehproduktionsfirma Telegen. Unglaublich, was sich in drei Jahren so alles ansammelt. Morgen schon wird eine andere meinen Platz einnehmen, ihre Dinge des täglichen Gebrauchs in die Schubladen stopfen und den Computer mit ihren Post-its und Fotos schmücken. Beim Gedanken daran überkommt mich ein sentimentales, aber kein unangenehmes Gefühl.

»Ich werde euch vermissen!« Zufrieden proste ich den Kollegen mit Orangensaft zu. Damit die Fruchtsäure das Sodbrennen nicht verschlimmert, nehme ich nur einen kleinen Schluck.

Marc schlürft aus seinem Becher, der bis zum Rand mit Prosecco gefüllt ist.

»Kannst dich ja mal blicken lassen, wenn du dich langweilst.« Timon, unser Chef, überreicht mir einen gigantischen, ganz in Gelb und Rosa gehaltenen Blumenstrauß und ein Paket.

In der festen Überzeugung, dass Langeweile ein Fremdwort in meinem zukünftigen Leben sein wird, rufe ich aus dem Gedächtnis meine heimliche Bullerbü-Sehnsuchts-Phantasie ab. Ich, umringt von einer hübschen, lachenden Kinderschar, mit einem Säugling auf dem Schoß, dessen Handgelenke von kleinen Fettwülsten verdeckt werden.

»Von uns allen.« Oben auf das Paket legt Annika, die Sekretärin, eine Karte.

»Ihr seid ja wahnsinnig! Danke!«

Bevor ich auspacken kann, verabschiedet sich Timon mit einem angedeuteten Küsschen auf die rechte und linke Wange. »Hab noch zu tun. Mach's gut.«

»Mach's besser«, rufe ich ihm nach.

Zwei Telefone und ein Handy klingeln. Mehr und mehr

Kollegen ziehen sich zurück, um Sendebänder in Empfang zu nehmen oder Drehtermine für unsere TV-Doku-Soaps und Shows abzusprechen, und verbreiten im Hintergrund die übliche Hektik, eine Mischung aus übertriebener Wichtigkeit und echtem Stress. Keiner erwartet von mir, dass ich an den Apparat auf meinem Schreibtisch, mittlerweile mein Exschreibtisch, gehe. Jetzt wird mir doch etwas mulmig. Drei Jahre, länger war ich nie am Stück bei einer Firma beschäftigt, mein erster richtiger Job nach einer Reihe von Praktika. Wie kann das, was mein Leben dermaßen bestimmt hat, einfach vorbei sein?

Ich packe das Geschenk aus. Strampler, Bodys, Mützchen, Söckchen und Jäckchen. Alles in Rosa. In Gedanken teile ich die Anzahl der Unterschriften durch die Menge der Gaben und stelle nicht ganz ohne Empörung fest, dass sich der durchschnittliche Spendenbetrag auf knapp vier Euro beläuft. Geiziges Pack, raunt eine Stimme in meinem Kopf. Sofort schäme ich mich für meine Gedanken.

»Ist das nicht süß?« Annika hält ein Miniatur-T-Shirt hoch, auf dem in Pink »Milch formte diesen Körper« steht.

Das ist der Auslöser. Meine Augen werden wässrig. »Ja dann … Mach's mal gut.«

»Du weißt ja, *the show must go on.*« Symbolisch drücken mich die letzten Kollegen an sich.

In diesem Augenblick spielen Konkurrenz und Antipathie keine Rolle mehr. Ich bin harmlos geworden. Der riesige Airbag, den ich vor mir hertrage, verhindert sogar den Zusammenprall mit meiner Intimfeindin Daniela. Sie bleibt. Ich gehe. Immerhin freiwillig.

Ich meine, Neid in ihren Augen lesen zu können, und lächle. »Morgens um elf beim Latte macchiato werde ich an euch denken.«

»Tja, Mara, bis dann. Wie sagt man? Toi, toi, toi. Ich muss

los. Besprechung im Sender. Meine Serie geht ja bald auf Sendung. Tschüssi.«

Giftnatter! Eigentlich ist es meine Serie. Schließlich war die Kampfkochsendung allein meine Idee. Der Sender hat sie sofort gekauft, das war vor fünf Monaten. Mein Chef fand dann allerdings, es sei unmöglich, mich dem Sender als verantwortliche Redakteurin vorzustellen, wo ich mich doch bald in den Mutterschutz verabschieden würde.

Die Plastikbecher, halbvollen Flaschen und Chipstüten werfe ich in den Papierkorb. Mir bleibt nichts mehr zu tun, dabei ist es erst vier Uhr nachmittags. So früh bin ich noch nie aus der Firma gekommen. Die Babysachen und den Blumenstrauß packe ich oben auf den Karton, nehme meine Handtasche und lächle in die Runde. Keiner lächelt zurück. Zu sehr sind die Kollegen bereits wieder aufs Tagesgeschäft konzentriert.

»Man sieht sich.«

Meine Verabschiedung ist eine leere Worthülle. Niemand antwortet. Als ich die Tür mit dem Hintern aufstemme, kommt Annika hinter dem Schreibtisch hervor, um mir zu helfen. Der Schritt durch die Tür nach draußen ist dann doch befreiend. Jetzt liegt mein Arbeitsleben vorerst hinter mir. Sag »Auf Wiedersehen, Überstunden«. Sag »Auf Wiedersehen« zu dem, was dein Leben die letzten drei Jahre geprägt hat wie fast nichts anderes.

»Hey, ihr Süßen!« Jemand umarmt mich und den Bauch von hinten. Ich rieche Steinstaub und Sandelholz. Es ist Klaus, mein Mann. »Bewegt sie sich gerade?« Mittlerweile ist das seine erste Frage, wenn er mich sieht.

Ich verschiebe seine Hand auf meinem Bauch. »Hier ist ein Pochen. Warte. Hier. Vorbei.«

»Sag Bescheid, wenn sie sich wieder bewegt.« Ein wenig

enttäuscht, das merke ich ihm an, lässt er uns los und greift nach Karton und Tasche.

»Wolltest du nicht den ganzen Tag und die ganze Nacht an deinem neuen Projekt arbeiten, um den Galeristen von deinem Konzept für die Ausstellung zu überzeugen?« Mit der Hand wuschele ich ihm durch die graumelierten Locken.

Sein Lächeln wird breiter. »Kleine Notlüge. Damit du meine Überraschung nicht rauskriegst.«

Ich hasse Überraschungen. Das heißt, ich liebe sie, aber wenn ich weiß, dass eine ansteht, mache ich mich vor Aufregung schon eine Woche vorher verrückt. »Was für eine Überraschung?« Er grinst bloß. »Du bist gemein!« Meine Trotzlippe, die ich betont nach vorne schiebe, hilft nichts.

Klaus sagt kein Wort, bis wir stehen bleiben. Er nickt in Richtung Straße.

»Ja-ha?« Mir ist schleierhaft, was er mir zeigen will.

Ein Klicken ertönt, als Klaus die Tür eines Volvo Kombis in Anthrazit öffnet. Ein Klischeeauto. Das gediegene Modell für Familien. Ich kann's nicht glauben. Er hat seinen geliebten Citroën, ein Auto, das ihm als Accessoire diente wie mir die Lederhandtasche von Prada, gegen einen charakterlosen Neuwagen eingetauscht. Ein Liebesdienst für seine Tochter und mich. Dass seine Opferbereitschaft so weit geht, hätte ich nie gedacht. Ich falle ihm um den Hals, soweit das mit meinem Umfang möglich ist. Den feinen Staub, der wie immer auf seinem schwarzen Hemd liegt, fege ich mit einer vertraut gewordenen Handbewegung hinunter.

»Hast du das Kennzeichen gesehen?«, fragt Klaus.

Ich lese »K-ML 2105«. Was daran so besonders sein soll, begreife ich nicht.

»Na, K für Klaus. M für Mara. L für Lomberg, und 2105 ist der 21. Mai.«

Finjas errechnetes Geburtsdatum. Tränen schießen mir in

die Augen, denn seit dem Hormonschub meiner Schwangerschaft habe ich sehr nahe am Wasser gebaut. Das Autokennzeichen an sich finde ich zwar nicht so erstrebenswert, aber nicht im Traum hätte ich gedacht, dass mein Mann einmal derart rührselige Anwandlungen haben könnte.

»Wart's ab. Da kommt noch was.« Im Kofferraum stehen zwei Reisetaschen. »Bevor wir Eltern werden, will ich noch ein richtig romantisches Wochenende mit dir erleben.«

Als wir uns kennenlernten, haben wir das öfter gemacht, den anderen spontan mit einem Wochenendtrip überrascht. Nach Holland ans Meer, zum Museumsbesuch in Basel. In den letzten anderthalb Jahren kam das nicht mehr so oft vor.

»Aber der Umzug. Wir können nicht einfach …«

»Doch. Können wir.« Klaus verstaut den Karton zwischen den Taschen. »Ist da was drin, was leicht kaputtgeht?«

»Strampler und Babymützen für unsere nächsten fünf Kinder.«

»Eins zum Ausprobieren. Von mehr war nicht die Rede.« Zwar lächelt er mich an, aber seine Stimme klingt einen Tick zu alarmiert für einen Scherz. »Kartonschleppen fällt für dich sowieso aus. Und Simones neuer Kerl regelt alles«, lenkt er ab, als er die Kofferraumklappe zuknallt.

Auf das Kinderthema gehe ich lieber nicht mehr ein. Wenn unsere Erstgeborene erst mal da ist, wird er sich garantiert noch einen Sohn wünschen. »Du meinst, ich soll einem Kerl vertrauen, mit dem Simi poppt?« Der mir gänzlich unbekannte Freund meiner Schwester macht Umzüge und hat für einen Sonderpreis alles organisiert. Unschlüssig blicke ich auf den Blumenstrauß. Rosen, Gerbera und einige Blumen, von denen ich die Namen nicht kenne. »Was mach ich damit? Und Cassi? Die können wir nicht allein lassen.«

Klaus lächelt nachsichtig. »Cassi wird von deinen Eltern mit Salat vollgestopft, bis sie platzt.«

Meine Griechische Landschildkröte ist also gut untergebracht. Ihren Namen habe ich nicht ganz originell der Schildkröte aus dem Kinderbuch *Momo* entliehen. Aber damals war ich schließlich erst zwölf.

Eine ältere Frau, die eine Gehhilfe vor sich her schiebt, erregt Klaus' Aufmerksamkeit. Winkend läuft er auf sie zu. »Hallo, Sie da!« Sie weicht zurück. Vermutlich macht der große, in Schwarz gekleidete Mann mit dem energischen Gang ihr Angst. »Hier, für Sie.« Klaus hält ihr den Strauß hin. Es ist typisch für ihn, dass er ihr Zögern nicht versteht.

Sie wehrt die Blumen mit einer Handbewegung ab. »Lassen Sie mich.«

Weil ich glaube, dass sie sich fürchtet, nähere ich mich den beiden. »Bitte, ich hab die Blumen geschenkt bekommen, aber wir fahren weg. Wenn Sie sie nehmen würden ...« Endlich darf Klaus den Strauß in den Drahtkorb des Wägelchens legen. Vielleicht stellt die Frau die Blumen auf den Resopaltisch in ihrer winzigen Küche. Vielleicht wirft sie den Strauß aber auch in den nächsten Mülleimer.

Umständlich nehme ich auf dem Beifahrersitz Platz. Als Klaus den Wagen startet, zieht er seine dichten Augenbrauen zusammen und spannt die Kiefermuskulatur an, wie immer, wenn er sich konzentriert.

»Wo soll's denn hingehen?« Meine Frage ist rhetorisch. Ich weiß, dass ich nicht mehr als ein geheimnisvolles Lächeln als Antwort erwarten kann, und eigentlich macht seine Geheimnistuerei die Sache ja auch spannender. Außerdem freue ich mich darauf, ein paar Tage mit Klaus zu verbringen, ohne dass mich ein Notruf aus der Produktionsfirma ereilt. Dieser Abschnitt ist jetzt Geschichte. Die Fernsehbeiträge über Deutschlands schrägste Vögel und sexhungrigste Rentnerinnen muss in Zukunft jemand anders erstellen. »Tschüssi!«, sage ich zu mir selbst und fühle mich schon wesentlich besser.

»Was?« Klaus schaltet. Wir fahren stadtauswärts.

»Nicht so wichtig.«

Mit Geschichten von meiner verhassten Kollegin Daniela verschone ich ihn lieber. Sobald ich ihm davon erzähle, verzieht er das Gesicht und stöhnt »Fernsehpack«. Er kann sich nicht vorstellen, dass man Zeit mit solchen Trivialitäten verbringt. Dabei verdrängt er, dass die wenigsten Menschen sich vorstellen können, Stunden über Stunden an einem einzigen Stein herumzumeißeln. Außerdem hat mir die Arbeit beim Fernsehen sehr viel Spaß gemacht, obwohl meine Beiträge nicht ganz so viel mit dem investigativen Journalismus zu tun hatten, der mir während meines Studiums vorschwebte. Mir fällt auf, dass ich von der Arbeit bereits in der Vergangenheit denke. Ab jetzt werde ich erst mal Mutter sein. Für wie lange, das haben Klaus und ich noch nicht ausdiskutiert. Zwar sehe ich mich nicht die nächsten zehn Jahre als Hausfrau und Mutter, aber bis Finja in den Kindergarten kommt, würde ich gerne aussetzen. Und trotz seiner Vorbehalte wünsche ich mir ein weiteres Kind.

Meine Kollegen haben darüber den Kopf geschüttelt und mich mit schauderhaften Versionen von blutrünstigen Geburten ihrer Verwandt- und Bekanntschaften versorgt. Marc hat mir prophezeit, dass ich mir meine Figur für immer ruiniert habe und nur noch plastische Chirurgie helfen kann. Die einhellige Meinung war: Wer keinen Kaiserschnitt machen lässt, gehört entmündigt. Ich hingegen stelle es mir schön vor, meine Tochter auf natürlichem Weg zu gebären. Ähnlich wie bei einem Bungee-Sprung. Es wird bestimmt hart, aber das Gefühl danach muss unvergleichlich sein.

Klaus fährt auf die Autobahn. Meine Spannung, wohin es gehen wird, lässt nach, denn mit jedem Kilo Schwangerschaftsgewicht nimmt meine Konzentrationsfähigkeit ab. Ich rutsche tiefer in den Autositz und döse, bis meine Kleine sich im Bauch bewegt. Ob ihr Knie auf meine Blase drückt oder ihr Ellbogen, kann ich zu meinem Bedauern nicht so genau feststellen. Zu gerne würde ich in einem solchen Moment in mich hineinsehen. Ihre Bewegungen bringen mich jedes Mal zum Innehalten, zum andächtigen Staunen, das mich an unsere Tauchabenteuer auf den Malediven erinnert. All die Schönheiten und Seltsamkeiten unter Wasser, zum Greifen nah und doch unendlich weit von mir entfernt, weil ich sie nur so lange bewundern konnte, bis die Sauerstoffflasche leer geatmet war. Vor lauter Aufregung verbrauchte ich zu rasch zu viel Luft und war zum Auftauchen gezwungen.

Kaum habe ich meine Tochter gespürt und mir vorzustellen versucht, was sie von mir hat, vielleicht die Grübchen auf dem Po, und was von Klaus, ist die Bewegung auch schon vorbei und damit unsere innige Verbindung, und ich muss aufs Klo. »Fährst du die nächste Halte raus?«, bitte ich meinen Mann.

»Jetzt schon?«

»Ich kann auch noch zwei Tage anhalten.«

Mein gereizter Tonfall veranlasst Klaus, den Blinker zu setzen. Eingekeilt zwischen zwei LKWs geht es auf der Abbiegespur jedoch nur langsam voran. Ich presse die Oberschenkel zusammen und zwinge mich an etwas anderes zu denken. Eine Sommerwiese. Schmetterlinge flattern über meinen Kopf. Wind weht durch die Grashalme. In der Ferne rauscht ein Bach. Hilfe!

»Geht's noch?« Klaus blickt zu mir herüber.

»Keine Angst, ich werd die neuen Sitze nicht versauen.«

»Okay.«

»Grins nicht so blöd.«

Er schaltet das Radio an, als eine Tankstelle vor uns auftaucht. Ein viel zu oft gespielter Song von Amy Winehouse liegt in den letzten Zügen. »*They tried to make me go to rehab, but I said no, no, no …*« An den Geschmack von Wein kann ich mich kaum noch erinnern, geschweige denn an Drogen. Ich bin jetzt ein Gefäß, das es möglichst rein zu halten gilt. Bei der Vorstellung muss ich kichern. Die ersten Tropfen durchnässen meine Unterhose.

»Halt an!« Ich warte nicht ab, bis das Auto endgültig steht, und öffne noch im Ausrollen die Tür. So schnell es mir möglich ist, laufe ich zu den Toiletten. Bloß nicht auf die Flecken am Boden achten. Gegen den Gestank atme ich ganz flach. Mit meinem Bauch das Gleichgewicht zu halten, ohne die Klobrille zu berühren, stellt eine Herausforderung dar, aber es gelingt, indem ich die Hände gegen die Wände der Zelle stemme. Die Erleichterung macht sich durch lautes Plätschern bemerkbar. Es ist ein wahres Wunder, wie befreit man sich nach dem Pinkeln fühlen kann.

Weil der Spender leer ist, wasche ich mir die Hände ohne Seife und trockne sie mir mangels sauberer Handtücher an der Schwangerschaftsbluse ab. Kleinlaut kehre ich zum Wagen zurück, wo Klaus auf mich wartet. Bevor ich etwas zu meiner Verteidigung hervorbringen kann, überreicht er mir mit diesem kaum wahrnehmbaren Zwinkern seines linken Auges eine Großpackung Gummibärchen und eine Auswahl des Tankstellen-Sortiments an Schokoriegeln.

»Du bist süß, wenn du unter Druck stehst.«

Meiner Leibesfülle zum Trotz versuche ich mich zu ihm zu drehen, um ihn zu küssen. Er beugt sich vor und vollendet den Kuss.

2

Die Schrift auf dem Autobahnschild verrät hinter der belgischen Grenze unser Ziel. »Paris!« Ich bin überwältigt. Die Stadt der Liebe. Es war immer ein Traum von mir, dort meine Flitterwochen zu verbringen. Daraus ist zwar nichts geworden, denn wir haben erst geheiratet, als ich schon im dritten Monat war und mir nicht vorstellen konnte, mehrere Stunden in einem Auto, Zug oder Flugzeug zu hocken, ohne mich zu übergeben. Jetzt erfüllt sich mein Traum doch noch. Das letzte Mal war ich mit neunzehn in Paris. In zehn Jahren muss sich eine Menge verändert haben.

Den größten Teil der Fahrt verschlafe ich. Dann nähern wir uns der Stadt durch die Außenbezirke, die nicht vermuten lassen, wie einzigartig Paris im Inneren ist. Dort empfängt uns eine unglaubliche Atmosphäre. Das Wetter ist zu warm und sonnig für April und lockt Touristen wie Einheimische scharenweise in die Straßencafés. Alles wirkt in dem gelben Licht wie verzaubert. Die Magie des Ortes nimmt mich auf der Stelle wieder gefangen. Ich erinnere mich an den Geschmack von billigem Wein und Baguette im Jardin du Luxembourg, an das Gefühl von grenzenloser Freiheit und Unsterblichkeit.

»*Bonjour, madame et monsieur!*« Nicht erst als uns im Hotel der Portier in dunkelblauer Uniform mit goldenen Litzen begrüßt, habe ich den Eindruck, viel weiter vom Alltag entfernt zu sein als fünfhundert Kilometer.

Mit einem Aufzug, der aus dem vorletzten Jahrhundert

stammt und in den wir gerade eben mit unseren Taschen und meinem Bauch passen, fahren wir in den vierten Stock. Das Zimmer ist einfach nur schön, auch wenn die Tapete in einer Ecke von der Wand hängt und die geblümten Stores des Himmelbetts einen angestaubten Eindruck machen. Schwungvoll lasse ich mich auf die Matratze fallen. Ein lautes Knacken ertönt. Zum Glück wirkt das Bett unversehrt. Selbst als Klaus sich zu mir legt, landen wir nicht auf dem Fußboden. Zärtlich bearbeitet er mit der Zunge mein Ohrläppchen, während er mit einer Hand meine Brust umfasst. In diesem Augenblick knurrt mein Magen. Laut und deutlich. Ich fahre mit den Fingern durch Klaus' graumelierte Locken, die ihm bis in den Nacken reichen. Er ist so attraktiv, dass ich mir für Finja seine Nase, die Augen, den Mund und seine Ohren wünsche. Verschwommen sehe ich meine Kleine vor mir, wie sie nackt und prall, vermutlich mit fünf, sechs Monaten, in der Badewanne planscht, und bekomme Sehnsucht nach ihr, doch dann höre ich Klaus' schweren Atem und konzentriere mich auf die Gegenwart.

Wieder schlägt mein Magen Alarm. Völlig unsexy. Aber durchaus passend. Ich kann nicht nachvollziehen, dass Schauspielerinnen und Models in den einschlägigen Zeitschriften Sex mit Bauch als die totale Erfüllung anpreisen. »Ich habe Hunger.«

»Schon wieder?« Klaus ist irritiert.

»Hunger!«

»Du hast die ganze Schokolade verputzt und hast Hunger?«

Danke, ich weiß selbst, wie verfressen ich bin. Man braucht mich nur anzusehen.

Langsam steht er auf und glättet mit der Hand die verwuschelten Haare. »Na gut. Lass uns essen gehen.«

Ich beobachte, wie er sein Hemd auszieht. Im Verlauf meiner Schwangerschaft hat er sich ein niedliches Solidaritätsbäuchlein angefuttert, über das ich sehr froh bin, denn mit einem durchtrainierten Mann an meiner Seite käme ich mir noch schwerfälliger vor. Klaus holt zwei neue Hemden aus seiner Tasche. »Das oder das?«, fragt er. Beide sind schwarz.

»Das.« Wahllos zeige ich auf das linke.

»Meinst du?« Vorm Spiegel hält er sich das rechte vor. Ich versuche ein Kichern zu unterdrücken. Mit hochgezogenen Augenbrauen mustert er mich, als er das Hemd zuknöpft. Aus dem Kragen guckt eines seiner spärlichen Brusthaare hervor, das er sofort herauszupft.

»Du bist so eitel«, ziehe ich ihn auf. Er wirft mit dem anderen Hemd nach mir.

»Na, warte, Tönnchen!«

Ich zucke zusammen. Mein wunder Punkt. Wenn ich an einem Schaufenster vorbeigehe und durch Zufall mein aufgeblasenes Spiegelbild entdecke, kann ich immer noch nicht begreifen, dass das mein Körper sein soll. »Findest du mich zu dick?«

»Wie kommst du denn da drauf?«

»Du hast mich gerade Tönnchen genannt. Das würdest du nicht, wenn du mich nicht zu dick fändest.«

»Ich find dich prima, so wie du bist.«

»Aber du hast Tönnchen gesagt.« Klaus seufzt. Ergeben. Nachsichtig. Das bringt mich noch mehr gegen ihn auf. »Warum bist du überhaupt mit mir zusammen, wenn ich dir zu fett bin?«

»Mensch, Mara.« Müde reibt er sich die Augen und lächelt. »Natürlich bist du fett. Du bist hochschwanger. Es wäre schlimm, wenn du nicht fett wärst.« Dann kommt er zurück auf die Matratze und nimmt mich in die Arme. Seine Körperwärme und die sachte Berührung seiner Lippen auf meiner Stirn trösten mich ein wenig.

»Bin ich wirklich so fett?«, frage ich leise.

»Du bist wunderschön.«

Das wollte ich hören. Aber sein Liebesbekenntnis, so anrührend es ist, kann meine eigene Eitelkeit nicht völlig besiegen. Reiß dich zusammen, sage ich mir. Du wirst Mama, da musst du nicht gertenschlank sein.

Es gibt Wichtigeres im Leben.

Trotz kurzärmeliger Tunika beginne ich zu schwitzen. Der Lichtschutzfaktor dreißig, der meine helle Haut davon abhalten soll, am Abend die Farbe eines Feuerwehrautos anzunehmen, lässt Gesicht und Arme gespenstisch weiß erscheinen. Immerhin fühle ich mich halbwegs gestärkt, nachdem ich ein mit Camembert belegtes Baguette verspeist habe. Bevor ich Klaus' Hand nehme, wische ich mir die Finger am elastischen Bund meiner Jeans ab. Fettflecken sind mir gleichgültig, denn ich habe nicht vor, dieses Ungetüm von einem Kleidungsstück über die Schwangerschaft hinaus zu tragen. Ebenso wenig wie die Birkenstocks. Sehnsüchtig betrachte ich den selbstbewussten Gang der Französinnen in ihren duftigen Sommerröcken mit den überschlanken Beinen, die in Schuhen mit spitzen Absätzen münden.

Doch als Klaus mich an sich zieht, ist aller Selbstzweifel wie weggeblasen. Er liebt mich. Ich bekomme sein Kind. Unser Kind. Das ist es, was zählt, und ich kann mich entspannen. Meine Nasenflügel blähen sich, um den ganz speziellen Parisgeruch von erotischen Parfüms, Abgasen, Crêpes und Urin aufzunehmen.

Indem wir einem Reisebus ausweichen, überqueren wir die von Touristen stark frequentierte Champs-Élysées. Es fällt mir nicht ganz leicht, den Boutiquen von Chanel und Dior in der Avenue Montaigne bloß einen flüchtigen Blick zu schenken, doch ich passe sowieso in nichts hinein. Stattdessen konzentriere ich mich auf die Läden mit Kinderbekleidung. Es gibt dermaßen entzückende Röcke, Hosen und Winz-Blüschen, dass ich in einen regelrechten Rausch verfalle. Ich muss die Sachen haben, egal wie teuer sie sind.

»Du hast schon kiloweise Babyklamotten zu Hause«, bemerkt Klaus mit einem Kopfschütteln, als ich nach einem Sonnenhut mit rosa-weißem Vichykaro greife, der absolut nicht notwendig ist und dadurch einen umso größeren Reiz ausübt.

»Das sind alles langweilige Bodys und Strampler in Weiß und Rosa. Oh, guck dir mal die hier an.« Ich zeige ihm eine gepunktete Latzhose. »Ist die nicht süß?«

»Muss unser Kind wie ein aufgedonnertes Zirkuspferd rumlaufen?«

»Die gibt es halt nicht in Schwarz«, zicke ich herum. Seit zwei Jahren und fast genau acht Monaten sind wir zusammen, und mein Mann kann immer noch nicht verstehen, dass mir einkaufen Freude bereitet. Er grunzt, muss aber schmunzeln, als ich ihm einen schwarzen Strampler mit Strass-Totenkopf-Applikation auflade. »Den kannst du unserer Tochter anziehen, wenn du mit ihr spazieren fährst.« An der Kasse zückt er seine Kreditkarte. »Das zahl ich«, wehre ich ab.

»Gewöhn dich schon mal dran, dass ich jetzt der Alleinverdiener bin«, sagt Klaus.

Es fühlt sich sehr seltsam an, als er für mich bezahlt. Ich war immer stolz auf meine Unabhängigkeit.

»Und jetzt? Das Rodin-Museum oder der Louvre?«, schlage ich vor.

»Es stehen noch mindestens zehn Kinderläden auf der Einkaufsliste.« Klaus führt mich zum nächsten Shop. »Wie findest du die Babyjacke?«

»Du hältst sie falsch herum. Das ist eine Hose.« In diesem Augenblick durchflutet mich eine warme Welle.

Vier Läden später, mit reizenden kleinen Papiertüten in den Händen, nehmen wir die U-Bahn zum Pont-Neuf, wo wir ein Sightseeing-Boot besteigen. Im Sitzen lasse ich die herrschaftlichen Häuser, den Louvre und den Eiffelturm an mir vorbeiziehen. Mein Kopf ruht an Klaus' Schulter. Das Elend der Obdachlosen, die unter den Brücken der Seine ihr Quartier bezogen haben, ertrage ich nicht. Bewusst blicke ich zur schönen Seite des Lebens. In meinem Zustand nehme ich mir das Recht heraus, egoistisch zu sein und nur an mich und meine kleine Familie zu denken. Es gelingt mir tatsächlich, alles Unangenehme und Schreckliche auszublenden.

Im Anschluss an die Schiffstour gehen wir wieder einkaufen, schließlich weiß ich nicht, wann ich mit Baby das nächste Mal Gelegenheit zum Geldausgeben haben werde. Wir kaufen zwei Anzüge und drei Hemden für Klaus, natürlich in Schwarz und Anthrazit, denn er braucht sie für die Ausstellungseröffnung im Herbst. Nachdem ich feststellen musste, dass ich in die Pumps aus einer teuren Schuhboutique mit meinen geschwollenen Füßen nicht mehr hineinpasse, erhalte ich eine senfgelbe Ledertasche als Trostpflaster. Mittlerweile ziemlich beladen, bekomme ich den Hals noch immer nicht voll.

Vielleicht kaufe ich auch nur gegen meine Angst an, die täglich größer wird, je näher die Geburt rückt. Am Anfang der Schwangerschaft dachte ich, den Tag nie erwarten zu können, an dem ich meine Tochter in den Armen halte, jetzt, mit steigender Panik vor den Schmerzen, wünschte ich, eine Elefantenkuh zu sein, die ihr Baby zwei Jahre lang austrägt. Oder ein Känguruweibchen, dessen Nachwuchs winzig und unreif geboren wird und selbst den Weg in die Bauchtasche finden muss. Meine Angst ist so gewaltig wie mein Bauch und von der ersten Stunde des Geburtsvorbereitungskurses an sprunghaft gewachsen, als die Hebamme die Plastikkopie eines weiblichen Beckens herumreichte, zusammen mit einer Babypuppe, die wir durch die Öffnungen des Anatomiemodells stecken sollten. Kaum war ich an der Reihe, saß der Puppenkopf unverrückbar fest und mir die Angst im Nacken.

In einem versteckten Laden auf der Île de la Cité entdecke ich wundervoll gemusterte Stoffe. Vermutlich gibt es unter den Schwangerschaftshormonen auch eines, das dafür sorgt, dass man Pastellfarben unwiderstehlich findet. Meine Augen saugen sich an altrosa, himmelblauen und maigrünen Stoffen fest, auf denen Blümchen, Bienen und Hampelmänner verstreut sind. Sie sind genau das, was ich für mein Projekt »Nestbau« brauche. Während ich meinen Bauch bis zur Geburt durch die Gegend schaukeln werde oder zumindest vom Sofa in die Küche und wieder zurück, will ich eine Krabbeldecke für Finja nähen.

Dafür lasse ich mir von etlichen Ballen halbe Meter abschneiden. Als Klaus bezahlt, realisiere ich, dass ich für den Preis mindestens drei Babydecken hätte kaufen können, aber so wird meine Kleine etwas haben, was ich in Gedanken an sie gefertigt habe. Ich kann sie schon vor mir sehen, wie sie auf der Decke liegt und mich anlächelt.

Nach einer Verschnaufpause im Hotelzimmer, die ich nutze, um mich auf ein sauberes Klo zu setzen, ohne mit Hinterlassenschaften dubiosen Ursprungs in Berührung zu kommen, nehmen wir ein Taxi in die Rue Jouye-Rouve. Von Köln aus hat Klaus einen Tisch in einem Restaurant reserviert, das ihm ein Galerist als hervorragend empfohlen hatte.

»J'ai reservé une table pour Madame et Monsieur Lomberg«, stammelt Klaus in seinem Schulfranzösisch, als wir in dem Lokal stehen.

Der schöne Kellner würdigt ihn keines Blickes. Beinahe gelangweilt blättert er in einem in Leder gebundenen Buch. *»Je regrette, monsieur, mais il n'y a pas de réservation pour Lombé.«*

Er legt den Kopf in den Nacken und schüttelt affektiert das Haar.

»Lomberg!«, insistiert Klaus.

»*Pardon, monsieur. Rien à faire. On est complet ce soir – comme tous les jours.*« Sein Ton ist überheblich.

»Wie, ausgebucht? Aber da muss ... *Ca doit être une réservation. Je suis bien sûre.*«

»*Non. Je suis désolé.*« Der Kellner setzt ein undurchdringliches Lächeln auf, das klar signalisiert, dass die Unterhaltung für ihn zu Ende ist. Er hat wohl nicht mit Klaus' Halsstarrigkeit gerechnet.

»Das gibt's nicht. *J'ai téléphoné.*«

Mir wird das Ganze langsam unangenehm. Ich möchte ohne Aufsehen unsere Zweisamkeit genießen. »Komm, lass, gehen wir woanders hin.«

Klaus schüttelt meine Hand ab. »Ich habe den Tisch extra reserviert. Sollen die doch jemand anders wegschicken.«

»Vielleicht hast du dich falsch ausgedrückt.«

»Hab ich nicht.« Er wendet sich dem Kellner wieder zu und wird lauter. »Nicht mit mir, *compris*?«

Jetzt spüre ich, wie mir die Scham die Röte ins Gesicht treibt. Der Kellner ist grauenhaft, aber Klaus' Beharren geht mir auch auf die Nerven. Warum will er unbedingt in ein Lokal, das uns nicht willkommen heißt?

»*Je vous prie de quitter notre restaurant. Mais tout de suite, s'il vous plaît.*« Der Kellner streicht eine blondierte Haarsträhne hinter das Ohr.

»*Voulez-vous des problèmes?* Ich ... *je ... Une table pour deux personnes, vite!*«

Mein Mann überragt den Kellner um etliche Köpfe, was diesen zusammen mit Klaus' Lautstärke dazu bringt, sich hinter den Tresen der Bar zu verziehen und nach einem gewissen Henri zu rufen. Die Gäste im vollbesetzten Restaurant gaffen neugierig. Ich wünsche mich weit, weit weg. Besagter Henri taucht Sekunden später aus der Küche auf. Ein untersetzter kahlköpfiger Mann, offenbar der Koch, wie an seiner Mütze zu erkennen ist.

»*Oui?*«

Das Hackmesser in seiner Hand gibt mir den Rest. »Lass uns gehen.« Obwohl ich Klaus an der Jacke ziehe, rührt er sich nicht vom Fleck. Das ist so typisch für ihn. Hindernisse sind bloß Herausforderungen. Widerstände dazu da, dass man sie bricht. Ohne Frage hat mich sein unbändiger Wille, sich durchzusetzen, von Anfang an fasziniert. Dafür macht es mich jetzt wahnsinnig. »Dann geh ich eben allein.« Meine Stimme hört sich sogar in meinen Ohren zu schrill an. »Ich lass mir von dir nicht den Abend verderben.«

Kaum stehe ich auf der Straße vor dem Restaurant, kommt Klaus zu mir. Schweigend laufen wir den Weg zum Hotel zurück. Seine Verstimmung bildet eine Wand zwischen uns. Einmal mache ich den Versuch, ein anderes Lokal vorzuschlagen, an dem wir vorbeikommen. Er ignoriert mich, als wäre es meine Schuld, dass die Reservierung fehlgeschlagen ist. Nun werde ich richtig sauer. Dieses romantische Wochenende war seine Idee, dann soll er auch dafür sorgen, dass es romantisch bleibt. Aber ich sage nichts, um den Abend nicht in einer größeren Katastrophe enden zu lassen.

»'tschuldigung.« Klaus greift nach meiner Hand und bleibt stehen. Seine Augen reflektieren das Licht einer pinkfarbenen Neonreklame über einem Nachtclub. »Ich bin ein Volltrottel. Das Baby braucht was zu essen. Wollen wir uns was aufs Zimmer bestellen?«

Wir liegen auf dem Himmelbett, essen Salat mit Putenbruststreifen und blicken auf die weißen Kuppeldächer von Sacré-Cœur. Durch die geöffnete Balkontür drängt die milde Abendluft, zusammen mit dem Hupen der Autofahrer. Als ich Klaus küsse, schmecke ich den Rotwein, den er getrunken hat, auf seinen Lippen. Ich muss daran denken, dass sich doch alles so gefügt hat, wie ich es mir als Teenie ausgemalt habe. Immer wollte ich vor meinem dreißigsten Geburtstag verheiratet und Mama sein. Auch wenn ich die magische Altersmarke in vier Monaten bereits erreichen werde, habe ich es geschafft. Bald sind wir zu dritt. Mit Finjas Geburt werden Klaus und ich endlich zu einer richtigen Familie. Es ist so nah und doch so unvorstellbar.

Arm in Arm sehen wir zu, wie es Nacht wird in Paris.

3

Zwei Tage verlaufen wie ein rosaroter Traum, lediglich von gelegentlichen Pinkelpausen unterbrochen. Definitiv sind meine Füße breiter geworden, und auf mein Gesicht hat sich ein dämliches Dauerlächeln geschlichen. Auf dem Rücksitz unserer neuen Familienkutsche lagern die Einkäufe samt der eigens erworbenen Kühltasche, in der wir Schokoladentörtchen vom besten Pariser Pâtissier nach Hause transportieren. Meine Mutter würde dafür sterben, da bin ich sicher.

Angesichts der dreißig Grad Außentemperatur, bei denen wir im Stau stehen, entpuppt sich die Kühltasche als intelligente Investition, auch wenn Klaus sich zuerst mit Händen und Füßen gegen diesen Inbegriff von Spießigkeit gewehrt hat. Aber das hat er auch bei meiner ersten Erwähnung eines Eigenheims mit Garten. Und heute werden wir unser Häuschen beziehen. Einen Pseudo-Bauhaus-Bungalow mit Terrasse und handtuchgroßem Rasenstück. Eigentlich hatte ich für das alte Hexenhaus mit morscher Veranda und undichtem Dach votiert, das meiner nostalgischen Bullerbü-Sehnsucht ein wenig näher kam als der quadratische Sechziger-Jahre-Bau in einem der langweiligsten Stadtteile Kölns, doch Klaus hatte die besseren Argumente, die auch unsere Bank und seine Eltern teilten. Ohne diese Geldquellen hätten wir kein Nest kaufen können. Außerdem brauchte unser Zuhause bloß einen Anstrich und einen neuen Holzfußboden.

Vor dem Bungalow ist kein Parkplatz mehr frei, da ein großer Mietlieferwagen die halbe Straße versperrt. Seine Türen stehen offen, so dass ich hineinblicken kann. Er ist leer. Vermutlich befinden sich unsere Habseligkeiten bereits im Haus.

Klaus parkt das Auto in einer Nebenstraße. Dunkle Flecken zeichnen sich unter den Achseln und auf seinem Rücken ab, als er mir die Hand reicht. »Die Nachbarn geben eine Party«, stellt er angesichts der Musik fest, die zu uns herüberschallt.

Der Duft von gegrilltem Fleisch steigt mir in die Nase, und ich muss mich davon abhalten, gleich hier und jetzt die Kühltasche zu öffnen, um die Schokoladentörtchen zu verschlingen.

»Vielleicht kann ich ein Bier kriegen«, hofft Klaus, als wir zum Haus gehen und die Lautstärke parallel zu meiner Aufregung zunimmt. Heute werden wir die erste Nacht in unserem kleinen Reich verbringen. »Über die Schwelle trag ich dich aber nicht.« Mein Mann überlässt mir die Ehre, das Haus aufzuschließen.

Im Flur stapeln sich Kartons und Zimmerpflanzen. Auch drinnen ist die Partymusik zu hören. Ich denke an mein Baby, das nur von Vogelgezwitscher aus unserem Garten geweckt werden sollte, und ich erahne, welch realitätsferne Papa-Mama-Kind-Idylle ich mir da ausgemalt habe. Die Tür zum Wohnzimmer ist geöffnet. Inmitten des Möbel- und Kistenchaos sitzt meine Mutter auf der weißen Couch und häkelt. Den Blick hält sie auf den Fernseher gerichtet, der auf einem Karton balanciert. Die Jalousie ist halb heruntergelassen.

»Hallo, Mama.«

»Hallo, Schätzchen. Wie war Paris?«

Hinter dem Fernseher, über dessen Bildschirm Streifen laufen, taucht der Kopf meines Vaters auf. »Ich hab's gleich. Hallo, Mara-Maus.«

»Paris war schön. Wie war der Umzug, Rosie?«, erkundigt sich Klaus. »Viel kaputtgegangen?«

»Papa und ich haben doch aufgepasst«, gibt meine Mutter zurück. »Habt ihr den Eiffelturm gesehen?«

Den weiteren Informationsaustausch spare ich mir. Erst einmal steuere ich das Badezimmer an. Hier ist die Musik unerträglich laut. Ich empfinde Verärgerung über unsere neuen Nachbarn. Nicht einmal auf einen langweiligen Stadtteil kann man sich verlassen. Zurück im Wohnzimmer, wo Klaus bereits seine Stereoanlage auspackt und mein Vater verschwunden zu sein scheint, blicke ich auf den Fernseher. Dort läuft *Zähl die heitren Stunden nur*, die Lieblingsserie meiner Mutter, die insgeheim auch meine ist. Jede Berichterstattung aus Paris muss bis zum Cliff warten, das ist das unausgesprochene Gesetz von Rosemarie Triller.

»Was Neues bei Lisa und Kevin?« Ich schiebe den Karton, in dem Cassi herumkratzt, zur Seite.

Meine Mutter zieht einen Berg rosa Wolle unter meinem Po hervor. »Kevin hat Lisa unter Drogen gesetzt, weil sie ihn ausgelacht hat, als er ihr den Heiratsantrag machte.«

Auf dem Bildschirm ist die schöne Grafentochter Lisa in Kevins Zimmer zu sehen. Lisa schläft. Kevin nähert sich ihr mit einem wölfischen Grinsen.

»Was wird das?«, frage ich, als meine Mutter ein fertiggehäkeltes Babyschühchen zu dem Stapel weiterer Schühchen in eine Salatschüssel legt und mit einem neuen beginnt.

»Die Wolle gab's im Angebot.«

Ich wechsle einen Blick mit Klaus. Während Kevin der betäubten Lisa über den entblößten Schenkel streicht, angele ich nach der Kühltasche, die Klaus mitten im Raum abgestellt hat. »Wir haben dir was mitgebracht.«

Kevin reißt Lisa die Bluse auf. Ein roter Spitzen-BH kommt zum Vorschein. »Dass sie so billige Wäsche trägt, hätte ich aber nicht gedacht. Sieht ja aus wie ein Flittchen.« Ohne hinzusehen, greift meine Mutter nach dem Schokoladentörtchen, das ich ihr reiche, und beißt hinein. »Lecker. Ob Gregor noch kommt?«

»Ist Gregor nicht im Gefängnis?«, gebe ich zurück und sehe zu, wie Kevin Lisa mit der Zunge über den Hals fährt.

»Wer ist Gregor?«, fragt Klaus, der mehrere Kabel zu entwirren versucht.

»Lisas Verlobter.« Für meine Mutter gehört dieses Wissen zur Allgemeinbildung.

»Angeblich hat Gregor Lisas Mutter angefahren und dann Fahrerflucht begangen, nur war das gar nicht er, sondern Kevin in Gregors Auto«, erkläre ich meinem Mann.

»Aha.« Er wirkt überfordert. »Ich geh mir mal ein Bier organisieren.«

»Möchtest du ein Schokotörtchen?« Meine Mutter nimmt sich ein Kuchenstück aus der edel gestalteten Schachtel, bevor sie sie mir zuschiebt. »Vorsicht, schmier die Couch nicht voll.«

Komischerweise macht es mir gar nichts aus, dass sie in meinem Haus Anweisungen gibt. Das wäre vor einem Jahr noch nicht denkbar gewesen. Seit ich schwanger bin, fühle ich mich meiner Mutter viel näher, und das liegt nicht nur daran, dass wir mittlerweile das gleiche Gewicht auf die Waage bringen. Ich glaube sie endlich besser verstehen zu können. Mutter zu sein bedeutet so viel Verantwortung. Wie schwer muss es sein, das eigene Kind eines Tages loszulassen. Allein der Gedanke, Finja aus der sicheren Abgeschiedenheit meines Bauches in die Welt hinauszupressen, macht mir Angst. Ansteckende Krankheiten, Verkehrsunfälle, Drogen. Zu viel Übel lauert draußen auf mein kleines Mädchen.

Ich drohe tatsächlich wie meine Mutter zu werden, die ich immer für überzogen fürsorglich gehalten habe, weil sie meiner Schwester Simone noch mit Mitte zwanzig die Wäsche macht. Während sie den Blick auf den Fernseher gerichtet hält, betrachte ich die Frau, die von ihrem Mann und ihren Freunden Rosie genannt wird und für mich immer die »Mama« bleiben wird. Unsere Beziehung ist problematisch und dabei doch so einzigartig. Meine Mutter wird eine wunderbare Oma für ihr erstes Enkelkind sein. Sie hat genau die richtige Menge wogenden Busen, das gutmütigste Lächeln der Welt und auffallend pink gefärbte Haare, die jedes Kind ungläubig starren lassen. Ich freue mich für Finja und für mich selbst. Auch weil ich mir nicht vorstellen kann, dass Klaus' Mutter als Oma sonderlich viel hergibt. Sollte Finja auf ihren Cashmere-Cardigan spucken, wird jeder weitere Nahkontakt garantiert unterbunden.

Auf dem Bildschirm öffnet Kevin gerade seinen Gürtel. Ich halte die Luft an. Lisas Augenlider beginnen verdächtig zu zucken.

Mit meinem Vater kommt der Gestank von Farbe und Lösungsmittel ins Wohnzimmer. In den Händen hält er eine grellgrün und rot lackierte Wiege. Sein schmales Gesicht glüht vor Stolz. »Für meine Enkelin.«

»Geh aus dem Weg«, herrscht meine Mutter ihn an, als er mir die Wiege entgegenstreckt. Damm, damm, damm, setzt die Musik des Abspanns ein. »Menno, Carl-Heinz!« Dann sieht sie die Wiege zärtlich an. »Da habt ihr schon drin gelegen. Erinnerst du dich?«

Ich erinnere mich nicht. Zumindest nicht daran, tatsächlich einmal darin gelegen und von innen nach außen geguckt zu haben. Auch nicht an die schaukelnden Bewegungen, die ich als Baby unzweifelhaft empfunden haben muss. Soweit ich weiß, setzen bewusste Erinnerungen erst mit etwa drei Jahren ein. Ich erinnere mich nur, dass die Wiege jahrelang im Keller abwechselnd als Behältnis für Schlittschuhe, Kartoffeln und Gartenerde diente.

Meine Mutter hat mich, ihrem verzückten Gesichtsausdruck nach zu urteilen, dagegen als Säugling in der Wiege noch deutlich vor Augen. »Du hast es geliebt, wenn ich dich feste geschubst habe«, sagt sie. »Und über deinem Kopf hing eine Spieluhr. Weißt du noch?«

Ein verschwommenes Bild. Von einem Marienkäfer oder einer Blume? Auf jeden Fall was Rotes. Mit Punkten. Oder ist es mehr ein Gefühl als ein Bild? Ist es überhaupt möglich, dass es doch frühere Erinnerungen gibt? »War die Spieluhr ein Marienkäfer?«

»Ein Elefant, glaub ich. Ja, genau. Frau Schmidt, unsere alte Nachbarin, hat sie uns zu deiner Geburt geschenkt. Ein gepunkteter roter Elefant. Hing an der Wand über der Wiege. Die hat Papa für Finja neu lackiert. Ist sie nicht schön geworden?«

Vor Rührung spüre ich einen Kloß im Hals. Gleichzeitig mit ihm schlucke ich die Bemerkung hinunter, dass ich mein Baby niemals in eine Wiege mit giftigem Lack legen werde.

»Wunderschön! Vielen Dank, Papa!« Ich drücke mich vom Sofa hoch und gebe ihm einen Kuss auf die kratzige Wange. »Kannst du bitte das Fenster aufmachen?« Die Musik wird prompt lauter, als er meiner Bitte nachkommt. »Was feiern die hier?«, motze ich.

»Ich hab Simi gesagt, sie muss leiser machen, aber sie meinte, ich soll mich nicht einmischen«, antwortet meine Mutter.

»Feiert sie eine Party?« Ich fass es nicht. »In meinem Garten? Und ihr schaut dabei zu?«

»Sie hat ganz viel beim Umzug geholfen«, rechtfertigt meine Mutter sich. »Lass ihr doch den Spaß.«

»Spaß? Was glaubst du, wie viel Spaß unsere Nachbarn haben bei dem Lärm? Die hassen uns jetzt schon.« Ich befehle mir, tief durchzuatmen, um meine Wut nicht auf mein Baby zu übertragen. Außerdem hätte ich nichts anderes erwarten dürfen. Trotzdem. Wir bezahlen den Freund meiner Schwester für den Umzug. Sie trägt zwei Kartons und glaubt, dafür eine Party schmeißen zu können. Und meine Eltern haben nichts Besseres zu tun, als Simi ihren Willen zu lassen. Wie immer.

Wippende Brüste sind das Erste, was ich zu sehen bekomme, als ich den Garten betrete. Meinen Garten, in dem die Party meiner kleinen Schwester stattfindet. In ultrakurzen Hot Pants hüpft Simone auf dem Trampolin herum, das ich mir vor Jahren in einem Anfall von Fitnesswahn gekauft habe. Es ist unübersehbar, dass sie obenherum außer dem gerippten Tank Top nichts weiter trägt. Asynchron bewegt sich die Oberweite zu dem Auf und Ab. Alle Augenpaare sind auf meine Schwester gerichtet. Natürlich starrt auch Klaus. Es geht weniger darum, dass er guckt, als darum, dass es Simone ist, die er anguckt. Die lustige Simi mit dem Superbusen und den langen Beinen. Mein Ellbogen trifft Klaus in die Seite.

»Aua.« Er reibt sich die Stelle. »Ich hab mir gerade vorgestellt, wie sexy du wohl aussiehst, wenn du auf dem Trampolin rumhüpfst.«

»Was meinst du, wie sexy du erst aussiehst, wenn ich auf deinem Gesicht rumhüpfe.«

»Du bist doch nicht sauer, oder?«

»Bin ich nicht.« Und ob ich das bin. Wie gewöhnlich, wenn meine Schwester in der Nähe ist. Manche Dinge ändern sich wohl nie.

»Ich hol mir ein Bier. Soll ich dir was zu essen mitbringen?« Klaus gibt mir einen Kuss auf die Stirn.

»Ich liebe dich«, liegt mir als Antwort auf der Zunge, stattdessen schüttele ich den Kopf. Mein Mann zuckt mit den Schultern und bahnt sich seinen Weg durch die Menge der Partygäste in unserem Garten. In diesem Augenblick bewegt sich Finja in mir. »Warte«, rufe ich ihm nach.

Er hört mich nicht, da er gerade an einer Gruppe von vier tätowierten, armmuskelbepackten Kerlen vorbeikommt, die laut »*This is not a love song*« mitgrölen. Dass die Anwesenden alle Männer sind, wundert mich nicht. Simone dünstet aus jeder ihrer Hautporen Sex aus, das zieht die Typen an und stößt Frauen ab. Man muss schon sehr masochistisch veranlagt sein, um Simis körperliche Überpräsenz länger ertragen zu können. Wahrscheinlich bin ich deshalb mit achtzehn gleich von zu Hause ausgezogen. Wenigstens konnte ich in meiner eigenen Wohnung davon ausgehen, dass die Männer, die anriefen, wirklich mich und nicht meine Schwester sprechen wollten.

Das liegt lange genug zurück. Inzwischen bin ich glücklich verheiratet und kurz davor, Mutter zu werden. Simones Männerverschleiß sollte ich mir nicht mehr zu Herzen nehmen. Wenn Klaus mit dem Bier zurückkommt, werde ich ihn bitten, diesen Spuk zu beenden und die Leute nach Hause zu schicken. Ich warte auf ihn, während mir ein unwiderstehlicher Duft vom Grill her in die Nase zieht.

Gier.

Anders ist die Reaktion meines Körpers auf diese Verlockung nicht zu bezeichnen. Mein Mund wird wässrig. Ich muss ein Würstchen haben. Jetzt sofort. Auch wenn das bedeutet, die Party der Höflichkeit halber noch ein halbes Stündchen länger zu ertragen.

Am Grill steht ein blonder Mann und wendet Würstchen und Koteletts. Sein gebräunter, muskulöser Oberkörper mit golden behaarter Brust ist nackt. Er hat sich nur eine Schürze umgebunden. Meine Schürze.

Schlagartig wird mir bewusst, auf wen Simones penetrante Hüpfattacke abzielt. Immer wieder blickt sie zu ihm und lacht dabei übertrieben. Weil der Grill-Mann sie als Einziger nicht beachtet, werden ihre Sprünge wilder, bis eine ihrer Brüste aus dem Top rutscht.

»Brust?«, grunzt der Typ mit der Schürze.

»Hä?« Ich blinzele und greife automatisch nach der Sonnenbrille, die ich mir ins Haar geschoben habe.

»Ich hab hier ein Stück Putenbrust. Willst du das?«

Meine Verwirrung legt sich, und ich sehe mir den Mann genauer an, der mit einer Zange nach einem Stück ziemlich dunkel gebratenem Fleisch angelt. Auf eine gewisse animalische Art ist er sexy. Schon klar, warum Simone sich so ins Zeug legt. Fast bedaure ich den Kerl, der zum Freiwild für meine Schwester geworden ist. Aber nur fast. Letztlich sind die Männer selbst schuld, wenn sie auf solche Frauen abfahren.

Er legt die Putenbrust auf einen Teller mit Rosenrand. Etwas klickt in meinem Gehirn. Das ist unser gutes Porzellan, unser Hochzeitsgeschirr. »Das nicht!«

»Sag doch, wenn du lieber ein Würstchen willst.« Der Grill-Mann ist dabei, eines der Würstchen auf dem Teller zu platzieren, den ich ihm gleichzeitig aus der Hand zu reißen versuche.

»Das ist Meißner!«

»Nee, Bockwurst.« Er lässt den Teller los. Das Würstchen rutscht herunter und landet auf seinem Fuß. Seinem nackten Fuß wohlgemerkt. »Shit, ist das heiß.« Der Blick, den er mir zuwirft, drückt alles aus. Er muss mich für vollkommen bescheuert halten. Na und, was steht er überhaupt barfuß in meinem Garten herum?

Ich weiß, dass ich irrational bin, aber auch die anderen Partygäste essen ihren Nudelsalat und ihr Fleisch mit Senf und Ketchup von meinen wertvollen Tellern. Ohne ein Wort der Erklärung nehme ich sie ihnen ab. Sie starren mich an.

»Hast du sie noch alle?« Simone stellt sich vor mich. Immerhin hat sie das Top wieder über ihre Brüste gezogen.

»Das ist das Hochzeitsgeschirr von Oma«, erkläre ich. »Wenn das kaputtgeht!«

»Gott, was werden die paar Teller groß kosten.« Meine Schwester verdreht die Augen. »Außerdem sind die Rosen potthässlich.«

Sie begreift es nicht. Sie begreift es einfach nicht. Es geht nicht um den materiellen Wert, der übrigens nicht unerheblich ist. Unsere Oma hat das Geschirr zur Hochzeit bekommen, unsere Eltern, Klaus und ich haben bei unseren Hochzeiten davon gegessen, und ich spekuliere fest darauf, dass eines Tages auch Finja ihre Hochzeitstorte mal von genau diesen Tellern picken wird.

»Das war der einzige Karton, in dem ich Teller gefunden hab«, rechtfertigt sich Simone.

»Warum machst du einfach einen Karton auf?«, fahre ich sie an. »Und was soll das hier? Warum feierst du eine Party in meinem Garten?«

Einer der Gäste futtert den Nudelsalat jetzt mit den Fingern aus der Schüssel.

»Die Jungs haben den ganzen Tag eure Sachen geschleppt. Da find ich es selbstverständlich, ihnen was zu essen und zu trinken hinzustellen. Mama und ich haben Salate gemacht, und Papa hat Bier und Fleisch besorgt. Ihr habt ja an so was nicht gedacht.«

Die Umzügler. Das erklärt, weshalb nur Männer anwesend sind. Ich fühle mich ertappt. Und schuldbewusst. Aus lauter aufgestauter Wut habe ich mich komplett dämlich verhalten.

»Huhu!« Über den Zaun lugt eine Blondine. Die blauen Augen, deren Farbintensität vermutlich von getönten Kontaktlinsen herrührt, sind mit schwarzem Kajal umrandet. Ihre Haut ist von einem so dunklen Braun, wie nur Sonnenbänke es zustande bringen, und sieht zerknittert aus. An den Ohren und um den Hals hängt Gold in Form von Panzerketten, Ringen mit glitzernden Steinen und Engelsflügeln. »Ist das Ihre Party?«, fragt sie.

»Das sind die Möbelpacker. Es dauert auch nicht mehr lange«, entschuldige ich mich. »Ich bin Ihre neue Nachbarin, Mara Lomberg.«

Sie ignoriert meine Hand. »Ich hoffe, der Krach hört bald auf. Er zerstört meine Aura.«

»Ihre Aura?«

Ohne ein weiteres Wort verschwindet sie durch ihre Terrassentür, an der ein Engel aus Kristall baumelt.

»Alles in Ordnung?« Der Grill-Mann schlendert auf uns zu. Simones Gesicht hellt sich merklich auf.

»Ja, danke, ich mein, alles bestens. Und Entschuldigung.« Ich deute auf seinen Fuß.

»Schon gut.« Er nimmt einen Schluck aus seiner Bierflasche.

»Das ist meine Schwester, Mara.« Simone legt ihm eine Hand auf den Rücken.

»Hab ich mir gedacht«, lacht der Grill-Mann. »Ich bin Nils.« Er gibt mir die Hand.

Auf seinem Arm sehe ich eine laienhaft gestochene Tätowierung, einen fünfzackigen dunkelblauen Stern. Vielleicht war er mal im Knast, der neue Freund meiner Schwester. Oder, wie es ausschaut, der Typ, den sie sich als vorübergehenden Lover und baldigen Exfreund auserkoren hat. Er hat mein ganzes Mitgefühl, denn trotz allem macht er einen netten Eindruck. Zu nett für Simone.

»Ist der Umzug klargegangen?«, frage ich ihn.

»Kein Glasbruch oder so was. Aber sag mal, habt ihr Steine in die Kisten gepackt?«

»Ja«, antworte ich. Auf sein verdutztes Gesicht hin bemerke ich, dass es wohl ein Scherz sein sollte. »Mein Mann ist Bildhauer.«

»Na dann. Kein Wunder. Danke für das Bier. Kam genau richtig. Das Essen auch.«

»Tja«, sage ich und weiß nicht mehr weiter. Die Situation ist mir unangenehm. Ich fühle mich einfach doof. Im Grunde ist Simone daran schuld. Wieso hat sie das alles nicht sofort erklärt, anstatt auf dem Trampolin herumzuspringen und unseren neuen Nachbarn ihre Brust zu präsentieren. Überhaupt hat sie mir das Ganze eingebrockt, indem sie darauf bestanden hat, dass wir das Umzugsunternehmen ihres Freundes oder Fast-Exfreundes beauftragen. »Soso«, füge ich hinzu, um die Stille zu überbrücken.

»Meine Schwester ist schwanger«, meint Simone.

»Nicht zu übersehen«, lacht Nils.

»Stimmt.« Simone kichert. Ein Scherz auf meine Kosten.

»Ich bin nicht dick, kapiert!«, schnauze ich.

Nils hebt die Hände auf Kopfhöhe. »Ist ja gut.«

»Das sind die Hormone«, mischt sich Simone ein.

»Krieg du erst mal dein Leben auf die Reihe«, gifte ich sie an.

»Ich krieg mein Leben auf die Reihe!«

»Kriegst du nicht.«

»Krieg ich doch!«

»Nein.« Ich bin wieder zehn, und Simone ist sechs.

»Doch.«

»Nein.«

»Doch.«

»Nein.«

Bin das wirklich ich?, wundere ich mich. Das ist alles so lächerlich. Eine werdende Mama in meinem Alter sollte sich nicht mehr mit ihrer Schwester zanken. Vor allem nicht, während dieser Typ danebensteht und sich einen abgrinst.

»Simone.« Ich bemühe mich um einen erwachsenen Ton. »Leute, die ihr Leben auf die Reihe kriegen, wechseln nicht dauernd den Lover und ziehen zwischen ihren Beziehungen auch nicht ständig wieder bei ihren Eltern ein. Die verdienen ihr eigenes Geld und lassen garantiert nicht ihre Brüste aus dem T-Shirt hängen, um irgendwelche Loser zu beeindrucken.«

»Ach, fick dich doch! Du bist so gemein«, brüllt Simone und läuft ins Haus. Wahrscheinlich heult sie sich bei Mama und Papa aus.

»Pass mal auf«, sagt Nils. Ich spüre, dass ich rot werde.

»Mit dem Loser warst nicht du gemeint«, behaupte ich.

»Egal. Weißt du, was mich ankotzt? Deine selbstgefällige Art, mit der du Simone kleinmachst, weil du eine Gucci-Pucci-Sonnenbrille trägst und dein Baby in einem Bauspar-Eigenheim großziehen wirst.« Ich will protestieren. Die Sonnenbrille ist von Chanel, und das Haus haben wir mit dem Geld von Klaus' Eltern und dem Kredit von unserer Bank bezahlt. Aber ich halte die Klappe, weil es Nils garantiert nicht darum geht. »Nicht jeder hat so ein verdammt glückliches Leben wie du«, endet er und lässt mich stehen.

Mir wird heiß.

»Was ist denn los?« Klaus kommt über den Rasen auf mich zu.

»Nichts.« Ich bringe es nicht über mich, ihm davon zu erzählen, wie idiotisch ich mich verhalten habe.

4

In eine Decke gewickelt liege ich im Liegestuhl und blicke in den aufgeräumten Garten, auf den sich langsam Dunkelheit senkt. Schon kann ich die Sträucher auf dem Nachbargrundstück nicht mehr richtig erkennen. In unserem Garten wächst außer Gras, Unkraut und ein paar Blumen von meiner Mutter noch nicht viel. Ein Baum wäre nett, auch wenn ich mich mit Klaus' Idee, nach der Geburt einen Apfelbaum auf die Plazenta zu pflanzen, nicht wirklich anfreunden kann. Aus dem Haus der blondierten Nachbarin schallt Musik: *Ave Maria.* Neben mir auf den Terrassenplatten kratzt Cassiopeia. Ich reiche ihr ein weiteres Salatblatt.

Es ist mal wieder so weit. Simi hat es geschafft. Sie ist das arme Opfer, und ich bin die gemeine, missgünstige Spießerin.

Vielleicht hatte der Typ doch irgendwo recht, und ich bin zu selbstgefällig, weil ich davon ausgehe, dass Simone mehr aus sich und ihrem Leben machen könnte, wenn sie es nur wollte. Trotzdem hasse ich mich dafür, überreagiert zu haben. Warum will es mir einfach nicht gelingen, meiner Schwester gegenüber gelassener zu sein?

»Ich bin dann so weit.« Klaus erscheint auf der Terrasse. »Willst du gucken?«

Hand in Hand betreten wir die Küche. Das Geld reichte nach dem Hauskauf nicht aus, um Hängeschränke und Unterbauten im English-Cottage-Stil anzuschaffen, deshalb müssen wir erst einmal mit unserer alten Ikea-Küche improvisieren. Ich wollte mein Sicherheits-Sparkonto plündern, aber Klaus war dagegen. Streng genommen ist das Geld »für alle Fälle« gedacht. Wie auch immer die aussehen mögen.

Dafür ist der Rest des Hauses wunderschön. Dem eierschalenfarbenen Ton der Wände im Wohnzimmer, Flur und Schlafzimmer gehen zwei Farbanstriche voraus, die uns einfach nicht gefallen haben. Jetzt ist er perfekt. Und der dunkelbraun gebeizte Holzfußboden, auf dem Klaus bestanden hat und den ich erst zu düster fand, passt hervorragend dazu.

Im Eingangsbereich hängt unser großer alter Spiegel. Mir fällt der Nachmittag in London ein, als wir vom Regen aufgescheucht in ein Antiquitätengeschäft gerieten, wo ich mich ohne zu zögern in den geschnitzten Rahmen, von dem an ein paar Stellen die goldene Farbe blättert, verliebt habe. Eigentlich war er viel zu teuer für unser damaliges Budget.

Ich freue mich wahnsinnig darauf, wenn letzten Endes jeder Stuhl, jedes Kissen und jede Vase am richtigen Platz steht. Aber das wichtigste Zimmer im ganzen Haus ist das Kinderzimmer. Ich selbst bin in Holzimitatmöbeln aus den siebziger Jahren groß geworden, die so viel Individualität ausgestrahlt haben wie ein Bahnhofsklo. Das soll Finja nicht passieren. Streng genommen ist es Unsinn, dass sie jetzt schon ein eigenes Zimmer hat, denn das erste Jahr wird sie in ihrem Bettchen neben uns schlafen, trotzdem möchte ich, dass alles für sie bereit ist.

Die Wickelkommode und den Schrank haben wir von einem Händler bezogen, der Produkte ohne Schadstoffe anbietet. Auch die helllila Wandfarbe ist umweltschonend. Am letzten Wochenende habe ich im noch leeren Zimmer ringsum an die Wände eine Bordüre mit Tieren gemalt. Sie tanzen und freuen sich auf das schreiende Leben, das bald einziehen wird. »Hast du den Karton mit den Babysachen gesehen?«, frage ich.

»Hier.« Klaus stellt ihn auf die Kommode. »Willst du ihn jetzt noch auspacken?«

»Lass mich doch.« Er lächelt verständnisvoll. »Bringst du morgen die Wärmelampe an?«, bitte ich ihn.

»Hat das nicht Zeit?«

»Nein!«

»Na schön.«

Vorfreude breitet sich in mir aus, während ich die winzigen Söckchen, Bodys, Hosen, Strampler, die Unmengen an Spucktüchern und die Windeln in der kleinsten erhältlichen Größe in die Schubladen sortiere. Die Liebe zu meinem Mädchen nimmt mit jedem Jäckchen zu, das ich durch die Finger gleiten lasse, bevor ich es wie ein rohes Ei zu den anderen lege. Ich bin so gut auf mein Kind vorbereitet, wie es nur geht. Das, was mit der Geburt meiner Kleinen aber tatsächlich auf mich zukommen wird, ist noch immer ein großes Mysterium. Ich habe so viel gelesen. Von der Liebe, die sich unweigerlich einstellt, sobald das Baby der Mutter auf den nackten Bauch gelegt wird. Von dem natürlichen Instinkt, sich um diesen Winzling zu kümmern. Auch von postnataler Depression, Schreikindern und Koliken. Wenn ich nur möglichst positiv an alles herangehe, kann ich das Schlimmste verhindern. Davon bin ich überzeugt.

Allmählich wird es draußen so dunkel, dass ich nicht mehr viel erkenne. Klaus muss unbedingt auch die Lampe aufhängen, einen japanischen Papierschirm, den ich mit Blumen bemalt und mit Schmetterlingen aus Seidenpapier beklebt habe. »Klaus?« Ich rufe in den Flur hinein.

»Bin in der Küche.«

»Machst du mal Licht?« Sekunden später taucht er mit einer Kerze in der Hand auf, nimmt meinen Arm und geleitet mich langsam durch den Flur, wobei ich mich fühle wie eine Heldin von Jane Austen, die der Mann ihres Herzens durch sein Anwesen führt. »Ich bin schwanger, nicht achtundneunzig«, ziehe ich ihn auf.

»Solange du meinen Schatz trägst, wache ich über dich.« Klaus drückt meinen Arm.

Die Berührung ist so beschützend, so behütend, dass mir Tränen in die Augen steigen. Das sind jetzt aber wirklich die Hormone.

»Pass bloß auf, dass du dich nicht zu einem Übervater entwickelst, der seiner Prinzessin noch mit achtzehn jeden Umgang mit Jungs verbietet«, lästere ich.

»Jungs? Meine Tochter wird selbst mit dreißig nicht wissen, dass es diese Spezies überhaupt gibt.« Er streichelt über meinen Bauch. Finja tritt von innen dagegen.

»Siehst du«, lache ich. »Sie setzt sich schon gegen dich zur Wehr.«

Klaus lächelt stolz. Wir gehen durch die Küche auf die Terrasse, wo er aus Decken und Kissen ein Lager errichtet hat. Unter seinen Argusaugen lasse ich mich nieder. Er legt sich neben mich und küsst mich, als ich einen noch heftigeren Tritt verspüre, gefolgt von dem nächsten. Mein Bauch ruckelt. Es sieht eigenartig aus, fast ein bisschen alienmäßig, wie er sich von rechts nach links bewegt, ohne dass ich etwas dazu tue.

»Ich kann es kaum erwarten, bis sie schlüpft. Meinst du, sie hat sich endlich gedreht?« Klaus wirkt aufgeregt. Erst seit er Finjas Bewegungen durch meine Bauchdecke spüren kann, ist ihm richtig klargeworden, dass da tatsächlich ein eigenständiges Wesen, ein kompletter Mensch in mir heranwächst.

»Morgen wird's sich zeigen.« Ich wünsche mir, dass sich mein Mädchen aus der Beckenendlage umdrehen wird, sonst bleibt nur die Wahl zwischen Kaiserschnitt und äußerer Wendung. Wobei mir mit meiner wachsenden Angst die operative Geburt auf einmal wesentlich erstrebenswerter erscheint als die natürliche.

»Eine Wendung ist viel zu riskant«, meint Klaus. »Ich hab da was im Internet gelesen. Wenn du Pech hast und die Plazenta sich löst, bekommst du einen Notkaiserschnitt. Dann ist es besser, du entscheidest dich sofort für den Kaiserschnitt und bist bei vollem Bewusstsein.«

Er hat recht. Sicherheit ist entscheidend. Vor allem geht es darum, Finja nicht zu gefährden. Beim zweiten Kind ist eine natürliche Geburt mitsamt ihren natürlichen Schmerzen trotzdem noch drin.

»Unsere kleine Sternenguckerin!« Liebevoll streichelt Klaus über meinen Bauch. Das Glück pulsiert in mir.

Die Bettseite neben mir ist leer, als ich aufwache. Klaus wird bereits in die Werkstatt gefahren sein. Ihn und den Wecker habe ich gar nicht gehört, denn in der Nacht musste ich mindestens fünfmal auf die Toilette. Er wollte früh aufstehen, um an einer neuen Skulptur zu arbeiten, und mittags wird er mich im Krankenhaus zum Ultraschall treffen. Wir sind mit der Oberärztin verabredet, um zu besprechen, wie es weitergeht, sollte sich Finja nicht gedreht haben. Am Nachmittag werden wir dann zusammen die restlichen Kartons ausräumen.

Es ist faszinierend, wie sich unser Leben in den nächsten paar Wochen verändern wird. Ich kann es mir nicht genau vorstellen. Klaus und ich, wir waren immer ein Zweierteam, und bald sind wir vor allem Eltern. Wenigstens kann ich dann die Verantwortung für Finja, die im Moment noch ganz bei mir liegt, mit ihm teilen.

In der halbfertigen Küche setze ich Teewasser auf. Am meisten freue ich mich auf einen ordentlichen Latte macchiato nach der Geburt. Die Frauen im Vorbereitungskurs schwärmen von Sekt und Cocktails, ich lechze nach Kaffee.

Im Kühlschrank steht ein letztes Schokoladentörtchen aus Paris, das ich im Stehen verschlinge. Nicht gerade die gesunde

Ernährung, die einer werdenden Mutter empfohlen wird, aber mein Kaffeeopfer ist schon so gewaltig, dass ich mir die ein oder andere süße Sünde erlaube. Durch die Wand zum Nachbarhaus dringt lautstark *Ave Maria*. Es stört mich, doch ich wage nicht, mich zu beschweren, denn unsere Party war auch nicht gerade leise. Außerdem werden wir uns demnächst mit Babygeschrei revanchieren. Vielleicht wäre es gut, heute oder morgen mit einem Versöhnungskuchen bei der Nachbarin aufzutauchen, ihren Namen in Erfahrung zu bringen und einen auf gut Wetter zu machen, in Anbetracht der ganzen Kindergeburtstage und Kissenschlachten, die in den kommenden Jahren anstehen.

In einer Kiste mit der prosaischen Aufschrift »Küche – Geschirrschrank« finde ich meine Tassensammlung. Ich krame so lange, bis ich den Prinzessin-Diana-Henkelbecher in den Händen halte, hänge einen Teebeutel hinein, gieße Wasser auf und setze mich damit ins Wohnzimmer aufs Sofa, wo mich der Musikgeschmack der Nachbarin nicht erreicht. Während ich darauf warte, dass der Tee abkühlt, streichle ich meinen Bauch. Finja scheint noch zu schlafen. Ich lausche in die Stille des Hauses. Es befremdet mich, vormittags allein daheim zu sein. Die letzten drei Jahre habe ich bis auf die kurzen Ferienunterbrechungen immer gearbeitet. Meistens sogar samstags und oft genug am Sonntag. Meine Wochen bestanden eher aus siebzig als aus vierzig Arbeitsstunden. Jetzt habe ich erst einmal gar nichts zu tun. Außer eine werdende Mama zu sein und Kartons auszupacken.

Ein Schluck von dem labbrigen Tee verleidet mir den Rest. Ich bringe ihn in die Küche zurück, wo er im Spülbecken verendet. Unruhe erfasst mich. Irgendetwas muss ich tun, aber mir steht der Sinn nicht danach, Töpfe und Schalen aus Zeitungspapier zu wickeln, in die Hocke zu gehen und sie in die Unterschränke einzuräumen. Mittlerweile ist so was zu mühsam für mich geworden, daher beschließe ich, mich in meine Mutterrolle einzugewöhnen und an der geplanten Krabbeldecke zu nähen. Ich habe bereits ein genaues Bild davon im Kopf: bunte Flicken aus den Pariser Stoffen und darauf applizierte Libellen, Schmetterlinge und Blumen.

Aus der Tüte mit der französischen Aufschrift nehme ich die Stoffe und streiche darüber. Auf diesen kleinen lindgrünen Blümchen wird Finja sabbern, über die rosa-gelb-himmelblauen Streifen krabbeln, und auf dem Zwergenmuster wird sie zum ersten Mal »Mama« sagen. Hochmotiviert will ich mit der Decke loslegen, aber ich kann den Karton mit Schere, Nähmaschine und Nähgarn nicht finden. Mir bleiben ja noch ein paar Wochen Mutterschutz, um fertig zu werden. Das Leben muss toll sein, ohne stundenlange Telefonate mit einer Kollegin wegen verlegter Sendebänder oder kurzfristig anberaumte Konferenzen.

Mein Handy klingelt. Hoffentlich ist es niemand aus der Firma.

»Huhu, Süße!« Es ist Hedi. Meine beste Freundin und schwanger wie ich. Ihr Mutterschutz hat bereits vor zwei Wochen begonnen. »Was ist? Kommst du zum ZDHSN-Gucken?«

Vormittags läuft unsere Lieblingssoap *Zähl die heitren Stunden nur* in der Wiederholung. Um die Zeit habe ich bisher nie ferngesehen. Zumindest nicht zum Vergnügen.

»Ich weiß nicht, ich muss nachher ins Krankenhaus.«

»Ach komm, du hast mir noch gar nichts von Paris erzählt. Außerdem hab ich Schoki und Gummibärchen da.«

Das ist ausschlaggebend. Mit dem Fuß schiebe ich Cassiopeia zur Seite, die ihren täglichen Morgenspaziergang in der neuen Wohnung wiederaufgenommen hat. Ich dusche, ziehe mich an und lasse meine Pumps in der Ecke stehen.

»Mara?« Hedis helle, immer ein bisschen zu aufgeregte Stimme hallt durch das Treppenhaus. Ich kämpfe mich in den vierten Stock hinauf und bin froh darüber, in einem Bungalow zu leben.

»Hallo … pfff … Ich kann … mitten … am Tag tun … und lassen, was ich will. Pffff, ist das nicht toll?«

»Komm erst mal rein. Das ist ein absolut herrlicher Zustand«, pflichtet mir Hedi bei. »Langsam hab ich aber das Gefühl, körperbehindert zu sein. Wenn die Kleine nicht bald kommt, muss ich einen Treppenlift einbauen.«

»Wo ist die Schokolade?« Ich lasse mich auf Hedis Ledercouch fallen. Vorausschauend hat sie mir die Fünfhundert-Gramm-Tafel zugeschoben. Wir teilen nicht nur den gleichen Seriengeschmack und sind bloß zwei Wochen hintereinander ausgerechnet, wir werden auch beide Mädchen bekommen und gieren nach Süßem. Das Schicksal meint es gut mit uns, dass es uns immer wieder zusammenführt. Seit der dritten Klasse geht das so. Wir haben uns nie länger aus den Augen verloren, trotz der ständigen Umzüge von Hedis Mama, unserer abgebrochenen Studien, der stressigen Jobs beim Fernsehen und trotz Klaus' Abneigung gegen Hedis hektische Art.

»Ich hab den Gips besorgt, damit wir die Abdrücke von unseren Bäuchen machen können.« Hedi schaltet den Fernseher an.

»Super. Lass uns gleich anfangen, ich muss …«

»Der Ultraschall, klar. Hat sich die Kleine immer noch nicht gedreht?«

Hedis Tochter liegt längst richtig herum. Im Gegensatz zu der hyperaktiven Mutter scheint das Mädchen eher zuverlässig zu werden.

»Ich bin optimistisch«, sage ich voller Überzeugung. Es sind ja noch ein paar Wochen hin.

»Deine Ruhe möchte ich haben.« Hedi holt eine Wasserschüssel, Gipsstreifen und Vaseline. »Wofür ein Gleitmittel so alles gut ist.« Sie kichert, während wir uns die entblößten Bäuche einfetten, und schlägt nebenbei ein Modemagazin auf.

Ich glaube, die Schwangerschaft ist die einzige zeitlich zusammenhängende Periode, in der Hedi überwiegend mit einer Sache beschäftigt ist. Ansonsten kann ihre sprunghafte Art manchmal sogar mich in den Wahnsinn treiben. Vielleicht ist das ihr Geheimnis, weshalb sie der Gedanke, eine Single-Mama zu werden, nicht groß beunruhigt.

Mein prüfender Blick wandert zu Hedis Bauch mit den feuerroten Schwangerschaftsstreifen. Ein bisschen Stolz keimt in mir auf, dass meine Haut bis auf vereinzelte winzige Risse nahezu makellos ist. Natürlich erwähne ich meiner Freundin gegenüber nichts davon, das wäre gemein.

Während der Gips auf unseren Bäuchen langsam härter wird, fliegen auf der Mattscheibe die Fetzen. Frau Seemann wirft ihrem Gatten die antike chinesische Vase seiner verstorbenen Mutter entgegen. Gerade noch kann er sich ducken, bevor das gute Stück hinter ihm an der Wand zerschellt, danach wackelt die Kulisse. Gleichzeitig hält er seiner Ehefrau vor, kein Verständnis für ihn aufzubringen. »Ich ertrage das nicht mehr«, schreit Frau Seemann. »Geh zu deinem Flittchen! Geh endlich!«

»Ich habe Angst«, sagt Hedi. Verwundert sehe ich sie an, denn ich kann mich nicht daran erinnern, dass meine Freundin jemals vor irgendetwas außer Spinnen Angst hatte. »Meinst du, dass ich die Kleine lieben kann?« Hedi sieht verzweifelt aus.

»Wieso denn nicht? Sie ist dein Kind.«

»Keine Ahnung. Meine Mutter ist nicht gerade das leuchtende Beispiel für Mutterliebe. Die hat ihre Männer immer mehr geliebt als mich.«

»Du bist aber nicht deine Mutter.« Ich nehme Hedis Hand. »Du bist stark. Du kriegst das hin.«

»Versprochen?«

»Versprochen. Du wirst eine prima Mama, wirst schon sehen. Und ich bin ja auch noch da.« Ich hätte meine Freundin gern umarmt, mit dem gehärteten Panzer aus Gips auf meinem Bauch geht das aber nicht.

In der Straßenbahn sitzt mir eine ältere Dame gegenüber und lächelt meinen Bauch an. »Ihr erstes Kind?«

»Ein Mädchen.« Mein Spiegelbild in der Fensterscheibe ähnelt einer zufrieden grinsenden Kuh.

»Ich habe zwei Töchter. Es ist schön, Kinder zu haben.«

Mein Lachen verschwindet nicht einmal, als ich aussteige. So beschwingt, wie es in meinem Zustand nur möglich ist, betrete ich die Klinik und warte auf den Aufzug. Eine Frau mit einem Säugling auf dem Arm kommt heraus und strahlt mich an. Eigentlich sind die Alte und die frischgebackene Mutter Fremde für mich, doch dass auch ich bald eine Mutter sein werde, macht uns zu einer eingeschworenen Gemeinschaft.

Auf dem Flur der gynäkologischen Abteilung wartet Klaus. Ich setze mich neben ihn auf einen der harten Plastikschalenstühle. Hoffentlich müssen wir nicht zu lange hier ausharren, nachher melden sich meine Hämorrhoiden wieder.

»Wie geht's dir?«, fragt er.

»Prima«, wispere ich.

Uns gegenüber sitzt eine Schwangere, die völlig ausgemergelt aussieht. Ihr strähniges, hennarot gefärbtes Haar und ihre Kleidung wirken ärmlich und ungepflegt. Mit beiden Händen wühlt sie in ihrer fleckigen Handtasche, fördert eine Zigarettenschachtel ans Licht, die sie zerknautscht und zurücklegt, als sie unsere entsetzten Blicke bemerkt. Sie macht einen unglücklichen und ungeliebten Eindruck. Ich fühle mich schuldig, weil es mir so wahnsinnig gutgeht und ihr nicht. Umso erleichterter bin ich, als mein Name aufgerufen wird. »Frau Lomberg, bitte.« Wir stehen auf. Ganz habe ich mich noch nicht daran gewöhnt, Klaus' Nachnamen zu tragen und nicht mehr Triller zu heißen. Vielleicht wird es sich mit Finja zusammen selbstverständlicher anhören.

»Guten Tag, Frau Lomberg. Herr Lomberg. Wie geht es Ihnen?«

Die Oberärztin deutet auf einen Stuhl, auf den Klaus sich setzt, während ich versuche, mich auf die Liege zu hieven. Ich ziehe mein T-Shirt hoch. Auf der Haut ist eine weiße Spur von dem Gipsbauch zurückgeblieben. Wenn die Abdrücke getrocknet sind, wollen Hedi und ich sie wie Niki de Saint-Phalles Nanas bemalen. Der Brunnen vorm Centre Pompidou hat mich auf die Idee gebracht.

Die Ärztin gibt ein durchsichtiges Gel auf die Ultraschallsonde und setzt diese auf den Bauch. Es ist kalt. Ich sehe zu Klaus, der seine Augen auf den Monitor gerichtet hat, auf dem nun die Gebärmutter mit Finja zu sehen ist.

»Hat sie sich endlich gedreht?«, fragt er.

»Äh … nein.«

»Dann müssen Sie als Ärztin mal ein Machtwort sprechen.« Er lacht etwas nervös.

Ich lächle ihm zu, bevor mein Blick wieder zur Ärztin wandert, deren Gesicht komisch wirkt. Verschlossen. Zu ernst für diesen Moment. Sie fährt mit der Sonde über den Bauch. Suchend. Ich blicke auf das Ultraschallbild. Etwas ist anders als sonst.

»Ich gebe kurz einem Kollegen Bescheid.« Die Oberärztin steht auf und verlässt den Raum. Zu schnell.

»Was wird das denn?« Klaus scheint ebenso ratlos wie ich.

Ein Gefühl steigt in mir auf. Unruhe. Angst. Ich beginne zu schwitzen. Der Schweiß steht zwischen meinen Schulterblättern und läuft aus den Kniekehlen meine Waden hinunter.

Auf dem Monitor ist immer noch unsere Tochter zu sehen. Stimmt etwas nicht mit ihr? Diese Frage zu stellen, wage ich nicht. Meine Hand fährt über den Bauch, drückt leicht hinein. Ich spüre einer Reaktion Finjas nach. Nichts. Wahrscheinlich schläft sie, oder? Wie lange dauert das hier eigentlich?

Die Ärztin kommt mit einem Kollegen zurück, der mit einem vagen Nicken in meine Richtung zur Sonde greift und sie über den Bauch bewegt, dabei setzt er sich nicht einmal hin. Dass das nichts Gutes bedeuten kann, sagt mir mein Gehirn, mein Gefühl dagegen sagt mir gar nichts.

»Es tut mir sehr leid«, meint der Arzt. »Es ist keinerlei Herzaktivität vorhanden.«

Ich sehe ihn an. Was redet er da? Seine Worte ergeben keinen Sinn für mich.

Ich blicke zur Oberärztin. Ihr Gesicht ist verschlossen, und sie weicht meinem Blick aus. »Wir können keine Herztöne Ihres Kindes mehr feststellen.«

Nachdem sie den Satz ausgesprochen hat, bleibt er im Raum hängen.

Wir können keine Herztöne Ihres Kindes mehr feststellen.

Jetzt begreife ich, was vorhin anders war. Das Ultraschallbild. Es ist ein Standbild. Der Schweiß fühlt sich eiskalt auf meiner Haut an. Automatisch schüttele ich den Kopf. Alles in mir ist auf Abwehr geschaltet. Keine Herztöne? Das kann nicht sein. Bei jedem Ultraschall ging es Finja gut. Immer. Ich klammere mich an Klaus' Hand. Die Berührung ruft mir in Erinnerung, wie heftig unser Mädchen letzte Nacht noch getreten hat. Seine Hand ist mein Zeuge. Da müssen Herztöne sein.

Durch das Fenster scheint die Sonne auf die Wände des Untersuchungszimmers, an denen gerahmte Plakate hängen.

Pralle Säuglinge in Bienenkostümen und mit Sonnenblumenmützen auf den Köpfen, niedliche Gesichter mit geröteten Wangen. Zahnloses Lächeln. Babyidylle pur. *Wir können keine Herztöne Ihres Kindes mehr feststellen.* Der Satz beginnt zu schmerzen. Ich starre meinen nackten Bauch an, der mit dem verschmierten Gleitmittel irgendwie unanständig wirkt, und versuche ihn dazu zu zwingen, dass er das Herz wieder zum Schlagen bringt. Los. Mach. Schlag doch wieder.

Ich halte das Reißen in meiner Brust nicht länger aus.

»Soll ich Ihnen einen Seelsorger rufen?«, fragt der Arzt.

»Nein«, sage ich und kralle mich noch immer an Klaus' Hand fest. Nein. Nein. Nein. Nein.

Ich denke nur, dass das doch nicht wirklich ich sein kann, der das hier passiert.

5

Unser erster gemeinsamer Urlaub. Über fünf Monate sind wir bereits zusammen, und noch immer zähle ich die Tage, seit ich Klaus auf der Künstlerparty kennengelernt habe. Verliebt kuschele ich mich an ihn, schließe die Augen und stelle mir vor, der Straßenlärm wäre Meeresrauschen. Um das Meer sehen zu können, müssen wir allerdings unser Zimmer im *Stella di Mare* verlassen, denn das winzige Fenster geht auf einen Supermarktparkplatz und überquellende Mülltonnen hinaus.

Von meinem Gehalt könnte ich locker ein tolles Hotel und Essen in Restaurants bezahlen, die ihre Tische mit Stoff anstelle von Papier eindecken, aber mein fast noch neuer Freund besteht darauf, exakt die Hälfte aller Rechnungen zu begleichen. Unser Reisebudget, das sich an seiner Finanzlage orientiert, ist so gering, dass es zum Mittagessen gerade für eine Flasche Rotwein und eine große Focaccia aus dem angrenzenden *supermercato* reicht.

Wir lassen uns den Wein an der Kasse entkorken und schlendern Hand in Hand durch die engen Gassen zum ligurischen Strand. Mir ist nicht klar, wo es uns nach dem Urlaub hinführen wird, ob wir unsere Beziehung ausbauen oder ob sich das Aufregende heimlich abnutzt, aber in dieser Gasse, die von dem Hupen einer dreirädrigen Ape beschallt wird, fühle ich, dass mir die Erinnerungen für immer bleiben werden.

Meine Zehen graben sich in den brennenden Sand. Das Licht ist weiß und schmerzt. In den glitzernden Wellen treibt ein Schwarm brauner Algenstückchen, die sich an die Haut heften, wenn man schwimmen geht. Muscheln gibt es hier nicht, nur Glasscherben, von den Steinen im Meer abgeschliffen. Braune, grüne, ein helleres Grün, wie Juwelen glänzend. Trocknen sie, werden sie stumpf.

Ich bücke mich und greife nach einem Stück Holz. Es ist gräulich. Die Maserungen sind wie ein Relief von der Kraft des Wassers herausgearbeitet worden. Klaus und ich sammeln die großen Steine auf, bevor ich das alte Frotteehandtuch ausbreite, in dem ich den Kindheitsgeruch von Apfelshampoo zu riechen meine. Der Duft des Vertrauten umhüllt mich, während wir Schulter an Schulter säuerlichen Wein aus der Flasche trinken, den Blick aufs Meer gerichtet. Schmachtfetzen von Zuccheros »*Senza una donna*« wehen aus einem vorbeifahrenden Auto zu uns herüber. Kinder schreien sich auf Italienisch etwas zu. Ich beiße von dem salzigen Hefegebäck ab und bin überzeugt, noch nie etwas annähernd so Gutes gegessen zu haben.

Klaus dreht den Kopf und küsst meinen Mundwinkel. Ich neige mich zu ihm, um seinen Kuss zu erwidern, und wünsche mir, dieser Augenblick möge weiterbestehen. Mein ganzes Leben könnte ich so verbringen, an diesem Strand, mit diesem Mann an meiner Seite. Schon male ich mir aus, wie wir einen kleinen Liegestuhl- und Sonnenschirmverleih betreiben und aus einem verbeulten Kühlschrank heraus Bier an die Touristen verkaufen. Als ob der Sommer endlos andauern würde.

Ich wuschele Klaus durch die dunklen Locken, in denen vereinzelte graue Haare wachsen. Er reibt seine Nase an meiner, und ich begreife, dass ich mit ihm alt werden kann. Dass das hier nicht nur eine Affäre mit einem interessanten Künstler ist, die mir nach ihrem unspektakulären Ende die eine oder andere sentimentale Erinnerung beschert, sondern mehr. Ich will, dass es mehr wird.

Doch dazu gehören immer zwei. Fragend, forschend sehe ich ihn an, möchte abschätzen, was er fühlt.

»Lass uns ins Wasser gehen.« Er zieht mich vom Handtuch hoch, knöpft sein Hemd auf und wirft es von sich, dann läuft er los, ins Meer hinein. Ich brauche länger, um mein T-Shirt und den Rock auszuziehen. Als ich vorsichtig über die Kiesel schreite, taucht er gerade unter.

Das Meer ist erstaunlich kalt, und mich friert. Um zu Klaus zu kommen, muss ich ganz hinein. Ich lasse mich fallen, pruste und schwimme, bis ich bei ihm bin. Er nimmt meine Hand, legt einen runden schwärzlichen Stein hinein und schließt meine Finger darum. »Nimm dies als Zeichen meiner Liebe«, rezitiert er betont schwülstig.

Ich lache. Verlegen. Geschmeichelt. Verliebt.

Eine Welle reißt mich nach oben. Schwimmend tanze ich auf ihr. Mit den Füßen trete ich Wasser und rudere mit der freien Hand, um ja nicht den Stein loszulassen.

Nachher liegen wir auf dem Sand, schwer atmend, erschöpft und glücklich, und es ist, als wären wir allein, dabei sind wir von Tausenden italienischen, deutschen und dänischen Familien umlagert. Mit den Fingern der Hand, die nicht den Stein hält, fühle ich nach Klaus.

»Kannst du dir vorstellen, zu mir zu ziehen?«, frage ich mit klopfendem Herzen.

Er lacht auf. »Du willst so eine richtige Zweierkiste mit Streit ums Spülen und wer den Müll runterträgt?«

Vor Salzwasser und Enttäuschung brennen meine Augen. Vielleicht habe ich zu viel erwartet, bin zu schnell nach vorne geprescht und habe ihn verprellt. Ich wünschte, ich könnte es ungesagt machen.

»Jeden Abend neben der Geliebten einschlafen, mit ihren Atemzügen in meinem Ohr, und morgens zusammen aufwachen. Doch, das könnte ich mir schon vorstellen«, sagt er.

»Meinst du das ernst?«, hoffe ich.

»Meinst du das ernst?« Er küsst mich. »Wenn wir nach Hause kommen, bleibt mein Koffer bei dir.«

6

»Aufstehen, Schatz! Der Wecker hat geklingelt.«

Ich drehe mich zur Seite, noch nicht bereit, aufzuwachen und einem weiteren Tag ohne Finja ins Auge zu blicken. Denn das ist der erste Gedanke, den ich seit einer Woche jeden Morgen denke. Und es ist auch der letzte, bevor mich der allabendlich eingenommene Tranquilizer endlich in den Schlaf sinken lässt.

»Wir müssen uns beeilen!« Über mich gebeugt, küsst Klaus meine Wange, und ich rieche seinen Schweiß von der Nacht. Das Gefühl für die Zeit ist mir abhandengekommen. Was macht es auch aus, ob es Montag ist oder Donnerstag? Meine Gedanken kreisen immerzu nur darum, dass Finja nicht mehr bei mir ist. Seit ihrem Tod bin ich in einer Warteschleife gefangen, aus der es kein Entrinnen gibt. Ich kann nicht begreifen, was mir geschehen ist. Meine Gefühle bekommen es einfach nicht zu fassen. Sie sollte immer bei uns sein, unsere Tochter. Jetzt sind wir für immer von ihr getrennt. Wie ist das möglich? Wie ist das nur möglich?

Hartnäckig halte ich die Augen geschlossen, bis mir einfällt, dass ja heute Finjas Beerdigung ansteht. Heute muss ich ihn gehen, den Schritt, den ich so sehr fürchte. Ich muss meine Tochter zu Grabe tragen. Ich muss meine Tochter auf dem Friedhof zurücklassen. Oder hat sie mich verlassen? Sie kann nicht einfach »weg« sein. Irgendwo muss sie doch noch sein.

Langsam öffne ich die Augen und registriere die Helligkeit im Schlafzimmer. Klaus hat die Jalousien hochgezogen. Mir wäre Dunkelheit lieber. Ich bin selbst zu einem Schatten geworden. Meine Farben sind verblasst, und ich fühle mich einfach nur grau.

Beim Versuch aufzustehen wehrt sich mein Körper mit Schmerzen dagegen. Ich will nicht.

Ich will nicht mit Finja abschließen müssen.

»Schatz, bitte, du willst die Beerdigung doch nicht verpassen, oder?« Der kraftlose Unterton, der in Klaus' Stimme liegt, zerreißt mir das Herz.

Das kann ich ihm nicht antun. Und was sollen die Leute denken, wenn ich nicht zur Bestattung meiner eigenen Tochter erscheine? Ich zwinge meine Füße dazu, sich auf den Boden zu stellen. Seit Tagen bin ich nur noch eine Maschine, kein Mensch mehr. Mein Körper funktioniert. Ich atme, ich esse, ich schlafe, ich gehe sogar aufs Klo. Aber in mir ist bloß dieser alles erfüllende, alles andere verdrängende, unbeschreibliche Schmerz.

Während ich all meine Kraft aufbringe, um ins Badezimmer zu gehen, stoße ich gegen Cassiopeia. Sofort zieht sie die Gliedmaßen ein. Als ich mich hinunterbeuge und mit dem Fingerknöchel auf den Panzer klopfe, kommt sie nicht wie sonst hervor. Ich muss daran denken, dass Schildkröten ihre Eier ablegen und die Babys dann von der Sonne ausbrüten lassen. Wie schaffen sie es nur, den Trennungsschmerz auszuhalten?

An der Duschvorhangstange im Bad baumelt ein neuer schwarzer Hosenanzug. Meine Mutter hat ihn in drei unterschiedlichen Größen besorgt, weil ich mich geweigert habe, mit ihr einkaufen zu fahren. Dieser hier sitzt am besten. Als ob das irgendetwas ändern würde. Als ob mir das Finja zurückbringen würde.

Ich ziehe mein Schlafshirt aus. Den Anzug hänge ich an den Handtuchhalter, dann steige ich in die Badewanne und drehe das Wasser auf. Die Bewegungen sind mir alle vertraut, dennoch verlangen sie mir einen ungeheuren Kraftakt ab. Ich fühle mich grenzenlos erschöpft. Nicht einmal zum Weinen bringe ich Energie auf. Die dünnen Strahlen, die aus dem Duschkopf drängen, stechen wie Nadeln. Ich bin gehäutet. Meine alte Haut ist zu klein geworden und liegt zusammen mit dem Nachthemd auf dem Boden des Badezimmers. Der heiße Dampf weicht mich auf, doch ich schaffe es kaum, mich dazu zu bewegen, das Wasser abzudrehen und mich abzutrocknen. Immerhin ist der Spiegel beschlagen. Ich würde es nicht ertragen, mir ins Gesicht zu sehen. Schlimm genug, dass ich auf meinem erschlafften, hängenden Bauch die Risse erblicke, die die Schwangerschaft hinterlassen hat, wo mir doch Finja genommen wurde.

Nun schlüpfe ich in meine neue Haut, die schwarze der Trauer, und schleppe mich zu Klaus zurück. Er hat auch in der Küche die Jalousien hochgezogen, die uns seit Tagen von der Außenwelt abschirmen. Als Finja starb, schien die Sonne. Jetzt regnet es in Strömen. Von dem Vordach über der Terrasse zieht sich ein Tropfen nach unten in die Länge, bis er abfällt und auf einer Steinplatte zerplatzt. Es scheint mir, als weine der Himmel an meiner Stelle. Warum kann ich es nicht sein, die um mein Kind weint?

Nutzlos hängen meine Arme herunter, als Klaus mich an sich drückt. Auch wenn er mir keinen wirklichen Trost spenden kann, tut seine Berührung gut. Seine Hände machen mir deutlich, dass ich noch da bin, irgendwie, dass ich mich nicht völlig aufgelöst habe. Wir haben uns viel gehalten, seit … seit Finja tot ist. Ich kann diese Worte denken. Sogar aussprechen kann ich sie. Aber ihre Bedeutung erreicht mich nicht. Wie kann Finja tot sein?

»Das stehen wir jetzt auch noch zusammen durch«, sagt Klaus.

Ich blicke ihn an und frage mich, wie er etwas so Pragmatisches sagen kann. Auch noch? Und dann? Was kommt dann? Augenblicklich habe ich das Gefühl, ihn gar nicht zu kennen. Aber ich kenne ja auch mich nicht. Die Mara, die ich einmal war, bin ich nicht mehr.

Gibt es einen würdigen Abschied von einem Kind, das nie geatmet hat? Das keine Lieblingsfarbe, kein Lieblingsessen, keine Musikvorliebe kannte?

Außer Klaus und mir hat niemand der anwesenden Trauergäste Finja jemals berührt, konnte keiner fühlen, wie warm sie war, als sie zur Welt kam, obwohl sie nicht mehr gelebt hat. Niemand hat ihren Duft gerochen, ein bisschen nach Karamell, Honig und Milch. Niemand ihre winzigen Finger gesehen. Sie kennen unsere Tochter, wenn überhaupt, nur von den Fotos, die die Hebamme im Kreißsaal gemacht hat.

Ich möchte nicht hier sein, in der Leichenhalle, wo die Urne mit Finjas Asche steht, unter all den anderen, von denen keiner so viel verloren hat wie ich. Eine große Trauergesellschaft ist es nicht, denn wir haben keine Einladungen ausgesprochen oder verschickt. Das konnten wir nicht.

Meine Schwiegereltern begrüßen meine Eltern mit Handschlag. Selbst der Tod ihrer Enkeltochter lässt sie nicht herzlicher werden. Sogar im Krankenhaus, kurz nachdem es passiert ist, haben sie ihren eigenen Sohn nicht umarmt, daher versteife ich mich, als sie auf uns zukommen. Herr Lomberg legt mir eine Hand auf die Schulter und schüttelt den Kopf. Frau Lomberg streicht mir über den Arm. Eine seltene Berührung. Ich vermeide es immer, sie direkt anzusprechen. Obwohl wir seit der Hochzeit beim Du sind, kann ich mir nicht richtig vorstellen, dass die beiden Vornamen haben.

Richard und Hildegard bleiben für mich Herr und Frau Lomberg.

»Ihr seid so jung.« Meine Schwiegermutter nestelt an ihrer Perlenkette. »Ihr könnt ja noch Kinder bekommen.«

Ein Faustschlag ins Gesicht hätte nicht schmerzvoller sein können. Ich will kein anderes Kind. Ich will Finja. Meine Finja mit dem zerknautschten Köpfchen.

Meine Schwester kann ich fühlen, bevor ich sie sehe. Sie trägt die üblichen engen Jeans und einen für ihre Verhältnisse schlabberigen Pullover. Simone drängt sich zwischen uns und wendet ihr Hinterteil Frau Lomberg zu, so dass die nicht mehr an mich herankommt. Simi drückt mich an sich. Ich kann mich nicht erinnern, wann wir uns zuletzt berührt haben. Nicht einmal an Geburtstagen umarmen wir uns, dafür sind wir uns nicht nah genug. Eigentlich müsste ich mich darüber wundern. Wenn ich könnte. Ich sehe Tränen in Simones Augen.

Neben ihr steht ein Mann in einem schwarzen Anzug, der seine Haare aus dem Gesicht streicht. Grill-Nils. Automatisch nehme ich die Hand, die er mir reicht. »Es tut mir wahnsinnig …« Weiter kommt er nicht. Ich unterbreche mit einem »Danke«, um ihn und mich aus dieser Situation zu erlösen, aber er lässt meine Hand nicht los. »Ich wünschte, ich könnte dich mit irgendwas trösten. Nur merke ich jetzt, wie ohnmächtig Worte sind.« Dabei sieht er mir direkt in die Augen.

Etwas wie Verwunderung und Trost beschleichen mich, bis mein Blick Hedis schwangere Silhouette einfängt. Ein Krampf legt sich um mein Herz. Meine Freundin, meine beste Freundin, mit der ich seit ewigen Zeiten alles teile. Sie hat, was ich niemals mehr haben werde. Sie hat ihr Kind noch. Panik steigt in mir auf. Wie um alles in der Welt soll ich ihr begegnen?

Mein ganzer Körper ist aus Stein, als Hedi auf mich zukommt. »Ich wusste nicht, ob du willst, dass ich … aber …« Sie weint und streckt die Arme aus.

Ich weiche zurück. Ihre Berührung ertrage ich nicht. Allein der Gedanke, sie könnte mich mit ihrem Bauch streifen, in dem ihr Mädchen lebt, ist für mich kaum auszuhalten. Warum sie? Warum nicht ich?

»Wie geht's dir denn? Ach, was quatsch ich da, wie soll's dir schon gehen.« Hedi wirkt hilflos.

Frag mich, wie sie ausgesehen hat, denke ich, frag mich, wie es war, mein totes Mädchen zu sehen. Hedi fragt nicht.

Frag mich wenigstens nach ihren Fotos! Flehend sehe ich sie an, bis sie den Blick abwendet und mir von gemeinsamen Freundinnen wie Isa ausrichten lässt, dass sie an mich denken, sich aber nicht trauen, mich anzurufen, weil sie nicht wissen, ob mir das recht ist.

Bevor mir noch jemand seine Trauer ausdrücken kann, die mich sowieso nicht erreicht, erscheint der Pfarrer, und wir setzen uns. Klaus presst dabei seinen Oberschenkel an meinen. Die Fremdheit von vorhin löst sich auf, und unsere Hände verschränken sich ineinander. Ich wünschte, ich könnte mit ihm verschmelzen, damit ich nicht mehr so allein bin.

Der Pfarrer trägt eine leidende Miene zur Schau, als er zu reden beginnt, dabei kannte er Finja gar nicht. »Der Grund, aus dem wir heute hier zusammengekommen sind, scheint so grausam zu sein. Wir müssen uns von einem kleinen Mädchen, von eurer Tochter und Enkeltochter, von Finja verabschieden.« Der Pfarrer hält den Blick auf die Urne gerichtet. Sein Name fällt mir nicht ein. Wozu auch? »Abschied von eurer Finja zu nehmen fällt entsetzlich schwer. Das ›Warum?‹ wird euch quälen …«

O ja, es ist ein ständiges »Warum?« in mir. Warum nur konnte das geschehen? Warum mir? Warum ist ausgerechnet meine Tochter gestorben?

Es liegt nahe, mir die Schuld zu geben, auch wenn das Ergebnis der Obduktion noch aussteht. Aber es war mein Körper, in dem mein Baby nicht mehr weiterleben konnte. Vielleicht hatte ich im Job zu viel Stress? Ich hätte definitiv nicht nach Paris fahren sollen, und der Umzug brachte bestimmt zu viel Aufregung. Oder könnte es eine Spätfolge der Fruchtwasseruntersuchung gewesen sein? Lag es an den vielen Süßigkeiten, die ich gegessen habe? Daran, dass meine Kollegen bei den Konferenzen am Anfang noch geraucht haben, bevor ich meine Schwangerschaft publik gemacht habe? Mit diesen Gedanken martere ich mich jeden Tag, jede Stunde, ohne eine Antwort zu erhalten.

»Jeder Mensch, der auf unsere Erde kommt, hat eine Aufgabe zu erfüllen. Liebe Mara, lieber Klaus, tröstet euch damit, dass eure Finja ihre Aufgabe erfüllt hat. Was soll das sein, fragt ihr? Die Antwort darauf könnt ihr euch nur selber geben. War es die Aufgabe eurer Tochter, euch einander näherzubringen? Wollte sie euch Gott näherbringen? Horcht in euch hinein, in eurem Herzen werdet ihr die Antwort finden.«

Ich horche, aber ich finde nichts. Nur Leere. Diese ungeheuerliche, abgrundtiefe Leere.

Krampfhaft versuche ich, mir das Gefühl von Finjas Bewegungen und Tritten in Erinnerung zu rufen. Es will mir nicht gelingen. Vielleicht bemühe ich mich nicht genug. Vielleicht war ich es einfach nicht wert, Finjas Mutter zu werden.

Wenn ich sie wenigstens ein einziges Mal hätte lächeln sehen dürfen, dann hätte ich etwas, an das ich mich erinnern könnte. Aber so? Ihre Gesichtszüge verblassen zunehmend in meinen Gedanken. Wenn ich die Fotos von der Hebamme nicht hätte, dann könnte ich mir Finja nur verschwommen vorstellen.

»Denn dein ist das Reich und die Kraft und die Herrlichkeit in Ewigkeit. Amen.«

»Amen«, murmeln die Beerdigungsgäste. Ich bringe das

Wort nicht über die Lippen. Als sich alle um mich herum erheben, stehe ich auch auf.

Jetzt gehen wir noch zur Grabstätte, und dann endlich liegt dieser Teil des Films hinter mir, in dem ich unfreiwillig zur Hauptdarstellerin geworden bin. Klaus und mein Schwiegervater schreiten mit der Urne vorneweg. Die Mutter meines Mannes hält einen Schirm über die drei, einen anderen trägt sie, um sich selbst vor dem Regen zu schützen. Meine Eltern nehmen mich in ihre Mitte. Ich bin froh, dass sie mich einhaken, sonst würden meine Beine den Weg zur Kinderabteilung des Friedhofs nicht finden.

Dem strömenden Regen sind die winzigen Gräber schutzlos ausgeliefert. Die meisten von ihnen sind mit Spielzeug überhäuft. Durchnässt und trostlos. Andere sind vernachlässigt, von Efeu und Unkraut überwuchert. Jedes einzelne ist eines zu viel.

Finjas Grab ist ein kleines Loch mit einem Haufen aufgeworfener Erde. Als wir dort stehen bleiben, streichle ich meinen Bauch, wie ich es in der Schwangerschaft getan habe. Während die Urne hinabgelassen wird, stelle ich mir vor, ich könnte mein Mädchen festhalten. Finja ist noch in mir. Sie wird es immer sein. Ich kann sie nicht gehen lassen.

Ich weiß nicht, ob das, was mir über die Wangen rinnt, vom Regen stammt, aber es hilft mir, die Lähmung zu überwinden und den Brief, den ich gestern geschrieben habe, aus der Hosentasche zu holen. Zärtlich streiche ich über den Umschlag. Das Papier fühlt sich rau an. »Meine Finja. Mein Alles«, habe ich in roten Buchstaben darauf gemalt, die dort zu verschwimmen beginnen, wo der Regen hinfällt. »Mein kleiner Schatz«, steht darin. Ich kenne die Sätze auswendig. »Alles in mir fühlt sich völlig falsch an ohne dich. Immer wieder fasse ich an meinen leeren Bauch und frage mich, wieso du nicht mehr darin liegst. Warum ist da nur Tod, wo doch Leben sein sollte?

Ich fühle mich vom Leben betrogen. Wie konnte es mir das entreißen, worauf ich neun Monate lang gewartet habe? Warum kann ich nichts dagegen unternehmen, dass du mir genommen wurdest? Was habe ich getan, um so bestraft zu werden? Bin ich schuld an deinem Tod? Fragen quälen mich, auf die ich keine Antworten finde und die deshalb nicht aufhören, sich in meine Gedanken zu drängen. Am liebsten würde ich mit dem Kopf gegen die Wand schlagen, damit diese Fragerei aufhört. Werde ich verrückt?

Ich wünsche mir Normalität, mein früheres Leben zurück, obwohl ich bereits ahne, dass ich es niemals wieder erhalten kann. Alle sagen, ich muss deinen Tod akzeptieren, aber wie kann ich etwas akzeptieren, das so grausam ist?

Der Tod hat sich in mein Leben gedrängt, wo er alles mit seiner Anwesenheit erstickt. Bleischwer lastet die Trauer auf meiner Seele, ich fühle mich davon erdrückt, und doch ist sie das Einzige, was uns noch verbindet. Es ist, als wäre mir ein Arm oder Bein amputiert worden, seit sie dich aus meinem Bauch geholt haben. Warum konntest du nicht darin bleiben? Lieber ein totes Kind in meinem Bauch, als dich hergeben zu müssen. Neun Monate habe ich dich immer bei mir getragen, jetzt kann ich dich nur noch in meinem Herzen mitnehmen.«

Ich lasse den Brief auf die Urne flattern.

»Tschüs, meine Kleine«, wispere ich und spüre Klaus' Umarmung, unter der ich in die Knie gehe.

Mit seinem ganzen Körpergewicht lehnt er sich gegen mich. Wie gerne würde ich ihm die Last seiner Trauer abnehmen, aber meine eigene wiegt schon zu viel. Gemeinsam verharren wir am Grab unserer Tochter, in Gedanken an sie vereint, dann stehen wir auf und treten zurück. Nacheinander werfen die Trauergäste zartrosafarbene Rosen in das Loch und legen Sträuße und Kränze daneben ab. Die abgeschnittenen

Stiele erinnern mich an Finjas abgeschnittenes Leben. Sie ist von meiner Nabelschnur abgetrennt worden, aber sie hat nie einen einzigen Atemzug getan.

Grill-Nils hält eine Traube bunter Luftballons, die Simone besorgt hat. Jedem der Anwesenden drücken sie einen in die Hand. Ich bekomme einen leuchtend gelben, der mich an die Sonne erinnert, die zu Finjas Geburt geschienen hat.

»Jetzt!«, sagt Simone. Gemeinsam lassen wir die Ballons los. Durch den Regen steigen sie jedoch nicht richtig auf und verheddern sich an den Schnüren. Das Ballonbündel landet im nächsten Baumwipfel. »Kacke«, brüllt meine Schwester.

Ein letzter misslungener Gruß.

Das Kaffeetrinken in der Konditorei neben dem Friedhof ist der abschließende Programmpunkt, danach kann ich endlich nach Hause gehen. So erschöpft wie noch nie zuvor in meinem Leben blicke ich aus dem Fenster und wünsche mich auf mein Sofa, wo ich mich an Klaus gekuschelt dem Vergessen hingeben möchte. Als ob ich vergessen könnte. Der Smalltalk der anderen dringt nicht richtig zu mir durch. Es geht mich nichts an, was für kleine Sorgen die anderen bedrücken. Mein Drama ist ein zu großes.

Mit der Kuchengabel steche ich in ein Stück Schwarzwälder Kirschtorte. Die Süße der Creme und die Säure der Kirschen vermischen sich in meinem Mund zu einem tröstenden Ganzen. Hedi, die meine Leidenschaft für Kuchen teilt, ist im Café nicht dabei. Sie hat sich still und heimlich nach der Beerdigung verabschiedet. Ich weiß nicht so recht, ob ich traurig oder erleichtert darüber bin, den Bauch meiner Freundin nicht mehr sehen zu müssen.

Als ich von meinem Latte macchiato getrunken habe und mir der Kaffeegeschmack auf der Zunge liegt, schlucke ich mehrmals, um mich nicht zu übergeben. Was hatte ich mich nach Kaffee gesehnt. Für immer würde ich darauf verzichten, wenn ich nur meine Finja wiederhaben könnte.

Mein Blick geht zu Simone, die neben Grill-Nils sitzt. Er hat seine Anzugjacke ausgezogen, darunter trägt er ein T-Shirt, das seine behaarten, sehnigen Arme freigibt. Wie zufällig streift Simi über seine Haut und wirft ihr Haar nach hinten. Eine Geste, die mir von Feten aus Teenagerzeiten nur allzu vertraut ist, damit hat meine Schwester jeden pubertierenden Zahnspangenträger herumgekriegt. Der alte Trick funktioniert noch immer. Grill-Nils tippt ihr mit der Fingerspitze auf die Nase. Simi lächelt verhalten.

Ich fasse es nicht. Wie können die beiden bloß auf der Beerdigung meiner Tochter miteinander flirten? Darüber ärgere ich mich, und gleichzeitig überkommt mich Scham, wie etwas derart Triviales mich überhaupt stören kann, wo ich meine Kleine gerade unter die Erde gebracht habe. Es wird Zeit, dass ich hier wegkomme. Eindringlich sehe ich Klaus an, der mir zunickt. Ich bin erleichtert, nicht völlig allein mit der Schwere meiner Trauer zu sein. Und ich sehne mich danach, die wenigen Dinge, die mich mit Finja verbinden und die ich in der großen Umhängetasche bei mir trage, in unserem Zuhause auspacken zu können. Ihre Fotos, die Lämmchen-Spieluhr, die mir mein Vater im Krankenhaus geschenkt hat, die Stoffe, die Babykleidung.

»Soll ich mitkommen und euch Gesellschaft leisten?« Hoffnungsvoll blickt meine Mutter mich an.

Ich begreife, wie gerne sie bei mir wäre, aber das ertrage ich nicht, ich ertrage jetzt nur noch Klaus, deshalb wimmele ich sie ab. Teilnahmslos schüttele ich die mir angebotenen Hände und lasse die klammernden Umarmungen meiner Mutter und Simones über mich ergehen.

Dann steht Grill-Nils vor mir. »Ich bin so ein Idiot«, sagt er. »Ich hab mich total bescheuert verhalten. Es tut mir unglaublich leid, was ich zu dir gesagt habe. Ich mach mir echt die größten Vorwürfe.«

Ich brauche einen Moment, bis ich mich an die Gartenparty erinnere und an die Worte, die er mir an den Kopf geworfen hat.

Nicht jeder hat so ein verdammt glückliches Leben wie du.

»Ich hab Angst«, flüstert er, »dass du dich darüber aufgeregt hast und dass …« Er bricht ab.

Mir ist nicht klar, was er von mir will, und es ist mir auch egal. Das ist in einem anderen Leben passiert. »Schon okay«, sage ich, um ihn loszuwerden.

Er lächelt traurig. »Ist es nicht.«

Als er mir seine Hand reicht, weiß ich erst nicht, was ich damit tun soll, schließlich nehme ich sie. Sein Händedruck ist gleichzeitig fest und weich.

Ich möchte nur noch aufs Sofa. Mit einer Wolldecke, Cassiopeia und Klaus neben mir. Doch mein Mann verschwindet mit der Entschuldigung, unbedingt allein sein zu wollen, im Schlafzimmer. Ich verstehe nicht, wieso es ihm hilft, allein zu sein, wenn es das Letzte ist, was ich jetzt sein möchte. Wie kann er so völlig anders trauern als ich? Ich würde ihm gerne sagen, dass mich das verletzt, aber dafür müsste ich Kraft aufbringen, die ich nicht habe.

Um den Raum zu füllen, schalte ich den Fernseher ein. Lisa aus *Zähl die heitren Stunden nur* erscheint auf dem Bildschirm. Sie wirkt aufgelöst. Die Kameraperspektive wechselt. Kevins Eltern, der Arzt und seine Frau, sitzen mit offenem Mund auf einem Sofa. »Nein«, sagt die Arztfrau, »das glaube ich nicht. Nicht mein Sohn!«

»Es ist die Wahrheit«, beteuert Lisa. In Nahaufnahme läuft eine Träne ihre Wange hinunter. Ihre Augen sind nicht gerötet. »Kevin hat mich …« Die Grafentochter bricht ab, ihre

Unterlippe zittert. Schnitt zur Zimmertür, wo der Beschuldigte erscheint. Die anderen im Raum bemerken ihn nicht. Hörbar atmet Lisa aus. »Ihr Sohn hat mich mit Gewalt genommen!«

Kevin tritt ins Zimmer. »Das kannst du nicht beweisen.« Alle drehen sich zu ihm um. »Doch«, insistiert Lisa. »Ich bin schwanger. Von dir.« Musik setzt ein. Kevins Gesicht ganz nah. Seine Augen verengen sich zu schmalen Schlitzen. Aus.

Bevor der Teaser für die morgige Folge läuft, schalte ich aus. Ich will nicht wissen, wie es mit Lisa und Kevin weitergeht. Es ist mir gleichgültig geworden, ob der Arztsohn seinen Kopf aus der Schlinge ziehen kann oder ob er enterbt wird, wie es sein Vater bereits angedroht hat. Das sind nicht meine Probleme. Es sind nicht einmal reale Probleme, denn sie hören auf, sobald die Kamera ausgeschaltet ist. Meine dagegen gehen weiter. Ich würde gerne auf die Forward-Taste drücken und vorspulen, doch nicht einmal die kleinste Werbeunterbrechung ist mir vergönnt. Ich hänge in dieser erbärmlichen Episode meines Lebens fest.

Selbst als ich die Augen schließe, kreisen meine Gedanken immer weiter um Finjas Tod. Er füllt mich aus, bis alles andere in mir verdrängt ist. Am Abend dann bin ich dankbar, dass sich wieder ein Tag dem Ende zuneigt.

Klaus krault mir im Bett den Rücken. »Ist schon irre, dass das Leben jetzt weitergeht.« Er sagt es wie eine Feststellung, eine Tatsache.

Ich weiß, dass es stimmt. Das Leben geht einfach so weiter, und ich bin machtlos dagegen. Aber ich will es nicht, denn es entfernt mich immer weiter von Finja.

Als Klaus eingeschlafen ist, stehe ich auf und tappe im Dunkeln in die Küche. Dort suche ich das Meißner Porzellan und lege ein Handtuch in die Spüle. Teller für Teller zerbreche ich leise das Geschirr mit dem Rosendekor. Wenn Finja ihre Hochzeitstorte nicht davon essen kann, soll es keiner mehr tun.

7

Aufstehen gehört zum Weiterleben dazu.

Ich wasche mich, weil es ebenfalls dazugehört, dann bereite ich das Frühstück für Klaus und mich, esse zwei Brote mit Kirschmarmelade, trinke drei Tassen Kaffee und räume das Geschirr in die mittlerweile angeschlossene Spülmaschine. Mit einem Lappen wische ich über den Tisch, schreibe eine Einkaufsliste und zerknülle sie wieder, denn ich weiß jetzt schon, dass ich es nicht über mich bringen werde, das Haus zu verlassen. Ich sortiere die dreckigen Kleider nach Feinwäsche, Dreißig- und Sechziggradwäsche und Weißwäsche. Die halbvertrockneten Pflanzen bekommen Wasser. Auf dem Fernseher und der Esstischlampe wische ich Staub, ich sauge den Boden im ganzen Haus, schrubbe Zahnpastareste aus dem Waschbecken im Badezimmer und sehe mir selbst dabei die ganze Zeit über zu. Ich starre meine Hände an, als ob sie nicht zu mir gehörten.

Es ist zehn Uhr am Morgen. Der sechste Tag nach Finjas Beerdigung, der dreizehnte Tag seit ihrer stillen Geburt liegt in seiner gesamten Länge vor mir. Ich könnte die Fenster im Schlafzimmer putzen, die Gardinen aufhängen, die Steckdosen und Lichtschalter abschrauben und mit einem Schwamm die Farbreste entfernen. Auch könnte ich die Kleidung im Schrank sortieren.

Mit den Lichtschaltern fange ich an, höre jedoch nach Küche und Wohnzimmer auf, ziehe einen Stapel T-Shirts aus dem Schrank und lasse sie auf dem Bett liegen, fülle heißes Wasser in einen Eimer für die Fenster, und während das Wasser kalt wird, topfe ich die Blumen auf der Terrasse um.

»Was machst du denn da?« Klaus steht in der geöffneten Glastür.

Alle Blumen habe ich aus den Töpfen geholt und sie mit den Wurzelballen um mich herum aufgestellt, aber mir fehlt die Energie, sie wieder einzutopfen. Wozu soll ich Blumen pflanzen, wenn ich mich an deren Blüten sowieso nicht länger erfreuen kann?

Es ist sinnlos. Mein Leben ist sinnlos.

Als ich es Klaus sage, schlägt er vor, dass ich mit einer Therapeutin rede. Sein Pragmatismus stößt mir auf. Wie soll mir eine Therapeutin helfen? Sie kann mir meine Tochter nicht wiedergeben. Niemand kann das. Wenn Finja bei mir wäre, wäre alles anders. Ich würde mit ihr spazieren fahren, denn Babys brauchen frische Luft. Ich würde die Kleine mit in den Supermarkt nehmen und lauter Bio-Lebensmittel einkaufen, um meiner Tochter über die Muttermilch genug Nährstoffe zukommen zu lassen. Ältere Damen würden in den Kinderwagen gucken und Finja anlächeln. Zu mir würden sie sagen, was für ein süßes Baby ich habe. Was es denn sei, Junge oder Mädchen? Finja würde auf eine unnachahmliche Säuglingsweise gurren und glucksen. Natürlich würde sie auch schreien. Ich würde sie wickeln und eincremen und gemeinsam mit Klaus wie empfohlen in einem Babyeimer baden. Mit meiner Nase würde ich über ihr Köpfchen streichen und ihren ganz speziellen Babygeruch einatmen. »Würde.« Nicht länger »werde«.

Nichts davon ist wahr. Nichts davon wird es jemals sein.

Schon dreizehn Tage sind seit Finjas Tod vergangen. Erst dreizehn Tage. Die Sehnsucht zieht mich zu ihr. Und wenn ich alldem ein Ende bereitete, wäre ich dann wieder mit ihr zusammen? Der Gedanke überfällt mich aus dem Nichts, aber da ich mir nicht sicher sein kann, verwerfe ich ihn wieder.

Jetzt hilft nur noch das »LaLeLu« der Lämmchen-Spieluhr, die mein Vater für Finja gekauft und mir nach ihrem Tod gegeben hat. Ich kann sie nicht finden, suche im Bett und hinter dem Sofa, in der Waschmaschine und sogar im Kühlschrank.

»Hast du das Lämmchen gesehen?«, erkundige ich mich bei Klaus, der am Küchentisch in sein Skizzenbuch zeichnet. Er sieht mich auf eine Art und Weise an, die mir weh tut. In seinen Augen glaube ich Mitleid zu erkennen, Kummer und Angst um mich. Dabei möchte ich es doch nicht auch noch schwerer machen für ihn. Er fährt sich mit der rechten Hand durch das Haar, dass es vom Kopf absteht. Seine Geste flößt mir Schuldgefühle ein. »Ich wollte dich nicht stören.«

»Du störst nicht. Komm mal her.« Er zieht mich auf seinen Schoß. Ich rieche seinen eigenen staubigen Klaus-Duft und empfinde ein paar Sekunden lang Geborgenheit. »Mara, meinst du, das ist eine gute Idee, wenn du das Lämmchen immer wieder spielst? Ich meine, dann kommt doch alles wieder in dir hoch.« Er eiert herum, und das macht mich sauer.

Ich fühle mich von ihm weggestoßen, auch wenn mein Kopf an seiner Schulter lehnt. Es scheint, als sehe er in meiner Trauer ein Problem, das es mit Hilfe einer Therapie zu bearbeiten gilt. Ich mache mich von ihm los und stehe auf. »Natürlich kommt alles in mir hoch. Es ist alles ganz oben. Die ganze Scheißtrauer ist immer da.«

Sein Seufzen kommt von ganz tief unten. »Hab ich in einen der Kartons im Kinderzimmer gepackt.«

Wie kann er das nur hinter meinem Rücken machen?

Ich renne in Finjas Zimmer, reiße einen Karton vom Stapel und klappe ihn auf. Dort liegt das Musikschaf, an dessen

Schnur ich ziehe, bis die vertraute Melodie erklingt. Fest drücke ich es an mich. Der Stoff wird nass.

Finjas Zimmer ist der einzige Ort, an dem ich weinen kann. An ihr Grab gehe ich nicht, denn das mit Erde aufgefüllte Loch bringe ich nicht mit meiner Kleinen in Verbindung. Aber in diesem Raum kann ich Finjas Präsenz spüren, und endlich, endlich fließen die Tränen. Es ist eine unglaubliche Erleichterung. Langsam weicht die Starre von mir, die mich von dem Moment an, als sie mir Finjas Tod verkündeten, gepackt hat, eine Art Urinstinkt, wie ihn der Käfer hat, der sich tot stellt, wenn ihm Gefahr droht, und der mir geholfen hat, Finjas Geburt und die Tage danach zu überleben.

»Bist du hier drin?«

Als ich Klaus' Stimme höre, wische ich mir über die Augen. Ich hoffe, dass er nicht hereinkommt. Er stört mich in meinen Erinnerungen an die verlorenen Träume, von denen ich ihm nicht erzählen mag. Angst vor seiner Rationalität, vor seiner fast nüchternen Art, mit der er Finjas Tod begegnet, hält mich zurück.

Er öffnet die Tür. »Was machst du hier drin? Ich versteh das nicht. Warum quälst du dich so?« Weil er besorgt wirkt, lasse ich zu, dass er den Arm um mich legt und mich hinausführt. Ich kann ihm nicht begreiflich machen, dass der einzige Ort, an dem ich mich nicht quäle, Finjas Zimmer ist.

»Wir sollten ein Arbeitszimmer oder einen Hobbyraum daraus machen«, schlägt er vor. »Vielleicht hilft uns das, wieder nach vorne zu blicken. Ich möchte, dass wir wieder was Gemeinsames planen, was zusammen machen, ja?«

Es dauert, bis ich kapiere, dass er vom Zimmer unserer Tochter spricht. Das befremdet mich. Wie ist es möglich, dass er so schnell weitermachen kann? Ist seine Trauer etwa leichter als meine? Er hat ihre Bewegungen, ihr Leben kaum spüren können – hat er Finja deshalb vielleicht nie so geliebt wie ich?

Über die Fragen in mir bin ich erschrocken, würde sie aber gerne laut stellen, um zu hören, dass Klaus sie verneint, doch ich traue mich nicht. Ich möchte ihn nicht noch mehr verletzen und fürchte mich außerdem davor, dass er die Therapeutin wieder anführt. Stattdessen zwinge ich mich, an etwas anderes zu denken. Von Hobbys hat Klaus geredet. Die Mutter eines Neugeborenen kann sich keine Hobbys leisten. Was soll ich nur machen, um die Lücke zu füllen, die Finja hinterlassen hat? Etwa töpfern? Ich spüre Wut in mir, die jedoch rasch verfliegt und mich mit der gewohnten Zerschlagenheit zurücklässt.

Was wollte ich heute tun? Es fällt mir so schwer, mich daran zu erinnern. Vorsorglich schreibe ich eine To-do-Liste. Heute-wasche-ich-die-weiße-Wäsche-morgen-die-dunkle-und-die-Wollwäsche. Etwas in der Art sollte ich notieren, aber ich sitze nur da und starre auf das leere Blatt.

»Ich wollte heut Abend mit Gereon was trinken gehen. Ist das okay für dich?«, fragt Klaus. »Ich muss mal raus hier. Auf andere Gedanken kommen und so.«

»Auf andere Gedanken?« Sein Wunsch befremdet mich.

»Ja, Mara, auf andere Gedanken. Ich kann nicht von morgens bis abends hier rumhocken und mich immer nur um meine Trauer drehen. Das halt ich nicht aus.«

»Okay.«

»Wirklich okay?«

»Ja, okay.« Die Gereiztheit kann ich nicht ganz aus meiner Stimme heraushalten, aber Klaus lässt das so stehen. Er war noch nie gut darin, über Gefühle zu reden. Die Trauer macht es ihm nicht einfacher. Und auch ich finde es immer schwerer, Worte für all das zu finden, was mir im Kopf herumspukt.

Stattdessen frage ich mich, wie es sein kann, dass es Klaus

jetzt schon nach Ablenkung verlangt. Ist er etwa dabei, Finja zu vergessen? Ich will nicht vergessen. Es ist schlimm genug, dass ich manchmal für Augenblicke an etwas anderes denke als an mein Mädchen. Wenn ich nicht jede Sekunde meines Denkens und Fühlens ihr widme, fühle ich mich unzulänglich. Vielleicht war ich es nicht wert, Mutter zu werden. Vielleicht wurde mir Finja deshalb genommen.

Hätte ich es nicht spüren müssen, wie nah sie dem Tod war? Warum habe ich es nicht gemerkt, als sie starb? Ihre Lungen waren ausgereift. Wäre ich rechtzeitig im Krankenhaus gewesen, hätte man sie mit einem Kaiserschnitt womöglich retten können. Ich rufe mir den Abend auf der Terrasse in Erinnerung, an dem ich ihre Bewegung zum letzten Mal gefühlt habe. Es hatte heftig in meinem Bauch geruckelt. War das der Zeitpunkt ihres Todes? Warum hatte ich keine Vorahnung? Ich, die so intensiv mit ihr verbunden war, ich hätte es doch mitbekommen müssen.

Neuerdings lade ich alles mit Bedeutung auf. Nichts, was ich selbst tue oder irgendwer um mich herum tut, ist im Moment frei davon. Bei allem frage ich mich, ob das ein gutes oder schlechtes Zeichen ist.

Das Telefon lasse ich klingeln. Ich habe mit Klaus' und meinen Freunden nichts zu bereden. Oder es ist meine Mutter. Seit der Beerdigung habe ich nicht mehr mit ihr gesprochen, habe mich von Klaus verleugnen lassen. Und wenn Finja aus diesem Grund sterben musste? Weil ich mich meiner Mutter gegenüber undankbar verhalte? Weil ich ihr die Trauer um meine Tochter nicht gönnen kann?

War das die Aufgabe, von der der Pfarrer sprach? Sollte mich Finja auf meine menschlichen Unzulänglichkeiten hinweisen? Doch wieso muss sie büßen, wenn ich gefehlt habe. Warum, warum, warum? Diese Fragen drehen sich in meinem Hirn wie die Wäsche in der Waschmaschinentrommel.

Noch immer hadere ich mit der ganzen Welt, als es an der Tür klingelt und Klaus meine Mutter und Simone hereinlässt.

»Ich habe Kuchen mitgebracht.« Meine Mutter trägt kein Schwarz mehr. Das ist gut. Schwarz ist die letzte Farbe, die ich mit meiner Tochter in Verbindung bringe.

Ich setze mich zu ihnen in die Küche. Klaus verzieht sich mit der Entschuldigung ins Wohnzimmer, er müsse sich auf das Treffen mit seinem Galeristen am Abend vorbereiten. Meine Mutter tischt auf: Streuselkuchen, Marmorkuchen, Zimtwecken, Käsekuchen, Erdbeerbaiser. Es scheint, als bringe sie den ganzen Tag mit Backen zu.

»Wie geht's dir?« Forschend sieht Simone mich an.

»Gut«, sage ich und starre auf den Wecken vor mir, dabei wäre »beschissen« die einzig wahre Antwort. Aus den Augenwinkeln registriere ich den Blick, den meine Mutter mit Simi wechselt. Ich bin irritiert. Seit wann wechseln die beiden Blicke? Das war doch immer mein Part.

»Geht Klaus jetzt wieder in die Werkstatt?«, fragt meine Mutter.

Daran habe ich gar nicht gedacht. Er ist nun schon zwei Wochen zu Hause.

»Aber er kann doch nicht schon wieder arbeiten gehen.« Weinerlich höre ich mich an.

»Wir schauen dann abwechselnd bei dir vorbei«, schlägt Simone vor.

»Ich pack das«, behaupte ich, dabei bin ich vom Gegenteil überzeugt. Wieder dieser Blickwechsel. Ich will nicht mehr im Mittelpunkt stehen, und ich will von ihnen nicht das Gleiche wie von Klaus hören müssen, dass ich eine Therapie machen und nach vorne blicken soll. »Bist du mit diesem Nils eigentlich zusammen?«, lenke ich von mir ab. Simone hebt die Schultern. »Warum hast du den Typen dann auf die Beerdigung geschleppt?«

»Er wollte gerne mitkommen.«

»Er kennt Klaus und mich nicht mal. Du kannst doch nicht irgendwen zur Beerdigung meiner Tochter mitnehmen.« Ich bin verletzt von ihrem Egoismus.

»Es hat ihm total leidgetan, dass ihr Finja verloren habt.«

»Wenn du das sagst.« Ich will sie verletzen.

»Was soll das heißen?«, giftet mich Simone an.

»Mit sechs«, sagt meine Mutter in die angespannte Stille hinein, »da wolltest du unbedingt im Schloss Neuschwanstein wohnen, Mara. Das hast du dir damals auf einer Reise in den Kopf gesetzt. Als dich Frau Esser in der ersten Klasse fragte, was du werden willst, hast du ›Prinzessin‹ gesagt.«

Ich runzle die Stirn. War das so?

»Simone wollte dann auch Prinzessin werden«, fährt sie fort. »Ihr habt euch gestritten, wer den Märchenprinzen abkriegt, bis ihr euch darauf geeinigt habt, dass es zwei Märchenprinzen gibt.«

Meine Schwester unterdrückt ein Kichern. »Ich weiß noch, wie du Mogli aus dem Dschungelbuch heiraten wolltest. Und ich Balu den Bären, damit wir immer zusammen sind.«

Es fällt mir tatsächlich wieder ein. Simone und ich müssen uns als Kinder viel nähergestanden haben. Das Bild, wie wir uns gegenseitig unter der Bettdecke Geschichten erzählten, obwohl wir schlafen sollten, formt sich in meinen Gedanken. »Und weißt du noch, als Mama und Papa mal ohne uns essen waren?«, frage ich. »Wir haben uns in Mamas feinen Kleidern auf die Straße gestellt, weil dort bestimmt ein König vorbeikommen und uns als seine Prinzessinnen mitnehmen würde.«

»Erinner mich bloß nicht daran!« Meine Mutter hebt die Hände, aber es ist ihr anzumerken, wie gern sie daran denkt. »Ich hab einen Anfall bekommen, als ich euch im Dunkeln da stehen sah. Was alles hätte passieren können. Papa und ich haben uns die nächsten zehn Jahre nicht mehr weggetraut.«

»Ihr wolltet nie, dass Mara und ich zu unseren Barbie-Puppen einen Ken bekommen«, fällt es Simone ein. »Weil Hedi und Mara Hedis Ken dauernd nackig ausgezogen und auf Barbie gelegt haben.«

»Moment«, protestiere ich. »Barbie und Ken haben immer vorher geheiratet.« Meine Mundwinkel verziehen sich zu einem Lächeln. Es kommt mir seltsam vor, aber es ist ganz angenehm. »Und weil wir keinen Ken gekriegt haben, haben wir Simis und meine Barbies verheiratet und miteinander ins Bett gesteckt.«

Ich lache still über die Erinnerung. Meine Schwester, die mir die ganze Zeit über ins Gesicht sieht, kichert los. »Dann kam Papa ...« Das Weiterreden fällt ihr schwer. »Dann kam Papa ins Zimmer. Er hat ... Er ist bleich geworden und ist sofort wieder raus.«

»Ja, ja, lacht ihr nur.« Meine Mutter muss selber lachen. »Aber wir waren als Kinder nicht so aufgeklärt wie ihr. Das ist nicht einfach, wenn die eigenen Töchter plötzlich über solche Sachen reden und so was spielen.«

»Das heißt Sex, Mama!«, prustet Simone los, und ich lache mit einem Glucksen auf. »Komm, sag's mal: Sex!«

»Lass das, Simi!«

Auf einmal sehe ich mich von oben, wie ich in der Küche sitze, zwei Wochen nach Finjas Tod, und lustig bin. Ist es überhaupt normal, dass ich jetzt schon lachen muss, nein, sogar lachen will?

»Na, wartet«, jauchzt meine Mutter. »Wenn ihr erst mal Kinder habt, dann werdet ihr auch nicht mehr ganz so locker bei dem Thema sein.«

Als sie den Satz ausgesprochen hat, bleibt mir das Lachen im Hals stecken. Ich habe bereits ein Kind.

»Oh, Gott, was hab ich da gesagt.« Meine Mutter schlägt eine Hand vor den Mund, als könnte sie die Worte wieder zurückstopfen. »Entschuldige bitte, Liebelein.« Abweisend nicke ich. Meine Knochen schmerzen, und mich friert. »Du hast ja Gänsehaut. Nicht dass du eine Sommergrippe ausbrütest.« Als Klaus hereinkommt, um sich einen Kaffee zu holen, fragt sie: »Isst Mara eigentlich genug Vitamine?«

»Du bist ganz blass«, stellt Simone fest.

»Du gehörst ins Bett«, ergreift meine Mutter die Initiative. »Oder besser zuerst in die Badewanne, damit dir wieder warm wird. Simi, lass mal Wasser ein. Und du gibst mir bitte das Obst rüber, Klaus.«

Jetzt bin ich vor allem die Kranke und nicht nur die trauernde Mama. Das wenigstens bietet ihnen die Möglichkeit, etwas für mich zu tun. Aber was ich wirklich brauche, damit es mir bessergeht, kann mir keiner geben.

Protest hilft jedoch gar nicht. Kurze Zeit später stehe ich unverhüllt im Bad und versuche, mein Spiegelbild zu ignorieren. Dem Wasser entsteigt Dampf. Langsam senke ich meinen Körper in die Badewanne. Schaum schwappt über mich, als ich untertauche. Die Poren meiner Haut öffnen sich, so dass die Wärme einströmen kann, die allmählich die Kälte in mir verdrängt. Die Schwere weicht nach und nach von mir. Ich beginne, Geborgenheit zu empfinden, und stelle mir vor, dass Finja in mir schwimmt, so wie ich in der Wanne. Ich kann sehen, wie mein kleines Mädchen mit den Beinen strampelt und die Finger zum Mund führt, um daran zu lutschen. Ganz deutlich steht nun auch das Bild ihres verknautschten Köpfchens nach der Geburt vor mir, ihres aufgeworfenen Mundes, mit dem hellen Flaum über der Oberlippe, das Bild der feinen Ader auf ihrem geschlossenen Lid.

»Ave Mariaaaaaaaaa.« Musik zerreißt die Bilder vor meinen Augen. Finja verschwindet. An ihrer Stelle sehe ich die weißen Fliesen. Ich versuche, die Erinnerung zurückzurufen, doch ich kann die Arie nicht ignorieren. Vor gerade einmal

sechs Tagen habe ich mein Baby zu Grabe getragen. Ist da ein bisschen Schonung zu viel verlangt? Ich spüre die Wut. Das Wasser wird mir zu heiß. Mein Körper dampft, als ich mich erhebe und Klaus' Bademantel überziehe, dessen Saum nass wird. Dann steige ich aus der Wanne. Es ist mir egal, dass ich den Boden volltropfe. Mit überraschender Kraft reiße ich die Badezimmertür auf. Meine Mutter steht davor und hält mir ein Glas Saft hin. »Frisch gepresst!«

Ohne ein Wort der Erklärung gehe ich an ihr vorbei, zur Haustür hinaus, bis hinüber zur Nachbarin. Den Klingelknopf, über dem ein Engel aus Ton montiert ist, lasse ich nicht mehr los. Ein älterer Anwohner, der mit seinem Rauhaardackel Gassi geht, mustert mich verwundert.

»Was denn?« Die blondierte Frau sieht gestresst aus, als sie öffnet. Noch immer ertönt das *Ave-Maria.*

»Mein Baby ist tot!«, sage ich. »Machen Sie die Musik aus.« Eine Reaktion warte ich nicht ab, sondern drehe mich um und gehe wieder zurück.

Tatsächlich ist die Arie in unserem Haus nicht mehr zu hören. Klaus, meine Mutter und Simone erwähnen den Vorfall mit keinem Wort, aber mir ist klar, dass sie mich für verrückt halten. Und das bin ich auch; ich bin von meinem alten Selbst weggerückt.

Zwei Tage später finde ich einen Engelanhänger aus Holz in meinem Briefkasten.

8

Nachdem Klaus zu seinem ersten Arbeitstag seit Finjas Tod aufgebrochen ist, fühle ich mich entsetzlich allein. Drei Wochen hat er mit mir zu Hause verbracht, jetzt kann er unmöglich länger pausieren. In fünf Monaten ist die Ausstellungseröffnung, an der so viele seiner Hoffnungen hängen. Er hat es mir erklärt, und ich habe Verständnis geäußert, dabei verstehe ich gar nichts. Es ist mir unbegreiflich, wie er da weitermachen kann, wo er vor Finjas Tod aufgehört hat.

Eigentlich wäre ich womöglich schon mit meiner Kleinen hier, fange ich an zu denken, dann könnte ich mich zu dem Rückbildungskurs mit Kinderbetreuung in Hedis Fitnessstudio anmelden oder zu einer dieser Fünf-Zappelfinger-Trallala-Krabbelgruppen gehen.

Ob Hedi mittlerweile ihr Kind hat? Ausgerechnet ist sie für die nächste Woche. Ich stelle mir vor, wie meine beste Freundin mit glücklichem Lächeln ihr schreiendes Baby im Kreißsaal in den Arm gelegt bekommt, und mir wird schlecht vor Neid und Traurigkeit. Wieso darf sie ihr Glück genießen und ich nicht? Wieso ist es nicht andersherum?

Weil ich diese elende Gedankenschleife nicht wieder durchkauen will, greife ich zum Telefon.

»Triller«, meldet sich meine Mutter.

»Ich bin's.« Weiter komme ich nicht, dafür übernimmt meine Mutter das Reden. Sie fragt mich, was ich vorhabe ohne Klaus, ob ich mit Papa und ihr Mittag essen möchte und was es bei uns zu Abend gibt, und erhält einsilbige Antworten. »Du bist so tapfer«, findet sie.

Was bleibt mir denn anderes übrig? Ich fühle mich immer noch bloß leer.

Als ich auflege, wünschte ich, ich hätte meiner Mutter etwas erzählt, um länger mit dem Telefonieren beschäftigt zu sein. In der Stille reißen mich die traurigen Gedanken zu Boden. Klaus beschäftigt sich mit seinen Skulpturen, und auch ich muss etwas finden, was mich ablenkt, doch als ich willkürlich eine Schublade aufziehe, fällt mir ein rosagestreiftes Fotoalbum in die Hände. »Mein erstes Jahr«. Für Finja habe ich es gekauft und bereits Ultraschallbilder eingeklebt. Ansonsten ist es leer und wird auch leer bleiben. Niemals werde ich eintragen können, wann sie ihren ersten Zahn bekommen hat, uns ihr erstes Lächeln schenkte und zum ersten Mal Möhrenbrei aß. Ich schiebe die Schublade zu, weil ich damit jetzt nicht konfrontiert werden kann.

Einkaufen. Ich könnte für das Abendessen einkaufen und meinen Mann damit überraschen. Zwar ist Kochen nicht unbedingt meine Stärke, aber er wird die Geste sicher zu schätzen wissen. Also schlüpfe ich in eine Umstandshose und ein weites T-Shirt und blicke in den Spiegel. Die Frau mir gegenüber hat strähnige, dünne Haare ohne Glanz. Falten haben sich in ihre Stirn gefressen. Sie sieht alt und verhärmt aus. Bin das wirklich ich? Als ich versuche, Spuren meines früheren Selbst zu entdecken, finde ich nichts mehr wieder. Ich bin eine Fremde geworden.

Vielleicht bin ich einfach noch nicht so weit. Vielleicht sollte ich zu Hause bleiben und meine Mutter um den Einkauf bitten. Schon greife ich zum Hörer, da dringt das *Ave-Maria* wieder durch die Wand. Die Stimme des Sängers schwillt voller Emotionen an und ab. Ich presse die Hände auf die Ohren. Meine Schonfrist ist offenbar vorbei. Für alle Welt scheint festzustehen, dass nun eine neue Folge beginnt. Episode eins: Der Tod und die Trauer. Episode zwei: Das Weiterleben.

Der Welt ist es egal, dass ich noch nicht so weit bin. Ich möchte sie anhalten, möchte sie dazu zwingen, mit mir in meiner Regungslosigkeit zu verharren.

»Aveee Mariiiaaa … gratia plena … Maria, gratia plena. Maria, gratia pleeeeeeena.« Luciano Pavarotti erhebt sich vor mir. Seine füllige Gestalt lässt keinen Raum für Finja. Getrieben greife ich nach Handtasche und Jacke und verlasse das Haus. Einmal auf der Straße, kann ich auch gleich einkaufen gehen.

Der erste Laden ist eine Drogerie, die ich wie Neuland betrete. Ich streife durch die Abteilungen und lade Produkte in den Einkaufskorb, von denen ich keine Ahnung habe, wozu ich sie jemals brauchen werde, doch meine Hände sind beschäftigt, und ich kann mir selbst Normalität vortäuschen. Shampoo, Haarfärbemittel, Cremes für jeden Hauttyp, Zahnpflege, Intimlotion. Dann lande ich in der Babyabteilung. Vor dem Regal mit den Windeln und Feuchttüchern bleibe ich stehen. Es gibt Pakete für die ganz Kleinen, Newborn, und die ansteigenden Größen heißen in der Reihenfolge Mini, Midi, Maxi, Junior und Junior XL. Die Verpackungen leuchten in fröhlichen Farben, pink, türkis, orange, lindgrün und meerblau, darauf tummeln sich Bären, Kätzchen, Enten, Giraffen und Delphine. Rosige Neugeborene, rotbäckige Säuglinge und niedliche Krabbelkinder mit weißen Blitzezähnchen lächeln die Käufer an. Schwarz wie die Trauer, grau wie meine Tage und braun wie die Erde auf Finjas Grab ist hier nichts.

In einem Anflug von Boshaftigkeit stelle ich mir vor, wie ich ein pechschwarzes Paket mit Totenköpfen und dem Foto einer von Verwesung gezeichneten Finja zur Kasse trage.

»Darf ich mal!« Eine Frau drückt sich an mir vorbei. In dem Tuch vor ihrem Bauch hängt ein Säugling. Einen Jungen, vielleicht zwei Jahre alt, hält sie an der Hand, als sie nach den Feuchttüchern greift, die so weit oben stehen, dass sie sie nicht erreichen kann. Sie will die Hand des Jungen loslassen, doch er fängt an zu jammern, daher recke ich mich für sie.

»Vielen Dank.« Die Frau lächelt mich an. »Mit zwei Kindern ist alles so umständlich.«

Umständlich? Was würde ich für diesen Zustand geben. Ich hasse die mir völlig unbekannte Frau für ihr Glück.

»Hast du auch ein Kinder?«, fragt der Junge, und ich erstarre, denn ich habe ein Kind und habe es wieder nicht. Ich habe ein halbes Kind.

»Hast du geschlafen?« Simone drängt sich an mir vorbei ins Haus. »Viermal hab ich geschellt.« Ich habe nicht geschlafen, sondern so lange gebraucht, um zu überlegen, ob ich die Tür aufmachen soll. Meine Schwester wirft ihre Jeansjacke über die Sofalehne. Für einen Augenblick sieht es aus, als wolle sie mich in den Arm nehmen. »Hatte in der Gegend zu tun«, sagt sie. »Zeit für 'nen Kaffee?« Sie weiß, dass ich nichts weiter vorhabe, da kann ich ihr den Kaffee schlecht verweigern, deshalb führe ich sie in die Küche. Sie öffnet die Terrassentür. »Schön draußen.« Als ob mich das interessieren würde. »Wie geht's dir? Hältst du es ohne Klaus aus?«

»Ganz gut so weit.« Ich erzähle ihr nichts von meinem Erlebnis in der Drogerie. Um die Espressokanne auf den Herd zu stellen, muss ich meine ganze Willenskraft einsetzen.

»Sicher?«

»Es muss ja weitergehen.« Ich werde mal wieder zu Stein, während ich das sage. Aber es ist die Antwort, die mein Gegenüber am ehesten zufriedenstellt. Genau das wollen sie doch alle hören, meine Eltern, Klaus, unsere Freunde und Freundinnen, die zögernd anrufen. »Zucker und Milch?«

»Ich trink ihn doch schwarz.« Die Banalitäten, die wir austauschen, helfen mir, nicht loszuschreien vor Schmerz. Zwei Tassen, zwei Löffel und zwei Untertassen stelle ich auf den Tisch. Simone packt die Sachen auf ein Tablett. »Lass uns in den Garten gehen.«

»Von der Sonne kriege ich Kopfschmerzen. Kekse haben wir leider nicht. Ach, Servietten fehlen noch.«

»Mara, setz dich bitte mal hin.« Simone delegiert mich zu einem der Korbstühle. »Ich muss mit dir reden.« Wie erwachsen meine kleine Schwester auf einmal klingt. »Ich mach mir Sorgen um dich.«

Erzähl mir was Neues, denke ich, verschränke die Arme vor der Brust und lehne mich im Stuhl so weit nach hinten zurück, wie es geht. Ihr macht euch Sorgen, weil ich nicht so tun kann, als wäre alles wieder in Ordnung. Weil ich nicht das vorspiele, was in eurem Drehbuch über Trauer steht.

»Klar kann ich mir nur ungefähr vorstellen, wie mies es dir gerade geht.« Simone zieht sich den anderen Stuhl so heran, dass unsere Knie sich berühren. »Ich hab ja nur eine Nichte verloren und du … deine Tochter.« Ich bekämpfe die aufsteigenden Tränen, die mir allein gehören und keinem sonst. Simone streichelt mir das Knie. »Erzähl mir von ihr, ja? Ich mein, wenn du möchtest.«

Natürlich möchte ich. Ich möchte davon erzählen, wie es war, als ich Finja im Kreißsaal zum ersten Mal sah. Von ihren unglaublich winzigen Fingern, jeder einzelne davon so fertig und perfekt. Von ihrer Wärme. Davon, wie ich mir Finjas Lachen, ihren Geruch und den Klang ihrer Stimme ausmale, wenn sie »Mama« sagen würde. Von meiner unendlichen, unstillbaren Sehnsucht nach ihr. Manchmal male ich mir auch aus, wie sie wohl mit vier, sechs oder zehn Jahren ausgesehen hätte. Die Vorstellung will mir nie so recht gelingen. »Ich vermisse sie schrecklich«, sage ich laut. »So schrecklich, dass ich nicht weiß, wie ich den Tag überstehen soll. Es tut alles weh in mir.«

Jetzt weine ich doch. Auch in Simones Augen schimmern Tränen. Es erstaunt mich selbst, dass mir das nichts ausmacht, dass ich es sogar schön finde, mit ihr zu weinen. »Es gibt diese Sekunden, die immer mehr werden, in denen ich gar nichts fühle. Nichts. Verstehst du. Der Schmerz ist plötzlich weg. Aber das ist nicht erleichternd oder so. Das ist noch viel schlimmer als die Traurigkeit. Denn dann ist mir so deutlich bewusst, dass Finja immer weiter von mir weggerissen wird. Dass ich sie nie zurückbekommen werde. Dabei will ich sie festhalten. Sie ist doch mein Baby.« Draußen taucht die Sonne den Rasen in ein grelles Grün.

»Das wird sie auch immer bleiben«, sagt Simone nach einer Weile. »Dein Baby, meine ich. Finja ist deine Tochter. Für immer.«

»Warum hab ich dann das Gefühl, für alle anderen ist das nicht so?« Das, was sich so lange in mir angestaut hat, drängt auf einmal aus mir heraus. Es erscheint unverhofft einfach, darüber zu reden. »Finja ist begraben und vergessen. In einem Jahr wird keiner mehr wissen, dass es sie überhaupt gegeben hat, aber das hat es doch. Für die anderen hat sie nie gelebt. Aber in mir, in meinem Bauch, da war sie neun Monate drin. Sie ist nicht bloß eine Totgeburt. Sie ist doch mein kleines Mädchen.«

Der Kaffee kocht über und verdampft zischend auf der Herdplatte, die Simone abstellt. »Ich hab mal gelesen, dass die Chinesen die Zeit der Schwangerschaft zum Lebensalter dazurechnen«, erzählt sie. »Bei der Geburt lebt dein Kind dann schon zehn Monate lang.«

Das ist ein tröstender Gedanke.

»Danke.« Diesmal sage ich es nicht, um Simone loszuwerden.

»Wofür?«

»Fürs Reden. Mit Klaus kann ich nicht richtig reden. Ich

finde da keine Worte und will ihm nicht weh tun, aber eigentlich hab ich das Gefühl, dass er Finja schon abgehakt hat.«

»Quatsch!«

»Doch. Wenn Klaus auch nur einen Bruchteil des Schmerzes empfinden würde, der in mir ist, könnte er nicht so einfach weitermachen.«

»Klaus ist manchmal ein totaler Idiot«, sagt Simone, »aber ihm ist eure Tochter nicht egal. Dass er nicht mit dir redet ... Mein Gott, du weißt, wie Typen sind. Die können nicht über Gefühle reden.« Das stimmt. Klaus hat es nie gelernt. Aber am Anfang unserer Beziehung habe ich noch gedacht, dass er anders ist. Da haben wir ganze Nächte damit zugebracht, über unsere Vergangenheit und unsere Zukunft zu reden. Er hat mir erklärt, warum er Künstler geworden ist, erst aus Rebellion, dann aus einem tiefen Bedürfnis heraus, und wie er sich gegen das von seinen Eltern geplante Jurastudium durchgesetzt hat. Gemeinsam haben wir Galerien kontaktiert und kleine Ausstellungen in Hotelfoyers und Kneipen organisiert. Es war so offen und leicht zwischen uns. Natürlich haben wir uns über nicht zugeschraubte Zahnpastatuben und hochgeklappte Klodeckel gestritten, aber das hat uns als Paar nie geschwächt. Seit ich Klaus kenne, habe ich mich ihm so nahe gefühlt. Irgendwo müssen wir doch noch sein, der alte Klaus und die alte Mara.

»Er erzählt, dass du gar nicht mehr aus der Wohnung gehst«, meint Simone.

»Wieso das denn? Ich war einkaufen. In der Drogerie«, rechtfertige ich mich. Warum redet mein Mann mit meiner Schwester, die er sonst für oberflächlich und kindisch hält? Es ist alles anders als zuvor. »Was hat Klaus noch gesagt?«

»Na ja, er wünscht sich, dass du was unternimmst, um dich abzulenken.«

»Wo soll ich denn hin? Ich hab nun mal keinen Bock, so

kurz nach dem Tod meiner Tochter shoppen zu gehen oder auf einer Party Smalltalk zu machen.« Ich ziehe die Beine an.

»Glaub doch nicht, dass es Klaus um so was geht. Vielleicht würde es dir helfen, wenn du …«

»Ich will keine Therapie.«

»Versteh ich, aber es wäre gut, wenn du dich nicht in deiner Trauer vergraben würdest, wenn du was tust, was dir da raushilft.«

»Ich vergrab mich nicht. Ich hab ein Kind begraben, auch wenn das allen anderen scheißegal ist. Und eure Therapie kann mir da bestimmt nicht helfen.«

»Jetzt bist du nicht fair.«

»Meinst du, das Leben ist fair zu mir?«, fauche ich, die Hände im Schoß zu Fäusten geballt. Simone legt ihre Hände auf meine.

»Mara, keinem von uns ist es egal, dass Finja tot ist. Keinem. Vor allem nicht Klaus. Dein Mann hat sich irre darauf gefreut, Papa zu werden.«

»Wieso tut er dann so, als wäre das nicht mehr wichtig?«

»Er tut nicht so. Aber er will weitermachen, weil ihn seine Trauer ständig an Finja erinnert. So wie du an deiner Trauer festhältst, weil sie dich mit Finja verbindet, so will er von der Trauer weg. Das ist völlig okay. Deshalb ist seine Trauer nicht weniger stark als deine. Nur anders.«

Ich fasse es nicht. Meine Superbusen-life-is-a-beach-Schwester redet mit mir wie eine Psychotante. Ihre Worte beschämen mich. Es ist wahr, dass ich Klaus' Trauer für weniger stark und damit minderwertig halte, dabei bin ich nicht trauriger und verlorener als er, nur weil ich auf meine Weise trauere. Es gibt keinen Trauer-Contest zwischen uns. »Simi, ich … dass du mit mir darüber …«

Meine Schwester dreht den Kopf zur Seite. »Da ist noch was, Mara. Du siehst im Moment einfach scheiße aus.«

Erst bin ich gekränkt, dann muss ich wider Willen lachen. Sie hat schon wieder recht.

Die Zeit bis zu Klaus' Heimkehr zieht sich endlos hin. Die letzte halbe Stunde verbringe ich am Wohnzimmerfenster und blicke durch die Ritzen der Jalousie. Der ältere Nachbar mit dem Dackel fegt gerade den Gehweg. Eine sympathisch wirkende Frau schiebt einen Kinderwagen. Ihr Anblick versetzt mir einen Stich. Wenn Finja gelebt hätte, hätten wir uns vielleicht auf dem Spielplatz kennengelernt.

Zum Glück taucht unser Volvo-Kombi am Ende der Straße auf. Ich freue mich auf Klaus und will ihm zeigen, dass ich ihn in seiner Trauer verstehe, dass ich seine andere Form der Trauer akzeptiere, aber er soll mich nicht in dieser Lauer-Position vorfinden, deshalb stürze ich in die Küche, räume die Töpfe aus und täusche Geschäftigkeit vor. Immer wieder lausche ich auf das Klicken des Schlüssels im Türschloss. Nichts. Sämtliche Zwiebeln hacke ich klein. Was macht er bloß so lange? Vorsichtig linse ich im Wohnzimmer durch die Jalousie. Klaus hat den Wagen vor unserem Haus geparkt. Er sitzt auf dem Fahrersitz und scheint zu warten.

Gemeinsam warten wir. Klaus im Auto und ich auf meinem Beobachtungsposten. Es vergehen weitere fünf Minuten, bis er die Tür öffnet und aussteigt. Ich renne zurück in die Küche, erhitze das Öl in der Pfanne und gebe die Zwiebeln dazu.

»Hallo, Schatz.« Klaus gibt mir einen Kuss auf die Wange. »Du kochst, oh, ich hab leider keinen Hunger. Ich war vorhin noch was essen mit van Basten.«

»Van Basten?«

»Gereon. Der Galerist.«

»Ach ja.« Klaus muss mir den Namen bereits genannt haben, nur erinnere ich mich nicht daran. »Kein Problem. Willst du einen Rotwein?«

»Ich dusch erst mal, bin voller Staub.« Warum frage ich

ihn nicht, wieso er im Auto gewartet hat? Er geht, und ich weiß nicht mehr, was ich mit den Zwiebeln eigentlich vorhatte. Der Pfanneninhalt landet im Müll.

Auf dem Sofa warte ich auf Klaus und will mit ihm reden. Reden, so wie er es mit Simone gemacht hat. Reden, um eine Brücke zwischen uns zu bauen. Frisch geduscht, in Jogginghose und T-Shirt setzt er sich zu mir. Zwischen uns türmen sich die flauschigen Flokatikissen wie eine Mauer. Ich würde sie gerne wegräumen, doch das kommt mir merkwürdig vor. »Du bist so weit weg«, sage ich leise. Er wirft die Kissen, eins nach dem anderen, auf den Boden und rückt auf dem Sofa an mich heran. Es ist schön, seinen Körper an meinem zu spüren. Er riecht nach dem Rasierwasser, das ich ihm zu Weihnachten geschenkt habe. Meinen Kuss erwidert er sacht. Mit der Hand umfasst er meinen Hinterkopf und zieht mich an sich. Ich streichle seine glatten Wangen. Als seine Zunge in meinen Mund wandert, bin ich verwundert, küsse ihn aber weiter. Er liebkost meine Brust, und seine Finger spielen mit meiner Brustwarze. Das ist mir nicht recht. Es steht noch etwas zwischen uns, das erst ausgesprochen werden muss. Ich halte seine Hand fest. »Lass uns reden. Bitte!«

»Ja?« Er wirkt überrascht.

»Finja. Ich … Trauerst du noch sehr um sie?« Ich habe es ausgesprochen. Sofort fühle ich mich besser und möchte ihm mehr von mir erzählen, von der Leere in mir, die ich mit nichts füllen kann, und dass das hier irgendwie nicht mein Leben sein kann.

»Was soll das?« Er klingt gereizt.

»Ich meine das nicht als Vorwurf. Ich muss es nur wissen. Ich habe das Gefühl, dass du sie vergessen willst, also nicht direkt komplett vergessen, aber dass du die Trauer um sie verdrängst. Das will ich verstehen können, weil es mir ganz anders geht.«

»Verdammt noch mal!« Die Lautstärke seiner Worte lässt mich zusammenzucken. »Geht es für dich denn immer nur um Trauer und Tod?« In seinen Augen stehen Tränen. »Finja ist tot, ja, und das ist furchtbar, aber wir beide, du und ich, wir leben. Ich bin nicht mit ihr begraben, verstehst du das?«

Als am nächsten Morgen der Wecker klingelt, stelle ich mich schlafend.

»Mara, Schätzchen, ich weiß, dass du wach bist.« Klaus krault mir den Rücken. Ich setze mich auf und rücke von ihm ab. Sein Lächeln verknotet mir den Magen, doch ich lächle nicht zurück. Meine verweinten Augen und die zerzausten Haare müssen scheußlich aussehen. »Pass auf, das mit gestern Abend … Ich wollte nicht so … so grob sein. Natürlich bin ich wahnsinnig traurig, dass Finja nicht bei uns ist. Aber ich liebe dich, und ich will nicht, dass es dir dauernd schlechtgeht. Lass uns einfach gucken, dass wir uns auch was Gutes tun. Trotz der Trauer, ja?« Der Blick, den er mir zuwirft, erinnert mich an einen Hundewelpen. Er, der stolze, energische Klaus, dem alles gelingt, was er anpackt, wirkt auf einmal klein und liebesbedürftig. Ich nicke. »Wie wär's, wenn wir essen gehen?«, schlägt er vor.

Ausgehen. In ein Restaurant. Unter Menschen. Nichts stelle ich mir schlimmer vor, dennoch willige ich ein. Ich begreife ja, was er will. Ihm zuliebe werde ich mich bemühen. Mit diesem Plan vor Augen starte ich in den Tag. Über zehn Stunden sind zu füllen. Als Erstes will ich mit der Rückbildungsgymnastik anfangen, um meinen Körper wieder in Form zu bringen. Laut der Hebamme aus dem Krankenhaus hätte ich längst damit beginnen müssen. Eigentlich hatte ich einen Kurs mit Kinderbetreuung in diesem durchgestylten Fitnessclub in der Innenstadt anvisiert, aber das ist jetzt ausgeschlossen. Als Einzige ohne Kind, das würde ich nicht ertragen. Und ich könnte Hedi mit ihrer Tochter dort begegnen.

Meine Mutter hat mir eine DVD bestellt, die noch immer eingeschweißt oben auf dem Player liegt. Ich reiße das Zellophan ab. Zu meiner Erleichterung sind die vorturnenden Frauen keine essgestörten Models, die drei Wochen nach der Entbindung schlanker sind als jemals zuvor. Bei den Turnerinnen wabbeln die Brüste, Hintern und Oberschenkel fröhlich vor sich hin. Zum ersten Mal in meinem Leben spanne ich Körperteile an, von denen ich noch nie zuvor gehört habe. Es ist sehr schweißtreibend, die Sitzbeinhöcker zueinander zu schieben, gleichzeitig den Rücken durchzustrecken und den Beckenboden anzuspannen, doch die Gymnastik tut mir gut. Leider ist sie nach fünfundvierzig Minuten zu Ende.

Neun weitere Stunden liegen vor mir. Ich drehe den Wasserhahn der Badewanne auf, und während sie vollläuft, epiliere ich Beine und Achseln. Zusammen mit dem Wannenbad und dem Waschen meiner Haare verbringe ich so ungefähr eine Stunde, danach gönne ich mir in Klaus' Bademantel gehüllt einen Kaffee auf dem Sofa. Die Haare lasse ich an der Luft trocknen, damit sie sich stärker locken, und ich ignoriere das Grummeln im Magen. Heute Abend möchte ich für meinen Mann so attraktiv wie nur möglich sein. In acht Stunden kann ich mich nicht auf mein Wunschgewicht runterhungern, doch ich kann wenigstens verhindern, dass ein Blähbauch mich noch fetter wirken lässt. Simones gestrige Schocktherapie hat mir gutgetan.

Als ich mich mit der Lotion eincreme, die mir Klaus vor einem Jahr zum Valentinstag geschenkt hat, fühle ich mich ein bisschen schlanker. Das Telefon klingelt, und ich bin bereit dranzugehen. Es ist Isa, eine Freundin aus Studientagen. Sie hat uns drei Nachrichten auf dem Anrufbeantworter hinterlassen und eine Beileidskarte geschickt. Fast wirkt sie überrascht, mit mir zu sprechen, dabei hat sie ja meine Nummer gewählt. »Nett, dass du anrufst, Isa. Wie geht es dir?«

»Mir? Gut so weit … Wie geht es dir denn jetzt, Mara?«

»Besser. Ich gehe heute Abend mit Klaus essen.« Es ist gar nicht schlecht, etwas vorzuhaben. Das gibt mir ein Thema außerhalb von Finja.

»Schön, dass du so nach vorne blickst. Wenn du möchtest, können wir uns ja auch bald mal wieder treffen. Zum Essen, Reden oder was auch immer du machen willst.«

»Ja. Ich melde mich.« Am Ende des Telefonats komme ich mir fast normal vor.

Guten Mutes öffne ich meinen Kleiderschrank. An der Stange baumeln meine Hosenanzüge, Röcke, Jeans und Kleider, auf dem Brett darüber liegen nach Farben sortierte Pullover und T-Shirts, unten im Schrank stehen Unmengen an Schuhen und Stiefeln. Ich wähle eine weite Marlene-Dietrich-Hose, die in der Taille immer abstand, jetzt bekomme ich den Reißverschluss jedoch nicht zu. Enttäuscht probiere ich mehrere Röcke und Kleider aus, bloß will mir keines der Kleidungsstücke auch nur annähernd passen. Meine Energie kommt mir abhanden.

Mit Müh und Not zwänge ich mich in eine Jeans, die ich Anfang des fünften Monats zu groß gekauft habe. Indem ich die Luft anhalte, schaffe ich es tatsächlich, den Hosenknopf zu schließen, allerdings hängt ein gigantischer Fleischlappen über dem Bund. Kein ermutigender Anblick. Ein enges, sexy Oberteil kann ich vergessen. Die einzige Bluse, die diesen Wulst verdeckt, ist ein flaschengrünes Hängerchen, das immerhin gut zu meinem rötlichen Haar passt.

Im Spiegel betrachte ich das Resultat. Nicht unbedingt erhebend, aber für das erste Mal seit Finjas Tod geht es. Muss es gehen. Schließlich bin ich eine trauernde Mama und keine Bewerberin bei einer Miss-IQ-wie-Diätkohlsuppe-Wahl.

Wenn ich meine Beine mit Peep-Toes strecke, wird es etwas besser. Um die hochhackigen Schuhe anzuziehen, lasse ich mich aufs Bett fallen. Unmöglich. Mit der Jeans kann ich nur stehen oder liegen, jedoch auf gar keinen Fall sitzen. Und essen wird erst recht nicht drin sein. Frustriert pelle ich mich aus den Kleidern, schlüpfe wieder in die ausgebeulte Trainingshose und in ein T-Shirt von Klaus und spüre erneut diese abgrundtiefe Leere in mir.

Danach treibt es mich in die Küche. Die Schubladen werden nach etwas Süßem durchforstet, bis ich eine angebrochene Bitterschokolade mit Guavengeschmack finde, die ich nicht mag, und einen halben Christstollen, der vom letzten Weihnachtsfest stammen muss. Warum der mit umgezogen ist, ist mir schleierhaft. Da ich Rosinen verabscheue, pule ich sie heraus und esse den Rest. Das Marzipan des Stollens macht die Guave einigermaßen erträglich. Am Ende esse ich alles auf, sogar die Rosinen, und ekle mich vor mir selbst. Ein Trauerkloß. Elendig, wie ich bin, schaffe ich es gerade noch aufs Sofa, wo ich voller Selbsthass einschlafe.

Der Rums, mit dem die Haustür zugeknallt wird, weckt mich. Mein Shirt ist von Schokoladenflecken verunstaltet, und ich schäme mich. So darf mich Klaus nicht sehen. Ich warte, bis er in der Küche ist, springe auf und renne ins Schlafzimmer. Dort schlüpfe ich in eine schwarze Umstandshose und die flaschengrüne Bluse, die unter den Achseln zwickt. Um mir ein anderes Outfit zu überlegen, bleibt keine Zeit. Hastig trage ich Schminke auf, die das größte Desaster vertuscht. »Bin gleich so weit!«, rufe ich betont fröhlich in Richtung Flur.

Zum Glück bemerkt Klaus mein improvisiertes Äußeres nicht oder ignoriert es zumindest geflissentlich. Trotzdem fühle ich mich hässlich, als wir durch das Restaurant zu einem Zweiertisch geführt werden. Alle Welt starrt mich an und fragt sich, wieso ich so fett bin. Wenn ich doch nur Finja dabeihätte. Dann würde jeder begreifen, dass eine junge Mutter andere Probleme hat, als schlank zu sein. Wenigstens verdeckt der mit weißem Leintuch eingedeckte Tisch das Gröbste meiner Figur.

»Es grenzt an ein Wunder, hier an einen Tisch zu kommen«, verrät Klaus, während wir die Karte studieren. »Idealerweise kennt Gereon den Besitzer, und da ließ sich was deichseln. Für mich das Kalbsmedaillon, bitte!« Der Kellner ist zu uns getreten.

»Einen Salat«, bestelle ich, weil ich nicht will, dass alle darüber lästern, wie ich mich mit Essen vollstopfe. Außerdem ist mir immer noch ein wenig übel von der Christstollen-Guave-Mischung.

Klaus lässt einen Rotwein kommen. Als der Kellner mir einen Weinkelch hinstellt, liegt mir die Zurechtweisung auf der Zunge, dass ich in meinem Zustand keinen Alkohol trinke. Doch das war einmal. Mit dem Wein werde ich Finja nicht mehr schaden. Ich kann so viel Alkohol trinken, wie ich will. Als ob ich so etwas wollen würde. Den Inhalt des Glases kippe ich mir in den Hals, um die Übelkeit hinunterzuspülen. Der Kellner verzieht keine Miene. Klaus lächelt. Einmal mehr fällt mir voller Staunen auf, wie schön er ist, mein Mann. Das hatte ich ganz vergessen. Mit dem zweiten Glas lasse ich mir vorsichtshalber Zeit. Die Wirkung des Alkohols merke ich trotzdem. Das Gefühl ist gar nicht so unangenehm.

Beduselt überstehe ich das Essen und schaffe es tatsächlich, mit der Gabel so in den Salat zu piken, dass Klaus den Rest seiner besorgten Miene verliert. Er nimmt meine Hand und streichelt sie. Unter dem Tisch sucht mein Fuß sein Bein. Ich möchte ihm ganz nah sein, die Distanz, die sich seit Finjas Tod zwischen uns aufgebaut hat, endlich überwinden. Er erzählt von seinem neuen Projekt für die Ausstellung, das Herzstück sozusagen. Mir fallen Finjas Herztöne ein, die nicht mehr festzustellen waren. Ich murmle ein »Aha« und ein »Soso«, um mir nicht anmerken zu lassen, dass ich seiner Erzählung nicht richtig folge. Dabei gibt er sich solche Mühe, mich glücklich zu machen. Zu allem Überfluss bestellt er zum Nachtisch Champagner.

»Es wird ab jetzt wieder besser. Auf uns, Mara!«, prostet er mir mit der goldgelb gefüllten Flöte zu. »Auf dich und mich!«

»Und auf Finja«, füge ich in Gedanken hinzu. Trotz des Alkoholnebels in meinem Kopf ist mir klar, dass Klaus das nicht hören wollen würde. Wieso kann ich mich nicht mal für einen einzigen Abend zusammenreißen?

Auf dem Weg zum Taxi muss er mich stützen. Die Fahrt über konzentriere ich mich darauf, nicht zu kotzen.

»Mensch, bist du dicht«, sagt Klaus, aber er sagt es auf eine nette Art und Weise, als er mich ins Haus und weiter ins Schlafzimmer schleppt, wo wir aufs Bett fallen und ich zu kichern anfange. Ich spüre Hände und Lippen und versuche, die Zärtlichkeiten zu erwidern. Sein Atem geht schwer. Er zieht mir erst die Peep-Toes aus, dann die Umstandshose. Mittlerweile bin ich in einem Stadium, in dem mir der Hautlappen am Bauch fast egal ist. Die Bluse lege ich selbst ab. Die ausgeleierte Baumwollunterhose und der unförmige Schwangerschafts-BH sind zwar alles andere als reizvoll, doch Klaus scheint das nicht zu stören.

»Mach das Licht aus«, bitte ich. Er tastet nach dem Schalter der Lampe. Als es dunkel ist, legt er sich auf mich. Auf einmal ist mein Körper nicht länger Last, sondern Lust.

»Ich will mit dir schlafen.« Weil Klaus an meiner Unterhose zieht, mache ich ein Hohlkreuz, fasse auf meinen Rücken und hake den BH auf. Durch den Nebel in meinem Kopf schiebt sich ein Wort: Verhütung. Ewig habe ich nicht mehr daran gedacht. Meine Teenager- und Single-Twen-Zeit über war es das beherrschende Thema in solchen Situationen. Seit ich Klaus kenne, habe ich die Pille genommen, die ich vor elf Monaten absetzte.

»Kondom?«, nuschele ich.

»Was sagst du?«

»Ein Kondom. Hast du eins?«

»Nein.« Klaus ist schon in mir. Ganz nah bei dem Ort, an dem Finja war. Wie leicht könnte jetzt ein neues Kind entstehen. Ein anderes Kind als Finja. Niemals!

Mit beiden Händen drücke ich ihn von mir herunter, wende mich ab und fange stumm an zu weinen. Im Dunkeln höre ich ihn seufzen. Seine Enttäuschung ist förmlich greifbar. Nackt, wie ich bin, lasse ich mich auf den Boden hinab und ziehe die Beine an den Körper. Auf einmal ist Angst um mich herum. »Wenn du willst«, sage ich, »räumen wir am Wochenende das Zimmer leer.«

Dabei vermeide ich es, von Finjas Zimmer zu reden. Klaus antwortet nicht. Es raschelt, als er die Bettdecke über sich zieht. Nach ein paar Minuten verändert sich sein Atem, wird gleichmäßiger, tiefer. Ich taste nach dem Musiklamm und ziehe es auf.

Lautes, wütendes Babygeschrei. Woher kommt das? Benommen setze ich mich im Bett auf. Ich möchte Klaus wecken und ihn fragen, ob er es auch gehört hat, aber er ist schon zur Arbeit gegangen. Mein Blick sucht den Wecker: 10.20 Uhr. Allmählich begreife ich, dass mein Unterbewusstes mir diesen makaberen Streich gespielt hat. Nun wandert meine Hand unter die Bettdecke und tastet nach der Spieluhr, damit ich etwas im Arm halten kann. Wie würde sich eine lebendige Finja anfühlen? Wie würde sie riechen? Meine Nasenflügel weiten sich, als ich versuche, mir den flüchtigen

Geruch, den ich im Kreißsaal in mich aufgenommen habe, wieder in Erinnerung zu rufen. Wie gerne würde ich ihn konservieren, aber es geht nicht. Ich rieche nichts als meinen eigenen Schweiß.

Diesmal ist das Klingeln des Telefons keine Störung, sondern willkommene Ablenkung. Vielleicht ist es Klaus, der mit mir reden will.

»Hi, Süße!« Hedi.

»Hallo«, antworte ich wie ein Roboter. In meinem Kopf herrscht das große Nichts vor.

»Ich wollte wissen, ob du was brauchst?« Ihre Stimme klingt hoffnungsvoll, als könne sie mir mit einer Hühnersuppe oder einer Familienpackung Schokolade etwas von meiner Trauer nehmen.

»Nein.« Das war zu schroff. Sie meint es doch nur gut. Sag etwas, rede ich mir zu. Sag irgendwas. Mir fällt nichts ein. Seit der Beerdigung haben wir nicht mehr miteinander gesprochen.

»Ja also. Ich hab mich nicht mehr gemeldet, weil ... Mist, ich hab ein schlechtes Gewissen, weil du deine Kleine verloren hast und ich nicht.« Hedi spricht viel zu schnell. »Übrigens bin ich im Krankenhaus und habe gestern Maja zur Welt gebracht.« Den letzten Satz verschluckt sie fast. Maja. Ich krümme mich zusammen. Hedi hat eine lebendige Tochter.

Ich nicht.

Mechanisch lege ich den Hörer auf. Dass kurz darauf das Telefon wieder zu klingeln anfängt, ignoriere ich. Ich weiß, dass es Hedi ist, aber ich habe ihr nichts zu sagen. Wie um alles in der Welt soll ich das hier überleben?

9

Selbstrespekt, rede ich mir zu. Selbstrespekt. Ich bin stark. Ich bin schön, und ich schiebe keinen Frust, weil ich siebenundzwanzig bin und seit genau zweiundfünfzig Stunden mal wieder Single. Zu allem Überfluss hat mich Hedi zu dieser öden Künstlerparty mitgeschleppt. Ihre neuste Eroberung ist Maler und hat sein Atelier in dem alten Essigfabrikgebäude, in dessen Kellerräumen lauter in Schwarz oder in Cordhosen gekleidete Männer und Frauen mit Bierflaschen in der Hand herumstehen und sich betont cool langweilen. In dem Silberpaillettenkleidchen bin ich ziemlich overdressed, und mir bleiben nur zwei Möglichkeiten: Entweder haue ich wieder ab und beende den Abend in meinem Apartment, heulend vor Liebeskummer, oder ich beweise mir, dass ich niemanden brauche, um glücklich zu sein.

Das hier scheint genau der richtige Ort dafür zu sein, denn selbst wenn ich Gefahr laufen würde, nach Männern Ausschau zu halten, unter diesen Randstehern wird sich keiner finden, der mir zusagt. Die monotone elektronische Musik tut ein Übriges. Ich fasse in meine Handtasche, die unter Hedis Hintern liegt. Meine Freundin lässt sich nicht dabei stören, ihren Maler abzuknutschen. Aus der Tasche fische ich eine CD. Fetenhits der siebziger Jahre. Das Letzte, was die Leute hier als »in« bezeichnen würden, und daher absolut richtig.

Der DJ trinkt an der aus Holzlatten gezimmerten Theke Wodka aus der Flasche, was mir die Gelegenheit gibt, sein

Pult genauer in Augenschein zu nehmen. Ein paar Leute gucken befremdet, als ich die CD, die gerade läuft, gegen meine austausche. *»R-E-S-P-E-C-T. Find out what it means to me …«*, schallt es aus den Boxen. Ich hüpfe in den Kreis, den die Randsteher frei gelassen haben, und mache ihn zur Tanzfläche. Die Arme reiße ich nach oben und singe mit geschlossenen Augen lauthals mit. *»Respect, just a little bit …«* Ich fühle mich gut. Ich bin stark. Ich bin schön. Männer sind mir gleichgültig, und ich genüge mir selbst.

Natürlich weiß ich, dass mich alle anstarren. Na und? Ich schüttele mein Haar und springe. Da lässt mich etwas blinzeln. Neben mir tanzt jemand. Blaue Augen, die mich unverwandt anblicken. Markante Kieferknochen. Dunkle, lockige Haare. Gar nicht so schlecht, der Typ, eigentlich ist er sogar sehr attraktiv, schade nur, dass ich keinen Mann mehr brauche. Vor allem keinen Künstler. Dass er einer ist, verrät mir seine schwarze Kluft. Betont desinteressiert wende ich ihm den Rücken zu und tanze für mich allein. Mitten im Lied wird meine CD wieder gegen das elektronische Elend getauscht, und meine Bewegungen stoppen abrupt. Verschwitzt stelle ich mich an die Theke und lasse mir ein Bier geben. Als ich Geld auf den Tresen legen will, kommt mir der Tänzer zuvor. Er zahlt für sein und mein Bier und lächelt mich an. Für einen Moment stelle ich mir vor, wie es wäre, seine Lippen zu berühren, dann werfe ich ihm einen abfälligen Blick zu. Er soll nicht glauben, meine Gesellschaft für zwei Euro kaufen zu können.

Ein Grinsen von ihm, und er geht, bevor ich ihn verlassen kann. Verwundert sehe ich ihm nach, wie er mit dem DJ redet. Ein paar Minuten später läuft *»Le Freak«*, und der Typ tanzt auf mich zu, dabei streckt er die freie Hand, in der sich keine Bierflasche befindet, nach mir aus. Ich schüttle den Kopf, doch er gibt den Blickkontakt nicht auf. Etwas in seinen Augen macht mich meinen Entschluss vergessen, mich nie wieder auf Männer einzulassen. Bringt mich dazu, ihm auf die Tanzfläche zu folgen und mit ihm zu tanzen. Erst verhalten, dann wilder.

Das Lied ist kaum vorbei, da zieht er mich an sich und küsst mich. Es ist ein perfekter Kuss, genau das richtige Maß an Leidenschaft, aber nicht zu gierig. Ich erwidere ihn und lasse meine bierflaschenfreie Hand über den Rücken des Tänzers fahren. Er fühlt sich gut an, und er riecht auch gut. Staubig und nach Sandelholz. Dann nimmt er mir die Flasche Bier ab, löst sich aus der Umarmung und stellt seine und meine Flasche auf dem Boden an der Wand ab. Als er zurückkommt, lacht er breit. Beide Arme schlingt er um mich, und wir knutschen und knutschen, alles um uns herum vergessend, bis mir Hedi auf die Schulter tippt und mir meine Handtasche unter den Arm schiebt.

»Wir gehen jetzt.«

Ich winke ab, will noch bleiben. »Komm mit«, flüstert der Schöne und zieht mich mit sich. Längst möchte ich ihn nackt sehen, seinen Körper schmecken. Er führt mich durch das Treppenhaus, bis wir vor einer Stahltür stehen, die er aufschließt. Neonlicht flammt auf. Es ist kalt in dem großen, kahlen Raum, aber ich glühe. In der Mitte des Ateliers befindet sich ein eingestaubtes Sofa. Eine Art Tischsäge steht in der Nähe eines Waschbeckens. Unbehauene Steine und fertige Skulpturen lagern auf grob zusammen gezimmerten Tischen. Mit den Fingern streiche ich über einen runden Stein, der sich sinnlich glatt anfühlt, kühl und an einigen wenigen Stellen ganz rau. Der Schöne beobachtet mich.

»Hast du das gemacht?«, frage ich.

Anstelle einer Antwort kommt er zu mir und zieht mir das Kleidchen über den Kopf. Als seine Hände über meinen Körper wandern, erschauere ich. Gemeinsam stolpern wir zu dem Sofa und wirbeln Staub auf, als wir uns darauffallen lassen. Es ist eine irreale Atmosphäre, von der ich jede Sekunde genieße. Wer weiß, wie schnell dieser intensive Augenblick vorbei ist. Ich will nicht ernüchtert sein, sondern will den Rausch, die Leidenschaft in mich aufsaugen. In ein, zwei Stunden werde ich in meinem aufgeräumten Apartment in mein mit frisch gewaschenen Satinlaken bezogenes Bett kriechen, aber jetzt möchte ich hier sein und nirgendwo sonst.

Ich streife ihm das T-Shirt ab, knöpfe seine Hose auf und fasse in seine Boxershorts. Sein Glied ist hart, deshalb drücke ich ihn von mir runter. »Was ist?« Er wirkt verwirrt.

Ich koste den Moment voll und ganz aus, gehe zu meinem Silberkleidchen, unter dem meine Handtasche liegt, und hole ein Kondom. Seine Pupillen weiten sich, als ich damit zurückkomme. Ich reiße die Packung auf und stülpe ihm das Gummi über, wobei er mich nicht aus den Augen lässt. Es ist beflügelnd, die Aktive zu sein, und ich setze mich auf ihn. Schweiß läuft mir den Rücken hinunter. Er hält meine Pobacken umklammert, während wir uns miteinander bewegen.

Nachher klebt der Staub auf unseren Körpern. Einen Augenblick ruhe ich aus, noch mit ihm verbunden, die Beine verschränkt. Gleich werde ich aufstehen und diesen Typen mit einer geilen Erinnerung zurücklassen. Einer namenlosen Erinnerung, ohne die Trübung emotionaler Verwicklungen. Die fordernde, starke Frau wird er nie vergessen.

Er dreht mich auf den Rücken und legt sich auf mich. Was für einen sinnlichen Mund er hat. »Wie heißt du?«, fragt er. Soll ich es ihm sagen? Er nähert seine Lippen den meinen um wenige Millimeter. Ich spüre den warmen Atem auf meiner Haut. Sein steifer Penis reibt an meinem Venushügel. Von weiter unten im Gebäude hämmert ein Bass. »Also, wie heißt du?«

»Mara«, gebe ich mich preis.

»Lass uns die Nacht zusammen verbringen, Mara«, wispert er.

10

»Zeit vergeht. Liebe bleibt.«, steht auf einer der Beileidskarten, die Klaus und ich nach Finjas Tod erhalten haben. Mittlerweile gibt es jedoch Augenblicke, in denen ich nicht mehr weiß, ob meine Tochter wirklich real war. Ihr Auftauchen in unserem Leben war so kurz, dass ich Angst davor habe, mich einmal nicht mehr daran erinnern zu können, da es mir schon nach sechs Wochen schwerfällt. Ein Neurowissenschaftler hat in einem Interview mal gesagt, dass Menschen das sind, woran sie sich erinnern. Wenn ich anfange, Finja zu vergessen, wer bin ich dann noch?

»Wollen wir morgen zu Finjas Grab gehen?«, frage ich Klaus, bevor er das Haus verlässt.

»Ja, gern, wenn du möchtest. Ich dachte, du willst da nicht hin.« Bislang habe ich mich davor gedrückt, so wie ich mich davor drücke, einen Termin im Krankenhaus zu vereinbaren, um das Ergebnis der Obduktion zu erfahren. Ich wünsche mir so sehr, dass ich nicht schuld an Finjas Tod bin, und habe gleichzeitig solch eine Angst, ich könnte es doch sein.

»Morgen schon. Morgen will ich zum Grab«, sage ich. Dass es Finjas errechneter Geburtstermin ist, brauchen wir nicht auszusprechen, das wissen wir beide. Ich hoffe, dass der gemeinsame Grabbesuch uns hilft, eine Nähe zu empfinden, auch wenn mir bei dem Gedanken an den Friedhof schlecht wird. Aber es ist auch für Finja. Für meine Erinnerung an sie.

Ich muss etwas tun, um sie festzuhalten. Die Decke fällt

mir ein, deshalb breite ich die Stoffe aus Paris, das Sonnenhütchen und die gepunktete Latzhose um mich aus. Ein Bild taucht vor mir auf. Innerhalb eines Wimpernschlags ist es da. Ich sehe einen Schmetterling im Zimmer umherflattern, sehe das unaufhörliche Auf und Ab seiner Flügel, sehe, wie das Leben in ihm pulsiert und er mit ihm. Das Insekt tanzt zu einer fernen Musik. Das ist Finja, denke ich, oder zumindest wünsche ich mir, dass sie sich in einem solchen Zustand befindet.

Ich kann den Wind hören, der dem Schmetterling Auftrieb gibt, vernehme das Trappeln von Ameisenbeinen über einen Blütenstängel, rieche das wachsende Gras und schmecke das Licht der Sonne. Seine Flügel fertige ich aus dem rosa-weißen Vichykaro-Hütchen, den Körper aus der gepunkteten Latzhose. Den Zuschnitt nähe ich auf ein geblümtes grünes Stoffquadrat. Stich für Stich entstehen aus taubenblauem Stickgarn geschwungene Fühler. Während ich nähe, wird mir ganz leicht. Es ist, als würde ich meinen Körper verlassen, obwohl ich weiterhin am Sofatisch knie, dennoch bin ich für einen Moment in einer Welt, in der es mir gutgeht. So fühlt sich das also an. Gerne würde ich länger hierbleiben, aber schon befinde ich mich wieder in meinem alten trauernden Selbst, denn ich habe unter den Stoffen den schwarzen Strampler mit der Totenkopf-Applikation aus Strass entdeckt. War er eine Art Todesbote? Hätten wir ihn nicht kaufen sollen? Haben wir damit unwissentlich Finjas Tod vorherbestimmt?

Wieder fange ich an zu überlegen, ob es irgendeinen Moment gab, in dem ich hätte spüren können, dass mein Baby stirbt, da rappelt es an der Jalousie. Ich stehe auf und lasse sie hoch. Vor mir steht Grill-Nils, Simones Freund, eine Baseballkappe mit der Aufschrift »John Deere« auf dem Kopf, und gestikuliert. Womöglich bekommt er noch Geld für den Umzug, oder die Möbelpacker haben was im Laster vergessen, denn er hält eine Holzkiste in den Händen, auf die er mit dem

Kinn deutet. Sie muss Klaus gehören, ich erkenne sie jedenfalls nicht.

Meine Hand weist zur Haustür, die ich öffnen gehe.

»Hi. Das ist für dich.« Nils überreicht mir die Kiste, die bei genauerem Hinsehen aus gemasertem, dunklem Holz gefertigt ist. Den Deckel ziert eine Intarsie, ein verschnörkelter Buchstabe.

»F«, lese ich.

»Für Erinnerungen an deine Tochter«, sagt er. Mit dem Zeigefinger kratzt er sich über die Bartstoppeln.

Die Kiste ist das herausragendste Geschenk, das ich seit langem erhalten habe. Nicht einmal von dem rosaroten Barbiefahrrad zu toppen, das ich mit neun zum Geburtstag bekam. »Ich weiß gar nicht, was ich sagen soll«, stammele ich, völlig überfordert von der Freude, die ich empfinde.

»Hab ich bei einer Entrümplungsaktion in die Hände gekriegt. Dachte, die sollst du haben. Tschüs dann.« Aus grünbraunen Augen sieht er mich an, bevor er mit federnden Schritten davongeht. Ob ihm bewusst ist, was morgen für ein Tag ansteht?

Mit den Fingerspitzen streiche ich über das Holz, folge der Maserung und den kleinen Kratzern im durchsichtigen Lack, bis ich auf dem Intarsien-F haltmache. Für Erinnerungen an meine Tochter. Von Freunden und mir nahestehenden Menschen fühle ich mich zurückgestoßen. Jetzt hat mir ein Fremder ein unglaubliches Geschenk gemacht. Beinahe ehrfürchtig klappe ich den Deckel auf. Im Inneren ist die Kiste unbehandelt. Das Holz ist rau und weist ein paar Wurmstiche auf. Den winzigen Staubrest, der in den Ecken hängt, puste ich weg. Die Kiste ist alt, sicher hat sie schon vielen Geheimnissen und Schätzen als Versteck gedient. Nun wird sie meinen größten Schatz bergen. Vorsichtig lege ich die Fotos, das Lamm, alles, was ich von Finja habe, hinein. Obenauf packe ich den applizierten Schmetterling. Bis die Decke fertig ist, werden die Flicken hier Schutz finden.

Auch ich fühle mich nun beschützt genug, um endlich Finjas Grab zu besuchen. Ich kann nicht sagen, ob ich mich vor dem Friedhof drücke, weil ich nicht glaube, meiner Tochter dort begegnen zu können, oder ob ich mich vor dem ängstige, was mich an ihrem Grab erwartet. Das will ich herausfinden, bevor ich morgen mit Klaus hingehe, auch aus Angst, vor ihm zusammenzuklappen und wieder mit seinem pragmatischen Therapievorschlag konfrontiert zu werden. Außerdem komme ich heute dann erst am späteren Nachmittag in den Supermarkt zum Einkaufen, da ist die Schwangeren- und Mama-mit-Kinderwagen-Quote etwas niedriger, so dass ich mich hineintrauen kann.

An der Straßenbahnhaltestelle am Friedhof ist ein Blumenladen, der Grabschmuck verkauft. Kränze, Herzen und Tauben aus geflochtenen Weidenzweigen, leblos wie der Ort, auf den sie gebettet werden. Gusseiserne, schwere Kerzenhalter. Plastikblumenvasen mit einer Spitze am Ende, um sie in die Erde zu stecken, gefährlich für jedes Kleinkind. Nichts davon erscheint passend für meine Finja, daher entscheide ich mich für ein buntes Windrad, denn ich möchte nicht mit leeren Händen zu ihr kommen.

Als ich an den Grabstellen vorbeigehe, wird mir der Tod körperlich bewusst. So viele Menschen, die andere zurückgelassen haben. Ob die Hinterbliebenen sich mit der gleichen Intensität nach ihnen sehnen wie ich? Ein Grabstein hat die Form eines Handys. Als könnten die Liebsten zum Jenseits Kontakt aufnehmen. Die Daten der Verstorbenen sind in das steinerne Display gemeißelt.

Das Rädchen stecke ich in den Erdhügel auf Finjas Grab. Jemand, vielleicht meine Mutter, hat einen Rosenbusch mit

Knospen darauf gepflanzt. Ansonsten ist es nackt, der Blumenschmuck von der Beerdigung wurde längst auf dem Komposthaufen entsorgt. Hier soll die letzte Ruhestätte meines Mädchens sein? Ich grabe die Finger in die Erde und fühle die Feuchtigkeit. Ein Regenwurm windet sich über meine Hand. Im Grunde ist braune Erde viel passender als der Rosenstrauch und das Windrad. Überhaupt befremden mich die blühenden Blumen auf den kleinen Gräbern, die Unmengen an Spielzeug, die sich darauf häufen, bunt und voller Leben, während die Kinder darunter tot sind.

An einem Grab kniet eine junge Frau und dekoriert es mit einem Stoffbären. Als sie aufsteht und sich die Erde von der hellen Hose klopft, begegnen sich unsere Blicke. Wir erkennen uns, auch sie ist eine verwaiste Mutter.

»Ihr Kind?« Sie nickt zu Finjas Erdhügel. Bevor ich antworten kann, redet sie weiter. »Mein Noah ist heute vor einem halben Jahr gestorben. SIDS, besser bekannt als plötzlicher Kindstod. Er war zwei Monate alt.«

Als ich überlege, was ich antworten soll, fällt mir auf, wie schwer es tatsächlich ist, Worte für unseren Verlust zu finden. Dann bemerke ich ein grauenhaftes Gefühl in mir.

Ich beneide die Frau darum, dass sie zwei Monate Zeit hatte, ihren Sohn kennenzulernen. Zwei Monate, in denen sie ihn stillen, ihm beim Wachsen und Strampeln zusehen konnte. Sie hat sein Lächeln gesehen, seine ersten Glückslaute gehört.

Was maße ich mir nur an? Womöglich machen ihr die zwei Monate den Tod sogar noch schwerer. Woher nehme ich mir das Recht, Vergleiche anzustellen?

Zwar könnte ich nachfragen, bringe es aber nicht über mich.

»Die erste Zeit nach dem Tod steht man total unter Schock«, sagt die Frau. »Erst hab ich nicht geglaubt, dass von einem

Moment auf den anderen alles anders sein soll. Und dass das Leben weitergeht, auch ohne unseren Noah.« Warum erzählt sie mir das? Sie ist mir gänzlich unbekannt, dennoch fühle ich mich ihr verbunden. Es ist tröstlich, nicht allein mit meinem Schicksal zu sein. »Die Zeit heilt keine Wunden«, fährt die Frau fort, »sie macht den Schmerz nur erträglicher. Der Schmerz bleibt, aber er trifft einen nicht mehr so oft, nicht mehr ständig, nicht mehr täglich. Mittlerweile kann ich an Noah denken, ohne dass ich jedes Mal traurig werde.«

Unvorstellbar, denke ich. Es soll einen Morgen geben, an dem ich nicht von der Traurigkeit überfallen werde? Ich rufe mir das Nähen ins Gedächtnis. Für einen kurzen Moment habe ich nur mit Liebe, ganz ohne Schmerz an Finja gedacht. Was die Frau erzählt, macht mir Hoffnung. Wer weiß. Eines Tages bin ich vielleicht so weit, mit einer Mutter, die ihr Kind verloren hat, über Finja und meine Trauer reden zu können, so wie die Frau über ihren Noah. Ich wünsche mir sehr, diese Starre bald loszuwerden. Ohne Vorwarnung nimmt die Frau mich in den Arm, und ich kann ihren Trost zulassen. Heute scheint der Tag zu sein, an dem mir Fremde weiterhelfen.

»Es wird einfacher. Versprochen. Ich bin mir sicher, dass mein Noah und Ihr Kind gerade als Engel zusammen auf einer Wolke sitzen und auf uns herabblicken.« Gerne würde ich an ihr Bild glauben, aber ich kann es nicht. »Tja, ich muss dann mal«, verabschiedet sich die Frau. »Das lange Stehen fallt mir schwer. Ich bin nämlich wieder schwanger. Es weiß aber noch keiner. Siebte Woche erst.«

Ich überlege, ob ich sie nach ihrem Namen fragen soll. »Viel Glück«, wünsche ich nur, und auf einmal erscheint mir der Gedanke daran, ein anderes Kind als Finja in meinem Bauch zu tragen, nicht mehr ganz so abwegig. Ich nehme mir vor, Klaus von der Frau und ihrer Schwangerschaft zu erzählen.

Auf dem Heimweg fahre ich mit der Straßenbahn an der

Haltestelle vorbei, in deren Nähe Hedi wohnt. Sehnsucht überkommt mich. Wie gerne hätte ich jemanden, mit dem ich alles teilen kann, so wie ich es vor Finjas Tod mit Hedi konnte. Doch meine ehemals beste Freundin ist jetzt glückliche Mutter einer Tochter. Allein das stellt ein unüberwindliches Hindernis zwischen uns dar.

Wenig später kommt Klaus mit einem riesigen Strauß roter Rosen nach Hause. »Für meine Süße!«

Ich arrangiere die Blumen in einer Vase auf dem Esstisch. »Sie sind schön.« Und ihre Schönheit wird vergehen, wie Finja vergangen ist, denke ich.

»Ich liebe dich«, sagt Klaus.

»Ich dich auch«, antworte ich, dann küsse ich ihn und hoffe, dass zwischen uns bald alles wieder ist wie zuvor. Dass sich die unausgesprochenen Dinge zwischen uns in Luft auflösen. Als Neuanfang zeige ich ihm die Kiste von Nils.

Anerkennendes Nicken. »Gut für Simone, dass sie mal einen vernünftigen Typen aufgetrieben hat.« Nun traue ich mich sogar, ihm den applizierten Schmetterling vorzulegen. »Nett. Sehr nett. Hör mal, ich mache auch gerade was. Für das Grab.«

Ich verspüre einen Stich. Warum hat er mir nichts davon gesagt? Dann hätte ich nicht mit so viel Frust und Enttäuschung dagesessen, solange er in der Werkstatt war. Doch ich fühle auch Erleichterung. Wenigstens weiß ich nun mit Bestimmtheit, dass er Finja nicht einfach abgehakt hat. »Kann ich die Skulptur sehen?«, bitte ich.

»Lieber nicht. Hab noch Geduld, ja?«

Natürlich habe ich das, wenn er es möchte. Indem ich mich an ihn schmiege, fühle ich mich zumindest ansatzweise wieder glücklich. Es ist ganz, ganz weit von dem Gefühl entfernt, das ich vor den zurückliegenden sechs Wochen empfand, aber der Hauch von Glück gibt mir neuen Mut.

»Ich war heute schon auf dem Friedhof«, sage ich.

»Aber ich dachte, da wollten wir morgen zusammen hin.«

»Gehen wir ja auch. Ich wusste nur nicht, ob ich mich traue. Du, dort habe ich eine Frau getroffen, die hat vor einem halben Jahr ihr Kind verloren. Und …«

Klaus sieht mich irritiert an. »Glaubst du, das ist eine gute Idee, wenn du dich mit der Trauer von anderen konfrontierst? Immerhin bist du doch noch viel zu sehr mit deiner eigenen beschäftigt.«

»Nein, das hat gutgetan, ehrlich. Sie hat so kluge Sachen gesagt über das Weiterleben. Und sie ist wieder schwanger.«

»Das klingt toll.« Wir wechseln einen einvernehmlichen Blick, der ein Kribbeln in meinem Bauch auslöst. Es läuft vielleicht nicht alles gut zwischen uns, aber es wird besser und besser.

Wir gehen in die Küche, und ich tische Pasta auf. Nudeln, Fertigsauce, geriebener Parmesan aus der Tüte. Zu mehr bin ich noch nicht in der Lage.

»Kommt Zach, dann ist das international ein Durchbruch«, erzählt Klaus beim Essen.

»Wer?« Ich habe ihm nicht zugehört, sondern an die Frau und ihren Noah gedacht und an das neue Baby in ihrem Bauch.

»Der Galerist aus den USA.« Er sieht mich an, als erwarte er eine Antwort von mir. Mühsam versuche ich mich zu erinnern, was er von dem Amerikaner erzählt hat. Mein Gedächtnis lässt mich im Stich. Früher habe ich immer gewusst, von welchem Mäzen oder Galeristen Klaus redet. Früher liegt sechs Wochen zurück. »Zach hat seine Galerie in Chelsea …«

»Ob es schlimm ist, so bald nach dem Tod eines Kindes wieder eines zu bekommen?«, unterbreche ich ihn.

»Bitte?«

»Vielleicht würde ein neues Kind uns helfen, aber dann

denke ich wieder, das kann ich Finja nicht antun. Oder meinst du, dass ich an eine Schwangerschaft denke, das hat mit morgen zu tun?«

»Wieso mit morgen?«

Ich sehe ihn fassungslos an. »Morgen wäre Finja geboren worden.«

»Oh.«

Er hat es vergessen. Vergessen? Wie kann er den errechneten Geburtstermin unserer Tochter vergessen? Ich denke jeden Tag daran. Zwischen uns wächst die Mauer mit Steinen aus Trauer, Angst, Misstrauen und Vorwürfen rasant wieder an.

Nachdem ich den letzten Rest Nudeln mit den Fingern aus dem Topf gefischt habe, spüle ich das Geschirr unter dem Wasserhahn ab, bevor ich es in die Spülmaschine räume. »Warum machst du das?« Forschend sieht Klaus mich an. »Die Spülmaschine wäscht die Sachen doch. Warum liest du nicht ein Buch oder treibst Sport oder irgendwas?« Warum? Weil ich sonst nichts zu tun habe, außer über Finja nachzudenken und über ihren errechneten Geburtstermin, den er vergessen hat, aber das kann ich ihm jetzt nicht mehr sagen. So viel Unausgesprochenes. Ich frage mich, wie viel davon eine Liebe aushalten kann.

Nachdem ich so lange in der Küche herumgeräumt habe, bis er gegangen ist, blicke ich zur Terrassentür. Die Glasscheibe wirft mir mein Bild zurück. Aufgedunsen, schwarze Ringe unter den Augen, kraftloses Haar. Mit der Hand fahre ich hindurch. Ganze Strähnen bleiben zwischen meinen Fingern hängen. Meine Haare fand ich immer schön. Nun sind sie ausgedünnt und voller Spliss.

Was, wenn ich Krebs habe? Wenn da, wo Finja hätte wachsen sollen, ein Tumor sprießt? Wenn das der Grund dafür ist, dass sie nicht leben durfte? Wenn ihr Tod in mir nur der Anfang von etwas Endgültigem war? Immer stärker wird meine Überzeugung, krank zu sein. Todkrank. Mit siebzehn hatte ich eine extrem melancholische Phase. Ich trug das Schwarz der Unverstandenen und stellte mir in schönster Regelmäßigkeit vor, wie meine Eltern, Simone, meine Freunde und die Lehrer um mein Grab herumstehen, angefüllt von Vorwürfen. Immer habe ich gedacht, ich bestimme über den Tod und nicht umgekehrt. Seltsamerweise ängstigt mich der Gedanke an den Tod nicht mehr.

Durch den Flur schleiche ich am Wohnzimmer vorbei, in dem Klaus vor dem Fernseher sitzt. Wie so oft ist das Kinderzimmer mein Ziel. Eigentlich passt die Bezeichnung nicht mehr zu dem Raum, in dem nun die Wäsche trocknet. Finjas Möbel sind bei meinen Schwiegereltern im Keller verstaut. Nur die Tierbordüre erinnert noch an die ursprüngliche Bestimmung des Zimmers. Mit den Fingerspitzen spüre ich den Farberhebungen nach, die der Pinsel hinterlassen hat.

»Ich konnte die ganze Nacht nicht schlafen, weil doch heute Finjas errechneter Termin ist«, sagt meine Mutter am Telefon so, als ob ich den Tag vergessen haben könnte. »Soll ich vorbeikommen?«

Bloß nicht! Alles, nur nicht meine Mutter! Ihre Trauer um das verlorene Enkelkind kann ich nicht ertragen. Nicht an diesem Tag. Außerdem bin ich noch immer sauer auf sie. Obwohl ich weiß, dass sie mich mit ihrer Bemerkung, wir würden einmal Kinder haben, nicht absichtlich verletzen wollte. »Heute passt es gar nicht. Ich gehe mit Klaus nachher auf den Friedhof.«

»Ach so.« Enttäuschung trieft aus den zwei Wörtern und macht mich wütend. Ich bin nicht dazu da, mich permanent um die Gefühle anderer zu kümmern. Am Ende siegen dennoch meine Schuldgefühle. »Bitte, Mama! Ich möchte lieber allein sein. Verstehst du das?« Ich hoffe auf Absolution.

»Ja, Schätzchen.«

Kaum hat sie aufgelegt, schäme ich mich. Deshalb gehe ich auch gleich wieder ans Telefon, als ich dessen Melodie höre. Ich werde ihr sagen, dass sie selbstverständlich vorbeikommen kann.

»Hallo, hier ist Annika.«

Wer ist Annika? Ich brauche etliche Sekunden, bis mir einfällt, dass sie die Sekretärin von Telegen ist, meiner alten Firma. Meine Kollegen wissen noch nichts vom Tod meiner Tochter. Ich hatte vergessen, ihnen eine Trauerkarte zu schicken. Oder ich hatte es vergessen wollen, sicher bin ich mir da nicht.

»Hallo, Annika.« Zeit gewinnen, bis ich Worte finde.

»Na, und? Ich wollte mal hören, wie es dir geht? Ich mein, euch, ihr seid doch sicher schon zu dritt? Bist du nicht jetzt ausgerechnet?« Sie plappert drauflos, und erst nach einem ganzen Wortschwall fällt ihr auf, dass ich nicht antworte, und sie schweigt auch.

Ich bin wie ein Stück Treibholz, dessen Ecken und Spitzen das Wasser abgeschliffen und so dessen Maserung freigelegt hat. Ich bin wie ein totes Stück Holz. Wir schweigen uns an, bis ich es über mich bringe zu sagen: »Finja ist tot.«

»Ah.«

»Sie ist vor sechs Wochen gestorben. Am zwölften oder dreizehnten April. So genau weiß man es nicht.« Meine Welt ist seitdem stehengeblieben, doch die der anderen hat sich weitergedreht. Mittlerweile befinden wir uns auf völlig unterschiedlichen Planeten.

»Oh!« Mehr fällt Annika deshalb auch nicht ein.

Die Türklingel schellt durch das Haus und gibt mir eine Möglichkeit, das Telefonat zu beenden. Annika stammelt noch etwas davon, wie leid es ihr tut, dann lege ich auf.

Inzwischen lebe ich, die ich vor nicht allzu langer Zeit zum

Drehen quer durch Deutschland gereist bin, in einem klaustrophobischen Alptraum. Meine Kontakte zur Außenwelt beschränken sich auf das Telefon, das immer seltener klingelt, je länger Finjas Tod zurückliegt und je öfter wir nicht zurückgerufen haben, vereinzelte Besuche und gelegentliche Einkäufe in der Nachbarschaft, wo so gut wie keiner von meinem Verlust weiß. Deshalb ist es seltsam, die Tür zu öffnen.

Ein junges Mädchen in Kittelschürze, dessen Ähnlichkeit mit Audrey Tautou in *Die fabelhafte Welt der Amélie* mehr als augenfällig ist, und eine graugekleidete ältere Frau, die wie eine Gouvernante wirkt, lächeln mich an. »Wir möchten mit Ihnen über Gottes Liebe reden.«

Falsch. Ganz falsch. »Liebe? Wie kann ich an einen Gott glauben, der mir mein Kind nimmt? Das soll Liebe sein?«

Das Mädchen und die Gouvernante stolpern mit ihren Broschüren über den Schutz ungeborenen Lebens auf die Straße zurück.

Ich weiß, wie ungerecht ich bin, als ich sie anbrülle, aber ich gefalle mir in dieser Rolle. »Euer Gott kann mich am Arsch lecken«, schreie ich ihnen nach, während sie das Weite suchen.

»Hossa!« Simone starrt mich an und schüttelt den Kopf. »Das ist ja selbst für mich eine Nummer zu hart. Hallo, Schwesterherz.« Sie klingt so gut gelaunt. Natürlich hat sie keine Ahnung davon, was heute für ein Tag ist. Warum sollte sich auch ausgerechnet meine Schwester daran erinnern? Bitterkeit belegt meine Zunge. »Lässt du mich rein, oder werde ich auch verflucht?« Simone drängelt sich an mir vorbei ins Haus. Den Reißverschluss ihrer ausgebeulten Jacke hat sie bis zum Hals hochgezogen. Ein leicht muffiger Geruch von Herbstlaub, das man im Wald mit den Füßen aufwirbelt, geht von ihr aus. Dann macht sie ein merkwürdiges Geräusch. »Hunger.« Sie deutet auf ihre Magengegend, die aussieht wie ein Schwangerschaftsbauch. Wenn das ein Scherz sein soll?

»Ich hol Kekse und Tee. Kannst dich ins Wohnzimmer setzen, Simi.«

An der Tür drehe ich mich wieder zu ihr um. Sie steht in der Mitte des Raumes, nahe der Holzkiste. »Hat er gestern vorbeigebracht«, erkläre ich. Zu meiner Überraschung sieht sie nicht aus, als wisse sie, von wem ich rede. Da hat sie in Nils endlich einen Freund, der richtig nett ist, und ahnt es nicht mal. Selbst schuld.

In der Küche fülle ich kochendes Wasser in meine alte, angeschlagene Kanne. Den Prinzessin-Diana-Henkelbecher und eine Sammeltasse, auf der in altdeutscher Schrift »Gratulation zum Jubiläum« steht, stelle ich zu der Kanne und den Keksen auf ein Tablett, das ich ins Wohnzimmer trage. Es fehlt nicht viel, und ich hätte alles fallen lassen.

Auf dem weißen Sofa steht ein Hund. Ein winzig kleiner zwar, aber ein Hund. Zudem ein ziemlich räudiger mit Fledermausgesicht.

»Was ist das?«

»Das ist ein Hund«, antwortet Simone in bester Kindergärtnerinnenmanier. Es fehlt nur noch, dass sie auf das Fenster zeigt und sagt: »Das ist ein Fenster.«

»Das sehe ich. Und was macht der Hund mit seinen dreckigen Pfoten auf meinen Kissen?«

»Ich hab ihn Gilbert getauft«, erklärt meine Schwester. »Wenn dir der Name nicht gefällt, kannst du ihn gern anders nennen.«

Der Hund fängt an, mit der Zunge die Ecken des Sofas abzulecken.

»Hol das hässliche Vieh da runter.«

»Armer Gilbert.« Simi nimmt ihn in die Arme. »Sie meint das nicht so. Ihr werdet euch schon noch aneinander gewöhnen.«

In meinem Kopf schrillt der Feuermelder. »Der Köter kommt weg!«

»Ist ja gut!« Simone setzt ihn auf dem Fußboden ab, wo er herumzuschnüffeln beginnt. Dabei wackelt er mit dem Hinterteil wie eine Prostituierte auf Männerfang. »Er ist aus dem Tierheim. So an die fünf Jahre alt, sagt der Tierarzt, und entwurmt.«

Vor Ekel verziehe ich das Gesicht. Sobald das Vieh aus dem Haus ist, werde ich alles desinfizieren. Dann fange ich an nachzudenken. Soll der Hund etwa ein Ersatz für Finja sein? Wie billig ist das denn? Nichts und niemand kann mir mein Baby ersetzen, schon gar kein Läuseköter. Auf so eine Idee kann auch nur meine unsensible Schwester kommen. »Pfui! Gilbert, nein, lass das. Aus! Aus, hab ich gesagt.« Simones Gezeter alarmiert mich. In der Schnauze hält der Hund einen Ball, den er hin und her schüttelt. Der Ball ist meine Schildkröte.

»Du Mistvieh! Gib Cassi her.«

Ich stürze zu ihm, um ihm die Kiefer auseinanderzubiegen, doch er knurrt böse. Kurzerhand schüttet Simone ihm die Schüssel Kekse über den Kopf. Der Hund hebt die Nase und schnüffelt. Endlich lässt er Cassiopeia fallen und macht sich über das Gebäck her. In meinen Händen geborgen, trage ich Cassi in die Küche. Außer dass sie sämtliche Gliedmaßen eingezogen hat, scheint sie unversehrt zu sein, denn sie hat nicht einen Kratzer am Panzer. Ich setze sie an den Futternapf und fülle Heupellets und Wasser hinein. Schleunigst streckt Cassi den Hals heraus und unterzieht den Inhalt der Schüssel einer genaueren Betrachtung.

Ich schluchze tief von innen auf, und mir kommen die Tränen. Sie fließen nur so aus mir heraus, als Simone die Küche betritt.

»Ich wollte doch nur … Das war eine echt blöde Idee. Alles in Ordnung mit dir und Cassi?«

»Jaha-aa!« Ich kann nicht aufhören zu weinen. Es tut gut, den Tränen freien Lauf zu lassen. Ich weine um alles, was ich mit Finjas Tod verloren habe. Vor allem weine ich um mich. »Soll ich Mama anrufen? Oder Klaus?« Simi klingt verzweifelt.

»Nein.«

Meine Schwester hockt sich zu mir und nimmt mich in den Arm. »Ich dachte, vielleicht bist du mit Gilbert nicht mehr so einsam.«

»Ich bin nicht einsam.«

»Bist du wohl.«

»Ja, bin ich.« Wieder schüttelt mich ein Weinkrampf. »Wann werde ich bloß aufhören, Finja so zu vermissen?«

»Ich weiß es nicht«, sagt Simone. »Ich hab noch nie so viel für jemanden empfunden, dass ich es schlimm fand, wenn er nicht mehr da war.«

Engumschlungen hocken wir auf dem Boden, bis jemand erbärmlich aufheult. Ich bin es diesmal nicht.

»Gilbert!« Simone springt auf. »Er muss raus!« An der Tür dreht sie sich um. »Kann ich dich wirklich allein lassen?«

»Kannst du.«

»Bis dann?«

»Bis dann. Und wehe, du lässt das Vieh hier!« Als Simi lacht, muss ich lächeln. Und ich bringe es später auch über mich, zu lächeln, während ich an der Seite meines Mannes zu Finjas Grab gehe. Es tut uns beiden gut, gemeinsam dort zu sein.

11

»Hast du mein Skizzenbuch gesehen?« Klaus läuft hektisch durchs Haus.

Noch vom Schlaf benommen, betrete ich die Küche. »Lag gestern auf dem Tresen. Was ist denn los?«

»Ich hab nachher ein Treffen mit Gereon. Was meinst du, soll ich den Ausstellungskatalog und die Texte ganz ihm überlassen oder mit klaren Vorstellungen hinkommen?« Er stellt sich neben mich.

Ich schmiege den Kopf an seine Schulter und erinnere mich. Wir haben diese Details früher stets besprochen. Mir war es immer wichtig, dass Klaus auf meine Meinung hörte. Warum interessiert mich das Ganze jetzt nicht mehr? Bin ich nicht mehr richtig zur Liebe fähig, seit Finja gestorben ist? »Ich würde ein eigenes Konzept vorschlagen«, antworte ich mit so viel Aufmerksamkeit, wie ich meinem Mann gegenüber aufbringen kann. »Er sollte spüren, dass er es mit einem eigenständig denkenden Kopf zu tun hat. Nachgeben kannst du immer noch.«

»Du hast recht.« Ein bisschen zu fest küsst Klaus mich auf die Lippen. Ich wende das Gesicht ab, denn ich habe mir noch nicht die Zähne geputzt. »Hör mal«, er zögert, bevor er fortfährt, »ich habe im Krankenhaus angerufen und einen Termin für nächsten Dienstag ausgemacht. Wenn das für dich in Ordnung ist.« Das Ergebnis der Obduktion.

Ich nicke und fühle mich wie von Nebel eingehüllt. Ich

bringe nicht mal die Kraft auf, Klaus zu sagen, dass ich Angst vor dem Ergebnis habe, Angst davor, dass ich schuld bin am Tod unserer Tochter.

»Bis später, Schätzchen.« Mit einem energetischen Türenknallen verlässt Klaus das Haus.

Damit es nicht so still ohne ihn ist, schalte ich den Fernseher an, obwohl das Programm mich nicht interessiert. Beiläufig nehme ich die Nachrichten wahr, während ich Gummibärchen frühstücke. Vielleicht sollte ich an ein neues Baby denken, aber noch immer fallen mir die Haare aus, und die Fingernägel reißen ein.

Wahrscheinlich ist mein Körper gar nicht in der Lage, ein weiteres Kind zu empfangen und gesund und lebendig auszutragen. Auf alle Fälle muss ich erst das Ergebnis der Obduktion abwarten.

Bilder einer Plattenbausiedlung. Menschen zünden Grabkerzen an und legen Plüschtiere an einer Haustür ab. Das Foto zweier niedlicher Kleinkinder wird eingeblendet. Ich greife nach der Fernbedienung, um den Ton des Fernsehers lauter zu stellen. Die Sprecherin erzählt, dass die Mutter von Kimberly und Marvin ihre Kinder tagelang allein in der Wohnung ließ, bis die Zweijährige und ihr zehn Monate alter Bruder verdursteten. In einem Schwall gebe ich den Inhalt der Gummibärchentüte von mir. Wieso hat diese Frau zwei gesunde Kinder zur Welt gebracht und ich nicht? Wie kann das Leben DAS zulassen?

Als ich dabei bin, das Erbrochene wegzuwischen, schellt es mal wieder an der Haustür, und ich tippe auf die Heilsarmee, Simone oder auf meine Mutter. Tatsächlich ist es Letztere mit Gilbert auf dem einen Arm, einer Leine und einer Tüte Hundefutter unter dem anderen.

»Liebes, du musst mir helfen!« Sie setzt den Köter im Flur ab. »Heute Nachmittag kommen die Frauen vom Kirchenkreis zu meiner Tupperware-Party, und Gilbert leckt doch alles ab. Das kann ich den Damen nicht antun.«

»Sperr ihn im Keller ein.« Dass Simone Gilbert behalten hat, ist wirklich nicht mein Problem.

»Da werkelt Papa rum, und er jault die ganze Zeit.«

Ich vermute, dass sie Gilbert meint. »Soll Simi sich um ihn kümmern. Es ist ihr Hund.«

»Simi ist mit Nils ein paar Tage weggefahren. Nimmst du ihn bitte, Liebelein? Ich muss noch zum Friseur, meine Tönung auffrischen lassen.«

Die lästige Töle streckt mir die Zunge raus, als meine Mutter sich davonmacht.

»Wehe, du vergreifst dich an Cassiopeia!«, drohe ich.

Manche Menschen sind Katzenfreunde, andere Hundefreunde, ich gehöre zu keiner der beiden Gruppen. Nur Cassi geht als Haustier in Ordnung. Sie hinterlässt keine Haare, höchstens mal ein kleines Würstchen, das ich wegsaugen kann. Außerdem ist sie still. Gilbert hingegen gibt ständig Geräusche von sich. Entweder hechelt er, leckt sich schmatzend zwischen den Beinen, oder er knurrt vor sich hin. Zudem folgt er mir auf Schritt und Tritt. Irgendwann fängt er an zu winseln. Ich habe überhaupt keine Lust, das Haus zu verlassen, noch weniger steht mir allerdings der Sinn danach, Hundehaufen vom Boden zu kratzen, daher nehme ich Jacke und Leine und öffne die Tür. Bevor Gilbert zwischen meinen Beinen davonlaufen kann, hake ich die Leine am Halsband fest. Sofort lässt er sich auf sein Hinterteil nieder.

»Los, wir gehen Gassi. Putt, putt, putt«, versuche ich ihn zu locken. Störrisch bleibt er sitzen, legt den misslungenen Kopf schief und fixiert mich mit seinen schmalen Augen. »Glaub ja nicht, dass ich dich trage.« Ich ziehe so fest an der Leine, dass er auf dem Po über den Gehweg rutscht. Anklagend jault er.

Meine »Ave-Maria«-Nachbarin öffnet die Haustür. Da ich nicht scharf darauf bin, herauszufinden, ob sie zu den Hunde- oder den Katzenfreunden gehört, schnappe ich mir den Köter und trage ihn bis zur nächsten Straßenecke, wo ich ihn zu Füßen eines Baums hinunterlasse. Der schnüffelnde Gilbert macht keine Anstalten, sein Bein zu heben oder ein anderes Geschäft zu erledigen. Wenn er meint, dass ich ihn auch dabei halte, hat er sich geschnitten.

Ich sehe mich um. Das Wetter ist ganz nach meinem Geschmack, denn für Juni ist es relativ kühl und regnerisch, weshalb nicht besonders viele Menschen unterwegs sind. Ein guter Tag, um zum Friedhof zu spazieren. Gilbert läuft neben mir her, alle halbe Meter bleibt er stehen, um sich ausgiebig einer feuchten Ecke zu widmen. »Ein Freund, ein guter Freund, das ist das Schönste, was es gibt auf der Welt«, summe ich vor mich hin. Bin das wirklich, wirklich ich? Ich kann nicht anders, als mich über mich selbst und die Auswahl dieses krankhaft fröhlichen Liedes zu wundern, bei dem mir immer auch die Nazis im Kopf rumspuken. »Und wenn die ganze Welt zusammenfällt …«

Finjas Grab erkenne ich an dem Windrad. Ich überlege mir einen Platz für die Skulptur von Klaus, aber da ich sie noch nicht gesehen habe und ihre Größe nicht kenne, fällt mir nichts ein. Die Grabstelle ist sowieso zu klein für umfangreiche Gestaltungsmaßnahmen.

Nachdem ich mich vergewissert habe, bis auf den Köter allein bei den Kindergräbern zu sein, gestehe ich Finja, dass ich mich schuldig fühle. Es kommt mir zwar komisch vor, mit einem Erdhügel zu reden, aber ich tu's.

»Denk nicht, dass ich dich ersetzen möchte. Das kann ich gar nicht. Ich habe mich nur so sehr auf dich gefreut und sehne mich danach, ein Baby auf dem Arm zu halten, verstehst du?«

Niemand antwortet, und es ertönt auch keine engelsgleiche Musik aus dem Off. Trotzdem habe ich das Gefühl, als könne mich Finja verstehen. Als gebe sie mir ihre Erlaubnis, wieder schwanger zu werden.

Vor der Schwangerschaft mit ihr habe ich mir nicht ausmalen können, wie es wäre, meinen Körper mit jemandem zu teilen. Jetzt würde ich alles für diesen Zustand geben. Jeden Morgen muss ich mich von neuem sammeln, und bis zum Abend ist alles wieder zerbrochen. Vielleicht würde ich mich endlich als Ganzes fühlen, wenn ich ein zweites Mal schwanger wäre.

In einem Artikel im Internet habe ich gelesen, man solle eine weitere Schwangerschaft erst in Angriff nehmen, wenn man sich vorstellen könne, auch dieses Kind zu verlieren. Was für ein lausiger Rat. Ich kriege doch kein Kind, in der Erwartung, dass es stirbt. Niemals wäre ich bei Finja auf einen solchen Gedanken gekommen.

Aus den Augenwinkeln nehme ich wahr, wie sich Gilbert zwischen die aufgeworfenen Gräber hockt. »Blöder Köter!« Ich ziehe ihn weg, bevor er dort etwas hinterlassen kann.

Das Lämpchen des Anrufbeantworters blinkt, und ich drücke auf »Play«. Zwei Anrufe von Freunden von Klaus, keiner von meinen Freunden oder Kollegen. Ich wundere mich darüber, dass Annika nichts von Finjas Tod erzählt hat. Auch kein Anruf von Hedi. Wieder macht sich Enttäuschung darüber in mir breit.

»Hallo … Hallo … Keiner da? Ja, ähm …« Die Stimme meines Vaters ertönt. Das Gefühl von Gefahr beschleicht mich. »Weißt du, wo Mama steckt? Sie wollte längst zu Hause sein, ihre Kirchenkreisfrauen sind schon da.« Damit endet die Nachricht.

Vollkommen aufgelöst wähle ich die Nummer meiner Eltern. Zu meiner Erleichterung höre ich die Stimme meiner Mutter durch den Hörer. »Mama?«

»Wer denn sonst?«

»Geht's dir gut?«

»Sicher, Liebes, was ist los? Hat Gilbert was angestellt?«

»Nein, nein. Ich bin nur froh, dass dir nichts passiert ist.«

»Was soll mir denn passieren, Schätzchen?«

Ich könnte ihr von den grausigen Bildern in meinem Kopf erzählen. Meine Mutter verstümmelt beim Autounfall, Herzinfarkt im Frisörsalon, entstellt bei einem Säureanschlag … Stattdessen verabschiede ich mich. Nachher fällt mir ein, dass wir gar nicht ausgemacht haben, wann sie Gilbert wieder abholt.

Noch immer schlägt mein Herz so stark, dass ich nicht zur Ruhe komme. Vorsichtshalber sperre ich Cassiopeia in der Küche ein und lege ein Handtuch für den Köter in die Ecke des Wohnzimmers, dann versuche ich, Klaus auf dem Handy zu erreichen. Leider geht nur die Mailbox ran. Ich setze mich aufs Sofa und komme ins Grübeln. Wieso hat mich niemand vorgewarnt, dass Finja sterben könnte? Das Risiko, das den ersten drei Schwangerschaftsmonaten anhaftet, war mir bewusst, nur habe ich geglaubt, danach auf der sicheren Seite zu sein. Nie im Leben hätte ich damit gerechnet, dass kurz vor der Geburt etwas so Dramatisches passieren kann. Während ich darüber nachdenke, fühle ich mich erdrückt, als ob die Wände des Wohnzimmers auf mich zusteuerten.

Erneut wähle ich Klaus' Nummer. Wieder die Mailbox. »Ruf mich bitte zurück. Es ist dringend.« Wenn er mit der Steinfräse arbeitet, wird er das Klingeln nicht hören, aber er macht Pausen, in denen könnte er auf sein Handy blicken.

Ich gehe in die Küche, hindere Gilbert mit dem Fuß daran, mir zu folgen, und esse kalte Kartoffeln mit Spinat aus dem Topf. Noch immer hungrig, reiße ich eine Packung Müsli auf und stopfe die Flocken trocken in mich hinein, weil keine Milch mehr im Kühlschrank ist. Vielleicht macht er gerade Mittagspause in dem Bistro um die Ecke, wie hieß es noch gleich? Lenas Ecke oder so ähnlich. Ich rufe die Auskunft an und lasse mir die Nummer geben.

»Lenas Café-Eck, hallo!«, sagt eine Frauenstimme.

»Lomberg, hallo, ist mein Mann bei Ihnen? Klaus Lomberg? Bildhauer, groß, attraktiv, finde ich, graue Locken, schwarze Klamotten.«

»Nein, der ist nicht da.«

Hinter der geschlossenen Tür beginnt der Hund zu jaulen. »Pssscht!«, zische ich ihm zu. Er hört jedoch nicht auf. Ich werfe durch einen Spalt Hundefutter in den Flur. Kurz schnüffelt er daran, setzt sein Gejammer aber fort. »Na gut, komm rein.« Gilbert macht sich über Cassiopeias Wasserschüssel her, an der er so lange herumleckt, bis sich kein Tropfen mehr darin befindet.

Was ist, wenn Finjas Tod noch nicht alles war? Wenn ich weitere Menschen, die ich liebe, hergeben muss? Klaus könnte etwas zugestoßen sein. Irgendwas. Wie sollte ich seinen Verlust jemals verkraften können?

Ich lege ein Tiefkühl-Kräuterbaguette in den Ofen. Anschließend wähle ich Klaus' Nummer. »Bitte ruf mich zurück. Bitte!«

Zwei Baguettes später meldet er sich. »Was ist passiert?«

»Nichts. Ich … Ich wollte nur wissen, wann du heute nach Hause kommst.«

»Ist das alles?« Er klingt gereizt. Unter meinen Füßen knackt es, als ich ins Wohnzimmer gehe. Gilberts Futterringe. »Du hast mir einen Riesenschrecken eingejagt, Mara.«

Das schlechte Gewissen hat mich wieder. »Das wollte ich nicht.«

»Ich muss arbeiten.« Er legt auf, und ich fühle mich

hundsmiserabel und reiße eine Packung Erdnussflips auf, von denen ich drei Handvoll in mich hineinschaufle. Die aufkommende Übelkeit lässt mich die Tüte Gilbert hinhalten. Er steckt seine spitze Schnauze hinein, um zu fressen.

Ich sehne mich nach innerer Ruhe und Gelassenheit, nach jemandem, dem ich all die widersprüchlichen Gedanken und Gefühle in mir anvertrauen kann. Aber ich habe niemanden. Nicht mehr. Ich könnte all das aufschreiben, ein Tagebuch führen, doch dieser Versuch hat mit zwölf schon in völliger Belanglosigkeit geendet. Ich erinnere mich an Einträge wie »Heute Spaghetti mit Sauce gegessen. Lecker. Auf dem Sportplatz Alex gesehen. Er ist so süß!!!!!« Worte werden meinen Gefühlen einfach nicht gerecht.

Stattdessen klappe ich Finjas Truhe auf. Der applizierte Schmetterling liegt ganz oben. Er ist so allein. Ich möchte ihm jemanden zur Seite stellen, eine Libelle, als Symbol für das Geschwisterchen, das ich mir für Finja wünsche. Das Insekt werde ich auf einen der Stoffe aus Paris nähen, aber ich möchte die Flügel nicht aus den Sachen schneiden, die ich für meine Erstgeborene gekauft habe. Das Sommerkleidchen, das Simone und ich schon getragen haben, krame ich aus einem Karton unten im Schrank hervor. Der Stoff des Kleides ist von einem verwaschenen Gelb, bedruckt mit braunen Schaukelpferdchen, und mit der Zeit dünn geworden. Daraus nähe ich lange Flügel für ein Tier, das sich hoch hinauf in den Himmel schwingen und weite Strecken zurücklegen kann. Ich nähe zu mir hin, zu dem, was in mir ein Gefühlschaos auslöst, zu der Angst, zu den ganzen Erinnerungen, zum Schmerz, zur Hoffnung. Allem gebe ich eine Form, eine Bedeutung. Ich nähe, um zu mir selbst zu kommen.

Dabei muss ich an Nils denken. Es war einfühlsam von ihm, mir die Holzkiste zu schenken, aber ich verstehe nicht, warum er das getan hat. Schließlich sind wir nicht befreundet, kennen uns nicht einmal richtig. Gerne würde ich ihn anrufen und nach dem Grund fragen, doch das wäre sicher komisch.

»Finja lebt!«

Neben mir im Kreißsaal steht die Oberärztin. Ich jauchze auf, bis mir die Einwilligung zur Obduktion einfällt, die wir schon gegeben haben. Mit einem bedauernden Gesichtsausdruck überreicht mir ein Arzt einen Arm meines Babys.

Vollkommen verquer wache ich auf dem Sofa aus meinem sich in Varianten wiederholenden Traum auf. Die Leuchtziffern auf dem DVD-Player zeigen mir an, dass es 22.34 Uhr ist. Klaus ist offenbar noch nicht nach Hause gekommen, sonst hätte er mich sicher geweckt. Ich lege das Stoffquadrat mit der Libelle, das auf meinem Bauch ruht, zur Seite und greife nach meinem Handy. Eine SMS von Klaus. Er schreibt, er wolle sich mit Gereon treffen und danach mit einem alten Freund, den er noch vom Zivildienst her kennt. Um 20.55 Uhr hat er die Nachricht geschickt. Vorher muss ich auf dem Sofa eingeschlafen sein. In einer Ecke schnarcht Gilbert.

Vorsichtshalber checke ich den Anrufbeantworter im Flur. Kein blinkendes Lämpchen. In der Küche esse ich drei labbrige Scheiben Toast, danach bin ich noch immer nicht beruhigt und rufe Klaus an, doch er geht nicht ans Handy. Wenn er in der Zwischenzeit einen Unfall hatte und ohne Bewusstsein im Krankenhaus liegt? Aber hätte mich dann nicht die Polizei oder die Krankenhausverwaltung anrufen müssen?

Weitere Scheiben des Weißbrots verschwinden in meinem Mund. In allen Details male ich mir den Unfall aus, bei dem der Volvo ausbrennt und sämtliche Ausweise und Kreditkarten, die Auskunft über Klaus' Identität geben könnten, zu einem Klumpen zerschmelzen. Nun liegt mein Mann ohne Gedächtnis und Namen auf der Intensivstation.

Als die Haustür aufgeschlossen wird, schrecke ich zusammen und stürze in den Flur. Klaus riecht nach Zigaretten und Bier. »Wo warst du?«

»Ich hab dir doch gesimst, dass es später wird«, verteidigt er sich. Ich verstehe ja selbst nicht, woher meine Angst kommt.

Schweigend putzen wir nebeneinander die Zähne, anschließend legen wir uns hin. Klaus macht das Licht aus.

»Und wenn wir es wieder versuchen?«, frage ich in das Dunkel hinein.

Ich höre ihn schlucken. »Jetzt schon?«

»Wir warten noch das Ergebnis der Obduktion ab, aber wenn da alles okay ist …«

Klaus ist für eine Weile still. »Gut. Probieren wir's halt wieder.« Ich strecke eine Hand nach ihm aus, die er schwach drückt. »Ich bin so müde«, meint er nur.

Dennoch schlafe ich zum ersten Mal seit neun Wochen beinahe glücklich ein.

12

»Scheiße!« Klaus' Stimme.

Ich springe aus dem Bett. Mit nackten Füßen ist Klaus in einen stinkenden Haufen auf dem Schlafzimmerfußboden getreten.

»Oh, nein. Ich hätte ihm keine Flips geben dürfen.« Gilbert wird mit einem bösen Blick auf die Terrasse gesperrt. Ich hole altes Papier, ziehe mir rosafarbene Gummihandschuhe über und putze seine Hinterlassenschaften weg.

»Was macht der Köter hier?« Klaus bleibt in sicherer Entfernung stehen, als ich mit Essigreiniger und heißem Wasser nachschrubbe.

»Meine Mutter hat ihn mir aufgedrängt. Er kommt heute noch weg. Keine Sorge.«

»Ist gut. Hör mal, Schatz. Das ist alles nicht leicht für dich.«

Ich sehe zu ihm hoch. Klaus hat seinen Galeristenblick aufgelegt. So nenne ich diese bestimmte Art, mit der er einen ansieht, wenn er von sich überzeugen will. »Es tut dir nicht gut, hier die ganze Zeit rumzuhängen«, sagt er. »Und dein Mutterschutz ist auch zu Ende.«

»Aber …« Mir gefällt sein Gedankengang nicht. »Du meinst, ich soll wieder arbeiten?«

»Dann wärst du abgelenkt. Hier machst du dich bloß verrückt.«

Ich soll zurück in die Firma, wo ich mich gerade erst in das Mama-Dasein verabschiedet habe? Undenkbar. Es würde mich aufs brutalste an all meine zerstörten Hoffnungen erinnern. Und eine neue Stelle möchte ich mir auch nicht suchen. Vielleicht werde ich ja ganz schnell wieder schwanger, und dann muss ich mich schonen, damit nie mehr so etwas wie mit Finja passiert. Außerdem kann ich keine Bewerbung schreiben. Im Lebenslauf müsste ich doch angeben, ob ich Kinder habe. Ich hätte die Wahl zwischen zwei unmöglichen Varianten: a) Kinder: keine (das wäre Verrat an Finja) oder b) Kinder: ein totes (klarer Fall für eine Absage).

»Reicht unser Geld nicht?«, frage ich. »Ist es das?«

»Nein, nein, mach dir keine Gedanken darüber. Es ist nur … Es wär gut, wenn du dich ablenkst.«

Rational betrachtet muss ich ihm zustimmen. »Wollen wir am Wochenende das Zimmer umgestalten?«, schlage ich als Kompromiss das vor, was ich eigentlich vermeiden wollte.

Er gibt sich damit zufrieden, aber ich weiß, dass er es wieder versuchen wird.

»Für dich!« Klaus hält mir den Hörer hin, nachdem er das klingelnde Telefon abgenommen hat. »Es ist Hedi.«

Soll ich den Anruf wirklich annehmen? Klaus zuckt nur mit den Schultern, als ich ihn fragend anblicke. »Hallo?«, sage ich vorsichtig in den Hörer.

»Mara, wie geht es dir?« Es tut überraschend gut, Hedis Stimme zu hören.

»Na ja, es geht. Es muss ja irgendwie.«

»Wie du das nur alles überstehst.« Etwas löst sich in mir. Hedi und ich, wir haben immer über alles geredet, über den Sex mit unseren Partnern, sogar über die Hämorrhoiden in der Schwangerschaft. Wenn mich jemand verstehen kann, dann am ehesten meine beste Freundin.

»Ich fühl mich so falsch«, gebe ich zu, nachdem ich mich vergewissert habe, dass Klaus nicht zuhört. »Ich stopfe Essen in mich rein, aber da ist immer noch ein riesiges Loch im

Bauch, das sich mit nichts füllen lässt. Ich …« Lauthals beginnt ein Baby zu schreien.

Maja. Hedis Tochter. Hedis lebendige Tochter. »Schschschschschhhh!«, macht Hedi. »Erzähl weiter, Mara.«

»Mir ist klar, dass ich was tun muss, aber was?« Maja schreit lauter. Ich verstehe kaum mein eigenes Wort.

»Ach, Mist, ich muss Maja die Brust geben, sonst flippt sie völlig aus. Ich ruf wieder an.« Es tutet mir ins Ohr, nachdem Hedi aufgelegt hat. Meine Augen füllen sich mit Tränen.

Da rasselt Klaus hinter mir mit den Autoschlüsseln.

»Musst du nicht arbeiten?« Ich schlucke.

»Du willst das Zimmer verändern, also verändern wir das Zimmer.« Er nimmt meine Hand.

Schon der zum Bersten gefüllte Parkplatz macht deutlich, dass das mit dem Besuch im Möbelhaus keine gute Idee war. Aber Klaus will von einem Rückzieher nichts wissen. Er ist so voller Tatendrang, dass ich ihm eine gewisse Euphorie vorspiele. Mit der Rolltreppe fahren wir hoch in den Showroom, in dem die Räume einer durchschnittlichen Wohnung thematisch angeordnet in Variationen gezeigt werden. Das jugendliche Wohnzimmer. Das Wohnzimmer für Ordnungsfreaks. Das Wohnzimmer im Skihütten-Look. Das Wohnzimmer für Farbenblinde. Das Schlafzimmer modern. Das Schlafzimmer im Landhausstil. Das Schlafzimmer für Romantische. Das gediegene Schlafzimmer für Langweiler. Das Babyzimmer …

Wie in Trance taumle ich durch die Kinderabteilung. Warum muss sie so lang sein? Es kommt mir vor, als gäbe es um mich herum nur Schwangere und Mütter mit kleinen Kindern. Wieso geht das Leben für alle anderen weiter, nur nicht für mich und Finja?

»Hier sind die Arbeitszimmer.« Klaus ist ein bisschen

außer Atem, völlig gleichgültig haben ihn die vielen Kindersachen wohl auch nicht gelassen.

Komm, hauen wir ab, möchte ich ihm sagen, als er sich auf einem Schreibtisch abstützt, stattdessen gebe ich vor, mir die dargebotenen Einrichtungsstile anzusehen. Das coole Arbeitszimmer. Das gemütliche, und so weiter. So wie diese Räume werden Abertausende in Deutschland eingerichtet sein. Lieber würde ich mir Zeit lassen, etwas Besonderes für Finjas Zimmer auszusuchen.

»Wie findest du das hier?« Klaus wackelt an einem Stahlregal. Es ist genau nach seinem Geschmack, denn es ist von einem Hauch der neunziger Jahre umweht, schnörkellos und praktisch. Nickend gebe ich meine Einwilligung, so komme ich wenigstens schnell wieder raus.

Erst im Untergeschoss wird der Druck auf mein Herz besser. Hier kann ich, indem ich wie alle anderen Kerzen und Servietten in den Einkaufswagen hieve, Normalität vortäuschen, als warte zu Hause eine ganze Schar zufriedener Kinder auf mich, die Söta-Dosen, Svalka-Gläser und Erikslund-Bilderrahmen. Gerade als ich in der Teppichabteilung drei Trampa-Fußmatten einlade, spricht mich jemand an.

»Bist du das, Mara?«

Ich fahre herum. Daniela, meine ehemalige Kollegin und Feindin aus der Fernsehproduktion, steht vor mir. Mein Körper versteift sich. Wo bleibt nur Klaus? Verzweifelt blicke ich umher.

»Wie geht's dir denn?«

Auf Danielas Frage hin bricht mir der Schweiß aus. Sie wirkt so unbefangen. Warum hat Annika ihr denn nichts von dem Tod meines Babys gesagt? Der Tod ist nun mal kein Lifestyle-Thema. Eigentlich müsste ich jetzt in begeisterte Quieklaute über mein neues Leben als stillende, Windeln wechselnde Vollzeit-Mama ausbrechen. Eigentlich müssten meine Augenringe von Baby-Nächten herrühren und nicht vom Weinen.

»Was macht das Kampfkochen?«, lenke ich ab.

»Oooh! Die Quoten sind prima. Die Redaktion ist begeistert. Die Zuschauer lieben Brigitte.« Brigitte ist die rothaarige quirlige Moderatorin, die ich aufgetan habe. In der Firma haben sie alle darüber gelacht, als ich vorschlug, den badisch schwätzenden Kampfzwerg zum Star der Sendung zu machen. »Der Sender hat jetzt schon die zweite Staffel eingekauft. Aber das Konzept ist auch einfach gut. Vier Köche unterschiedlichen Kalibers treten gegeneinander an. Alles ist erlaubt …«

Das weiß ich. Es ist, das heißt, es war mein Konzept. Ich habe es geschrieben und der Redaktion gepitcht. Aber das war in meinem früheren Leben.

Während Daniela erzählt, betrachte ich sie in ihrem kurzen Rock mit den hohen Stiefeln und der gestuften Föhnfrisur. Chic sieht sie aus, trendy und erfolgreich. Ich ziehe mir das Schwangerschafts-Shirt, das ich noch immer trage, über den dicken Hintern. Gleich werde ich mich höflich verabschieden und das Weite suchen.

»Sag mal, wo hast du denn dein Baby gelassen?«

Leere.

Was soll ich antworten? Was?

»Finja ist tot«, sage ich nach längerer Zeit.

Daniela starrt mich an. Unter dem Make-up ist sie blass geworden. Ich kann ihr ansehen, dass sie sich ebenfalls wünscht, der Boden möge sich unter ihren Füßen auftun. Sie will weg von den Vitten- und Kattrup-Teppichen und damit weg von mir und meinem Unglück. »Das tut mir so leid«, stammelt sie.

Selbstverständlich tut es ihr leid. Vor allem tut es ihr leid, überhaupt gefragt zu haben.

»Schon in Ordnung, ich komme damit klar«, fühle ich mich verpflichtet zu sagen, um die Situation zu entspannen. Aus irgendeinem verfluchten Grund sehe ich es als meine Aufgabe an, den anderen ihre Beklemmung zu nehmen.

»Ich weiß nicht, was ich …« Daniela klemmt ihre Louis-Vuitton-Handtasche unter den Arm.

»Da gibt es auch nichts«, erleichtere ich ihr Gewissen. Geh endlich!

»Wenn ich irgendwas für dich tun kann …«

Was erwartet sie, dass ich von mir gebe? Liebste Daniela, wir sind nie richtig gut miteinander ausgekommen (weil du die mieseste, hinterhältigste Schlange bist), aber vielleicht dürfte ich meinen Kopf an deine knochige Schulter lehnen und mich ein bisschen bei dir ausheulen, in dem Wissen, dass du es bei der nächsten Gelegenheit gegen mich verwenden wirst?

Ich gebe ihr mit einem verkrampften Lächeln zu verstehen, dass mit mir alles in Ordnung ist. Dabei ist seit Finjas Tod überhaupt nichts mehr in Ordnung.

Daniela haucht ein »Melde dich«, bevor sie in der Badezimmerabteilung verschwindet.

»Hast du was Schönes gefunden?« Klaus legt einen Papierkorb in den Einkaufswagen.

Als wir später an der Kasse stehen und der Ausgang nicht mehr weit ist, ertönt eine Lautsprecherdurchsage: »Die kleine Finja wartet im Kinderparadies auf ihre Mama. Die kleine Finja bitte.« Schluchzend lasse ich einen Kerzenständer aus Glas fallen. Die Leute um uns herum sehen mich an wie eine Verrückte.

Auf dem Parkplatz holt mich Klaus ein. Er schließt mich in seine Arme und hält mich ganz fest. »Hör mal«, sagt er. »Wenn dir der Termin im Krankenhaus zu viel Angst macht, dann kann ich auch allein hingehen.«

Es ist ein verlockendes Angebot. Zu verlockend. Aber ich bin es Finja schuldig und ihm auch. »Ich komme mit«, verspreche ich. In vier Tagen ist es so weit.

Mit der Farbrolle fährt Klaus zu Hause derart energisch über die Tierborte in Finjas Zimmer, als gelte es, den Teufel auszutreiben. Kein Helllila mehr. Nur noch ein weißer Raum ohne Geschichte.

Ich fühle mich wie seine Komplizin, weil ich ihm helfe, das Regal und die Tische aufzubauen. An einem davon werde ich an der Decke weiternähen, die ich für Finja begonnen habe. Vielleicht wird bald ein neues Baby darauf liegen. Während ich meinen Bauch streichle, versuche ich, mir vorzustellen, es wäre bereits darin. Würde es sich ähnlich anfühlen wie Finja? »Ich werd dich nicht vergessen, meine kleine Große, niemals!«, flüstere ich leise.

Die Angst beginnt im Nacken. Von dort aus kriecht sie durch meine Arme und Beine, bis ich sie in meinen Fingern und Zehen fühlen kann. Klaus greift nach meiner Hand und drückt sie. Ich lasse ihn nicht mehr los. Wir wechseln einen einvernehmlichen Blick. Ich bin bei dir, sagen mir seine Augen, und ich weiß, wir haben beide Angst vor dem, was uns die Oberärztin über die Ursache für Finjas Tod erzählen wird. An Klaus' Seite sitze ich in dem schlichten weißen Arztzimmer vor einem Schreibtisch, auf dem Schriftstücke und ein Miniatursattel liegen. Hinter uns an der Wand hängen verschieden geschmiedete Sporen, das habe ich beim Reingehen gesehen. Gerahmte Fotografien von Pferdeköpfen sind an der Wand hinter dem noch freien Ledersessel angebracht. Ich bin in dem Raum, und ich bin es gleichzeitig nicht. Schon beim Betreten des Krankenhauses hat mich ein Teil von mir verlassen. Ich kann Klaus und mich jetzt auch von außen sehen, als ob wir auf einem Fernsehmonitor übertragen würden.

Dieser Eindruck verstärkt sich mit dem Eintreten der hüstelnden Oberärztin, Frau Dr. Dr. Spätling-von Loeben, wie ich mittlerweile in Erfahrung gebracht habe. Ich erinnere mich an ihren Blick. Ich erinnere mich an ihre Worte, als ob sie sie gerade eben erst ausgesprochen hätte: *Wir können keine Herztöne Ihres Kindes mehr feststellen.*

Es kostet mich eine unfassbare Anstrengung, weiterzuatmen. Ich höre, wie Frau Dr. Dr. Spätling-von Loeben uns erklärt, in ihrer knapp bemessenen Freizeit Westernreiterin zu sein. Ich höre, wie das Papier raschelt, als sie unsere Akte aufschlägt. Aber vor allem höre ich immer nur eins: *Wir können keine Herztöne Ihres Kindes mehr feststellen.*

Das Ultraschall-Standbild von Finja in meinem Bauch steht mir vor Augen. Dazu Klaus' hilfloses Gesicht. Ich wende den Blick ab, nach rechts zum Fenster und in den Himmel hinein, der von einem zarten Blau ist, mit sich auftürmenden Wolkenformationen. In meinem Hirn krame ich nach Schulwissen, dass eine Wolke aus kondensiertem Wasser besteht, aus lauter feinen Tropfen und weiter oben aus Eiskristallen. Ich hatte mal ihre lateinischen Namen auswendig gelernt, Cumulus und so weiter, aber die fallen mir nicht mehr ein. Während ich krampfhaft bemüht bin, sie mir in Erinnerung zu rufen, höre ich die Worte Frau Dr. Dr. Spätling-von Loebens, bei deren Namen ich mir eher eine Winzerin vorstelle, aber keine Ärztin. Die Worte dringen nicht richtig zu mir durch, oder ich will sie nicht durchdringen lassen, als ob ich mir Watte in die Ohren gesteckt hätte.

»Hab ich das richtig verstanden?«, sagt Klaus jetzt. »Der Tod unserer Tochter ist einfach passiert?«

Die Oberärztin nickt. »Das kommt vor. Wie ein plötzlicher Kindstod, nur im Mutterleib. Man hätte nichts dagegen tun können.«

Klaus verstärkt den Druck seiner Hand um meine. Finjas Tod ist passiert. Einfach so. Ich bin nicht schuld daran.

Bevor wir in unseren Volvo mit dem Familienkennzeichen steigen, K für Klaus, M für Mara, L für Lomberg und 2105 für Finjas errechnetes Geburtsdatum, hält mein Mann mich ganz, ganz fest. »Ich bin so froh«, flüstert er mit warmem Atem in mein Haar hinein. Doch bei mir stellt sich nicht die erhoffte Erleichterung ein. Fast wäre es mir lieber, es gäbe einen Grund dafür, warum Finja gestorben ist, dann könnte man diesen bei einer weiteren Schwangerschaft ausschließen. So wie es jetzt ist, kann das Schicksal immer wieder zuschlagen. Einfach so.

Wie einen genesenden Patienten führen wir das veränderte, seelenlose Zimmer, das mal Finjas Zimmer war, am Nachmittag meinen Schwiegereltern vor. Dabei flüchten wir uns in Belanglosigkeiten, reden über anstehende Gartenarbeiten, über Herrn und Frau Lombergs geplante Studienreise nach Israel und die aktuelle krisengebeutelte Wirtschaftslage. Finja und das Ergebnis der Sektion werden mit keinem Wort erwähnt, ebenso wenig wie Klaus' Arbeit. Nach all den Jahren haben seine Eltern immer noch nicht wirklich akzeptiert, dass ihr Sohn Künstler statt Jurist geworden ist. Als ich mitbekomme, wie umständlich sie diese gefährlichen Klippen umschiffen, bin ich Klaus gegenüber wieder solidarisch. Ich streichle seine Hand. Er kann nichts dafür, dass er nie gelernt hat, über Gefühle zu sprechen. Auch deshalb hat er sich der Kunst zugewendet.

Herr Lomberg wettert über die Steuerpläne der Regierung. Das ist mein Stichwort, und ich erhebe mich, um eine weitere Ladung Zimtröllchen aufzubacken, die wir letzte Woche in der Lebensmittelecke des Einrichtungshauses gekauft haben. Zu meinem Entsetzen folgt mir meine Schwiegermutter.

»Schön habt ihr's.«

»Ja. Nimmst du den Teller …« Ihr Name will mir erst nicht einfallen. »Hildegard!«, hänge ich hastig an.

»Setz dich doch einen Augenblick zu mir!« Meine Schwiegermutter deutet auf die Küchenstühle. Ich habe kein gutes Gefühl dabei, ihrer Aufforderung Folge zu leisten. Dem verkniffenen Gesichtsausdruck Hildegard Lombergs nach wird mir der Gegenstand des Gesprächs garantiert nicht gefallen. »Was du und Klaus erlebt habt, das ist das Schlimmste, was im Leben passieren kann«, beginnt sie. »Weißt du, Mara, ich mache mir Sorgen um euch.« Jetzt bin ich überrascht. So hat Klaus' Mutter noch nie mit mir geredet. Ich möchte nicht, dass andere meinetwegen leiden müssen, doch zurzeit scheine ich alle um mich herum in Verwirrung zu stürzen. »Das Leben muss weitergehen«, sagt meine Schwiegermutter. »So schwer es euch auch fällt, aber Finja hat ja nicht gelebt.«

Ich bin sprachlos. Und ob mein Mädchen gelebt hat, will ich schreien. Neun Monate lang hat sie in meinem Bauch gelebt. Ich habe sie gespürt. Ich habe mit ihr geredet. Wenn ich meine Hand auf den Bauch gelegt habe, hat sie dagegengetreten, als wollte sie hallo sagen. Und auch wenn das Leben für alle anderen weitergeht, ich werde mich nie damit abfinden, dass Finja nicht mehr bei mir ist.

»Gut, dass wir darüber geredet haben«, meint meine Schwiegermutter.

Noch während seine Eltern zu Besuch sind, wird Klaus heiser. Das anfängliche Hüsteln wächst sich zu einem trockenen Husten aus. Obwohl es in der Wohnung stickig ist, legt er sich in eine Decke eingemummelt aufs Sofa, sobald Herr und Frau Lomberg sich verabschiedet haben.

»Hier!« Ich reiche ihm einen dampfenden Kräutertee.

»Mag nicht.« Klaus verzieht das Gesicht.

»Du hast nicht mal probiert! Da sind zwei Löffel Honig drin. Rück mal.« Ich schiebe seine Füße zur Seite und setze mich zu ihm. »Hast du eigentlich mit deiner Mutter über uns gesprochen?«, frage ich.

»Nö. Wieso?« Klaus stöhnt auf. »Mein Kopf tut weh.«

»Weil sie mit mir über Finja geredet hat, das heißt darüber, dass unsere Tochter ja gar nicht gelebt hat und dass das Leben weitergeht und so.«

»Du kennst doch meine Mutter.«

»Eben. Sie hat noch nie mit mir über was Persönliches geredet. Hast du jetzt mit ihr gesprochen oder nicht?«

»Hab ich nicht.« Klaus bekommt einen so heftigen Hustenanfall, dass ich ihm auf den Rücken schlagen muss. »Sie weiß halt nicht, wie sie damit umgehen soll.«

»Ich doch auch nicht«, erwidere ich leise. Wir schweigen.

»Mara, ich … Ich finde auch, dass es weitergehen muss«, sagt Klaus. Mein Nicken versteht er als Zuspruch. Ich sollte etwas sagen. »Krieg ich ein Aspirin?«, jammert er.

Ich hole ihm zwei, denn ich habe noch etwas vor mit ihm. Obwohl ich mich vollgefressen fühle, weil ich in der Lebensmittelecke vor vier Tagen außer den Zimtröllchen auch Lachs mit Senfsauce und Fleischbällchen gekauft habe und beidem vorhin in der Küche nicht widerstehen konnte, will ich Sex. Streng genommen will ich vor allem ein Kind.

Mit der Hand fahre ich unter Klaus' T-Shirt und umkreise auffordernd seinen Bauchnabel. »Ich bin krank«, krächzt er, doch ich lasse mich nicht entmutigen. Meine Finger wandern unter den Hosenbund, und kurz darauf reagiert mein Mann trotz Heiserkeit in der gewohnten Art und Weise. Als Klaus in mich eindringt, bin ich sicher, dass wir ein neues Baby zeugen werden.

13

»Happy Birthday!«

Ein Meer von Sonnenblumen steht vor meiner Tür. Heute ist mein Geburtstag, vor dem mir seit vier Monaten gegraut hat. An meinem dreißigsten Geburtstag wollte ich glückliche Mutter sein. Seltsamerweise war der Tag bislang nur halb so katastrophal wie erwartet, aber das kann sich schlagartig ändern, denn es ist meine Schwester, die den Sonnenblumenstrauß in ihren Händen hält.

»Danke schön! Ich bin gleich wieder da!« Damit lasse ich sie allein im Flur zurück und schließe mich im Badezimmer ein.

Ich bin dreißig und kinderlos. Genauso gut könnte ich sagen, stigmatisiert und leprakrank. Allerdings fühle ich mich nicht ganz so mies wie sonst. Es wird an der freudigen Erwartung liegen, mit der ich den Schwangerschaftstest umklammere. Seit zwei Tagen ist meine Menstruation überfällig. In wenigen Sekunden, da bin ich mir sicher, wird eine zweite Linie auf dem Teststreifen erscheinen, erst ganz schwach, dann immer stärker. So war es bei Finja auch.

Mit dem positiven Test werde ich Klaus überraschen, wenn er wegen meines Geburtstages wie vereinbart früher aus der Werkstatt kommt. Noch tut sich nichts mit der zweiten Linie, und ich schüttle das Stäbchen ein bisschen. Funktioniert der Test nicht richtig? Oder habe ich etwas falsch gemacht? Um ein weiteres Mal draufzupinkeln, setze ich mich auf die Toilette. Und da sehe ich es, Blut in der Unterhose. Ich bin nicht mehr schwanger. Das Kind, das ich mir bereits in meinem Bauch ausgemalt habe, ist verloren. Wahrscheinlich verdiene ich kein zweites Kind. Was bin ich denn auch für eine Mutter, die nicht verhindert hat, dass ihr Baby stirbt?

»Mara?« Simone klopft an die Tür. »Kommst du jetzt raus, oder muss ich zu dir rein?«

»Ich komm gleich.« Der Test landet im Abfalleimer.

Ich weine mich aus, dann wasche ich mir das Gesicht. Das nächste Mal klappt es bestimmt, rede ich meinem Spiegelbild zu, wir müssen einfach noch ein bisschen mehr üben. Es ist schließlich erst vier Monate her, seit ich Finja geboren habe. Gleich nachher, wenn Klaus kommt, werden wir es wieder tun. Die Chance, während der Mens schwanger zu werden, tendiert zwar gegen null, aber ich werde sie nutzen.

»Soll ich uns Kaffee kochen, Simi?«, frage ich mit einem aufgesetzten Lächeln, das ich so lange tragen werde, bis meine Enttäuschung verschwunden ist.

»Hast du geheult?« Simone, die in der Küche steht, mustert mich.

»Nein, mir geht's gut.«

»Wenn du's sagst.«

»Schöne Blumen! Danke.« Die Sonnenblumen, die auf dem Tisch neben den Glückwunschkarten von Freunden und meiner Firma liegen (in keiner von ihnen ein Wort über Finja), nehme ich an mich und zupfe an einem der leuchtend gelben Blätter.

»Die sind nicht von mir. Ein Bote hat sie mir vor der Tür gegeben. Ist auch eine Nachricht bei.«

Im Strauß steckt ein Briefumschlag, den ich neugierig aufreiße. Den Zettel darin falte ich auseinander. »Happy Birthday, Mara. Ich denke dauernd an dich und vermisse dich. Ich würde dich so gerne bald wiedersehen, falls du willst? Hedi.«

Ich vermisse sie auch. Ich vermisse sie sogar schrecklich, und ich werde sie ganz bestimmt anrufen, mich bedanken und mich mit ihr verabreden. Nur heute schaffe ich das noch nicht. Morgen vielleicht.

»Hast du gleich was vor?«, fragt Simone.

»Eigentlich nicht«, gebe ich zu und wundere mich ein bisschen, dass sich meine Mutter noch nicht gemeldet hat. Vielleicht habe ich sie in letzter Zeit zu oft vor den Kopf gestoßen.

»Dann kannst du ja mit mir shoppen gehen«, bestimmt meine Schwester. Es gibt bessere Alternativen, als mit ihr durch die Billig-Plastik-Läden der Stadt zu ziehen, aber die Option mit meiner Menstruation zu Hause zu hocken und mich zu bemitleiden gehört nicht dazu.

»Gut. Lass uns gehen.«

»So willst du los?« Mit kritischem Blick betrachtet Simone meine Schwangerschaftshose und das labbrige T-Shirt.

»Ich pass in meine alten Sachen nicht rein«, rechtfertige ich mich.

»Dann kauf dir neue.«

»Lohnt sich nicht.«

»Wieso?« Simone sieht misstrauisch aus. Ich verspüre nicht die geringste Lust, ihr von der geplanten zweiten Schwangerschaft zu erzählen.

»Bald fange ich eine Diät an.«

»Bald. Aha.« Simi grinst blöd.

Auf der Straße steigt sie in einen brombeerfarbenen Alfa Romeo Giulia. »Wo hast du den denn her?« Ich räume Zeitungen, Sportschuhe und einen leeren Pizzakarton vom Beifahrersitz.

»Geliehen.«

Die Sitzpolster sind durchgesessen, aber das Innere des Wagens beeindruckt mit Holzlenkrad und Mahagonivertäfelung. Jemand atmet mir von hinten ins Ohr. Auf dem Rücksitz hockt Gilbert auf einem umgedrehten Skateboard und hechelt.

»Hallo, Köter«, sage ich so freundlich wie möglich. Er beginnt, die Rollen des Skateboards abzulecken. Simone würgt das Auto ab. »Soll ich fahren?«, schlage ich vor, denn meine Schwester gehört mit Abstand zu den schlechtesten Autofahrern der Welt. Was einzig und allein an der mangelnden Praxis liegt. Wer ständig betrunken Party macht, kann eben selten ans Steuer.

»Such du mal Musik raus.« Wieder startet Simone den Wagen, und diesmal klappt es.

Ich öffne das Handschuhfach und fische wahllos eine CD aus dem Chaos. Beethovens Fünfte. Ein bisschen zu klassisch für einen Shoppingtrip. Ich greife nach einer anderen. »Gorilla Biscuits« steht mit krakeliger Handschrift darauf. Kenn ich nicht. Auf gut Glück schiebe ich sie in den Player. Punkmusik dröhnt aus den Boxen, ein ohrenbetäubender Lärm, zu dem Gilbert zu bellen beginnt. »Wem gehört das Auto?«, brülle ich zu meiner Schwester hinüber.

»Nils«, schreit sie zurück.

Ich versuche, die Musik, das Auto und die Holztruhe für Finja mit ihm in Einklang zu bringen. Das Bild, das ich von ihm habe, wird nicht gerade schärfer.

»Du darfst dich …« Simone sagt etwas, was ich nicht verstehen kann, deshalb schalte ich die Musik aus. »Du darfst dich geehrt fühlen, denn Nils leiht seinen heißgeliebten Alfa nicht jedem.«

»Wieso darf ich mich dann geehrt fühlen? Du hast dir das Auto doch ausgeliehen«, gebe ich verständnislos zurück. Simi sieht ertappt aus. Da stimmt was nicht. »Was ist los?«, hake ich nach. In diesem Augenblick lenkt meine Schwester den Wagen über eine rote Ampel. »Das war ROT!«

»Dunkelgelb. Übrigens muss ich noch mal kurz zu Hause vorbei. Ich hab was vergessen.« War ja klar. Wenn Simone überhaupt Energie für etwas aufbringt, geht es daneben. Mit den Fingern trommle ich auf dem Griff der Seitentür herum. Wäre ich nur zu Hause geblieben und hätte auf Klaus gewartet. Der Wunsch nimmt zu, je öfter wir an einer jungen Mutter mit Kinderwagen und Babyglück vorbeifahren. Das Augustwetter lockt sie alle hervor. Was für ein Leben, denke ich und schalte den CD-Player wieder an. Die Punkbeats treiben mir den Frust und das Selbstmitleid aus dem Leib.

Als Simone vor dem Haus unserer Eltern hält, will ich sitzen bleiben, aber sie besteht darauf, dass ich mit reinkomme, damit Papa und Mama mir gratulieren können. Mein Pflichtgefühl siegt. Durch die offenstehende Garage laufe ich Simi in den Garten nach.

»Überraschung!« Eine Menschengruppe wartet auf mich, Glückwünsche schallen mir entgegen. Auf einmal schäme ich mich meiner schlampigen Aufmachung wegen. »O nein«, stöhne ich auf.

»O doch!« Simone schiebt mich nach vorne, wo Klaus und meine Eltern stehen, außerdem deren Nachbarn, alte Freundinnen wie Isa und Freunde von Klaus.

Krumm und schief stimmt jemand ein Lied an, und alle fallen ein. »Happy birthday, liebe Mara, happy birthday to yuuhuuuuu!«

Zum zweiten Mal an diesem Tag steigen mir Tränen in die Augen. Diesmal sind es Tränen der Rührung. Meine Mutter trägt eine Torte mit brennenden Kerzen auf mich zu. »Auspusten, auspusten!«, grölt die Gruppe. Während ich puste, wünsche ich mir mehr Glück beim nächsten Schwangerschaftstest. Danach muss ich die Torte anschneiden, Hände schütteln und Geschenke in Empfang nehmen. Ich habe nie zuvor solch luxuriöse Dinge zu meinem Geburtstag erhalten wie zu diesem und komme gar nicht mehr aus dem »Danke, danke«-Sagen heraus.

Nils gibt mir einen flüchtigen Kuss auf die Wange. »Herzlichen Glückwunsch. Ich glaube, Glück kannst du momentan wirklich gebrauchen.«

»Danke auch für dein Auto.« Ich lächle ihn an.

»Hat Simone es auch gut behandelt?«

Das wäre die Gelegenheit, es meiner Schwester für die ungebetene Überraschungsparty heimzuzahlen, aber im Grunde ist die ganze Aktion ziemlich nett. »Simi ist eine sehr vorsichtige Fahrerin«, lüge ich. »Interessanter Musikgeschmack übrigens, und ich wusste gar nicht, dass du einen Sohn hast.« Verunsichert sieht Nils mich an. »Das Skateboard«, helfe ich ihm auf die Sprünge.

»Oh! DAS! Ich bin Berufsjugendlicher. Sieht man das nicht?« Mit einem Grinsen deutet er auf den Schriftzug auf seinem T-Shirt. »*Lousy Livin'*. Das ist mein Motto.«

Ich lächle ihn breiter an. Hoffentlich weiß Simone, was sie an ihm hat.

Zwischen Nils und mir herrscht eine eigenartig vertraute Stimmung. »Mit der Holzkiste hast du mir eine wahnsinnige Freude gemacht«, gebe ich zu. Er legt seine Hand auf meinen Oberarm, eine freundschaftliche, beschützende Geste. »Und überhaupt. Auf der Beerdigung hast du genau das Richtige zu mir gesagt, das war ziemlich besonders, und …«

»Jetzt bin ich dran.« Simone überreicht mir ihr Geschenk mit einem unterdrückten Lachen, das mich aufmerken lässt. Das Paket scheint sich zu bewegen. Als ich es an mich nehme, wird meine Hand feucht. »Es läuft aus«, bemerke ich.

»Er war etwas zu lange drin, fürchte ich.«

»Auf gar keinen Fall«, protestiert Klaus später, als Isa sich von mir mit einer Umarmung verabschiedet. »Hunde machen Dreck und müssen ständig raus.«

»Pass auf, was du sagst«, beschwert sich Simone. »Gilbert hat auch Gefühle.«

»Warum behältst du ihn dann nicht, deinen gefühlvollen Köter?«

»Weil Gilbert für Mara bestimmt ist«, beharrt Simi.

»Wenn's wenigstens ein Labrador-Welpe wär, aber das hier ist der hässlichste Hund der Welt.«

Während ich Gilbert hinter den Ohren kraule, er dabei leise knurrt und mein Mann mit meiner Schwester über den Hund streitet, blicke ich in den sich langsam verdunkelnden Himmel. Dreißig zu werden war nicht die größte Katastrophe in meinem Leben. Diesen Tag habe ich fast überstanden, und ich fühle Zuversicht, auch weitere Herausforderungen zu überstehen. Zum Beispiel Gilbert. Mittlerweile mag ich ihn sogar. Mit seinen Ohren, die streng genommen zu einem größeren Hund gehören müssten, und seinem abstehenden Fell ist er genauso wenig perfekt wie ich. »Der wird schon stubenrein«, sage ich in Klaus' Richtung.

»Du willst ihn behalten?« Er hockt sich zu mir. Gilbert beginnt, ihm die Hand abzulecken. »Na, von mir aus.«

Ich gebe Klaus einen Kuss. Als Gilbert sich schleckend dem Bereich zwischen seinen Hinterbeinen widmet, stöhnt mein Mann auf.

»Ein Bier?«, frage ich ihn.

»Zwei.«

Lichterketten schmücken den Garten. Am Fässchen lässt eine rote Glühbirne das Gesicht meiner Mutter leuchten. »Hi.« Ich zapfe ein großes und ein kleines Glas voll.

»Du hast so lange nichts getrunken, du musst vorsichtig mit dem Alkohol sein«, kommentiert meine Mutter.

Mein erster Impuls ist, ihr nahezulegen, dass ich mit dreißig wirklich zu alt für ihre Ermahnungen bin, doch ich halte den Mund und lächle.

Meine Mutter betrachtet mich. »Ich bin froh, dass du wieder lachen kannst. Endlich hab ich das Gefühl, dass du wieder meine Mara bist.«

Bin ich das? Nachdenklich sehe ich sie an. Bin ich wieder die alte Mara? Bin ich nicht mehr eine trauernde Mama oder eine Frau vor einem Neuanfang? Ich möchte meine Mutter fragen.

»Simone!«, kreischt sie los. »Hol sofort den Hund aus meinen Blumen!«

»Das ist nicht meiner«, ruft meine Schwester quer über den Rasen, wo sie mit Nils und einem Nachbarn quatscht. »Der gehört Mara.«

Seufzend gehe ich zu den Blumenrabatten, die meine Mutter wie ein buntes Schachbrett bepflanzt hat, und hebe Gilbert am Nackenfell heraus.

Bald darauf verabschiede ich mich von allen, die meinen Geburtstag gerettet haben. »Vergiss Gilbert nicht!« Simone deutet auf den Fledermaushund zu meinen Füßen.

Nils kommt zu uns. Als ich ihm die Hand reiche, hält er sie einen Augenblick länger fest und sieht mir dabei in die Augen. Ich lache verlegen auf.

»Können wir?« Klaus nimmt meinen Arm.

Noch einmal drehe ich mich nach Nils um. Er spricht wieder mit Simone.

Zu Hause fühle ich mich gestärkt genug, um Hedi anzurufen und mich für den Blumenstrauß zu bedanken. Bei unserem Telefonat schreit auch dieses Mal die Kleine im Hintergrund, doch ich ertrage es tapfer. Wir verabreden uns für den nächsten Tag. Ohne Baby. Hedi wird Maja bei der Kinderbetreuung im Fitnessstudio abgeben. Nachdem ich den Hörer aufgelegt habe, überreicht mir Klaus seine Überraschung. »Für unser neues Projekt.« Ein nachtblauer Spitzen-BH samt passendem Slip. Geschmackvoll und erotisch zugleich. Es ist genau das richtige Geschenk. Zu wissen, dass mein Mann mich noch so sehr begehrt, um Wäsche für mich auszusuchen, tut gut. Ich überlege, ihm von dem misslungenen Schwangerschaftstest zu erzählen, aber der Tag ist zu harmonisch verlaufen, um ihn mit schlechten Nachrichten zu Ende gehen zu lassen.

»Willst du das nicht anziehen?« In Klaus' Augen blitzt es auf.

Erst ist es mir peinlich, im Schlafzimmer unter seinen Blicken aus meinen Sachen in die Wäsche zu schlüpfen. Auf jeden Fall bieten meine Cellulitis und die ausgeleierte Haut am Bauch alles andere als einen attraktiven Anblick. Ihm scheint es jedoch überhaupt nichts auszumachen, und meine Befangenheit legt sich. »Wie findest du mich?«

Als Antwort zieht er mich aufs Bett. Der Sex ist heftig. Solange er andauert, kann ich alles vergessen.

Ein feuchter Kuss weckt mich. Ich will Klaus an mich ziehen, um dort weiterzumachen, wo wir in der Nacht aufgehört haben, doch ein strenger Geruch sticht mir in die Nase. Er riecht nach Hund.

»Pfui! Aus!« Ich werfe Gilbert vom Bett herunter, stürze ins Bad und rubbele mir das Gesicht mit Wasser ab. Schildkröten sind eindeutig meine bevorzugten Haustiere. Aber ein solcher Liebesbeweis hat auch was für sich, überlege ich. Nur das Gassigehen ist lästig.

Widerwillig ziehe ich mich an und verlasse mit meinem Hund das Haus. Der ältere Nachbar mit dem Rauhaardackel grüßt herüber. Vermutlich hat sein Filzknäuel die unappetitliche Pfütze hinterlassen, an der Gilbert gerade herumleckt.

Mich schüttelt es. »Komm schon!« Ich ziehe ihn weg. Auf einer Wiese in der Nähe lasse ich ihn von der Leine. Wie ein Hase hüpft Gilbert auf dem Gras und den Gänseblümchen herum. Er sieht so komisch aus mit seinen flatternden Ohren, dass mich seine überschüssige Energie ansteckt. Als Kinder sind Simone und ich ständig von der Schule nach Hause gehüpft. Ich probiere aus, ob ich es noch kann, und tatsächlich, es funktioniert. Neben Gilbert springe ich durchs Gras und fühle mich frei und leicht dabei. Vielleicht sollte ich es meinem Hund nachtun und mich auf der Wiese wälzen wie er.

Er kommt und schmiegt sich an mein Bein. Um ihn zu kraulen, hocke ich mich hin. Ein süßlicher, durchdringender Gestank geht von ihm aus. Angewidert lasse ich von Gilbert ab, der sich sofort wieder zu wälzen beginnt. Dort, wo er den Rücken hin und her schubbert, liegt etwas Dunkles. Ich gehe zu ihm. Eine tote Taube. »Wie kannst du nur? Du … Bastard!«, schnauze ich ihn an, befestige die Leine an seinem Halsband und zerre ihn fort. In mir ist eine unheimliche Wut und gleichzeitig Trauer um den toten Vogel. Erst nach und nach legt sich meine Aufregung. Ich bin verwundert. Es ist doch bloß eine Taube.

Immer noch aufgebracht, stecke ich Gilbert in die Badewanne, seife ihn mit Shampoo ein und brause ihn minutenlang ab. Geduldig hält er still und lässt sich sogar mit einem Handtuch abrubbeln. Die ganze Zeit über sieht er mich mit seinen Augen traurig an. »Es tut mir leid.« Ich lasse mich zu ihm auf den Fliesenboden sinken. »Es tut mir so leid.« Gilbert leckt meine Hand, als wolle er sagen, dass alles gut wird.

Vielleicht wird es das eines Tages ja auch. Obwohl ich es mir so sehr wünsche, kann ich nicht daran glauben. Mein Vertrauen ins Leben ist mit Finja zusammen verschwunden. Aus welchem Grund sollte ich sonst dermaßen aufgeregt durchs Haus laufen, obwohl ich erst in drei Stunden mit Hedi verabredet bin. Mir graut vor unserer Verabredung, weil ich mir nicht vorstellen kann, wie ich mich dabei fühlen werde, meine beste Freundin wiederzusehen, deren Tochter lebendig ist. Fast wünsche ich mir, Hedi hätte ebenfalls ihr Baby verloren, dann hätten wir uns nicht so entfremdet.

Das darf ich nicht mal denken. Um mich abzulenken, setze ich mich an die Nähmaschine und krame in den Stoffen und Stoffresten, die ich von meiner Mutter bekommen habe. Ein Stück braunes Leder erregt meine Aufmerksamkeit. Es ist dick und fest wie der Panzer, der mich umgibt. Mit der Schere versuche ich hineinzustechen, doch es gelingt nicht. Auf Klaus' Arbeitstisch suche ich nach einem scharfen Messer, mit dem ich die Umrisse von Blüten und Blättern aus dem Leder herausschneide. Dabei spüre ich eine Bewegung im Bauch. Eine leichte zwar, dennoch ist sie deutlich wahrnehmbar. Ein Test kann sich irren. Es ist sogar möglich, zu menstruieren, obwohl man schwanger ist. Selbst in diesem Fall wäre es jedoch viel zu früh für Kindsbewegungen. Ich muss mich damit abfinden, dass die Bewegung vorerst nur in meiner Einbildung existiert.

Die breite Fensterfront des LadyGyms gibt den Blick auf hundert Frauen frei, eine schlanker als die andere. Angesichts der attraktiven Geschlechtsgenossinnen, die sich auf Laufbändern, Steppern und an diversen Gerätschaften abarbeiten, empfinde ich meinen Körper als noch unförmiger. Reflexartig ziehe ich mein T-Shirt über den Hintern. Um mir den frustrierenden Anblick der Superfrauen nicht länger zuzumuten, wandere ich zur nächsten Fensterfront. Hinter dem Glas toben Kleinkinder im Bällchenbad herum, während Babys, in Wippen geschnallt, vor sich hin brabbeln. Da ist auch Hedi, die einen Säugling und ein Fläschchen Milch einer Frau mit Pferdeschwanz überreicht.

Zwei Minuten später steht mir meine Freundin auf dem Gehweg gegenüber. Sie trägt einen Jogginganzug. »Der billigste Babysitter der Stadt«, grinst sie. »Wenn du Mitglied im Fitnessclub wirst, kannst du dein Kind kostenlos betreuen lassen. Wir haben zwei Stunden Zeit, bis ich Maja wieder abholen muss.«

Während ich neben Hedi zu unserem Lieblingscafé »Metzgerei Müller« laufe, denke ich darüber nach, ob ich Finja jemals bei einer mir im Grunde unbekannten Frau im Sportstudio gelassen hätte. Ich kann es mir nicht vorstellen.

Im Café finden wir direkt an einer der gemusterten Siebziger-Jahre-Tapeten einen Tisch. Das Styling des Ladens und die Frisuren der Kellner bilden eine modische Symbiose. Mit Hedi und auch mit meinen Arbeitskollegen, vor allem Marc, war ich oft hier, wo es Himbeer-Smoothies mit Balsamico-Essig gibt, aber unter den Gästen in ihren Zweihundert-Euro-Jeans und Vintage-Oberteilen, die aufgeklappte Laptops vor sich stehen haben und über ihre nächste Ausstellung oder ein Webprojekt diskutieren, fühle ich mich diesmal so fehl am Platz wie eine Skianzugträgerin unter lauter FKKlern.

Hedi ordert zwei Brownies und trotz der Hitze einen heißen Kakao mit Sahne, ich bestelle eine Apfelschorle.

»Du bist ja wieder ganz dünn«, stelle ich fest.

»Ich weiß auch nicht, durch das Stillen nehme ich ab wie blöd. Und guck mal, mein Busen. Ist der nicht toll?« Hedi quetscht ihre enorme Oberweite nach oben.

Mein Lächeln ist gequält. Ich möchte keine Spielverderberin sein, aber Neid nagt an mir, als Hedi die Brownies in sich hineinschlingt. Meine Freundin hat alles, und mir bleibt nichts.

»Sag mal, Mara, ich hab noch deinen Gipsbauch. Willst du den haben?«

»Glaub schon.« An uns gehen gestylte Menschen vorbei. Ich habe Angst, ich könnte einen meiner Kollegen hier treffen. Eine solche Begegnung würde ich nicht auch noch verkraften.

»Es war ganz schön schlimm, als ich das von Finjas Tod gehört habe«, sagt Hedi.

Ich nicke. Aber viel schlimmer war es, als ICH von Finjas Tod gehört habe. Jetzt erschrecke ich doch über das Misstrauen, das ich mittlerweile jedem Wort der anderen automatisch entgegenbringe. Ich weiß schon, bevor es ausgesprochen ist, dass es mich verletzen wird. Mit dem Strohhalm sauge ich den letzten Rest Schorle aus meinem Glas. Warum sitze ich hier eigentlich noch? Ich sollte einfach aufstehen und gehen. Hedi braucht mich nicht mehr. Sie hat ja ihr neues Leben und ihr Baby.

»Ich hab total geflennt, als ich mir vorgestellt habe, was für ein Horror dir gerade passiert«, fährt Hedi fort. Ich starre auf die Turnschuhe an meinen Füßen. »Und wenn ich an deine tote Tochter gedacht habe, hatte ich die ganze Zeit Angst um mein Baby. Ich kam mir so egoistisch vor, weil ich so erleichtert darüber war, dass meine Kleine gesund zur Welt gekommen ist.«

Was geht mich das überhaupt an? Ich frage mich, warum ich mich bloß auf dieses Treffen eingelassen habe. Unsere Freundschaft ist an ihrem Ende angelangt. Die Trauer hat eine zu große Kluft zwischen uns geschaffen.

»Als Maja geboren wurde, habe ich mich so geschämt, weil ich glücklich war und du so traurig.« Hedi hat Tränen in den Augen. Sie streckt ihre rechte Hand über den Tisch, an der Kakaotasse und dem leeren Glas vorbei, und legt sie auf die meine. »Ich wollte die Kleine ja Leyla nennen, aber dann hab ich sie Maja genannt, nach dir und Finja.«

»Lieb von dir«, krächze ich.

»Ich hoffe, dass das«, Hedi macht eine unbestimmte Bewegung mit der linken Hand, »nicht für immer zwischen uns stehen wird, Mara. Du bist mir als Freundin sehr wichtig.«

Anstatt etwas zu sagen, schlucke ich. Zum ersten Mal begreife ich, was in ihr in all den Monaten vorgegangen sein muss. Ich erhalte eine Vorstellung von der Dimension ihres Gefühlschaos seit Finjas Tod, und ich kapiere, dass ich es nicht zulassen darf, unsere Freundschaft zu verlieren. »Du mir auch, nur kann ich dir nicht versprechen, wann ich es schaffe, deine Maja zu sehen. Ist das okay für dich?«, bringe ich hervor, und Hedi nickt. Immerhin weiß ich jetzt, dass sie noch meine beste Freundin ist. Finjas Tod hat uns in verschiedene Welten katapultiert, aber wir können uns wenigstens darin besuchen. Ich fühle mich nicht mehr ganz so einsam und verlassen wie zuvor.

Als ich auf den Bus warte, der mich in mein sicheres Zuhause bringen soll, setzt sich eine hochschwangere Frau neben mich. Ich weiche ihrem Blick aus. Die Frau zündet sich eine Zigarette an. Eine Woge von Hass und das Gefühl, betrogen worden zu sein, durchfluten mich. Diese drogensüchtige Schlampe wird unter Garantie ein gesundes Baby zur Welt bringen. Und ich, die ich während der ganzen Schwangerschaft nicht einmal in einer Kneipe war, um mein Mädchen nicht zu gefährden, die ich nicht einen Tropfen Alkohol angerührt habe, ich durfte mein Kind nicht behalten.

Die Ungerechtigkeit raubt mir den Atem. Warum habe ich nicht gesoffen und mit dem Rauchen angefangen, dann wäre Finja vielleicht noch bei mir? Der Frau missgönne ich das Kind von Herzen. Wenn es einen Gott gibt, muss er pervers veranlagt sein, ein Sadist ersten Grades. Kaum habe ich das gedacht, fühle ich mich elend. Hoffentlich nimmt mir Gott, falls er denn existiert, das Lästern nicht übel und bestraft mich noch einmal.

Mit hochrotem Kopf steige ich in den Bus. Ich bin ein schlechter Mensch. Ich hasse meine beste Freundin dafür, dass sie eine gesunde Tochter hat. Ich neide sogar einer unbekannten Schwangeren ihr Baby.

Erst als der Bus durch ein Industriegebiet fährt, merke ich, dass ich mit der falschen Linie fahre. Wiederholt drücke ich auf den Halteknopf. Mitten im Niemandsland lässt der Fahrer mich aussteigen. Ich stolpere in die heiße Mittagssonne. Beim Überqueren der Straße werde ich beinahe von einem Auto angefahren.

Der Fahrer hupt und hält an. »Du bist mir vors Auto gesprungen! Bist du total plemplem?«, schreit er aus dem offenen Fenster.

Doch ich laufe weiter, einfach querfeldein durch einen mit Sträuchern bewachsenen Graben, und komme auf einer Wiese zum Stehen. Dort blicke ich in die Sonne, bis meine Augen schmerzen. Ich erkenne mich selbst nicht wieder. Wie kann aus mir ein solcher Neidhammel geworden sein, wo ich doch früher immer positiv gedacht und gefühlt habe?

Erschöpft vom Leben, lasse ich mich ins hohe Gras sinken und lege mich auf den Rücken. Als ich die Lider schließe, nehmen meine Pupillen ein diffuses rotes Licht wahr. Die Hitze streichelt meine Haut. Meine Kleine wird niemals die Sonne sehen, niemals deren wohltuende Wärme auf ihrem Gesicht spüren. Es wird mir immer seltsam vorkommen, dass ich weiterlebe, während Finja tot ist.

Ich drehe mich auf den Bauch und stütze mich auf die Ellbogen. Vor mir im Gras liegen Hasenköttel, daneben wächst eine Pusteblume. Ein leichter Wind kommt auf. Von dem zarten Hauch animiert, setzen sich die Flugschirme in Bewegung. Mehr und mehr steigen in den blauen Himmel hinein, bis der Stängel nackt zurückbleibt.

Ich wünsche mir, meine Wut, mein Misstrauen, mein Neid und meine Trauer würden sich so leicht und unbeschwert auflösen wie diese Pusteblume.

14

Im Neonlicht tanzt der feine Steinstaub, den die Poliermaschine aufwirbelt. Ich erinnere mich an das erste Mal, als ich Klaus' Atelier betrat, ohne seinen Namen zu kennen. Wenn ich vor über drei Jahren geahnt hätte, welcher Schmerz in dieser Beziehung auf mich zukommen würde, hätte ich mich dann darauf eingelassen? Ich denke einen ganz fürchterlichen Gedanken, den ich nicht denken will, nicht denken darf, der sich aber nicht verdrängen lässt. Vielleicht wäre das mit einem anderen Mann nicht passiert. Vielleicht hätte ich mit einem anderen Mann eine lebendige Tochter bekommen. Ich bin so schockiert von mir, dass ich mich Klaus gegenüber nicht bemerkbar mache, der mit einer Schutzbrille vor den Augen über einen hellgelben, Gilbert-großen Stein gebeugt steht, den er auf der Arbeitsplatte bearbeitet. Der Stein ist rund, von der Form her erinnert er an eine Art Hand oder Feder, die eine Spirale oder auch ein Schneckenhaus birgt. Das von oben herabscheinende Licht lässt die Skulptur nach unten schattig wirken. Ich kann nicht anders, als mich schuldig zu fühlen, dass ich meinen Mann einen Moment lang für Finjas Tod verantwortlich gemacht habe. Es gibt keine Entschuldigung dafür, zumal er etwas so Wundervolles in Erinnerung an unsere Tochter fertigt. Vorsichtig trete ich näher an Klaus heran. Jetzt kann ich die transparenten Adern im Stein erkennen. Wie kleine Risse.

Früher war ich oft hier in der Werkstatt mit den Steinen und Werkzeugen. In regelmäßigen Abständen hat mir Klaus seine Arbeiten gezeigt. Ich habe mich immer für seine Kunst interessiert, während seine Eltern sie abgelehnt haben und seine Künstlerfreunde und -freundinnen meist zu sehr mit ihren eigenen Projekten beschäftigt waren. Warum kann ich das gleiche Interesse, den gleichen Elan nicht weiterhin aufbringen?

Nun blickt Klaus auf, lächelt und stellt die Poliermaschine aus. Langsam erstirbt der Lärm. Klaus nickt zu dem Stein hin. »Für Finja.« Er hätte es nicht zu sagen brauchen. Mit der Hand streichle ich über die Skulptur. Noch ist sie warm durch die Hitze der Schleifmaschine, warm, wie Finja es war, als sie aus meinem Bauch kam. »Jurakalkstein aus der Fränkischen Alb. Ziemlich fossilreich. Hundertvierzig bis hundertsechzig Millionen Jahre alt«, erklärt Klaus. »Eine Ewigkeit.«

Das Alter des Steins erschreckt mich. Es wirkt so mächtig in Anbetracht des viel zu kurzen Lebens unserer Tochter. Doch meinen Mann scheint es zu beruhigen. Zärtlich fährt er über den Stein, malt mit dem Finger die Spirale nach und pustet den feinen Staub aus einer der Ritzen. Ich lege meine Hand auf seine und erlebe durch die Berührung eine Verwandlung, die meine Scham verschwinden lässt. Ganz ruhig bin ich auf einmal. Ich lasse meine Gedanken kreisen. Mir ist, als wäre ich mit Finja wiedervereint. Vielleicht ist ja doch eine Art Seele unseres Kindes übrig geblieben. Vielleicht ahnt Finja, wie sehr ihre Eltern ihren Trost brauchen.

Fünf Monate leben wir nun ohne sie. Fünf Monate, in denen ich immer noch mit dem Gedanken an mein totes Mädchen aufwache und mit dem Gedanken an meine Kleine ins Bett gehe. Fünf Monate, in denen ich zugesehen habe, wie es Sommer wird und wie sich jetzt die ersten Blätter an den Bäumen gelb zu färben beginnen.

Beinahe ist Finjas Tod normal geworden. Meine Mutter fragt zu Beginn unserer täglichen Telefonate nicht jedes Mal, wie es mir geht, sondern quatscht über Alltagsdinge. Manchmal ist es erleichternd, nicht nur die verwaiste Mama zu sein, manchmal ist es erschreckend, wie schnell die Menschen vergessen. Aber wir nicht. Wir werden unsere Tochter niemals vergessen. Für immer wird ihr Verlust in unsere Herzen gemeißelt sein.

Ich schmiege mich an Klaus. Mir ist, als gehe etwas von der Ewigkeit des Steines in uns über.

»Ich wünsche mir so, dass du wieder schwanger bist«, sagt mein Mann.

Sein Geständnis haut mich um. Wir werden erneut zusammenfinden, wenn ich erst ein zweites Kind in mir trage. Am liebsten würde ich den Rest des Tages an Klaus geschmiegt in seiner Werkstatt verbringen, aber er wartet auf seinen Galeristen.

Gereon van Basten ist schwarz gekleidet wie mein Mann, allerdings trägt er knallrote Turnschuhe an den Füßen und eine ebenso rote Hornbrille im Gesicht. Dadurch und gleichermaßen durch seine schlaksige Gestalt und die kurzen, gelockten Haare erinnert er optisch an Keith Haring. Von Klaus' Werken zeigt er sich begeistert. Mit auf dem Rücken verschränkten Händen geht er umher, bleibt vor einem organisch rund gestalteten Stein aus schwarzem Marmor stehen und lässt die Fingerspitzen darüberwandern, als umfasse er den Körper einer nackten Frau oder eines nackten Mannes, sicher bin ich mir bei seinen Phantasien nicht.

Klaus erklärt Gereon seine Materialauswahl. Angesichts einer waghalsig konstruierten baumhohen Säule aus stahlumwickelten Findlingen winkt der Galerist ab. »Das passt in keinen Eingangsbereich. Wir sollten uns hauptsächlich auf die Stücke konzentrieren, die besser verkäuflich sind.«

Mein Mann, der sich mit einer Hand am Tisch der Steinfräse abstützt, unter der sich eine Lache von dem leckenden

Wassertank befindet, fährt sich mit der anderen durch die grauen Locken. Seine Kiefermuskulatur malmt, und ich begreife, dass er einen inneren Kampf ausficht. Er hat immer erklärt, sich in seinen Skulpturen ausdrücken zu wollen und sich niemals einem Publikumsgeschmack zu beugen. Das war, bevor er Geld mit seinen Werken verdient hat, doch ich weiß, wie sehr er Kompromisse hasst.

»Die und die nehmen wir.« Gereon zeigt auf zwei etwa einen halben Meter hohe organische Formen. »Den Leuten sitzt das Geld nicht mehr so locker in der Tasche. Außerdem sind die Transportkosten in die USA dafür billiger.«

Mit dem steigenden Wert von Klaus' Kunst steigen auch die Marktbedingungen, denen er sich unterwerfen muss. Ich wundere mich über seine Selbstbeherrschung. Entweder bekommt Gereon von alldem nichts mit, oder die Zweifel der Künstler gehören zum Geschäft dazu.

»Das ist es«, sagt er, als er Finjas Stein sieht. »Das wird das Kernstück der Ausstellung.«

»Nein«, entfährt es mir, und ich stelle mich so hin, dass er die Skulptur nicht anfassen kann. Es kommt mir vor, als hätte er vorgeschlagen, Finjas Körper in die Ausstellung zu integrieren.

»Die ist unverkäuflich«, erklärt Klaus.

»Schade. Wirklich schade.« Gereon putzt seine Brillengläser. »Das wäre genau was für Zach. Der könnte es ans MoMA vermitteln.«

Ich weiß, dass er das Museum of Modern Art in New York meint. Eines seiner Objekte dort in der Ausstellung zu haben käme für Klaus einem Ritterschlag gleich. Ich ringe mit mir. Ohne meine Einwilligung würde er die Skulptur niemals hergeben, dennoch ist es für mich unvorstellbar, dass Finjas Stein, den er in Gedanken an sie bearbeitet hat, von fremden Menschen begafft wird, die nicht wissen, was für eine Trauer sich dahinter verbirgt. Ich schüttele den Kopf in seine Richtung. »Vielleicht kannst du was Ähnliches nachmachen?«, schlage ich vor.

»Der Stein steht nicht zur Verfügung«, sagt mein Mann an Gereon gewandt.

»Hm«, macht dieser nur, und mir ist klar, dass das nicht sein letztes Wort in dieser Angelegenheit sein wird.

Den Weg zu unserer Haustür versperrt ein in Plastikfolie geschweißter, überdimensionaler Gegenstand. Unter der Folie schimmert es dunkelbraun. Das nougatfarbene, kinder- und hundefreundliche neue Sofa aus abwaschbarem Cordsamt ist in unserer Abwesenheit geliefert worden. Das alte hat Gilbert derart malträtiert, dass es auf den Sperrmüll gehört. Klaus war darüber angesäuert, aber mir ist es lieber, unser Hund schlägt seine Zähne in ein Sofa als in meine Lieblingsschildkröte. Materielle Werte sind leicht zu ersetzen.

Die Lieferung erscheint mir als gutes Omen. Laut Körpertemperatur und Fruchtbarkeitstest soll morgen mein Eisprung stattfinden. Die Wahrscheinlichkeit, dass bei der Befruchtung ein Mädchen entsteht, ist größer, wenn der Sex ein oder zwei Tage vor dem Eisprung stattfindet, da die Spermien mit einem x-Chromosom länger durchhalten als die männlichen.

Wir drücken uns am Sofa vorbei. Im Haus ziehe ich meinen Mann an mich. Während wir im Bett miteinander schlafen, überlege ich, ob ich mir wirklich ein zweites Mädchen wünschen soll. Was ist, wenn meinen Töchtern eine Art Fluch anhaftet? Wenn ich nie in der Lage sein werde, eine Tochter lebendig zur Welt zu bringen? Womöglich wäre eine Schwangerschaft mit einem Jungen erfolgversprechender.

»Das war schön«, seufzt Klaus danach und krault meine Schultern.

Ich kuschele mich an ihn und bemerke voller Erleichterung, dass ich die Gedanken von vorhin gebannt habe, dass ich Klaus nichts mehr anlaste. Um mit der Befruchtung sicherzugehen, verführe ich ihn zu einem zweiten Durchgang.

Anschließend brate ich uns zwei Fischfilets und Gilbert eine Wurst. Ich muss anfangen, mich gesünder zu ernähren, daher lasse ich das Glas Rotwein zum Essen lieber weg. »Was machen wir denn jetzt wegen des Sofas?«, frage ich Klaus, denn ich verspüre wenig Neigung, mich selbst an dem Ungetüm zu versuchen und eine gerade entstehende Schwangerschaft durch ungünstiges Heben zu gefährden.

»Kann nicht Simones Freund das Ding schleppen?«, schlägt er vor.

Später rufe ich meine Schwester an, lasse mir Nils' Nummer geben, wundere mich kurz über ihre Reserviertheit, als ich seinen Namen ausspreche, und kläre dann am Telefon mit Nils ab, dass er und ein Kollege am nächsten Tag vorbeikommen. Dabei beobachte ich meinen Mann, der mit nacktem Oberkörper, nur mit Boxershorts bekleidet, am Tisch sitzt. Nachdem ich aufgelegt habe, schlinge ich die Arme um Klaus, lasse meine Zunge in sein Ohr gleiten und bringe ihn dazu, mir ins Schlafzimmer zu folgen. Wieder haben wir Sex, doch als ich gleich darauf erneut mit ihm intim werden möchte, winkt er ab.

»Bin zu müde, Schatz.«

Am nächsten Morgen wache ich vor dem Wecker auf und beginne, Klaus zu liebkosen. Er ist nach dem Orgasmus ziemlich schnell eingeschlafen, so dass mir sein unbekleideter Körper zur freien Verfügung steht.

»Was ist denn mit dir los?«, murmelt er, während ich mich auf ihn setze.

Noch ist nichts mit mir los, aber ich hoffe, dass ich bald, ganz bald wieder schwanger bin.

Den Vormittag über horche ich in mich hinein und frage

mich, ob ich es an einem körperlichen Vorgang spüren kann, wenn mein Ei springt und die erwartete Befruchtung stattfindet. Dass ich nichts davon bemerke, hat ja nichts zu bedeuten.

»Erst muss die Couch in die Küche, dann kommt das neue Sofa ins Wohnzimmer«, erklärt Nils seinem Kollegen und mir. Er trägt eine Jeans, die knapp unter seinen Hüftknochen hängt, und ein T-Shirt, das ein Stück von Rücken und Bauch freigibt. *»The revolution will not be televised«* steht darauf.

Ich stelle mir vor, dass ich dieses T-Shirt bei einer Weihnachtsfeier meiner ehemaligen Produktionsfirma trage. Auf Nils' Haut zwischen Hosenbund und Bauchnabel wachsen dunkle Haare. Dorthin zu blicken, verbiete ich mir, immerhin bin ich verwaiste Mutter, eine verheiratete Frau, und zu allem Überfluss versuche ich gerade, mit meinem Ehemann ein zweites Kind zu zeugen. Nun ja, deshalb bin ich noch lange nicht blind, und was ist schon dabei? Als Nils eine Seite des Sofas anhebt, fallen mir seine Pobacken auf. Knackig, fährt es mir durch den Kopf, und ich ermahne mich, dass er der Freund meiner Schwester ist. Falls sie nicht längst einen anderen hat.

Dass die Hormone mich so anfällig für körperliche Reize machen, ist ein gutes Zeichen. Als ich mit Finja schwanger war und es noch nicht wusste, träumte ich einige Nächte davon, Sex mit sämtlichen Exfreunden zu haben. Offenbar durchlebt das Unterbewusstsein das, was als Schwangere nicht mehr möglich ist, dabei ist Treue für mich eine wichtige Voraussetzung für eine Beziehung. Nur einmal war ich in Versuchung, auf meiner ersten Weihnachtsfeier von Telegen im vierzehnten oder fünfzehnten Stock eines Berliner Hotels, als ich vom kostenlosen Champagner derart abgefüllt war, dass ich mit meinem nicht minder betrunkenen Kollegen Marc den hoffnungslos gescheiterten Versuch unternahm, Tango zu tanzen.

Die Couch versperrt nun den Zugang zur Küche. Nils und sein Kollege mühen sich ab, das neue Sofa durch die Haustür zu bugsieren, doch es ist zu breit. Selbst hochkant lässt es sich nicht hineinbringen. Zerlegen können wir es ebenfalls nicht.

»Bleibt der Weg über die Terrasse ins Haus«, schlägt Nils vor, nachdem er Terrassenfenster, Küchentür und Wohnzimmertür ausgemessen hat. In den Garten gelangt man aber nur über die angrenzenden Grundstücke. Ein Blick auf die Haustür der Nachbarn zur Rechten genügt. Sie scheiden aus. Die »Ave-Maria«-Frau hingegen hat ein niedriges Gartentor, über das die Männer das Sofa heben könnten.

Schweren Herzens klingele ich bei ihr, bedanke mich in knappen Worten für den Engelanhänger, der vor Monaten in einer Küchenschublade verschwunden ist, und bitte sie darum, ihren Garten als Zugang benutzen zu dürfen. Nachdem sie ihr Einverständnis gegeben hat, laufe ich hinter dem Sofa her, das Nils und sein Kollege schleppen. Der Garten ist mit Rosenkugeln, Windspielen und Engeln aus Terrakotta dekoriert. In einer Ecke entdecke ich sogar Outdoor-Lautsprecher, was die umfassende »Ave-Maria«-Beschallung erklärt.

»Vorsicht!«, ruft die Nachbarin, als Nils' Kollege auf einen verblühten Rosenbusch tritt und Gilbert, der den beiden Männern vorausrennt, gegen eine Blumenschale pinkelt. Dabei schüttelt sie den Kopf so hektisch, dass ihr Schmuck klingelt.

»Für den Schaden komme ich auf«, versichere ich.

Kaum haben wir das Sofa ins Haus geschafft, höre ich die altbekannte Arie wieder herüberdröhnen. Diesmal besonders laut, aber nachdem wir ihren Garten benutzt haben und ihren Pflanzen zu nahe gekommen sind, kann ich mich bei der Nachbarin nicht beschweren.

Das Sofa steht jetzt in der Küche, vor der die alte Couch geparkt ist. Nils und sein Kollege klettern darüber, damit sie die Couch näher zur Haustür schieben können. Immerhin passt das neue Sofa nun anstandslos ins Wohnzimmer. Als die Männer es an den von mir zugewiesenen Platz stellen, fällt Nils' Blick auf Finjas Truhe.

»Ach, hier ist die Kiste«, sagt sein Kollege. »Was hat sich Nils die Hacken nach diesem ollen Ding abgelaufen. An jedem Trödelladen mussten wir mit dem riesigen Umzugswagen halten, bis er sie gefunden hatte.« Nils weicht meinem Blick aus.

Ich hole zwei Flaschen Bier aus dem Kühlschrank, die ich den Männern anbiete, als die alte Couch nach draußen geschafft ist. Sie setzen sich auf das Sofa, öffnen die Flaschen mit dem Feuerzeug und lassen sich die Septembersonne ins Gesicht scheinen.

»Hock dich dazu.« Nils rutscht zur Seite, so dass ich zwischen ihnen Platz nehmen kann. Von ihm geht ein leichter, nicht unangenehmer Schweißgeruch aus; er duftet männlich-herb. Ich schließe die Augen und genieße die Wärme. »Willst du?« Nils bietet mir seine Flasche an. Kurz bin ich versucht, einen Schluck zu nehmen, dann fällt mir ein, ich könnte schon schwanger sein, daher lehne ich ab.

Sein Kollege trinkt aus und verabschiedet sich, ich bleibe mit Nils auf dem Sofa zurück.

»Darf ich dich was fragen?«, beginne ich.

Er sieht mich mit seinen grün-braun gesprenkelten Augen an. »Schieß los.«

Im Grunde möchte ich wissen, warum er zu Finjas Beerdigung gekommen ist und wie er auf die Idee mit der Kiste kam. Aber ich traue mich nicht, es direkt anzusprechen. »Bist du jetzt eigentlich fest mit Simone zusammen?«

»Puh«, sagt er.

»Bist du oder bist du nicht? Gilbert, lass das!« Mit dem Fuß halte ich meinen Hund davon ab, in den Reifen eines abgestellten Fahrrads zu beißen.

»Da ist mal was zwischen uns gelaufen.«

»Nicht mehr?«

»Es hat halt nicht gepasst. Ich finde es schwer, mich festzulegen.«

»Darin seid ihr euch sehr ähnlich.«

»Ja? Ich find's selber schade, nur bin ich überhaupt nicht für Beziehungen gemacht«, gibt er zu.

»Blödsinn«, entfährt es mir.

Er lacht auf. »Warum? Weil mir noch nicht die Richtige über den Weg gelaufen ist? Meinst du das?«

»Ich will dir nicht zu nahe treten, aber ich glaube, man muss bereit sein, sich auf einen anderen Menschen richtig einzulassen, mit all seinen Fehlern und Macken, damit eine Beziehung funktionieren kann.«

»Da muss einem derjenige aber sehr viel bedeuten, damit man das aushält. Klingt anstrengend.«

Jetzt lache ich. »Es heißt nicht umsonst Beziehungsarbeit. Keiner hat gesagt, dass das ein Vergnügen wird.«

»Dann wird's wohl daran liegen, dass mir ein Job völlig ausreicht, bei dem ich mich abrackern muss«, grinst Nils. »Und du? Hältst du die Fehler deines Mannes aus?«

Die Frage ist ziemlich persönlich. Auf der anderen Seite habe ich ja damit angefangen, persönlich zu werden, jetzt kann ich keinen Rückzieher machen, weil es ans Eingemachte geht. »Seit Finjas Tod sind wir uns sehr fremd geworden. Ich wünsche mir, dass wir das bald hinbekommen. Vielleicht bin ich ja schon wieder schwanger«, platze ich heraus. Meine Offenheit ist überraschend für mich. Ich hoffe, dass ich Klaus gegenüber nicht illoyal bin, aber es tut auch gut, den Druck loszuwerden, der auf mir lastet.

»Wow, ja, äh … Was sagt man denn da?«, stammelt Nils.

»Nichts. Bloß nichts. Es ist noch gar nicht spruchreif. Wehe, du erzählst Simone was davon.«

»Kein Wort.«

Lächelnd lehne ich mich zurück, dabei stößt mein Kopf an seinen Unterarm, den er oben auf die Lehne gelegt hat. Gewiss ist nichts dabei, obwohl es schon komisch ist, wie nah ich mich Nils fühle. »'tschuldigung, darf ich dich noch was fragen?« Abwartend ruht sein Blick auf mir. »Warum bist du zur Beerdigung gekommen? Wenn dir Simone nicht so viel bedeutet, warum hast du das gemacht?«

Er nimmt den Arm von der Lehne und setzt sich aufrecht hin. »Ganz ehrlich?« Er räuspert sich. »Das hört sich garantiert bekloppt an, aber ich habe mich mitschuldig an dem Tod deiner Tochter gefühlt.«

»Du?«

»Logisch ist das nicht. Nur ist es mir nachher vorgekommen wie eine miese Prophezeiung, dass ich das mit dem verdammten Glück in deinem Leben gesagt hab.«

»Du konntest doch nicht wissen …«, setze ich an.

»Trotzdem hab ich ein schlechtes Gewissen.«

»Seltsam. Also, so mein ich das nicht. Es ist wirklich sehr nett von dir, dass du so denkst …«

Er lächelt. »Dein Befremden teile ich absolut.«

»Deshalb die Kiste?«

»Nicht nur. Sie ist keine Entschuldigung. Ich hab nach was gesucht, was dir guttut.«

Ich hole Luft. »Ich will nicht, dass es klingt, als ob … Die Truhe bedeutet mir sehr viel«, gestehe ich.

»Schön.« Wir sehen uns an. In mir zieht es, aber es tut nicht weh. Vielleicht ist das der Eisprung, denke ich. Nils steht auf und wischt seine Handflächen an der Jeans ab. »Ich geh dann mal.«

»Warte, was kriegst du denn?« Ich erhebe mich ebenfalls, wenn auch vorsichtiger, weil mir die Vielleicht-Schwangerschaft schon so bewusst ist.

»Was?« Er wirkt konsterniert.

»Fürs Sofaschleppen. Du musst doch irgendwas …«

»Nichts.« Nils sieht verärgert aus, und ich fühle mich, als hätte ich eine Freundschaft verraten. »Bis dann.« Er geht. Mein Magen verknotet sich.

»Nils … Ich … Es tut mir leid«, rufe ich ihm nach.

Er dreht sich noch einmal zu mir um. »Hör endlich auf, dich dauernd zu entschuldigen«, sagt er und lächelt dabei.

15

Nach dem abendlichen Zähneputzen tupfe ich einen Tropfen Parfüm hinter jedes Ohr und vorsichtshalber noch einen auf den Bauch oberhalb des Schambeins. Im Bett rutsche ich nackt an Klaus heran. Meine Lippen hauchen auf sein Ohr, meine Zähne knabbern am Ohrläppchen. In den ersten Monaten unserer Beziehung konnten wir gar nicht genug voneinander kriegen. Sobald wir uns trafen, landeten wir zusammen im Bett, auf dem Werkstattsofa oder in einer dunklen Ecke im Park. Überall haben wir uns geliebt, waren unsere Körper sich so nah wie nur möglich.

Langsam schiebe ich mein Knie zwischen seine Oberschenkel. Meine Fingerspitzen beginnen seine Brustwarze zu umkreisen, bevor sie über den Solarplexus zum Bauchnabel wandern und weiter, ganz langsam, tapp, tapp, tapp, um die Erregung zu steigern. Als ich nach seinem Penis fasse, liegt er weich in meiner Hand. Klaus dreht sich um und wendet mir den Rücken zu. Im ersten Moment fühle ich mich zurückgestoßen, dann beruhige ich mich damit, dass wir oft genug miteinander Sex hatten. Es müssten ausreichend Spermien überlebensfähig sein, um mein herangereiftes Ei zu befruchten.

Leise stehe ich auf und schleiche in die Küche. Eigentlich will ich nur ein paar Stücke Schokolade essen, dann ist die ganze Tafel in meinem Mund verschwunden. Ich greife nach einer weiteren, lege sie jedoch zurück und rufe stattdessen Hedi an, in der Hoffnung, dass sie noch wach ist. Früher habe ich mir darüber nie Gedanken gemacht. Es war selbstverständlich, sich immer anrufen zu können, jetzt haben wir uns seit fünf Wochen nicht mehr gesehen und nur ein paarmal kurz telefoniert. Wir tauschen Belanglosigkeiten aus, wobei wir es beide vermeiden, ihre Tochter Maja zu erwähnen. Gerne würde ich von Nils erzählen, nur habe ich Angst, dass es falsch rüberkommt.

»Hör mal, ich bring dir morgen den Gipsbauch vorbei«, sagt Hedi, bevor wir auflegen.

Als sie am nächsten Vormittag bei mir klingelt, schläft Maja im Auto. Ich kann nur den Bügel der Babyschale erkennen. Mittlerweile bin ich neugierig darauf, wie sie aussieht. Hedi bemerkt meinen Blick.

»Soll ich sie holen?«, fragt sie, während sie Gilbert davon abhält, an ihr hochzuspringen. Abwehrend schüttle ich den Kopf, und sie sieht enttäuscht aus. »Muss gleich wieder los, zum Kinderarzt.« Hedi drückt mich zum Abschied, dann lässt sie mich mit dem Gipswerk allein.

Ich halte mir das Gebilde vor den Bauch. Wenn alles gutgeht, werde ich in acht, neun Monaten wieder so rund sein, stelle ich mir vor. Mein Kinderwunsch schmerzt. Ich will ein Kind, und gleichzeitig habe ich wahnsinnige Angst davor, gar nicht schwanger werden zu können, weil ich mich zu sehr auf diesen Wunsch versteife. Aber ich kann doch nicht aufhören, an das zu denken, was ich mir am allermeisten ersehne. Ich verspüre ein solches Verlangen nach einem neuen Leben in mir.

Meine Hände streicheln über den Gipsbauch, in dem vor über neunzehn Wochen noch Finja schwamm. Es ist so lange her. Was passiert, wenn eine zweite Schwangerschaft mir nicht das erhoffte Glück bringt, sondern weitere Trauer? Was ist, wenn ich auch dieses Baby wieder verlieren sollte?

Ich kann mir nicht vorstellen, wie ich es aushalten könnte, ein zweites Mal mit leeren Händen dazustehen. Ich nehme meinen ganzen Mut zusammen und rufe Klaus in der Werkstatt an, um ihm von meinen Ängsten zu erzählen.

»Du machst dir zu viele Gedanken, Schatz«, antwortet er. »Es wird schon gutgehen. Wir werden das zweite Baby nicht verlieren, ganz bestimmt nicht. Lass einfach mal los, okay?« Aber ich kann nun mal nicht aufhören, mir Gedanken zu machen. Ständig durchwandern sie meinen Kopf. Wieder und wieder drehen sie ihre Runden, und auch meine Ängste werde ich nicht los. Ich habe das Gefühl, als beginne meine Trauer ständig wieder von vorn. Vielleicht bekommt Klaus seine Trauer besser in den Griff, weil er Finja nicht in sich gespürt hat, denke ich. Vermutlich ist meine Trauer durch die körperliche Symbiose, die wir hatten, intensiver.

Da ich mich damit nur selbst verrückt mache, gehe ich in den Garten, wo Gilbert Löcher buddelt, und schneide Verblühtes ab, dabei erwische ich auch einige frische Blumen. Als ich die bunten Blüten zu meinen Füßen liegen sehe, erschrecke ich. Was ist, wenn ich damit schlechte Energien auf mich gezogen habe? Im Grunde bin ich nicht gläubig und hundertprozentig nicht esoterisch, jetzt kommen mir dennoch Zweifel. Ausschließen möchte ich im Moment gar nichts. Ich habe zu viel Angst, es würde sich unter Umständen negativ auf mich und die Schwangerschaft auswirken, und als könnte ich damit etwas wieder gutmachen, sammle ich die Blütenblätter ein.

»Hallo!«, ruft es über den Zaun. Die Engel-Nachbarin winkt mir zu. Schlaff winke ich zurück. »Mögen Sie einen Kaffee?«

Nein, ich mag keinen, zumindest nicht in ihrer Gesellschaft, doch das sage ich nicht. Womöglich bietet sich mir hier die Gelegenheit, mein schlechtes Karma, das mich als Blütenkillerin umgibt, loszuwerden. Tu Gutes, und dir wird Gutes getan, oder etwas in der Art. »Ich komme rüber.«

Die Blüten lege ich auf den Terrassentisch. Dann gehe ich zur Nachbarin und drücke auf die Klingel unter dem Tonengel. Mit einem verknitterten Lächeln öffnet sie. Zigarettengestank schlägt mir entgegen, als ich eintrete. Schon bereue ich den Besuch. Wenn ich schwanger bin, schadet der Qualm meinem Baby. Mich direkt wieder zu verabschieden wäre jedoch mehr als unhöflich, also bleibe ich mit dem festen Vorsatz, bei der nächsten Gelegenheit einen wichtigen Termin vorzutäuschen. »Ich hab leider nicht so viel Zeit«, gehe ich in die Offensive.

»Setzen Sie sich erst mal.« Die Nachbarin, deren Namen ich noch immer nicht kenne, führt mich in ihr Wohnzimmer. Wie zu erwarten, sind überall Engel. Engel auf Sofakissen. Ein Plüschengel mit goldenen Flügeln sitzt auf dem Sessel. Engel schweben über unseren Köpfen. Engel stehen in allen Formen und Größen auf Couchtisch, Schrankwand, Fernseher und Beistelltischen. Das Kaffeeservice ist ebenfalls mit Engeln bedruckt. Zwei Tassen, eine Kanne, ein Zuckerschälchen und ein Milchkännchen mit identischem Dekor warten auf uns. Meine Gastgeberin scheint bereits vor ihrer Einladung zum Kaffee den Tisch gedeckt zu haben.

»Ich mach uns Musik.«

Bevor ich mich wehren kann, hat sie mit der Fernbedienung die Stereoanlage eingeschaltet. Zu meiner grenzenlosen Verwunderung werde ich diesmal nicht mit *»Ave Maria«*, sondern mit einem Song von Xavier Naidoo beschallt. »Wo willst du hin? Denn es macht jetzt keinen Sinn. Von mir fortzugehn. Ich halt dich fest …« Mich gruselt es. Abscheuliche Visionen überkommen mich. Niemand weiß, dass ich hier bin. Keiner hat gesehen, wie ich in dieses Haus gegangen bin. Wenn mir die Frau nun Gift in den Kaffee geschüttet hat, um mich in ihrem Keller einzubetonieren?

Wie krank muss ich sein, mir so was vorzustellen. »Ohne

Zucker und Milch«, sage ich dennoch, als mir die Nachbarin eine Tasse reicht. Sollte sich ein Schlafmittel oder dergleichen darin befinden, werde ich es hoffentlich schmecken. Der Kaffee ist in der Tat bitter. »Ich hab meinem Mann gesagt, dass ich bei Ihnen bin. Auf dem Handy. Ich hab ihn eben angerufen«, lüge ich.

»Aha«, sagt die Nachbarin und sieht mich seltsam an. Wartet sie darauf, dass mir schwindelig wird und ich die Beherrschung über meinen Körper verliere? Ob ich es bis zur Haustür schaffe? Mir wird flau. »Ich glaub, ich hab noch was auf dem Herd«, behaupte ich. »Vielen Dank für den Kaffee, Frau …«

»Nennen Sie mich doch Angelique«, bittet die Nachbarin. »Ich wollte Ihnen was erzählen.«

Sie sieht mich so flehentlich an, dass ich sitzen bleibe. Angelique. Wenn das mal kein passender Name ist.

Angelique zündet sich eine Zigarette an und inhaliert. Stumm bitte ich das Kind, das ich hoffentlich in mir trage, um Verzeihung und blicke abwartend meine Nachbarin an. Wahrscheinlich folgt nun die Belehrung, dass die Engel über uns wachen und dass meine Finja zum Schutzengel für mich geworden ist. Ich mache mich auf das Schlimmste gefasst.

»Weißt du …?« Auffordernd sieht sie mich an. »Mara«, sage ich, dabei wollte ich ihr das Du nicht anbieten. »Mara. Ich spreche mit niemandem sonst darüber«, beginnt sie.

Ich versuche es mit Telepathie. »Sprich auch mit mir nicht darüber. Ich will es gar nicht wissen, was immer es ist«, funke ich ihr zu.

»Weißt du«, fährt sie fort. »Uns verbindet das Schicksal.«

O Gott.

O Gott, wenn es dich gibt, dann hilf mir hier raus.

Sie pustet den Zigarettenrauch aus den Nasenlöchern. Mit der rechten Hand spielt sie an dem Engelflügelanhänger an ihrer Kette. Der Nagel ihres Zeigefingers ist gelb vom Nikotin. »Auch ich habe ein Kind verloren. Zweiundzwanzig Jahre ist es nun her, dass mein Schatz zu den Engeln gegangen ist.«

Eigentlich müssten mir passende Trostworte einfallen. Wem sonst, wenn nicht mir. Ich müsste ihr sagen, wie unendlich leid es mir tut, und ich müsste sie fragen, was genau geschehen ist. Schließlich wünsche ich mir nichts sehnlicher, als dass die Leute nachfragen, damit ich ihnen von Finja erzählen kann. Wie sie ausgesehen hat und woran ich mich erinnere. Als verwaiste Mama müsste ich einer anderen verwaisten Mutter meine Solidarität und mein Ohr schenken. Ich kann es nicht. Ich will einfach nur raus.

»Ach, Mara, es ist immer noch so, als wäre mein Marcel bei mir.« Sie drückt den Plüschengel vom Sessel an ihre Brust. In diesem Augenblick entscheide ich mich, Finjas Musiklamm nicht mehr zum Einschlafen mit ins Bett zu nehmen. »Als er geboren wurde, war er zu klein, um ein eigenes Grab zu bekommen. Ich weiß nicht mal, wo er begraben liegt.« Warum kann ich keine Empathie für sie empfinden? Regelrecht gefühlsamputiert komme ich mir vor. »Ich rede mit meinem Marcel. Jeden Tag erzähle ich ihm, was ich vorhabe, und abends erzähle ich ihm, was ich gemacht habe. Er ist immer für mich da, mein Engel.«

Ich kann nicht mehr. »Jetzt muss ich aber wirklich Gilbert Gassi führen. Vielen Dank für den Kaffee.«

Zu Hause stelle ich mich unter die Dusche und lasse eine halbe Stunde das heiße Wasser auf mich herabregnen. Den Rest des Tages wage ich mich nicht mehr auf die Straße. Gilbert muss durch die nur einen Spaltbreit geöffnete Terrassentür in den Garten schlüpfen, weil ich befürchte, Angelique zu begegnen.

Laut Kalender sind meine fruchtbaren Tage längst vorbei. Lieber gehe ich auf Nummer sicher. Nicht zwangsläufig muss sich die Natur an die Norm halten, daher ziehe ich den Vorhang zur Seite, als Klaus unter der morgendlichen Dusche steht. Es gab mal eine Zeit in unserer Beziehung, in der konnte er gar nicht genug davon bekommen, mich nackt und feucht zu überraschen. Jetzt sieht er mich an, als wäre ich seine asexuelle WG-Mitbewohnerin, die sich in der Tür geirrt hat.

»Bin gleich fertig«, sagt er.

Trotzdem steige ich zu ihm und reibe ihn mit Duschgel ein. Erst ziert er sich, dann widmet er sich umfassend meinen Brüsten. Als er mich gegen die Kachelwand drückt, taste ich nach seinem Glied. Es ist mal wieder schlaff wie Pizzakäse. Unsere Augen begegnen sich.

»Ich muss früher los. Pressetermin.« Klaus löst sich von mir und verlässt nass das Bad. Enttäuscht folge ich ihm ins Schlafzimmer, wo er in einen schwarzen Anzug mit dünnen hellgrauen Streifen schlüpft, den wir in Paris für die Ausstellungseröffnung gekauft haben und der ihm hervorragend steht. Hektisch knöpft Klaus die Hose zu.

»Hör mal, das mit deinen, na ja, Erektionsstörungen ...«, setze ich vorsichtig an.

»Ich habe keine Erektionsstörungen.«

»Was auch immer. Denkst du, das könnte was mit deiner Trauer zu tun haben? Willst du vielleicht noch gar kein neues Kind, weil du Finjas Verlust nicht überwunden hast?«

Er sieht mich an, als hätte ich den Verstand verloren. »Muss das jetzt sein? Du weißt doch, wie wichtig die Ausstellung für mich ist. Geht es nicht in deinen Kopf, dass ich total unter Druck stehe?«

»Schon. Unbewältigte Trauer bedeutet ja auch Stress und ...«

Er verzieht das Gesicht. »Es reicht, Mara. Es reicht.« Ich

sehe, wie er die Hände zu Fäusten ballt. Er macht mir keine Angst, aber ich fühle mich alarmiert.

»Klaus, wenn wir nicht reden, dann …«

»Was dann?«, brüllt er und versenkt die Fäuste in den Taschen seines Jacketts. »Müssen wir dauernd jeden Pups mit irgendeiner tragischen Bedeutung aufladen? Reicht es nicht, dass unser Leben aufreibend genug ist? Meins ist es nämlich. Das kannst du dir vermutlich nicht vorstellen, wo du deinen Hintern nicht mal vom Sofa hebst.«

Tränen schießen mir in die Augen, meine Unterlippe beginnt zu zittern. Als ich antworten will, fallen mir die Worte nicht ein, mit denen ich mich erklären kann.

Klaus kommt auf mich zu, bleibt eine Armlänge vor mir stehen und streckt eine Hand nach mir aus. Langsam streicht er mir über die Wange. »Bitte nicht weinen, Mara. Bitte nicht auch noch weinen. Ich bin kein herzloses Monster, aber verstehst du nicht, wie wichtig der Abend heute für mich ist?«

Wenn ich ehrlich bin, kann ich nicht nachvollziehen, dass ihm so viel daran liegt, ein paar Steine einem Publikum zu präsentieren, während unsere Tochter nicht einmal zwanzig Wochen tot ist. Doch ich habe schon zu viel gesagt. Stumm wische ich mir die Tränen ab.

»Ich muss jetzt wirklich los«, erklärt Klaus. »Wir sehen uns nachher?« Er nimmt die Autoschlüssel.

Wieder nicke ich. Ich wünsche, dass er mich in den Arm nimmt. Stattdessen gibt Klaus mir einen flüchtigen Kuss auf die Stirn und geht. Die Einsamkeit umfängt mich im leeren Flur.

Bis meine Eltern auf der Straße hupen, habe ich mein verheultes Gesicht wiederhergestellt. Dreimal kontrolliere ich, ob ich auch wirklich den Herd ausgemacht und Cassi ins Schlafzimmer gesperrt habe, wo sie Ruhe vor Gilbert hat, bevor ich das Haus verlasse und in den alten moosgrünen Mercedes meines Vaters steige. Auf der Rückbank hockt Simone.

»Du kommst mit?« Ich bin verwundert.

»Papa fährt mich danach ins Pink Vodka.« War ja zu erwarten, dass Simi nicht plötzlich zum Kunstfreak mutiert ist. Außerdem erklärt es ihre lila Hot Pants über der golden glitzernden Strumpfhose und die türkisfarbenen Chucks. Was sie unter der Baseballjacke trägt, kann ich nicht ausmachen, doch ich vermute, es beinhaltet nicht allzu viel Stoff.

»Hübsch siehst du aus, Liebelein«, sagt meine Mutter nach einem Blick in den Rückspiegel. Ich habe eine schwarze Umstandshose an, der man es zum Glück nicht ansieht, eine schwarze Tunika mit applizierten silbernen Spiegelchen und schwarze Peep-Toes, die den Blick auf knallrot lackierte Fußnägel freigeben. Mit dieser Farbkombination werde ich gut zu Klaus und Gereon passen.

»Hast du geheult?«, raunt Simone mir zu, nachdem mein Vater den Wagen wieder gestartet hat.

Erschrocken fasse ich mir ans Gesicht. »Sind meine Augen verquollen?«

»Nee, aber auf deinen Wangen könnten Forscher Ausgrabungen machen.« Ich habe doch zu viel Make-up verwendet. Mit den Fingern versuche ich es abzureiben. Meine Schwester hält meine Hand fest. »So wird's schlimmer.«

»Was soll ich denn sonst machen? Mir eine Plastiktüte über den Kopf ziehen?«

»Hallo? Ich bin's, Simone. Ich habe nichts mit deinem Depri-Film zu tun, okay!«

Jetzt werde ich richtig sauer. Auf Simi, auf Klaus und das Leben an sich. »Klar hast du nichts damit zu tun. Du hältst dich doch aus allem raus, was nicht Sex und Party heißt.«

»Mensch, komm mal wieder runter von deinem Trauerthron«, giftet Simone zurück. »Ich mach mir ganz schön Gedanken um dich, damit du's weißt.«

»Danke auch. Auf deine Trosttiere aus dem Tierheim kann

ich gerne verzichten.« Ich verschlucke mich an meinem Zorn und fange an zu husten.

»Kinder, Kinder!« Unsere Mutter hat sich auf dem Sitz umgedreht. »Hört auf zu streiten, wir sind gleich da.«

Unser Vater stellt das Radio an. Wolfgang Petri gibt mir den Rest: »Doch morgen ist ein neuer Tag. Morgen ist ein neuer Tag. Weil ich dich endlich wiederhab. Und was mal war, wird abgehakt.« Fünf grottenschlechte Lieder weiter sind wir zu guter Letzt an der Galerie angekommen.

»Meine Eltern, meine Schwester«, stelle ich meine Familie Gereon van Basten vor, der den Einlasser gibt.

»Freya, meine Frau.« Er zeigt auf eine Schwarzhaarige, die einen sackartigen Ledermantel mit künstlich ausgefranstem Saum von Yohji Yamamoto trägt. Durch ihre schwarz-weiß karierte Brille mustert sie erst mich kritisch, dann die rosa Haare meiner Mutter, den braunen Polyesteranzug meines Vaters und zum Schluss Simones knallbuntes Outfit. »Klaus' Frau«, erklärt Gereon. Ihr Blick wird milder.

»Mein Mann wird Ihren groß rausbringen«, sagt sie, bevor sie sich mit Küsschen links und Küsschen rechts einem ebenfalls ganz in Schwarz gekleideten Backenbärtigen entgegenwirft. Meine Familie sticht nicht nur farblich eklatant aus dem dunkel gekleideten Vernissage-Publikum heraus.

»Sagen wir erst mal Klaus hallo«, dirigiere ich sie durch den Haufen Kunstinteressierter, die ihr eigenes Klischee noch übertreffen.

Wir finden ihn bei den kleinen Steinobjekten, die er in den vergangenen Tagen und Nächten gestaltet hat. Schnecken und Spiralen in blattähnlichen Formen, die mich verdächtig an Finjas Skulptur erinnern. Er hat Gereon den Stein unserer Tochter nicht überlassen, und dafür müsste ich dankbar sein, aber mich stört allein die Ähnlichkeit der neuen Objekte mit ihm, obwohl es letztendlich mein Vorschlag war.

Klaus wird von seinen Eltern eingerahmt, die ihm voller Besitzerstolz die Hände auf Ober- und Unterarm gelegt haben. Angesichts der Preise für die Skulpturen, die laut Verkaufskatalog in die Tausende gehen, hat sich ihre Einstellung zu seiner einst brotlosen Kunst sicherlich verändert. Mein Mann beugt sich vor, um uns zu begrüßen, doch mehr als einen kurzen Kuss auf den Mund erhalte ich nicht. Der kleine Affe Angst hockt mir sofort wieder im Nacken. Um vor der angespannten Stimmung zwischen uns zu flüchten, biete ich an, Getränke für alle zu holen.

Simone kommt mit, tragen helfen, wie sie sagt. Am Buffet trinkt sie ein Glas Sekt auf Ex. »Deine Schwiegereltern ertrag ich nüchtern nicht.«

»Ich auch nicht.« So schnell wie meine Schwester kippe ich den Sekt zwar nicht hinunter, doch ich lasse mir von ihr ein zweites Glas in die freie Hand drücken. »'tschuldigung wegen eben«, sage ich.

»Ist gut.«

»Gilbert ist echt in Ordnung.«

»Ich sag doch, alles prima.«

»Übrigens find ich schade, dass du mit Nils Schluss gemacht hast.« Ich trinke meinen dritten Sekt.

»Was?« Simone nimmt ihr fünftes Glas. »Wieso hab ich mit ihm Schluss gemacht?«

»Nicht? Na ja, weil du doch sonst immer diejenige bist, welche. Und wenn er's war … Ich finde, für ihn hätte es sich gelohnt, zu kämpfen.«

»Wie klingst du denn?« Meine Schwester kichert. »Ich hab noch nie um 'nen Typen gekämpft, und so wird's auch bleiben. Der ist auch nicht besser als alle anderen. Nicht schlecht im Bett, stimmt, aber das ist auch das einzige hervorstechende Merkmal an ihm.«

Ihre Bemerkung ist mir peinlich. Auf einmal liegt mir unheimlich viel daran, dass Simone ihre Meinung über ihren Exfreund ändert. »Aber so ist Nils doch gar nicht. Ich finde, er kann unheimlich offen sein.«

Simone mustert mich überrascht. »Reden wir über denselben Nils? Woher willst du das denn so genau wissen?«

Weil ich ihr nicht von dem Gespräch auf dem Sofa erzählen möchte, zucke ich mit den Schultern. »Weiß ich halt.«

Klaus umarmt mich von hinten. Erlöst schmiege ich mich an ihn, doch da zieht er mich auch schon mit sich. »Ich möchte dich gerne ein paar Leute vorstellen, Mara. *Zach, this is my wife. Mara, this is the New Yorker gallerist I told you about.*«

Keine Ahnung, von wem er redet, dennoch lächle ich freundlich. *»How do you do?«* Überhaupt komme ich mir vor, als machte ich die ganze Zeit über gute Miene zum bösen Spiel, denn die überwiegende Mehrheit der Anwesenden, bis auf meine Familie, die Eltern von Klaus und seine Künstlerfreunde, scheint nicht die geringste Ahnung davon zu haben, dass wir vor nicht allzu langer Zeit unsere Tochter verloren haben. Sie benehmen sich, als wären wir die größten Glückspilze der Welt, und beglückwünschen uns zu dem zu erwartenden Erfolg. Ihm scheint das im Gegensatz zu mir gar nichts auszumachen, das heißt, er genießt die Aufmerksamkeit und die Elogen. Zwischen Gereon und ihm steht eine Kunststudentin, zumindest der Optik nach zu urteilen, allerdings muss sie, wenn man den Falten um ihre Augen herum Glauben schenkt, bereits in einem höheren Semester sein. Sie liest Klaus jedes Wort von den Lippen ab, während er redet. Wider Willen muss ich lächeln, wie ich es früher getan habe, wenn eine Frau sichtbares Interesse an meinem Liebsten zeigte.

Wahrscheinlich macht er es richtig, überlege ich. Er nimmt das Schicksal so an, wie es ist. Er versucht nicht, einen Menschen am Leben zu erhalten, der nie wirklich gelebt hat. Er blickt nach vorne, weil es die einzige Richtung ist, in der es weitergeht. Und dennoch, selbst wenn ich wollte, würde es mir nie gelingen, es so zu sehen. Wie ein Bumerang kommt meine Trauer immer wieder zu mir zurück. Finjas Tod hat alles verändert, denn er hat mich verändert. Ich habe nur noch keinen Begriff davon, wer ich seitdem geworden bin.

»Mara, ab heute bist du die Frau des international erfolgreichen Künstlers Klaus Lomberg. *THE* Klaus Lomberg!« Euphorisch zieht mich mein Mann in einen Abstellraum der Galerie und küsst mich. »Stell dir vor, Zach will mich. Er will meine neuen Skulpturen in seiner Galerie in New York ausstellen! In einer Woche fliege ich rüber, gucke mir die Räumlichkeiten an, und dann regeln wir alles. In ein paar Monaten fliegen wir dann zusammen zu meiner ersten Amerika-Ausstellung. Ist das nicht großartig?«

Ich nicke. Froh über die Versöhnung zwischen uns und ängstlich vor dem, was auf mich zukommt. In ein paar Monaten kann ich vielleicht gar nicht mehr in die USA reisen, weil mir meine Schwangerschaft schon zu sehr anzusehen ist.

Dass Klaus mit Zach und Gereon noch einige geschäftliche Dinge besprechen will, kommt mir gerade recht. Ich lasse mich von meinen Eltern mit einem Umweg über das Pink Vodka, wo wir Simone absetzen, nach Hause fahren, erschöpft vom Smalltalk und dem verkrampften Gelächel.

Einen dicken grauen Filz, durch den ich kaum mit der Nadel komme, besticke ich mit einer breiten rosa Spitzenlitze, als Klaus die Tür aufschließt.

»Du bist noch wach?« Er setzt sich zu mir aufs Sofa und lehnt den Kopf an meine Schulter. »Es war toll, das alles heute mit dir zu teilen, Mara.«

Ein beruhigendes Gefühl durchflutet mich. Auch weil ich endlich verstehe, dass seine Trauer anders sein muss als meine. Ich hatte mein Leben durch die körperlichen Umstände der Schwangerschaft, durch die Hormonveränderungen, durch die Erwartung, erst einmal nur für das Kind zu Hause zu sein, schon geändert. Für ihn dagegen stand fest, dass er nach drei Wochen Babypause wieder in die Werkstatt gehen würde. Mit oder ohne Finja, da gab es keinen Unterschied. Unsere Voraussetzungen, auf die die Trauer traf, waren so weit entfernt voneinander, dass es keinen gleichen Verlauf geben konnte. Vermutlich wäre es besser gewesen, wenn ich nicht auf der klassischen Rollenverteilung beharrt hätte. Aber meine Mutter hat ihren Beruf aufgegeben, als ich geboren wurde, deshalb konnte ich mir nichts anderes für mich vorstellen.

»Schau mal.« Ich zeige Klaus den Filz. »Wenn ich nähe, dann bin ich irgendwie in mir drin, dann fühle ich mich vollständiger, nicht mehr so zerrissen.«

Er küsst mich und kuschelt sich in meinen Schoß. Liebevoll streichle ich ihm durchs Haar. »Ich bin froh, dass du mit deiner Handarbeit was gefunden hast, das dich ablenkt.« Seine Atemzüge werden langsamer.

Ich verschweige ihm, dass das Nähen für mich keine Handarbeit, sondern Trauerarbeit ist.

Zum ersten Mal seit Finjas Tod, seit einundzwanzig Wochen, soll ich zwei Nächte allein verbringen. Vor den drei Tagen, die Klaus in New York ist, graut mir nicht, die hellen Stunden verbringe ich auch sonst ohne ihn, nur vor den Nächten fürchte ich mich. Als ich Klaus davon erzähle, schlägt er vor, seine Eltern könnten kommen. So schlimm sei es ja auch nicht, behaupte ich rasch.

Am ersten Abend seiner Abwesenheit bin ich mit Hedi zum Essen verabredet, doch sie sagt im letzten Moment ab, weil Maja krank geworden ist, also schiebe ich mir eine Pizza in den Ofen, koche mir eine Kanne Ingwertee mit Kardamom und mache es mir vor dem Fernseher gemütlich. Jane Austens BBC-Verfilmung von *Emma* mit Kate Beckinsale sehe ich mir zum hundertvierundachtzigsten Mal an. Die Geschichte um die Freundschaft, die erst so spät als Liebe erkannt wird, tröstet mich über meine Einsamkeit hinweg und erfüllt mich mit einem angenehmen Kribbeln im Bauch. Aber als das Erntedankfest gefeiert wird und der Abspann läuft, fühle ich mich wieder allein. Noch einmal will ich mir den Film heute nicht angucken. Ich blicke auf die Uhr: Es ist erst halb neun. Die *Tagesschau* ist vorbei, daher kann ich bei meinen Eltern anrufen, nur in der Zeit von acht bis Viertel nach ist das ein Tabu. Ich erwische meine Mutter quasi in der Haustür.

»Wolltest du nicht mit Hedi essen, Mara?«

»Ist was dazwischengekommen.«

»Warum gehst du nicht mit ins Glöckchen? Da ist heut bayrischer Abend mit Dietschäi.«

Um zu begreifen, was meine Mutter meint, brauche ich einen Augenblick. Auch ein DJ kann mich nicht in die Stammkneipe meiner Eltern locken. Erst recht nicht, wenn da ein Wies'n-Hit nach dem anderen heruntergejodelt wird. Außerdem ist es gerade fünf Monate her, dass Finja gestorben ist.

»So schlimm ist es nicht. Ist Simi da?«

Meine Mutter reicht mich weiter. Simone macht sich gerade für eine Outdoor-Party fertig. »Wenn was ist, kann ich auch gerne bei dir vorbeischauen«, bietet sie an.

»Lass mal, den Abend steh ich schon durch. Viel Spaß bei deiner Party. Ist Nils eigentlich auch da?« Ein paar Sekunden herrscht Stille.

»Wieso?«

»Fiel mir nur so ein. Tschau.« Ich lege auf.

Die Leere des Hauses bedrückt mich. Klaus kommt erst in zwei Tagen und zwei Nächten zurück. Wie soll ich das bloß überstehen? Vergeblich lasse ich das Telefon in seinem Hotelzimmer klingeln. Wahrscheinlich ist er in Chelsea bei seinem Zach. Sicherheitshalber probiere ich es auf dem Handy, erwische aber nur die Mailbox. Das Handy einmal in der Hand, blättere ich durchs Adressbuch. Alex. Angie. Ava. Bärbel. Britt. Chris. Chrissie. Dagmar. Daniela. Meine Job-Feindin. Ihre Nummer lösche ich sofort. Dörthe. Dy. Fabienne. Hedi. Ina. Inga. Isa … Es ist keine Freundin darunter, bei der ich anrufen möchte. Wenn überhaupt, habe ich mit ihnen seit Finjas Tod bloß wenige Worte am Telefon oder auf meiner Geburtstagsparty gewechselt. Ich blättere weiter. Marc. Mette. Miri. Nana. Nils. Nina …

Nils. Ich verspüre ein flaues Gefühl, als ich seine Nummer anwähle.

»Hallo!«, sagt eine männliche Stimme in den Hörer. Erschrocken lege ich auf. Reichlich dumm von mir, denn kurz darauf klingelt mein Handy. »Hast du mich gerade angerufen?«, fragt Nils.

Ich stammele etwas von Möbeln, die getragen werden müssen. »Nicht jetzt. Irgendwann mal.«

»Du hörst dich komisch an. Was ist los?« Er ist so nett, dass ich anfange zu weinen.

»Nichts«, schluchze ich ins Telefon. »Es geht mir guhuhut.«

»Das hör ich. Bist du zu Hause? Bin gleich bei dir.« Er beendet das Gespräch, bevor ich protestieren kann.

Verweint und beschämt öffne ich ihm kurz darauf die Tür. Es ist unglaublich, wie tief ich gesunken bin, dass ich einem Fremden gegenüber derart emotional reagiere. Zu allem Überfluss trägt Nils mit Farbe beschmierte Klamotten und hat Farbsprenkel auf seinen Haaren.

»Ich hab dich beim Streichen gestört«, sage ich, als ich ihn hereinlasse. Trotz aller Scham tut es mir gut, nicht mehr allein zu sein.

»Vergiss es. Das Zimmer kann ich auch morgen fertigstreichen. Jetzt bin ich hier. Was soll ich machen? Taschentücher reichen? Schokopudding kochen? Endlich die Klappe halten und zuhören?«

»Streichst du dein Zimmer gelb?«, frage ich.

Nils klopft an seiner Hose herum. »Gefällt dir der Ton nicht?«

»Er sieht so gelb aus. Ein paar Nuancen heller wäre besser für die Wände, denke ich.«

»Vielleicht. Misch ich halt noch Weiß drunter.«

»Hör mal. Am Telefon eben hab ich wohl ein bisschen heftig reagiert. Mir geht's ganz okay. Ich hatte nur gerade einen Einsamkeitskoller«, gebe ich zu. »Jetzt habe ich dich völlig umsonst aufgescheucht.«

»Umsonst ist gar nichts. Ich könnte Hilfe beim Streichen brauchen«, lächelt Nils mich derart nett an, während er Gilbert hinter den Ohren krault, dass ich ganz vergesse, wie ungern ich noch immer das Haus verlasse.

Wenige Minuten darauf sitze ich in einer alten Jeans von Klaus und einem Schwangerschafts-Shirt in Nils' Alfa Giulia. Während er den Wagen durch die Straßen lenkt, denke ich darüber nach, dass ich, bevor ich mit dem Fernsehjob angefangen habe, oft spontan zu Freunden gefahren bin. Manchmal sogar, ohne mich vorher anzumelden. Seitdem mache ich das nicht mehr. Mit meinen Freunden und Bekannten gleiche ich erst den Terminkalender ab, wenn wir uns Wochen vorher auf ein Treffen verständigen. Oft habe ich ausgerechnet an diesem Tag dann gar keine Lust, unter Leute zu gehen, halte die Verabredung aber ein. Man trifft sich sonst ja gar nicht mehr.

Das war zumindest so, bis Finja starb. In meinem früheren Leben. Mittlerweile treffe ich keine Verabredungen mehr, und wie viele meiner Freunde am Ende bleiben werden, wenn ich es schaffe, wieder ein halbwegs normales Leben zu führen, wird sich erst noch zeigen.

Nils wohnt mit seinen zweiunddreißig Jahren in einer WG. Mir fällt auf, dass ich niemanden mehr kenne, der so lebt. Nur Simone wechselt alle paar Monate ihren Wohnsitz, von Beziehung zu Mama und Papa zu Beziehung zu Mama und Papa.

Im Flur vor Nils' Zimmer stapeln sich Musikanlage, CDs und Bücher. Sven Regener und Hunter S. Thompson. Ein Roman heißt *Die Beschissenheit der Dinge* und könnte für meinen Zustand stehen.

Nils beobachtet mich. »Ich steh auf Loser-Literatur«, sagt er.

Pullover und Jeans von ihm fliegen durcheinander. Eine Palme, an der ein kleiner Basketballkorb hängt, mickert vor sich hin. Eine Matratze und ein Fußballkicker lehnen an der Wand. Im Zimmer ist der Holzfußboden mit Zeitungen abgedeckt. Ein paar Quadratmeter Wand sind bereits gelb gestrichen.

»Fühl dich ganz wie zu Hause«, spöttelt Nils. Er zeigt mir Farbeimer, weiße Mischfarbe, Pinsel und Rollen.

»Darf ich?«, frage ich ihn und schütte Weiß in das satte Gelb. Ich rühre und rühre, bis mir der Ton gefällt. Dann fangen wir gemeinsam an zu streichen. Nils hat die Lautsprecher vom Flur ins Zimmer gestellt. Im Takt der Musik klatsche ich Farbe auf die untapezierte Wand, während ich von Klaus' Ausstellung, seinem Erfolg und meinen Befürchtungen erzähle, den Anschluss an ihn und das Leben zu verpassen, wenn ich nicht bald herausfinde, wer ich seit Finjas Tod geworden bin.

»Ich kann dir sagen, wer du bist«, sagt Nils. »Du bist eine wahnsinnig tapfere, mutige Frau und stark dazu.«

»Redest du von mir?« Ich bin irritiert, aber auch ein bisschen erregt.

Er beugt sich über den Farbeimer. »Der Kraftakt, den du vollbringst, indem du weiterlebst, indem du deinem Leben ohne deine Tochter einen Sinn abzugewinnen versuchst …« Er streicht die Farbe an die Wand, so dass sie mir ins Gesicht spritzt.

»Pass auf!« Wir machen weiter. Viel zu intensiv bin ich mir seiner Anwesenheit bewusst. »Und wenn ich das hier bin?«, frage ich.

»Wenn du die gelbe Farbe bist, die wir auf meiner Zimmerwand verteilen?«

»Wenn ich eigentlich dieser völlig unsichere, ratlose, traurige, verwirrte Mensch bin wie gerade. Wenn alles, was ich vorher war, nur eine Art Anstrich war?«

Nils grünbraune Augen sind auf mich gerichtet, als er laut ausatmet. »Nein, Mara, was du vorher warst, bist du garantiert immer noch. Du hast nur völlig andere, neue Seiten an dir entdeckt. Vielleicht sind es nicht deine Lieblingsseiten, aber sie machen dich auch aus und sie machen dich liebenswürdig.«

Er wendet den Blick ab und streicht weiter. Mein Kopf glüht. Dass meine Trauer und Schwere etwas Liebenswürdiges haben können, ist gänzlich neu für mich. Dass ich mich traue, meine Gefühle vor Nils zuzulassen, dass ich sie nicht unterdrücken muss, macht mich leichter. Die Rolle gleitet lockerer über die Wand. Zum ersten Mal seit wer weiß wie langer Zeit fühle ich mich nicht behäbig, unfähig und nur halb komplett, sondern allmählich richtig wohl.

»*You gotta fight for your right to party* …«, scheppert der CD-Player. Aus vollem Hals singe ich mit. Dabei versenke ich die Farbrolle im Eimer und verrenke mich zum Rhythmus. Es macht unglaublich großen Spaß, einmal nicht mich selbst und jede meiner Reaktionen wie eine Außenstehende zu beobachten. Ich lasse los. Einfach los. Es ist, als würde ich die warme Farbe der Lebensfreude auf meine graue Seele streichen. Nils beginnt, mit mir zu tanzen und zu singen. »*Paaaaaaaaaarty*!«, jaule ich, so laut ich kann. Ein mir unbekannter Mann taucht in der Tür auf, die Augenlider auf halbmast, und verschwindet wieder. Ich fange an zu lachen. Es platzt förmlich aus mir heraus. Ich lache, bis ich mich auf den Boden legen und mir den Bauch halten muss.

Wie kann ich mich derart gehen lassen, wenn mein Kind tot ist? Ich blicke in Nils' fröhliches Gesicht und merke, dass ich aber lachen will. Sofort lasse ich mich von ihm wieder anstecken. Wir japsen, als mein Handy klingelt. Ich angele in meiner Hosentasche danach.

»Hallo!«, sage ich atemlos.

»Wie geht es dir?« Es ist Klaus. Er klingt besorgt. »Du hast dich auf der Mailbox so fertig angehört.«

Es kommt mir nicht richtig vor, dass ich mich gerade amüsiere, obwohl ich vorhin noch verzweifelt war, deshalb lüge ich. »Ach ja, ich war so allein. Aber mir geht es gut.« Ich sage ihm nicht, wo ich bin und mit wem. Weil Nils mich ansieht, wende ich ihm den Rücken zu. Klaus verabschiedet sich von mir mit einem Kuss durch den Hörer. Als ich mich wieder zu Nils drehe, bin ich verlegen. Es ist ein merkwürdig schuldbewusster Zustand, der in derart starkem Kontrast zu der Stimmung vor dem Anruf steht, dass ich ohne ein Wort weiterstreiche.

Nils geht in den Flur, wo ich ihn in den CDs herumwühlen höre. *»Roam«* von den B-52, der Band meiner Zahnspangenzeit, ertönt. Ich kann nicht anders, ich muss hin und her wippen. *»Roam if you want to …«* Es dauert nur Sekunden, bis sich die Wohlfühlatmosphäre erneut einstellt. *»We didn't start the fire«*, *»Tom's Diner«* und *»Smells like Teen Spirit«*, ich singe und summe alles mit. Es ist unfassbar, wie erlöst sich mein Körper und meine Seele fühlen können.

Einige Hits später sind wir mit dem Zimmer fertig. Ich bedaure, dass es nicht mal mehr eine kleine Ecke zu streichen gibt. Da erfüllen Gitarrenklänge den Raum. Nils stürzt aus dem Zimmer. Noch bevor Eric Clapton den Refrain von *»Tears in Heaven«* singen kann, das Lied, das er für seinen verstorbenen Sohn geschrieben hat, erstirbt die Musik. Mir sind dennoch Tränen in die Augen geschossen.

»Scheiße«, sagt Nils, als er zurückkommt. »Das wollte ich nicht.«

Matt lächle ich. Meine Ungezwungenheit hat sich in Luft aufgelöst. »Ich ruf mir jetzt ein Taxi.«

»Auf keinen Fall. Natürlich fahre ich dich.« Nils besteht darauf.

Er lässt mich in den Alfa steigen, obwohl ich noch die farbbespritzten Sachen trage, verschwindet kurz in einem Kiosk und reicht mir eine Tüte rüber, als er sich ins Auto setzt. Die Tüte fühlt sich kalt an.

»Seelenfutter«, erklärt Nils, und ich lächle sein Profil an. In mir ist so viel Rührung und Freude und auch Traurigkeit, aber eine erträgliche. Nils' Handy klingelt. Es liegt in der Ablage bei der Schaltung. »Kannst du mal gucken, wer das ist?«, fragt er.

Ich werfe einen Blick drauf und fühle mich ertappt. »Simone.« Hoffentlich bittet er mich nicht dranzugehen. Ich wüsste nicht, wie ich ihr erklären sollte, dass ich in Nils' Auto sitze. Im Grunde ist ja nichts dabei, eigentlich ist er bloß ein guter Freund, und doch bin ich befangen.

»Ich ruf zurück«, sagt er. Als er vor meinem Haus parkt und den Motor abstellt, sehe ich ihn an. »Es war ein toller Abend.« Er nimmt meine Hand und streichelt darüber.

»Du bist ein echter Freund«, erkläre ich. Er lächelt. »Willst du noch mit reinkommen?«, frage ich, weil ich ihn noch nicht loslassen möchte.

»Schlaf schön«, lehnt Nils ab.

Erst bin ich enttäuscht, dann bin ich erleichtert. Ich fühle mich von der Ungezwungenheit erschöpft. Er wartet, bis ich ausgestiegen bin und die Haustür aufgeschlossen habe, bevor er losfährt. Durch sein Gejammer macht Gilbert klar, dass ich mit ihm um die Straßenecke gehen muss. Danach setze ich mich auf das neue kindgerechte Sofa, während mein Hund mir die Füße wärmt, und esse das Schokoladeneis. Dabei denke ich an Nils, aber es erscheint mir unpassend, und ich bekomme ihn auch nicht so ganz zu fassen, daher denke ich an Klaus. Ich stelle mir vor, neben ihm in seinem Hotelbett zu liegen und mich an ihn zu kuscheln. Mit dem Geschmack von Schokolade im Mund schlafe ich ein.

16

Obwohl ich die beiden Nächte ohne Klaus unerwartet gut überstanden habe, wird mir zwei Stunden vor seiner Ankunft am Flughafen Köln-Bonn mulmig. Die meisten Flugzeugunglücke geschehen beim Starten und Landen. Bildlich habe ich vor Augen, wie die Maschine mit den Rädern auf der Landebahn aufsetzen will, doch da erscheint ein weiteres Flugzeug. Die beiden kollidieren, und in Sekundenschnelle steht alles in Flammen. Vorsichtshalber puste ich die Kerzen auf dem Esstisch wieder aus. Nur nichts riskieren, während ich mich im Bad an einer Verschönerung versuche. Der hormonbedingte Haarausfall hat meine Frisur derart ausgedünnt, dass sich kaum noch Locken auf dem Kopf kringeln. Von der vielen Schokolade, die mir die letzten Tage Beistand geleistet hat, sprießen Pickel auf Stirn und Kinn. Ich verschmiere Make-up darauf und knete mir Gel in die Haare. Im romantischen Kerzenschein wird es gehen. Zumindest fühle ich mich so weit ich selbst, dass ich Klaus sagen werde, was mir auf der Seele liegt. Dass es der erste Schicksalsschlag ist, den wir als Paar zusammen durchstehen. Dass ich weiß, wie stark er für mich sein möchte, aber dass er gemeinsam mit mir trauern kann, weil auch in mir Stärke ist.

Meinem Spiegelbild lächle ich zu. Du schaffst alles. DU schaffst alles. Du SCHAFFST alles. Positive Affirmation. Gute Gedanken sollen mir Kraft geben. Schlechte ziehen mich runter. Also werde ich alles Negative aus meinem Kopf verbannen. Duschaffstallesduschaffstallesduschaffstallesduschaffstalles … Mehr oder weniger überzeugend murmele ich den Satz vor mich hin, bis Klaus die Tür aufschließt. Unsicher stehe ich vor ihm, dann entscheide ich mich, ihm um den Hals zu fallen.

»Woha!« Er stellt den Trolley ab. Er hat Augenringe, und sein Haar ist ungekämmt, auf mich macht er den Eindruck eines alten Mannes, wie ich erschrocken feststelle.

»Wie war der Flug?« Mit meinem chanelrot geschminkten Mund lächle ich Klaus an. Siehst du, wie sehr ich mich im Griff habe, frage ich ihn stumm, wie zugewandt ich dem Leben nun bin?

»Gut. Bis auf den Typen neben mir, der Knoblauchwurst gegessen hatte und alle dreißig Sekunden aufstoßen musste.« Bin ich froh, keinen Knoblauch an den Nudelauflauf getan zu haben.

»Möchtest du was essen?«, flöte ich, ganz die fürsorgliche Hausfrau, deren Mann nach einer beschwerlichen Reise endlich im ruhigen Hafen der Ehe gelandet ist. Für den Fall der Fälle trage ich die nachtblaue Wäsche, die Klaus mir zum Geburtstag geschenkt hat. Es kann ja sein, dass ihm der Appetit nach etwas ganz anderem steht.

»Ich muss erst aufs Klo.« Zugegebenermaßen ist die Realität ein wenig ernüchternder als die Vorstellung, immerhin gibt mir das Zeit, die Kerzen wieder anzuzünden, die Servietten auf dem Tisch zurechtzurücken und meine Haare im Spiegelbild des Terrassenfensters aufzutoupieren. Gelegenheit für Affirmation Nummer zwei: Es geht mir von Tag zu Tag in jeglicher Hinsicht besser und besser.

Als wir am Tisch sitzen, verbiete ich mir, gleich von Finja und unseren Problemen anzufangen. Ich werde Klaus Zeit bis zum Dessert, Eis aus dem Tiefkühlfach, lassen. »Hat Zach denn noch was gesagt, wie er deinen Erfolg in New York einschätzt?«, frage ich, um ihm zu signalisieren, dass ich jedes Wort unserer Telefonate behalten habe.

»Er ist von einer begeisterten Kritik überzeugt. Was aber nicht heißen muss, dass sich die Exponate auch gut verkaufen.« Klaus reibt sich die Augen.

Ich möchte mich an seine Schulter lehnen. »Du musst nur dran glauben«, gebe ich ihm meine positiven Gedanken mit. Er sieht mich ein wenig schräg an. »Schmeckt's?« Ich lege ihm noch etwas Auflauf auf den Teller, auch wenn ich es bis zum Eis kaum erwarten kann. Mein Anliegen ist wichtig, daher möchte ich nichts falsch machen. Ich will, dass alles wieder gut wird zwischen uns, dann stellt sich sicher auch bald eine zweite Schwangerschaft ein.

»Mara, ich muss mit dir reden«, fängt Klaus an, als ich den Kühlschrank öffne. »Mir ist in den USA mit dem Abstand einiges, na ja, bewusst geworden.« Erstaunt setze ich mich wieder. »Ich glaube die ganze Zeit, stark sein zu müssen. Für dich«, sagt er. Das ist genau genommen mein Text, und ich bin aus dem Konzept gebracht. »Ich weiß nicht, wohin mit meinen Gefühlen. Die haben sich so aufgestaut. Diese ganze Selbstbeherrschung … Ich hab das Gefühl, ich stehe kurz vorm Explodieren.«

Sein wie dahingesagter Satz bedroht mich, bedroht meine mühsam gekittete kleine Welt. Ja, ich wollte, dass er nicht mehr denkt, für mich stark sein zu müssen, aber die angedrohte Explosion ist etwas so Gewaltvolles. Sie hat mit meiner stillen Trauer um Finjas Tod nichts zu tun. Vor allem weiß ich nicht, was ich darauf antworten soll. Jedenfalls möchte ich nichts hören, was mich erschüttern könnte. Ich bin zu egoistisch. Soll ich sagen, dass er explodieren darf? Dass es in Ordnung ist, wenn er sich nicht mehr beherrschen kann? Nur was geschieht dann? Was ist, wenn meine Welt einen neuen Riss erhält? Weil ich es nicht ertragen könnte, schweige ich und warte ohnmächtig darauf, was er als Nächstes sagt. Klaus schüttelt seine grauen Locken und weicht meinem Blick aus. »Vielleicht sollten wir lieber ins Bett gehen.«

Unfähig, etwas zu entgegnen, nicke ich und habe jetzt auch noch Angst vor seiner Explosion, die mir selbst unser Sex nicht nehmen kann.

Wenn man trauert, weint man, bis man genug geweint hat. Zu bestimmten, festgelegten Zeiten wie an den sich jährlich nähernden Todestagen dürfen die Tränen wieder fließen, um am nächsten Morgen einer grundlegend gefassten Lebenseinstellung zu weichen. So ähnlich habe ich mir die Trauer vorgestellt, bevor ich ihr begegnet bin. Selbst in meinen realistischeren Vorstellungen hätte ich nicht mit dieser Lähmung, dieser Emotionslosigkeit gerechnet, in die meine Trauer immer wieder führt. Und in deren Phasen ich mir wünsche, ich könnte wenigstens weinen. So auch jetzt.

Ich bin nicht schwanger. Nach dem fünften Test muss ich diese Tatsache akzeptieren, obwohl ich alles für eine neue Schwangerschaft getan habe. Frustriert lasse ich den Streifen in den Mülleimer fallen. Über fünf Monate ist nun schon kein Kind in mir.

In der Küche bereite ich Pfannkuchenteig vor. Als ich ein Ei aufschlage, befinden sich zwei Dotter darin. Ein Zwillingsei. Meine Augen fangen an zu brennen. Warum ist alles um mich herum so dermaßen fruchtbar, nur ich nicht? Wieder mal habe ich versagt, und prompt fühle ich mich nicht mehr als richtige Frau. Mein Körper, der verhindert, dass ich ein lebensfähiges Kind zur Welt bringe, und mich von einem neuen Babyglück abhält, wird mir zum Feind. Ich hasse ihn, denn er ist letztlich an Finjas Tod schuld.

»Mach dir nicht so viele Sorgen, Liebelein«, sagt meine Mutter, als ich ihr am Telefon von meiner Angst erzähle, ich könnte ein weiteres Kind verlieren. »Das Schicksal schlägt niemals an derselben Stelle zweimal zu.«

Wer garantiert mir das? Seit wann ist das Schicksal gerecht? Wieso sollte es mir nicht ein zweites Kind rauben, wo es doch bereits Übung darin hat?

Von den Fragen sage ich Klaus nichts, als er vom Joggen kommt. Jede seiner Gesten, seiner Bewegungen beobachte ich angstvoll. Als er aus dem Bad tritt und mich umarmt, zucke ich zusammen. Beim Abendessen stößt er ein Glas um. Erschrocken schreie ich auf.

»Ist was?« Klaus sieht mich befremdet an, während er das Wasser vom Tisch wischt und dabei ganz normal wirkt. Also war das noch kein Anzeichen der drohenden Explosion. Seit zwei Wochen warte ich darauf. Ich versuche mich zu entspannen.

»Bin nur ein bisschen schreckhaft.« Auch wenn es ein Fehler ist, mein Inneres so vor ihm abzuschirmen, habe ich ihm gegenüber die Sprache verloren. Es ist schrecklich, dass ich keinen Zugang zu meinem Mann finde.

Klaus hängt das nasse Handtuch auf. »Hör mal, wollen wir morgen essen gehen, oder hast du was anderes überlegt?«

Im Grunde bin ich mir sicher, dass er unseren ersten Hochzeitstag meint, aber vorsichtshalber frage ich nach. »Weil unser Hochzeitstag ist?«

»Natürlich, weil unser Hochzeitstag ist. Also essen gehen oder nicht?«

»Essen gehen.« Ich bin froh, dass er daran gedacht hat, trotzdem bin ich seltsam unbefriedigt und bleibe es auch, obwohl wir später Sex haben. Nachdem er mich geküsst hat, schläft Klaus ein. Ich tigere durch das Haus, als ob ich einen Jetlag hätte. Gilbert wirft mir einen genervten Blick von seinem Lager neben dem Sofa aus zu. Dabei höre ich, dass auch die Nachbarin noch wach zu sein scheint. Drei Uhr nachts. Es ist verrückt, dass ich vor Finjas Tod von keiner Frau in meiner Umgebung wusste, die ihr Kind verloren hat. Nun wohnen gleich zwei verwaiste Mütter nebeneinander. Liegt es daran, dass der Tod eines Kindes ein solches Tabu ist, dass ich nie jemanden darüber habe sprechen hören, oder wollte ich eine derartige Nachricht, die nicht wahr sein darf, einfach nicht wahrhaben?

Ich setze mich an den Computer und suche ein Internetforum, in dem Frauen schreiben, die ebenfalls ein Kind verloren haben. Mein Atem geht stoßweise, als ich den ersten Tatsachenbericht anklicke. »Bela starb vor seiner Geburt.« Mir kommen die Tränen.

»Ich habe hier so lange schon mitgelesen und über so viele Schicksale geweint. Jetzt möchte ich von mir und meinem Bela erzählen. Die Schwangerschaft mit ihm verlief total schön. Mir ging es super, und ich freute mich wahnsinnig darauf, endlich meinen Bela in den Armen zu halten. Aber zwei SSW vor der Geburt passierte es. Ich war so unruhig, weil Bela nicht wie sonst rumgeturnt ist in meinem Bauch. Ich bin am Nachmittag noch zum Gyni, und der hat einen Ultraschall gemacht. Dann sagte er, dass er keine Herztöne mehr feststellen kann.«

Tränen laufen über meine Wangen. Ich weine um Bela, um seine Eltern, um Finja, um Klaus und um mich selbst. »Für mich ist eine Welt untergegangen«, schreibt mir die Frau aus der Seele. »Warum passiert das alles mir?«

Dass andere Frauen ebenso leiden müssen wie ich, ist furchtbar, aber es gibt mir auch das Gefühl, nicht allein zu sein mit meinen mich überfordernden Gefühlen. Ich schreibe an EngelMama09, Murmelmamili und Sternchen. Ihnen vertraue ich Gedanken an, die ich mir selbst kaum eingestehen mag. Sogar von meinen Problemen mit Klaus wage ich zu erzählen. »Echt riesengroßer Mist, das mit deinem Mann und seinem Schweigen«, antwortet Murmelmamili überraschend schnell. Offenbar kann auch sie nachts nicht mehr gut schlafen. »Aber ich glaub, die Frage, ob man das zusammen durchsteht, so als Paar, die stellen wir uns alle. Wir Frauen, wir können auch hier im Forum über unsere Gefühle reden. Aber die Männer haben Angst davor, was Falsches zu sagen. Darum sagen sie lieber nichts. Ich drück dir auf jeden Fall feste die Daumen, dass ihr bald über alles reden könnt.«

Zwar schweigt Klaus, aber ich habe auch gelernt zu schweigen, weil er mich nicht versteht. Je weiter Finjas Tod zurückliegt, umso weniger verstehe ich mich selbst und den Schmerz, den ich fühle. Es ist ein Paradoxon. Ein Erlebnis wird immer tiefer in der Erinnerung verankert, je öfter man daran denkt. Und ich will Finja verankern, sie niemals vergessen. Aber indem ich ständig daran denke, reproduziere ich den Schmerz in mir immer wieder neu. Ich bin und bleibe einsam, auch wenn ich Hedi treffe, mit Isa telefoniere oder Klaus um mich habe. Dabei sehne ich mich so sehr nach Austausch. Ich überlege sogar, jetzt noch zu meiner Nachbarin hinüberzugehen, die mitten in der Nacht wieder ihr *»Ave Maria«* hört, doch so verzweifelt kann ich gar nicht sein. Ich tippe auf meinem Handy herum und gehe die eingespeicherten Nummern durch. Um vier Uhr in der Nacht wird niemand mehr wach oder in dem Zustand sein, dass ich mit ihm oder ihr ernsthaft telefonieren kann.

Ich lese die SMS, die Nils mir am Tag nach unserer Streichaktion geschickt hat. »Hallo, Mara! Du kannst dich immer bei mir melden.« Die zwei Wochen alte Nachricht hat etwas Tröstendes, auch wenn ich Nils nicht mehr angerufen habe, aber ich könnte es. Wie von selbst klicken meine Finger seinen Namen an. Auf dem Handydisplay erscheint das Zeichen dafür, dass die Verbindung aufgebaut wird. Sofort unterbreche ich den Wählvorgang. Hoffentlich hat ihn das Klingeln nicht geweckt. Ich möchte im Boden versinken. Wie konnte ich ihn nur anrufen? Damit ich auf keine dummen Gedanken mehr komme, schalte ich das Handy aus, schicke Gilbert kurz vor die Tür und nehme Cassiopeia auf den Schoß. Macht es ihr überhaupt nichts aus, ganz allein zu sein, ohne einen Artgenossen und Kinder? Ihr Terrarium, in dem sie etliche Stunden am Tag verbringt, ist mit allen empfohlenen Gerätschaften ausgestattet, aber macht sie das glücklich? Ist Glück für eine Schildkröte generell wichtig? Mit diesen Gedanken beschäftige ich mich, bis es auf fünf Uhr zugeht, dann schleiche ich mich zu Klaus ins Bett und schlafe ein.

Am späten Mittag wache ich auf, das heißt, ich bin vorher einige Male aus dem Schlaf in den Halbschlaf gesunken, doch ich habe mich geweigert aufzustehen und bin trotz Gilberts Protestgejaule wieder eingenickt. Mein Kopf fühlt sich dementsprechend wie Watte an. Selbst unter der Dusche legt sich das Gefühl nicht. Es ist ein beklemmender Zustand, deshalb raffe ich mich auf, dem Hund einen ausgedehnten Spaziergang im Königsforst zu gönnen. Als wir aus der Straßenbahn steigen, nieselt es, trotzdem tut es gut, im Wald zu sein. An einem bemoosten Stamm verharrt regungslos ein Eichhörnchen, bis Gilbert es entdeckt und verbellt. Ewig laufen wir über die kleinen Pfade, die zwischen den Buchen und Eichen entlang über verrottendes Laub führen. Selten begegnen wir Joggern oder anderen Hundehaltern, die mich grüßen. Hier ist die Einsamkeit leichter zu ertragen, beinahe kommt sie mir erholsam vor, im Vergleich zu der Enge in unserem Haus. Ich sollte wirklich mehr rausgehen, beschließe ich.

Aufgetankt mit Energie, kehre ich nach Hause zurück. Gerade als ich auf unseren Bungalow zugehe, öffnet sich eine brombeerrote Autotür.

»Mara!« Es ist Nils. Er trägt ein Kapuzensweatshirt und eine Trainingshose.

»Was machst du denn hier?«, lächle ich ihm entgegen.

»Du hast mich mitten in der Nacht angerufen.« Er hört sich aufgeregt an. »Dann konnte ich dich nicht mehr erreichen. Und heute den ganzen Tag über auch nicht.« Erschrocken greife ich nach dem Handy in meiner Jackentasche. Ich habe vergessen, es wieder einzuschalten. Reumütig blicke ich ihn an.

Er ist ganz rot im Gesicht. »Weißt du, was ich mir für Sorgen gemacht habe?«

»Mein Gott, kann doch mal passieren«, verteidige ich mich, überfordert von seiner Emotion und sauer darüber, dass sich mein Hochgefühl gerade wieder in Luft auflöst. Kann ich nicht einfach mal normal sein? »Ich hab nicht darum gebeten, dass sich alle dauernd Sorgen um mich machen.«

Er sieht mich an. Angepisst, verletzt, wütend. Ich begreife nicht, was genau in ihm vorgeht, aber mir ist bewusst, dass ich ihn gerade für meine Unzufriedenheit verantwortlich gemacht habe. Und dass das völlig ungerecht ist. Ich habe kaum noch Freunde und bin auch noch dabei, einen der wenigen Menschen, mit denen ich reden kann, von mir zu stoßen. Um ihm entschuldigend über den Arm zu streichen, strecke ich die Hand aus. Nils weicht zurück. Er öffnet den Mund, gibt ein Keuchen von sich, wirft dann den Kopf in den Nacken und geht zu seinem Auto.

»Nils! Warte mal«, versuche ich ihn zurückzuhalten, doch er steigt ein und fährt davon.

Ich will nicht, dass er wütend auf mich ist. Seine offensichtliche Verletztheit tut mir weh, daher schalte ich mein Handy an und wähle seine Nummer. Keine Antwort. Wahrscheinlich möchte er im Auto nicht telefonieren. Also versuche ich es eine halbe Stunde später wieder. Es dauert, bis er drangeht.

»Ja?« Obwohl er sich nicht begeistert anhört, atme ich auf.

»Gestern Nacht, da hätte ich gerne mit dir geredet, aber dann habe ich realisiert, wie spät es ist ...« Eine Sekunde, zwei Sekunden. »Bist du noch da?«, frage ich defensiv, um eine Verbindung zu ihm herzustellen.

»Ja.«

»Meine Reaktion von vorhin war bescheuert«, sage ich zerknirscht. »Mehr als entschuldigen kann ich mich nicht.«

»Okay.«

»Ich verstehe, dass du jetzt sauer bist.«

»Pass mal auf, Mara, ich muss einfach wieder runterkommen. Dann ist alles in Ordnung.«

»Also bist du sauer. Und ich bin daran schuld.«

»Einigen wir uns auf eine Verkettung von miesen Umständen.«

»Du bist also nicht mehr sauer?« Er lacht, und ich muss lächeln. »Redest du noch mit mir?«

»Ich rede noch mit dir. Was war denn los? Warum wolltest du mich anrufen oder eigentlich nicht anrufen?« Nils klingt schon viel zugänglicher.

»Nicht so wichtig.«

»Um vier Uhr nachts. Das war nicht wichtig?«

»Ich bin einsam«, wispere ich den Satz wie ein Geheimnis in den Hörer, dabei ist Klaus gar nicht zu Hause. Ich nehme wahr, wie Nils atmet. »Meine Einsamkeit geht wohl erst weg, wenn ich einen Umgang mit meiner Traurigkeit gefunden habe. Wann immer das sein mag. So ein kleines Wesen, das hat es doch nicht verdient, zu sterben. Sie konnte sich nicht mal wehren.«

»Ja«, antwortet Nils. Mehr nicht. Er lässt mir Raum weiterzureden, und ich weiß, er hört mir zu.

»Ich muss immer und immer wieder daran denken, was Finja alles nicht erleben darf. Diese Ungerechtigkeit macht mich fertig. Glaubst du, ich kann das irgendwann mal anders sehen? Einen Sinn darin erkennen?«

Er scheint zu überlegen. »Glaub ich nicht. Ich denke, du wirst halt mit der Ungerechtigkeit leben müssen. So hart das klingt.«

»Das kann ich nicht.«

»Das tust du aber. Seit fast sechs Monaten schon.«

Er hat recht. Er hat verdammt noch mal recht. Ich lebe weiter. Egal ob das Leben gut oder beschissen ist.

Angefüllt von dem Gespräch mit Nils und dem Wissen darum, bereits all diese ungeheuerlichen Monate überlebt zu haben, hole ich die Schatzkiste hervor und betrachte den Inhalt. Die Stoffquadrate für Finjas Decke sind mehr geworden. Darunter finde ich den Stein aus Klaus' und meinem ersten Urlaub und befühle ihn vorsichtig. Ich erinnere mich nicht mehr, wer von uns beiden wem den Antrag gemacht hat. Kann sein, dass ich nach dem allerersten Ultraschall das Gespräch auf Heirat gebracht habe. Kann aber auch sein, dass Klaus es beiläufig erwähnte. Auf jeden Fall gab es kein Niederknien im Rosenblütenherz, kein Um-meine-Hand-Anhalten, keine Champagnerorgien wie in *Zähl die heitren Stunden nur*. Trotzdem war es genau richtig so, denn verbunden gefühlt habe ich mich mit Klaus seit unserem Ligurienurlaub, als er mir den Stein schenkte. Ohne ihn hätte es Finja wahrscheinlich nicht gegeben. Ohne sie hätten wir keinen ersten Hochzeitstag. Alles hängt zusammen, bedingt das Nächste. Was war ausschlaggebend dafür, dass wir Eltern wurden? War es der Moment, in dem wir uns auf der Party trafen, oder der, in dem Klaus nach meinem Namen fragte? Vielleicht war es der Augenblick, in dem er nach dem zweiten Mal Sex den Arm um mich legte und mich am Weggehen hinderte, oder das innige Gefühl, das ich am italienischen Strand für ihn empfand.

Ich hole das Handtuch, auf dem wir im Sand gesessen haben, ganz unten aus dem Badezimmerschrank. Das Frottee ist im Laufe der Jahre und Wäschen hart geworden. Sein grobes Blumenmuster weist die typischen Siebziger-Jahre-Farben auf: Dunkelbraun, Orange und Tannengrün. Aus Gründen, an die ich mich nicht mehr erinnern kann, haben Simone und ich uns nach dem Baden immer um dieses Handtuch gestritten. Ich nehme es mit in Finjas Zimmer. Auf meiner Arbeitsplatte schiebe ich Stoffreste, Garnspulen und Wollfäden zur Seite. Wie von selbst greift meine Hand zur Schere, und ohne dass ich mir vorher groß Gedanken darüber mache, schneide ich eine Giraffe aus. Der lange Hals hilft dem Tier, über den Dingen zu stehen, und vielleicht sieht sie in der Zukunft etwas, was ich noch nicht erkennen kann. Ich nähe sie auf ein Stück gelbe Rohseide. Der Kontrast zwischen dem Groben und Feinen ist genau richtig. Als ich den fertigen Flicken betrachte, bemerke ich, wie dickbauchig das Tier geworden ist. Eine schwangere Giraffe.

»Wo sollen wir essen gehen?«, fragt Klaus, der anlässlich unseres ersten Jubiläums früher nach Hause kommt.

»Focaccia«, fällt mir ein. »Ich möchte so gerne Focaccia essen.« Ich sehe ihm an, dass auch er sich an unseren Italienurlaub erinnert.

Über das Internet finden wir das Café Sehnsucht in Ehrenfeld, das meinen Wunsch auf der Mittagskarte stehen hat. Klaus verhandelt so lange mit der Kellnerin, bis wir die Focaccia auch noch um acht bekommen. Zu unserer Freude wird sogar das alte Sofa frei, auf dem wir mit sehr gutem Bio-Rotwein anstoßen. Mit Italien hat der Ort zwar nicht besonders viel gemeinsam, dennoch fühle ich etwas von unserer alten Verbundenheit.

»Auf unseren Hochzeitstag!«, sagt Klaus. Seine Kiefermuskulatur ist angespannt. Ein Zeichen dafür, dass er sich konzentriert. Wieso muss er sich in diesem Moment konzentrieren?

»Auf die, die noch vor uns liegen«, durchbreche ich meine beginnende Gedankenschleife, lächle tapfer und versuche fest daran zu glauben, dass wir unsere Krise überwinden werden.

Die Focaccia wird serviert. Sie schmeckt nicht ganz so gut wie die in Ligurien, aber in meiner Erinnerung ist das auch der beste Geschmack der Welt.

»Meinst du, wir schaffen das?«, fragt Klaus. Der Zweifel, der in seiner Stimme mitschwingt, verunsichert mich zusätzlich.

»Irgendwann klappt es bestimmt. Es hat ja schon mit Finja funktioniert.« In diesem Moment rede ich uns beiden ein, dass eine zweite Schwangerschaft uns wieder Glück bringt. Ich muss ihn und mich überzeugen, und da ist außerdem immer noch die drohende Explosion, die ich abzuwehren habe.

»Ich hoffe auch, dass wir das wieder hinkriegen miteinander«, sagt er. »Das hoffe ich so sehr.« Mir wird deutlich, dass er nicht nur die Schwangerschaft meint. Ich greife nach seiner Hand und drücke sie. »Aber ich weiß nicht, wie«, gibt er zu. »Ich fühle mich hilflos.«

»Ich mich doch auch.« Ich drücke seine Hand fester.

Dass Klaus seine Machtlosigkeit ausspricht, ist ein großer Schritt für ihn. Ich möchte auch auf ihn zugehen. Deshalb frage ich nach der New Yorker Ausstellung und schlüpfe dabei mit dem Fuß aus meinem Schuh, um sein Bein zu streicheln. Das hat ihn noch immer angemacht. Wenn ich mich an Vertrautes halte, muss sich die Verbundenheit doch erneut aufbauen lassen. Als wir nachher aufstehen, entdecke ich unser Bild in dem Spiegel mit den blinden Flecken, der über dem Sofa hängt. Ein hübsches Paar sind wir. Wer uns nicht kennt, sieht die Sorgenfalten nicht, die sich um unsere Augen eingegraben haben. Wer uns nicht kennt, muss uns für glücklich halten. Ein attraktives Pärchen – bei mir bin ich da nicht ganz so sicher, dafür reißt Klaus einiges raus – auf dem Weg in einen vergnüglichen Abend. Zwei Frauen in der Nähe der Tür werfen meinem Mann interessierte Blicke zu. Nicht ohne Besitzerstolz lasse ich meine Hand mit dem Ehering ein wenig in der Luft schweben, bevor ich nach seiner Hand fasse.

Im Auto muss ich sie loslassen, dafür halte ich ihn mit meinem Blick fest und bewundere sein Profil. Wie immer sieht er entschlossen aus, als ob er niemals Hilflosigkeit empfunden hätte, aber ich erahne, dass es in ihm brodelt.

Der erste Schritt, ihn zu Hause zu verführen, fällt mir etwas schwer, denn Klaus macht nicht den Eindruck, als sei er versessen darauf, mit mir ins Bett zu gehen. Ich umarme ihn von hinten, presse meinen Körper an seinen und spüre seine Wärme.

»Ich liebe dich«, sage ich zu seinem Rücken.

Daraufhin dreht er sich um, erdrückt mich fast und küsst mich. Rückwärts stolpern wir ins Schlafzimmer. Er und ich. Ich und er. Wir gehören zusammen. Mit und ohne Finja. Unser Sex besiegelt mein Empfinden. Selbst als er vor dem Orgasmus erschlafft, versuche ich mir keine Gedanken darüber zu machen. Während er schon schläft, male ich mir aus, Finja zu stillen. In Gedanken erschaffe ich mir die Vorstellung, wie ihr kleiner Mund nach meiner Brustwarze schnappt, aber es ist kein deutlicher Film, der vor meinen Augen abläuft, sondern nur eine verschwommene Kopie.

»Heute wollte ich die Skulptur auf das Grab stellen. Kommst du mit?«, fragt Klaus am Ende einer guten Woche. Sobald er ins Zimmer gekommen ist, habe ich mich aus den Internetforen für verwaiste Eltern ausgeloggt. Ich könnte ihm davon erzählen, aber seine Hilflosigkeit macht mich noch unsicherer im Umgang mit ihm.

»Auf jeden Fall komme ich mit«, sage ich daher bloß.

Als er mir die Skulptur für unsere Tochter zum ersten Mal zeigte, fühlte ich mich befreiter, fühlte ich mich innig mit ihm verbunden. Wenn er bereit ist, sie auf den Friedhof zu bringen, dann bin ich es auch.

Dennoch beschleicht mich ein mulmiges Gefühl, als wir die Wege zu den Kindergräbern entlanggehen. Neben mir keucht Klaus unter dem Gewicht des Steines. Ich wollte ihm helfen, aber er hat darauf bestanden, ihn alleine zu tragen. Es erscheint mir zu symbolisch für unsere momentane Beziehung, trotzdem kann ich ihn nicht davon abbringen.

Der hellgraue Oktoberhimmel, der hin und wieder aufreißt, um etwas Blau durchzulassen, hat etliche Besucher auf den Friedhof gelockt. Man wirft uns diskrete Blicke zu. Zu neugierig will hier keiner erscheinen. Es stimmt mich traurig, dass so viele Menschen auf der Welt das Gefühl von Trauer miteinander teilen und die Trauer doch jeden einzelnen von ihnen in Isolationshaft steckt.

Schon von weitem sehe ich, dass das Windrad auf Finjas Grab fehlt. Es steckte neben dem mittlerweile gelb gefärbten Rosenbusch, und jetzt ist es verschwunden. Tränen schießen mir in die Augen.

»Geht's dir nicht gut? Möchtest du lieber wieder nach Hause?«, fragt Klaus besorgt.

»Das Windrad«, stammele ich. »Das gehört Finja!« Ich krampfe die Hände zusammen, bis mir einige Grabstellen weiter ein zweijähriger Junge in gepunkteten Gummistiefeln auffällt, der ein buntes Windrad in den Händen hält und vergeblich dagegenpustet, um es zum Drehen zu bringen.

»Pfffuuuu! Wind. Wind. Wind.« Er lacht aus vollem Hals.

Klaus sieht mich bittend an. »Lass ihn doch.« Aber ich kann nicht. »Mensch, und die Skulptur?«, ruft er mir nach.

»Julian. Komm her!«, befiehlt die Mutter, die mit einem

Mann, vermutlich dem Vater, Blumen auf eines der winzigen Gräber pflanzt. »Woher hast du das?« Sie nimmt dem lautstark protestierenden Kind das Windrad ab und blickt sich suchend um. »Ist das Ihres?« Ich nicke. »Sie müssen verstehen, Julian begreift noch nicht, dass das Spielzeug für die toten Kinder ist.«

»Klar«, murmele ich. Wie soll ein Knirps, der so voller Leben steckt, das auch begreifen? Ich begreife es ja selber nicht. Bedrückt drehe ich das Windrad in meinen Händen, dann gehe ich zu Julian, der mit seinen Gummistiefelchen in Pfützen tritt, und schenke es ihm. Finja wird es sicher verstehen.

»Was sagt man da?«, ermahnt ihn seine Mutter. »Pfffffuuu!«, kreischt er übermütig.

Ich kehre zu Klaus zurück.

»Musste das sein?«, kommentiert er säuerlich und blickt zu seiner Spirale aus Stein, die bereits auf dem Grab liegt. »Wir wollten das hier doch zusammen machen.«

Ich umarme seinen Rücken, aber sein Körper bleibt starr und reagiert nicht in erwarteter Nachgiebigkeit auf meine Berührung. Dennoch bleibe ich so stehen und betrachte Finjas Skulptur. Auf einmal trifft mich die Erkenntnis, dass meine Tochter nie wieder zu mir zurückkehren wird. Dass ihr Tod endgültig ist. Zuvor wusste ich das, rational zumindest, aber emotional habe ich es nicht wahrgenommen. Überraschenderweise schmettert mich das Gefühl nicht nieder. Im Gegenteil, ich spüre Hoffnung aufkeimen, dass das Leben auch wieder Positives für mich bereithält. Während wir nach Hause zurückfahren, überlege ich, wie ich diesem Positiven auf die Sprünge helfen kann. Vielleicht sollte ich mich bei einem Sportstudio anmelden und den Kontakt zu meinen Freundinnen wie Isa wieder aufnehmen. Wir könnten ins Kino gehen, da müssten wir nicht so viel über das reden, was geschehen ist.

Im Haus muss ich mich entscheiden, welchen meiner Pläne ich als Erstes in die Tat umsetze. Ich maile Isa den Vorschlag, mal wieder auszugehen. Danach suche ich die Seite eines Frauensportstudios nach einem Fatburner-Kurs ab, anschließend logge ich mich im Internetforum ein, um Murmelmamili von meinen Fortschritten zu berichten. Sie hat eine Nachricht für mich hinterlassen. Ihre neue Schwangerschaft ist wieder vorbei. In der sechsten Woche hatte sie plötzlich Schmierblutungen. Auf dem Ultraschall der Frauenärztin war nichts mehr zu erkennen. Ich fühle mit ihr, als ich höre, dass Klaus ins Zimmer kommt.

»Willst du an den Computer? Bin gleich fertig. Ich guck nur noch, was für Filme im Moment im Kino laufen«, sprudelt es aus mir hervor, als ich die letzten Zeilen an Murmelmamili schreibe und meine Antwort absende. Dass ich mich schon wieder mit der Trauer befasse, scheint mir ein falsches Signal zu sein, immerhin wollte ich wirklich positiver denken, deshalb reagiere ich auch mit Heimlichkeit Klaus gegenüber.

»Lass mal«, sagt er in meinem Rücken.

Ich tippe die Adresse eines Multiplex-Kinos ein und klicke mich durch die Ankündigungen von Filmen, deren Titel mir nicht das Geringste sagen. Dabei bemerke ich, dass Klaus noch hinter mir steht.

»Ich kann nicht mehr, Mara«, sagt er.

Meine Finger erstarren über der Tastatur. Ich drehe mich nicht zu ihm um. »Was heißt das?«, frage ich den Bildschirm. »Was meinst du?«

»Die Situation. Du. Ich halte das einfach nicht mehr aus. Ich hab's versucht, aber es geht nicht.«

Steh auf, rede ich mir zu. Geh zu ihm, sag ihm, dass jetzt alles anders wird. Dass du kapiert hast, dass du dich dem Leben wieder aktiver zuwenden musst, wenn du ihn behalten willst. Ich kann es nicht. Die Energie, die ich eben noch gefühlt habe, scheint verpufft zu sein. Ich verstehe nicht, wieso mich schon wieder diese Erschöpfung erfasst. Bittend sehe ich Klaus' Spiegelbild im Monitor an. Er muss mich doch verstehen. Zweifelsohne ist es in der letzten Zeit nicht gut mit uns gelaufen. Aber wir haben gerade erst unsere Tochter verloren. Wie soll da was gut laufen? Wir befinden uns in einer komplizierten Phase, die vorübergehen wird. Ich wende mich endlich um.

Klaus schüttelt den Kopf und verschwindet. Mühsam erhebe ich mich, um ihm nachzulaufen, und finde ihn im Schlafzimmer, wo er auf dem Bett sitzt, den Kopf in den Händen vergraben. Eigentlich müsste ich mich neben ihn setzen, ihn in den Arm nehmen und ihm von meinen Plänen erzählen. Es kostet mich ungeheure Überwindung, mich aufs Bett zu setzen, denn mir ist bewusst, dass ich das, was er sagen wird, nicht wirklich hören möchte. Am liebsten würde ich davor die Augen und Ohren verschließen.

»Und jetzt?«, frage ich vorsichtig. »Was ist jetzt?«

»Sag du es mir, Mara.« Seine Hände sind wieder zu Fäusten geballt. So viele unterdrückte Gefühle. Ich habe auf die Explosion gewartet, auf das Kraftvolle, nicht auf seine Hilflosigkeit. »Alles, was ich mache, ist irgendwie falsch«, meint er. »Ich habe nicht den Eindruck, dich erreichen zu können. Auf dem Friedhof, da wollte ich mit dir den Stein hinlegen, und du? Du bist weggerannt, wegen einem blöden Windrad. Ich verstehe dich einfach nicht. Ich versuche ja, mich in dich hineinzuversetzen, aber ich kann es nicht. Ich kann nicht mehr.« Er schluchzt los.

Wieso bekommen wir das nicht hin? Reicht unsere Liebe nicht aus? War sie nie stark genug? »Liebst du mich nicht mehr?«, frage ich ihn und weiß dabei intuitiv, dass ich mir dieselbe Frage auch stellen müsste. Aber ich kann nicht.

Er lacht auf. Es ist ein trauriges Lachen. »Als ob es darum geht.« Ohne mich anzublicken, holt er einen Trolley aus dem Schrank und fängt an, Sachen zu packen.

»Wo willst du hin?«, frage ich ihn, als er die Reißverschlüsse des Trolleys zuzieht.

»Kapierst du's nicht«, brüllt er los. »Kapierst du nicht, dass es nicht die ganze Zeit darum geht, was ich mache oder nicht mache?« Er tritt gegen das Bett, vielleicht ist das jetzt die Explosion, aber unmittelbar darauf wird seine Stimme wieder leiser. »Du hast ständig Erwartungen an mich. Permanent. Du isolierst dich von allen anderen und erwartest, dass ich deine Welt wieder heil mache. Als könnte ich einen Schalter umlegen, und alles ist wieder gut. Das kann ich nicht, okay! Meine Welt ist auch kaputt.«

Er hat recht, ich habe Erwartungen an ihn, hatte ich immer. Der Unterschied ist nur, dass ich vor Finjas Tod wusste, was ich erwarten kann. Nun ist dieses Wissen ungültig geworden. Wie soll ich mich denn zurechtfinden? »Ich hab doch gerade das Gefühl, es geht wieder etwas aufwärts. Spürst du das denn nicht?«, frage ich.

»Nein.« Er lässt die Schultern hängen. »Ich habe nur das Gefühl, es ist eine endlose Spirale abwärts. Wenn ich hierbleibe, zieht uns das immer weiter runter. Ich brauch Abstand. In New York, da ist es mir leichter gefallen, einfach nur durchzuatmen. Ich muss atmen. Ich schlafe erst mal in der Werkstatt«, sagt er.

Das ist nicht so schlimm. Vor meiner Schwangerschaft mit Finja hat er öfter mal auf dem zerschlissenen Sofa in seiner Werkstatt geschlafen, wenn er bis spät in die Nacht mit einer Skulptur beschäftigt war.

»Wie lange bist du weg? Wann kommst du wieder?« Ich stelle mich darauf ein, dass er ein, zwei, drei Tage fortbleiben wird, und meine aufkeimende Panik dränge ich mit dem Gedanken daran zurück, dass ich auch die zwei Nächte, als er in New York war, überstanden habe.

»Keine Ahnung.«

Als er mit gesenktem Kopf an mir vorbei aus dem Haus geht, schwappt eine riesige Angstwelle über mich hinweg. Vielleicht geht es doch um mehr als zwei Nächte? Vielleicht ist das hier alles ernster und endgültiger, als ich glaube? »Geh nicht«, sage ich und greife nach seiner Hand.

Gequält lächelt er mich an. »Wenn ich einen anderen Weg sehen würde, Mara ...« Er scheint auf eine Reaktion von mir zu warten, aber ich weiß beim besten Willen nicht, was ich noch sagen soll. Die Sprachlosigkeit zwischen uns ist zu mächtig geworden, hat zu gigantische Dimensionen erreicht. Mir bleibt jedes Wort im Halse stecken, und ich ersticke fast daran. »Du erreichst mich jederzeit auf dem Handy, okay?«, sagt er in der Tür.

Ich nicke und nicke immer noch, während die Geräusche unseres Volvos längst verklungen sind. Orientierungslos blicke ich mich um. Warum konnte ich meine Beine nicht dazu bewegen, Klaus hinterherzulaufen, um ihn aufzuhalten? Warum fühle ich bloß Dumpfheit in mir? Ich stehe im Flur und habe keine Vorstellung davon, was ich tun soll. Mein Schmerz, meine Traurigkeit, mein Hass, die Wut und der Neid auf andere, das waren immerhin wieder Gefühle, jetzt bin ich vollständig abgeschnitten davon. In mir ist nur noch eine undurchdringbare, unveränderliche Starre.

17

Ich will sterben. Das ist mit Abstand der schlimmste Tag in meinem dreizehnjährigen Leben. Hedi hat alle Mädchen aus unserer Klasse zu ihrer Geburtstagsparty eingeladen, sogar die schöne Doreen, nur mich nicht. Bloß weil ich Nicole erzählt habe, dass Hedis Mutter dauernd neue Männer hat, und Nicole danach zu Hedi gegangen ist und ihr gepetzt hat, was ich gesagt habe. Seitdem redet Hedi kein Wort mehr mit mir.

»Ich habe Karamellpudding gekocht.« Meine Mutter steht im Zimmer. Ich weiß, dass sie mich aufmuntern will, aber hallo!, ich bin keine acht mehr.

»Nee, danke. Dein Pudding ist echt das Letzte, was ich jetzt brauche«, motze ich.

Meine Mutter setzt sich zu mir aufs Bett. »Das ist doch alles nicht so schlimm. Bald vertragt ihr euch wieder, Hedi und du, ihr seid die besten Freundinnen. Bei der nächsten Fete bist du wieder dabei.«

Bei der nächsten Fete. Als ob ich auch nur so weit denken könnte. Das ist Jahre hin. »Bis dahin bin ich tot«, heule ich.

»Glaub mir, Mara, du wirst noch auf so vielen Festen tanzen, mit so vielen Jungs, da hast du diese Fete längst vergessen.«

Meine Mutter hat keinen blassen Schimmer! Sie ist viel zu alt, um zu verstehen, was ich fühle. Ich sterbe vor Eifersucht, weil Alexander zur Party kommen wird. Mein Alex!

»Das kapierst du nicht!«, pampe ich. »Lass mich in Ruhe.«

»Dann schmoll mal schön weiter.« Sie gibt mir einen Kuss auf die Stirn, bevor sie geht.

Ich drehe mich auf den Rücken und blicke an die Zimmerdecke, an der ein *BRAVO*-Poster von Take That klebt. Alex sieht ein bisschen so aus wie Mark Owen, finde ich. Ich sehe ihn vor mir, wie er auf seinem Mofa vorfährt. Die ganzen letzten Wochen habe ich mir ausgemalt, dass er seinen Blouson aus Ballonseide mit den neongelben Streifen auf den Armen tragen wird. Cool schlendert er in die Wohnung, die Flasche Sekt als Geschenk schmuggelt er ein. Eigentlich darf Hedi keinen Alkohol auf ihrer Party haben, doch er und ich, wir schließen uns im Badezimmer ein und trinken den Sekt. Danach gehen wir zu den anderen. Alex hält mir die Tür auf.

»Willst du tanzen?«, frage ich.

Er lächelt mich mit seinem tollen Lächeln an. *»Don't talk just kiss«* legt Thomas, der DJ, auf. Alex nähert sich meinem Gesicht. Seine Lippen sind ganz nah. Wir werden uns küssen und für immer zusammenbleiben.

Aber all das, was ich mir vorgestellt habe, wird nicht stattfinden, denn ich bin nicht auf der Party. Stattdessen sitze ich in meinem Zimmer, und Alex wird sich mit der tollen, hohlen Doreen im Badezimmer einschließen, den Sekt mit ihr trinken und sie auf der Tanzfläche, wo sonst die Couchgarnitur steht, an sich ziehen und küssen. Kann man an gebrochenem Herzen sterben?

Am Schreibtisch male ich auseinandergerissene Herzhälften in mein Mathebuch. Mit roter Tinte lasse ich das Blut aus der Wunde tropfen. Dann schreibe ich seinen Namen: »Alex, Alex, Alex, Alex, Alex, Alex, Alex, Alex, Alex, Alex …«, bis das Heft voll ist.

»Mara«, ruft meine Mutter von unten. »Telefon für dich!« Wer kann das schon sein? Alle meine Freundinnen sind auf Hedis Party. Höchstens Jessi, die Strebersau, weil sie heute nicht in der Schule war und die Hausaufgaben trotzdem machen will.

»Ja?«, sage ich so abweisend wie möglich in den Hörer und überlege, mich in die Küche zu schleichen und Karamellpudding zu essen.

»Ich bin's.« Das ist Hedis Stimme. Mein Herz schlägt schneller. Vielleicht hat Alex sie dazu gezwungen, mich doch einzuladen? »Tut mir leid, dass ich sauer auf dich war«, sagt Hedi.

Ich fange an, mich zu wundern, wie still es im Hintergrund ist. Keine laute Musik. Kein Lachen. »Was ist los?«, frage ich.

»Die Fete ist vorbei. Meine Mutter hat alle rausgeworfen.«

»Oh.« Ich versuche, nicht allzu froh zu klingen. Gleich werde ich sie nach Alexander fragen.

»Alex war auch da«, sagt Hedi von sich aus. »Er hat rumgestanden und geraucht und mit Doreen im Badezimmer Sekt getrunken.«

Der Boden tut sich unter meinen Füßen auf. Ich falle! Mein Alex und Doreen. Ich hasse sie. Ich hasse sie. Ich hasse sie. »Haben sie sich geküsst?«, frage ich das, was ich gar nicht wirklich wissen will. Aber ich muss es einfach doch wissen.

»Silke hat durchs Schlüsselloch geguckt und gesagt, die beiden würden knutschen. Doreen sah hässlich aus mit ihrer neuen Frisur«, erzählt Hedi. Aber ich weiß, dass sie das nur sagt, um mich zu trösten. »Dann hat sie den ganzen Teppich vollgekotzt, und meine Mutter hat die Sauerei gesehen, und das war's. Voll scheiße.«

»Was? Sie hat gekotzt?« Ich fühle mich besser.

»Ja, auch auf Alex' Turnschuhe.«

Viel besser.

18

Die Jalousie ist heruntergelassen. Der Fernseher läuft. Als das Telefon klingelt, stelle ich den Ton mit der Fernbedienung lauter, greife in die Schachtel mit den Mini-Schokoküssen, lutsche die weiße Masse von der Waffel und spüle den klebrigen Geschmack mit Cola light hinunter. Seit Tagen trage ich den gleichen Schlafanzug. Er müffelt, ich müffle, aber ich bringe nicht die Energie auf, mich zu waschen. Wozu auch?

In der Talkshow, die über den Bildschirm flimmert, zweifelt ein Mann mit ekelerregend schlechten Zähnen daran, der Erzeuger der ganz in Pink gekleideten, dreizehn Monate alten Joelina zu sein, die hinter den Kulissen in einem mit Bärchen geschmückten Zimmer auf dem Arm ihrer Tante abgefilmt wird.

»Du Schlappschwanz«, beschimpft die Mutter den ehemaligen Lover. »Bist zu feige, zu deinem Fleisch und Blut zu stehn, ja!«

Der Moderator kann gerade noch dazwischengehen, als der Typ mit den verfaulten Zähnen seiner Verflossenen an den Hals will. »Du Schlampe. Du … PIEP … doch jeden.«

Debil grinsend kündigt der Moderator das Ergebnis des Vaterschaftstests nach der jetzt folgenden Werbepause an.

Ich schalte lieber um. Warum können sich die Menschen nicht über das Glück freuen, das ihnen zuteilwird? Wieso sind sie nicht dankbarer für das, was andere so sehr ersehnen?

Der Shopping-Kanal ist die emotionsfreiere Zone. Entsafter, Kunstfelldecken und Weihnachtskartenbastelsets regen mich nicht großartig auf. Mit sympathischen Stimmen bieten die Verkäufer ihre Messer und Edelsteinketten mit einer Euphorie an, als sei Deutschland endlich Weltmeister geworden. In ellenlangen Sätzen reden sie über Produkte, die ich nicht brauche, und füllen die Leere um mich herum. Von mir erwarten sie nichts, außer einem Anruf bei ihrem Sender, den ich ganz sicher nicht tätigen werde. Sie erwarten auf alle Fälle nicht, dass ich aufstehe, mich wasche, mich anziehe und weitermache. Und ich erwarte nichts von ihnen.

Ihre Gesichter wechseln, doch die gleiche sinnentleerte Freundlichkeit spricht Stunde um Stunde aus ihnen. Sie sind mein einziger Kontakt zu der Welt da draußen. Für alles andere fehlt mir die Energie. Sogar für Selbstmord. Ich erhebe mich nur, um die Reste der Tiefkühltruhe zu plündern und Gilbert in den Garten zu schicken. Auf die Straße lasse ich ihn nicht, aus Angst, meine Eltern könnten das Haus stürmen. Ein paarmal haben sie schon an der Jalousie gerüttelt und meinen Namen gerufen, weil ich die Türklingel abgestellt habe. Ich glaube auch, dass Klaus einmal da war und versucht hat, die Tür aufzuschließen, aber ich habe von innen den Schlüssel stecken lassen.

Das Leben kann von mir aus so weitergehen. Ich verfüttere Toastbrot und Cornflakes an Gilbert, weil die Hundefuttertüte leer ist. Seltsamerweise beklagt er sich nicht bei mir, als ahne er, dass ich nicht zu mehr in der Lage bin.

»Diese Ohrstecker aus echtem Silber sind einzigartig und wie gemacht für einen zarten Teint. Jeder davon ist mit einem andersfarbigen Jade-Cabochon besetzt. Sehen Sie nur diese filigrane Arbeit.«

Mitten in der Werbesendung steht Nils vor mir im Wohnzimmer und starrt mich an. Keine Ahnung, wie er hereingekommen ist.

»Zwei Paare zum Preis von einem. Das gilt nur für den heutigen Tag. Schauen Sie, ein Paar mit rosa Jade, eines mit Lavendel-Jade, herrlich elegant.«

Ich schaffe es nicht, ihn zu fragen, was er hier macht. Er ruft in den Flur: »Hier ist sie!« Simone taucht ebenfalls auf.

»Die Ohrstecker sind bei durchstochenem Ohrläppchen tragbar, und ich gebe Ihnen noch diese exklusive Schmuckbox zur Aufbewahrung dazu. Ist das nicht ein Angebot?«

»Mara, mein Gott, wie siehst du denn aus?« Auf meinem Schlafanzug befinden sich etliche Flecken undefinierbaren Ursprungs, wie mir jetzt bewusst wird. »Boah, wie das stinkt.« Simone geht zum Fenster, öffnet es und zieht die Jalousie nach oben.

Das Tageslicht blendet mich, deshalb halte ich meine Hand vor die Augen.

»Ist das nicht ein tolles Angebot? Nur noch wenige Exemplare sind vorhanden, erfahre ich gerade. Greifen Sie jetzt …«

Nils schaltet den Fernseher aus. Zum ersten Mal seit ich weiß nicht wie vielen Tagen verstummen die dauerlächelnden Moderatoren. Derart mit meiner Schwester und Nils allein gelassen, fällt mir der Grad meiner Verwahrlosung selbst ins Auge.

»Du musst unter die Dusche«, kommandiert Simone. »Sofort!«

»Kommst du mit ihr alleine klar?«, fragt Nils. »Dann gehe ich mit Gilbert vor die Tür. Der ganze Rasen ist vollgeschissen.«

»Sagst du bitte der Nachbarin Bescheid, dass alles, na ja, in Ordnung ist? Und schönen Dank auch, dass sie uns durch ihren Garten gelassen hat.«

Nils verschwindet mit Gilbert aus dem Haus. Simone schleppt mich ins Badezimmer und befiehlt mir, den Schlafanzug auszuziehen und mich unter den Duschkopf zu stellen. »Wasch dir die Haare. Die stehen ja ab vor Fett!« Während das Wasser über meinen Körper läuft, höre ich sie telefonieren: »Hallo Mama, wir sind jetzt drin bei ihr. Ist schon 'ne Katastrophe, aber wenigstens lebt sie noch. Ja, ich bring sie nachher mit. Nein, ruf du Klaus an. Mit dem red ich kein Wort. Bis gleich. Ruf auch Hedi an. Ja, wir beeilen uns. So schnell es geht. Tschau.«

Als ich aus der Dusche steige und mich abtrockne, mustert mich Simone kritisch. »Aufs Epilieren können wir wohl verzichten. Zieh das an!« Sie hat mir eine Hose und einen Pulli herausgesucht, dann föhnt sie mir die Haare. Es ist überraschend schön, derart umsorgt zu werden.

Nils klopft an die Badezimmertür. »Ich habe die Schildkröte ins Auto gepackt. Soll sonst noch was mit?«

»Nein«, entscheidet Simone.

»Meine Kiste«, rufe ich. »Finjas Kiste.«

Danach verlässt mich wieder die Kraft, und ich akzeptiere, dass mich meine Schwester unterhakt und nach draußen zu Nils' Alfa führt, in dem Cassi in einem Karton und Gilbert auf dem Rücksitz schon warten. Mein Hund sieht befreit aus, und tief in mir bin ich es ebenfalls. An Gilbert gekuschelt, lasse ich mich nach Hause zu meinen Eltern kutschieren. Vorne sitzen Nils und Simone, und es kommt mir fast vor, als wären sie meine Mama und mein Papa und ich ihr Kind. »Wem Gott will rechte Gunst erweisen, den schickt er in die weite Welt«, summe ich in meinem Kopf das Lied, das wir immer anstimmten, wenn wir in die Ferien nach Oberösterreich zur Oma fuhren, und ich muss über nichts weiter nachdenken.

Meine Mutter wartet am Straßenrand auf uns. Als ich aussteige, legt sie mir eine Decke um die Schultern wie einer Marathonläuferin oder einer Schiffbrüchigen. Irgendwie bin ich das auch.

»Kommst du mit rein?«, höre ich Simone Nils fragen.

»Ich fahr besser mal«, meint er.

Ich möchte ihm noch so gerne sagen, wie froh ich bin, dass er mich geholt hat, doch er steigt einfach ein und startet den Wagen. Meine Augen begegnen den seinen. Es sieht aus, als seufze er.

»Was machst du nur für Sachen, Schätzchen.«

Ohne dass ich etwas erklären muss, schleppt meine Mutter mich ins Wohnzimmer, bettet mich aufs Sofa und bringt mir selbstgekochten Karamellpudding, meinen absoluten Lieblingsnachtisch und Krankheitströster seit meiner Kindheit. Es fehlt nur noch, dass sie mir ein Lätzchen umbindet, aber so weit werde ich dann doch nicht entmündigt. Wobei ich nicht einmal protestieren würde, stelle ich fest. Die Fürsorge, mit der mich meine Mutter und meine Schwester behandeln, tut mir gut. Ich rolle mich zusammen und schlafe ein.

»Mara, Liebelein, aufstehen!«

Die Vorhänge werden zur Seite gezogen. Das Erste, was meine Augen wahrnehmen, ist die verschlissene Bettwäsche mit Sarah-Kay-Motiven. Auf dem Kopfkissen prangt ein Mädchen in kornblumenblauem Kleid mit Schürze, Strohhut und einem Häschen. Früher habe ich mir gewünscht, dieses stupsnasige Kind in der absolut heilen Welt zu sein, und ich wünsche es mir jetzt auch.

»Frühstück ist fertig. Zieh den Morgenmantel über und komm runter. Hier sind die Puschen.«

Meine Mutter hält mir einen braunen Frotteebademantel hin, auf dessen rechter Brusttasche mit beigefarbenem Garn »ER« gestickt ist. Ich trage ein geblümtes, viel zu weites Nachthemd meiner Mutter, schlüpfe in den Mantel meines Vaters und in die Bärentatzen-Hausschuhe meiner Schwester. Mit der Hand streichle ich über Finjas Kiste, die neben meinem Jugendbett steht, bevor ich die Treppe hinunterschlurfe und mich an den Küchentisch setze, wo ich warte, bis ich zwei Toasts vorgelegt bekomme, die ich mit Margarine bestreiche.

»Tee oder Kakao?«, fragt mein Vater.

»Kakao.«

Mir fällt erst nachher auf, dass er mir keinen Kaffee angeboten hat. Das Einzige, was mich von der Mara unterscheidet, die noch bei Mama und Papa wohnte, ist der Ehering an meinem Finger. Während ich kaue, starre ich auf die alten Prilblumen, die die beige-grün lasierten Kacheln schmücken. Es hat etwas Befreiendes, in die Vergangenheit einzutauchen, als die Welt noch in Ordnung war. Nach zehn Minuten entscheidet meine Mutter, dass es Zeit ist, mich unter die Dusche zu schicken. »Vergiss nicht, dir die Haare zu waschen.« Ich halte sie davon ab, mit ins Bad zu kommen. Das geht dann doch zu weit. Der Verlockung der grünen Personenwaage widerstehe ich, denn weitere Tiefschläge würde ich nicht verkraften.

»Wir gehen jetzt einkaufen, danach fährst du mit Papa in den Baumarkt, und wenn ihr wiederkommt, gibt's Mittagessen. Heute Nachmittag machen wir einen Spaziergang mit Gilbert und besuchen Frau Richter«, strukturiert meine Mutter durch die Badezimmertür den Tag.

Ich wehre mich nicht einmal gegen das Fernsehprogramm am Abend. Nur ihre wiederholten Vorschläge, eine Therapeutin aufzusuchen, ignoriere ich geflissentlich. Ich bin nicht wirklich wieder Kind, aber zurechnungsfähig scheine ich auch nicht zu sein, sonst würde mir dieser Zustand nicht so gut gefallen. Mein Handy habe ich wie im Knast abgegeben. Ich brauche keine Rechnungen zu überweisen, keine Einkaufsliste zu schreiben, keine Wäsche zu waschen. An nichts muss ich denken, nur ab und an den Mund aufmachen, wenn meine Mutter mir Essen hinstellt. Ich komme mir vor wie eine Amöbe, strukturlos und asexuell. Und vor allem gefühllos. Ich denke nicht viel, höchstens mal an Finja, doch selbst dann schweifen meine Gedanken rasch wieder ab, denn ich bringe für Trauer keine Kraft auf. Es ist ein herrlicher schmerzloser Zustand. Ich habe keine Sehnsucht. Weder nach Finja noch nach Klaus.

Mit der Hand schaufle ich Chips aus der Schüssel in mich hinein und lasse für Gilbert einen zu Boden fallen. Neben mir auf dem Sofa schnarcht mein Vater.

»Da kriegen die alten Säcke glatt einen Schlaganfall«, lästert meine Mutter über das tief ausgeschnittene Dirndl der Schlagersängerin im *Musikantenstadl*, eine Gaby oder Gerti.

»Klaus ist mal wieder am Telefon«, stört Simone unsere Fernsehidylle.

Mein Mann wirkt wie ein Eindringling. Ich habe keinen richtigen Begriff von der Zeit, die ich in diesem Halb-Kind-Zustand bereits verbracht habe, aber es muss eine Woche her sein, dass Nils und Simone mich zu meinen Eltern geholt haben. Bislang habe ich nicht mit Klaus gesprochen. Meine Mutter hat erzählt, dass er wieder in unserem Haus wohnt. Mir ist nicht klar, was das bedeutet, und ich will auch nicht darüber nachdenken.

»Mama?«, bitte ich um Rat, ob ich mit Klaus telefonieren soll oder nicht.

Ihrem verkniffenen Gesichtsausdruck sehe ich an, dass sie ihn am liebsten in der Luft zerreißen würde. »Sprich mit ihm, Mara«, sagt sie dennoch. »Gib ihm halt die Chance, was zu klären.«

Im Flur hat meine Schwester das Telefon auf den Schuhschrank gelegt. »Hallo!«, begrüße ich mein Spiegelbild. Meine Haare sind glattgeföhnt, das Gesicht glänzt von der Fettcreme meiner Mutter, und der dunkelbraune Bademantel macht mich blass. Mir kommt es vor, als wären meine Wangen schmaler geworden.

»Mara?« Seine Stimme. Meine versagt. »Weißt du, wie oft ich dich sprechen wollte, aber deine Familie hat mich immer abgewimmelt. Wie geht es dir?«

Eigentlich geht es mir gar nicht. Eigentlich lebe ich nur so vor mich hin. »Ich gucke gerade fern«, stammle ich.

»Sag, dir geht's super«, zischt Simone hinter mir. »Du bist auf dem Weg zu einer Party und kannst nicht so lange mit ihm reden.«

Ich versuche, sie mit einer Handbewegung zu verscheuchen, doch sie bleibt im Flur.

»Brauchst du irgendwas?«, fragt Klaus. Ein Baby, denke ich, stattdessen sage ich: »Nein.«

»Geld vielleicht? Was von deinen Sachen?«

»Nein.«

»Aber wenn, meldest du dich, ja?« Er hört sich an, als ob er ein schlechtes Gewissen hat.

»Ja.« Was ist mit uns? Kann ich einfach wieder zurückkommen, wenn ich so weit bin? Ich muss ihn fragen, nur finde ich keinen Anfang.

»Ich habe die Exponate für New York verschifft«, erzählt Klaus.

»Ja.« Dass ihn das jetzt am meisten interessiert.

»In zwei Monaten flieg ich.«

Unterdessen öffnet Simone die Haustür und drückt auf die Klingel. »Mara«, brüllt sie, »dein Date ist da!«

»Kriegst du Besuch?«, fragt Klaus.

»Wann kommst du zurück?«, will ich wissen.

»Ich bleibe zehn Tage, um genug Kontakte zu Sammlern und Museen zu knüpfen.«

»Nein. Ich will wissen, wann du zu mir zurückkommst. Ich mein, wenn ich wieder bei uns wohnen kann, falls du …«

Simone reißt mir das Telefon aus der Hand. »Sorry, Klaus«,

flötet sie. »Mara muss jetzt ganz schnell mit diesem irre sexy Typen weg.« Sie legt auf. »Bist du total bescheuert? Das Schwein hat dich verlassen.«

»Aber er hat doch so oft angerufen.«

»Mara, wenn Klaus dich wirklich zurückhaben will, warum hat er uns dann hier nicht die Bude eingerannt? Warum lässt er sich dann am Telefon abwimmeln?«

»Er ist mein Mann.« Ich breche in Tränen aus. »Ich liebe ihn. Seit Finjas Tod bin ich ganz furchtbar. Ich halt's ja mit mir selbst kaum aus.«

»Dafür sollte er Verständnis haben und sich nicht so verdammt egoistisch verhalten. Er ist ein Arschloch.«

»Aber er muss mit seiner eigenen Trauer fertig werden, und ich mache es ihm so schwer«, verteidige ich ihn, obwohl mir die gleichen Gedanken durch den Kopf gehen wie Simone. »Er konnte einfach nicht mehr. Ich hab ja alles an Platz mit meiner Trauer beansprucht.«

Meine Schwester schüttelt den Kopf. »Was euch passiert ist, das ist kein Zuckerschlecken, und da gibt man nicht so schnell auf, basta.« Das sagt ausgerechnet sie.

»Tut er auch nicht. Die Trennung ist ja nur vorübergehend«, rechtfertige ich meine Ehe.

Simone sieht nicht überzeugt aus. »Wenn du meinst. Du willst übrigens nicht doch mit zu der Party?«

Selbstverständlich will ich nicht. Ich kehre ins Wohnzimmer zurück. Fragend blicken mich meine Eltern an.

»Klaus fährt nach New York«, sage ich nur.

»Hmpf«, macht mein Vater, und meine Mutter sieht aus, als könnte sie morden.

Ich merke, wie sehr ich die beiden liebe.

Ein Rotkehlchen, niedlich wie einem weiteren Sarah-Kay-Kitschmotiv entsprungen, hockt auf dem Blumenkasten vor meinem Kinderzimmerfenster und pickt in der Erde herum. Ich klappe Finjas Kiste auf und suche einige Stoffe heraus. Der Vogel, den ich aus grauem Filz und braunem Samt nähe, ähnelt eher einem dicken Spatz. Die Augen aus schwarzen Perlen geben ihm ein so hilfloses, schutzbedürftiges Äußeres, dass mir ganz flau wird. Wie leicht kann er von einer Elster gefressen werden. Mit goldener Geschenkkordel, die ich in dem Handarbeits- und Bügelzimmer meiner Mutter finde, sticke ich einen Käfig um den Vogel herum. Seine Flügel werden von der Kordel durchstochen.

»Hildegard ist da!« Meine Mutter taucht in der Tür auf. Keine Ahnung, von wem sie redet. »Deine Schwiegermutter sitzt im Wohnzimmer und will dich sprechen.«

Sie ist die Letzte, mit der ich gerechnet hätte. Ob Klaus sie geschickt hat? Ich deute es als gutes Zeichen. Bestimmt wird sie ihm Bericht erstatten, deshalb kontrolliere ich auch schnell den Zustand meiner Kleidung. Ich trage einen silberdurchwirkten lila Wollpulli von meiner Mutter und die weiteste Jeans, die Simone in ihrem Kleiderschrank gefunden hat. Nicht unbedingt meine Definition von schick, aber für Frau Lomberg wird es in Ordnung sein.

»Kämm dich«, mahnt meine Mutter, bevor sie nach unten geht.

Im Bad fahre ich mir hastig durch die Haare, denen jeder Schnitt für eine Frisur fehlt, dann folge ich einem Impuls und trage Lippenstift auf. Burnt Pink. Eine scheußliche Farbe, doch der geschminkte Mund lenkt hoffentlich von meinen Augenrändern ab. Was soll ich sagen, wenn Klaus' Mutter mich fragt, wie es mir geht?

Tief atme ich durch, als ich das Wohnzimmer betrete, und bemerke gleich, dass meine Mutter mit dem besten Geschirr gedeckt hat. Vielleicht meint auch sie, bei meiner Schwiegermutter einen guten Eindruck für mich hinterlassen zu müssen. Nun denn, ich kann jede Hilfe gebrauchen. »Hallo, Hildegard«, lächle ich bemüht.

»Mara. Schön, dich zu sehen.« Sie mustert mich. Den Bärentatzen an meinen Füßen schenkt sie einen Augenblick zu lange ihre Aufmerksamkeit. »Du siehst … gut aus. Hast du abgenommen?« Sie fragt mich nicht, wie es mir geht.

Ich wechsle einen Blick mit meiner Mutter.

»Wie geht es euch denn, Hildegard?«, fragt diese in einem Ton, den ich nur als angriffslustig bezeichnen kann.

»Richard und ich, wir können nicht klagen. Tja!«, antwortet meine Schwiegermutter, die nicht mal die Miene verzieht, als Gilbert an ihr herumschnüffelt.

»Nett, dass du gekommen bist«, sage ich, um so normal wie möglich zu erscheinen.

»Ein Stück Pflaumenkuchen, Hildegard?«, fragt meine Mutter. »Selbst gebacken und aufgetaut.« Es hört sich an, als sei der Kuchen vergiftet.

»Danke, ich bin auf Diät.«

»Ah!« Ungläubig betrachtet meine Mutter Frau Lomberg, deren Kleidergröße höchstens sechsunddreißig sein kann, bevor sie sich selbst zwei Stücke auf den Teller legt, die sie mit Sprühsahne garniert.

Schweigend trinken wir Tee. Zwischendurch platzt mein Vater herein und kann sich gerade noch zu einem »Tag Hildegard, Gruß an Richard« durchringen, bevor er wieder verschwindet. Anschließend höre ich ihn im Keller bohren. Gilbert fängt an zu jaulen, und ich lasse ihn raus in den Garten. Als ich mit ihm wiederkomme, vernehme ich die Stimme meiner Mutter. »Klaus soll gefälligst zu seiner Verantwortung als Ehemann stehen.« Ich fühle Widerwillen in mir aufsteigen. Das Ganze ist nicht richtig. Ich bin doch nicht wirklich die Teenager-Tochter, die von ihren Eltern vor dem Unheil der Welt beschützt werden muss. Genau genommen bin ich eine dreißigjährige Frau, die einmal gut für ihr eigenes Leben einstehen konnte. Wie bin ich nur in diese seltsame Abhängigkeit hineingeraten?

»Was ist aus eurer Israel-Reise geworden?«, fällt mir als Ablenkung ein.

»Sehr interessant. Da müsst ihr unbedingt mal hin«, fängt Hildegard an, während sie angewidert auf Gilbert blickt, der sich zwischen seinen Hinterbeinen leckt, dann verhaspelt sie sich. Sie führt nicht weiter aus, wen sie mit »ihr« gemeint hat, stattdessen erhebt sie sich und streicht ihren Kaschmirpulli glatt. »Ich fahr dann mal. Richard mag es nicht, wenn ich im Dunkeln mit dem Auto unterwegs bin. Danke für den Tee.«

In der Hoffnung, dass eine Information über Klaus und den Zustand unserer Beziehung für mich abfällt, bringe ich sie zur Haustür, wo sie mir die Hand reicht. »Mara, ich bedaure sehr, was passiert ist. Die Ehe ist eine ernste Angelegenheit. Da gibt man nicht so leicht auf.«

»Ja.« Ich ringe mich zu einem knappen Lächeln durch.

»Klaus ist dein Mann«, meint sie daraufhin. »Er muss mit seiner Trauer fertig werden, und du machst es ihm so schwer. Du lässt ihm keinen Platz mit deiner Trauer.« Damit geht sie.

Ich starre ihr nach.

Gibt sie etwa mir die Schuld an der Trennung? Es ist eine Sache, wenn ich so denke, aber sie? Denkt Klaus vielleicht genauso? Holt er mich deshalb nicht zu sich zurück? Je länger ich darüber grüble, umso bewusster wird mir, dass ich mich wie Dornröschen verhalte. Im Dämmerschlaf warte ich darauf, dass mein Prinz mich aus dem Dornengefängnis erlöst, doch er kommt nicht.

Während ich die letzte Woche schlafend Weltflucht betrieben habe, wälze ich mich nun im Bett hin und her. Viel zu lange habe ich ausgeharrt, weil ich nicht verstand, warum Klaus nicht mit derselben Hartnäckigkeit um unsere Beziehung kämpft wie um seine Karriere als Künstler. Dabei habe ich nicht begriffen, dass ich längst kapituliert hatte. Ich war so verwundbar, dass mich alles, was Klaus und andere taten oder auch nicht taten, schmerzhaft traf. Ich war gehäutet, und dann habe ich mich verpuppt und keinen mehr durch meinen Kokon gelassen.

»Bist du noch wach?« Simone erscheint in meinem Zimmer.

»Ich denke über meine Ehe nach«, gestehe ich.

Sie zieht ihre Sachen aus, die nach Rauch riechen, und schlüpft in Unterwäsche zu mir ins Bett. »Und? Bahnbrechende Erkenntnisse gewonnen?« Ihre Zehen steckt sie zwischen meine Beine.

»Bist du kalt. Sag mal, war ich immer schon so passiv? Hab ich immer schon darauf gewartet, dass andere für mich handeln? Oder bin ich das erst seit Finjas Tod geworden?«

Simone legt die Stirn in Falten. »Passiv? Du? Wenn in unserer Familie irgendwer passiv ist, dann ich. Ich wär gern so geradeaus wie du, so voller Wissen darum, was richtig für mich ist. Du hast Mamas Energie geerbt.«

»Und ihren Hintern. Ich weiß nur gerade gar nicht mehr, was richtig ist und wie ich aus dieser Lähmung wieder rausfinde.«

»Ach, Mara! Mensch, ich wünschte, ich könnte dir helfen.«

»Kannst du nicht. Genau das ist mir ja jetzt erst klargeworden. Ich konnte meinen Schmerz nur allein verarbeiten, und ich kann es immer noch nur allein. Und Klaus konnte es auch nur allein. So wie alle. Außerdem hast du mir ja schon geholfen. Weil du mir Gilbert geschenkt und mir so oft den Kopf gewaschen hast.«

»Ich habe dir nur einmal richtig den Kopf gewaschen, als du deine Haare tagelang hast verfetten lassen«, scherzt sie. »Dass du mir mal für den Köter danken würdest, darauf hätte ich nicht gewettet. Aber ich bin fest davon überzeugt, dass du aus dem Depri-Loch, in dem du steckst, wieder rauskommst. Ich bewundere dich für deine Stärke. Du schaffst alles, Schwesterchen, alles.« Sie kuschelt sich an mich.

Ich erinnere mich, dass Simi als Kind zu mir ins Bett gekrochen ist, wenn sie nicht mehr schlafen konnte. Ich habe sie getröstet, weil in den Alpträumen Monster oder Hexen hinter ihr her waren. Nun ist es umgekehrt. Zum ersten Mal sehe ich in den ganzen Veränderungen der letzten Monate auch etwas Gutes. Simone und ich wären uns sonst nie wieder so nahe gekommen.

Am Morgen wache ich neben der schlafenden Simi auf und habe Rückenschmerzen, weil mein Jugendbett viel zu schmal für zwei ist. Doch ich erinnere mich auch an meine nächtlichen Träume, in denen ich wieder nach Hause gekommen bin. Sie sind nicht immer gut ausgegangen, in manchen waren die Zimmer leer und Klaus auf Nimmerwiedersehen verschwunden, aber sie haben mir eines gezeigt: dass ich in diesem kindlichen Nicht-Zustand nicht mehr weiterleben möchte. Dass ich mich mit Klaus, unserer Ehe und meinen Gefühlen für ihn konfrontieren will. Es steht eine Auseinandersetzung im Raum. Indem ich mich verstecke, löse ich nichts. Ich beschließe, mich nicht telefonisch bei Klaus anzukündigen, um nichts von vornherein zu verkrampfen.

»Soll Papa dich nicht lieber fahren?« Meine Mutter ist besorgt, als ich ihr am Nachmittag das Ziel meines Spaziergangs ankündige.

»Ich geh allein«, lehne ich ab. »Ich nehme Gilbert mit.«

»Steck den Haustürschlüssel, deinen Geldbeutel und das Handy ein«, ermahnt sie mich, und trotz ihres Übergriffs spüre ich meine Liebe zu ihr.

Die Bäume haben beinahe ihr ganzes Laub abgeworfen.

Auf den Blättern, die zusammen mit dem Abfall auf dem Bürgersteig kleben, rutsche ich aus. Schimpfend rapple ich mich auf. Mich friert. Ich muss daran denken, meine Winterjacke von zu Hause mitzunehmen, wenn ich zu meinen Eltern zurückgehe. Falls ich zurückgehe. Im Grunde möchte ich mein altes Leben wiederhaben.

Die Autos fahren schon mit Licht. Erste Weihnachtsdekorationen hängen in den Schaufenstern. Ich wundere mich, wie die Zeit vergangen ist, seitdem mein Mann mich verlassen hat. Aber es kann auch sein, dass ich ihn zuerst verlassen habe. Gedanklich, meine ich, als ich ihm vorwarf, Finja vergessen zu wollen, während er versuchte, meine Trauer mit der seinen nicht noch zu verschlimmern.

Auf der Straße kommt mir ein Sankt-Martins-Umzug entgegen. Vorne hält ein Polizist den Verkehr an, dahinter laufen Kinder mit ihren Eltern. Sie umklammern Laternen und singen zu dem scheppernden Lärm einer Blaskapelle. Ein Mann in rotem Umhang reitet auf einem Pferd. »Wie die Blumen in dem Garten blühn Laternen aller Arten«, piepsen die Kleinen. Es ist wunderschön und traurig zugleich. Mir steigen Tränen in die Augen. Mit Finja werde ich so etwas niemals erleben dürfen.

Halb blind stolpere ich bis zu unserer Straße. In dem Bungalow brennt kein Licht. Klaus wird noch in der Werkstatt sein. Ich hole den Schlüssel aus der Tasche, doch trotz meines Vorhabens bringe ich es nicht über mich, aufzuschließen, zu viel Angst habe ich vor dem, was mich im Inneren erwartet. Einfach aufgeben möchte ich aber auch nicht. Stattdessen schalte ich das Handy ein und rufe Hedi an.

»Mara, ich hab dir schon so oft auf die Mailbox gequatscht, deine Mutter hat gesagt, du wohnst wieder bei ihnen?«

»Ja, das heißt nein, ich weiß nicht, nicht mehr. Ich stehe vor unserem Haus. Klaus ist nicht da, und ich trau mich nicht rein.«

»Warte, ich komm gleich.« Zwanzig Minuten später fährt Hedi vor. Sie rennt auf mich zu und nimmt mich in die Arme.

Ich bin so froh, dass wir uns in meiner Trauer nicht verloren haben. »Wo hast du …?« Den Namen ihrer Tochter auszusprechen vermeide ich.

Meine beste Freundin versteht mich auch so. »Bei einer Nachbarin. Die passt ab und zu auf Maja auf. Sollen wir?« Sie hält meine Hand, als ich aufschließe.

Ich taste nach dem Lichtschalter. Gilbert drückt sich an meinen Beinen vorbei und läuft ins Wohnzimmer. Mit Hedi an meiner Seite gehe ich durch das Haus. Nichts wirkt verändert, und doch ist alles anders. Es ist mein Zuhause, nur fühle ich mich ohne Klaus völlig fehl am Platz. Ich wünsche mir so, dass er kommt.

»Wartest du auf ihn, oder hinterlässt du ihm eine Nachricht?«, will Hedi wissen.

»Ich hab keinen Schimmer, was ich tun soll«, gebe ich zu.

»Dann warten wir.«

Wir setzen uns aufs Sofa, und ich fange an, an den Nägeln zu kauen. Hedi fragt, ob ich reden will, aber ich bitte sie, mir lieber etwas zu erzählen. Also berichtet sie von der Quizshow, für die sie arbeitet.

»Dauernd diese kurzfristig anberaumten Konferenzen, die kein Mensch braucht«, stöhnt sie. »Am liebsten nach sechs. Als ob ich Maja im Wandschrank abstellen könnte. Da macht sich keiner Gedanken, dass es Betreuungszeiten in der Kita gibt, die ich einhalten muss.«

Ich verstehe ihre Probleme, doch sie sind derart weit weg von mir, dass mir kein Kommentar dazu einfällt. Immerhin begreife ich, dass auch Hedi ihre Sorgen hat, dass ich nicht der einzig wichtige Mensch hier auf Erden bin. Nach einer Weile verstummt meine Freundin. Schweigend setzen wir das Warten fort. Was ist, wenn Klaus gar nicht nach Hause kommt?, fällt mir ein.

Kurz darauf höre ich, wie ein Wagen geparkt wird. Meine Handflächen werden feucht. Weil ich nicht mehr stillsitzen kann, stehe ich auf, um aus dem Fenster zu spähen. Es ist tatsächlich Klaus. Soll ich hier auf ihn warten, oder ist es besser, wenn ich ihm im Flur entgegengehe? Mit ist auf einmal übel. Ich bin voller Vorfreude und Angst, so voller Widersprüchlichkeit, aber auch Liebe. Verzweifelt blicke ich zu Hedi.

Aufmunternd lächelt sie mir zu. »Du schaffst das«, raunt sie.

Klaus schließt auf. »Mara, bist du das?«, ruft er.

Dann stehen wir uns gegenüber. Ich blicke in sein Gesicht, bevor er sich zu Gilbert hinunterbeugt, der ihn schwanzwedelnd begrüßt. Ich blicke auf die kleine Narbe über seiner rechten Augenbraue, die mir vertraut ist wie der Schlumpfaufkleber auf der Schreibtischplatte in meinem alten Kinderzimmer, und ich möchte Klaus berühren.

»Ich geh dann mal.« Mit einem Streicheln meines Armes zieht sich Hedi zurück. »Ich ruf dich morgen an.«

Wir sind jetzt allein. Ich höre die schnellen Atemzüge meines Mannes. Er streckt eine Hand aus, lässt sie aber wieder fallen, daher mache ich den ersten Schritt auf ihn zu und lege die Arme um ihn. Er küsst mich nicht, als ich ihn an mich drücke, doch sein Körper gibt nach. Sein Atem trifft auf meine Kopfhaut. Ich versuche, so viel wie möglich von seinem Geruch, der von seinem Hals aufsteigt, aufzunehmen. Er ist mein Mann. Seine Präsenz flößt mir Mut ein. Ich werde uns nicht aufgeben. Die Trauer hat mich einsam gemacht, und das habe ich ihm angelastet, doch ich bin bereit, aus dieser Einsamkeit wieder herauszukommen, um auf ihn zuzugehen.

»Ich liebe dich«, wispere ich.

»Ach, Mara.« Er seufzt.

»Ich hab endlich begriffen, warum du gegangen bist. Ich hab dich mit meiner Trauer runtergezogen und deine überhaupt nicht richtig wahrgenommen, aber ich verspreche dir, dass ich nach vorne gucken werde und …« Ich breche ab, als er sich aus meiner Umarmung löst. Wieder setzt die Übelkeit ein. »Bitte, lass uns vergessen, was war«, sage ich hastig. »Lass uns noch mal von vorne anfangen«

»Ich weiß nicht, ob das geht«, sagt er. Überraschenderweise bin ich erleichtert über seine Antwort, die mir keine falsche Stärke vorgaukelt, sondern ehrlich ist.

»Bestimmt. Sicher. Ich weiß es.« Meine eigene Stärke ist auf einmal wieder da. Ich gebe Klaus einen Kuss, den er nach einigem Zögern erwidert. Erst berühren sich nur unsere Lippen, dann nähern sich unsere Körper einander an, bis sie miteinander verschmelzen. Lange stehen wir so da. Es fällt mir schwer, mich von ihm zu lösen. »Was ist jetzt? Haben wir eine Chance? Gibst du sie uns?«

Klaus greift nach meiner Hand. »Ich wünsche mir, dass wir eine Chance haben.«

Das ist nicht ganz die Antwort, die ich mir erhofft habe, aber vorerst muss ich mich damit zufriedengeben. Ich umarme ihn wieder, versuche die Nähe körperlich zwischen uns herzustellen. Umschlungen taumeln wir ins Schlafzimmer, als wollten wir uns beide die neue Chance beweisen. Beim Sex halten wir uns die ganze Zeit über fest, Klaus liegt auf mir, unsere Bewegungen sind langsam und sehr intensiv.

»Mara, was geschehen ist, danach, ich war nicht mehr ich selbst …« Klaus ringt mit den Worten. Dass er sich bemüht, mir sein Innerstes zu offenbaren, rührt mich an.

Ich küsse ihn auf die Lippen. »Hey, was wir zwei erlebt haben, ist heftig, aber das macht uns auch stärker als Paar, wenn wir es überwinden, verstehst du? Wir haben uns gegenseitig verletzt, ja, aber nicht mit Absicht. Wir haben uns verletzt, weil wir nicht anders konnten. Das vergangene halbe Jahr, das war ein Alptraum. Jetzt wachen wir langsam daraus auf.« Ich seufze. »Vor uns liegt eine gute Zeit, wenn wir nur wollen.«

»Das klingt so einfach. Fast zu einfach«, gesteht Klaus.

»Weil es einfach ist? Vielleicht haben wir das gebraucht, so bescheuert es klingt, aber vielleicht mussten wir erst alles verlieren, um weitermachen zu können«, flüstere ich in seine Armbeuge, die nach Schweiß duftet. »Wie bei einem Suchtkranken, der erst am Boden liegen muss, um zu begreifen, dass er krank ist.«

Klaus lacht leise. Seine Lippen streicheln meinen Kopf.

»Nach Finjas Tod, da habe ich mal gedacht, todkrank zu sein. Ich habe mich in die Vorstellung reingesteigert, ich könnte einen Tumor haben. Weil das eine Erklärung für diesen Trauerkloß in mir gewesen wäre. Ich glaube, die Trauer ist eine Krankheit. Und wir sind quasi Genesende. Patientin Mara und Patient Klaus.« Wir sehen uns an und lächeln.

»Ich teile gerne das Krankenlager mit dir«, wispert Klaus, bevor er mich lange küsst. Nachdem wir ein weiteres Mal miteinander geschlafen haben, schlägt er vor, meine Sachen und Cassiopeia von meinen Eltern zu holen. Mittlerweile bin ich schläfrig, und es hat auch noch Zeit bis morgen, doch ich begreife, dass es ein Symbol ist. Außerdem hätte ich Finjas Truhe gerne wieder bei uns.

Hand in Hand gehen wir aus dem Haus in unsere Zukunft. Selbst während der Fahrt lässt Klaus meine Hand nicht los. Wenn er schaltet, schalte ich mit.

Weil Blaulicht über die Häuserfassaden huscht, bremst Klaus ab. Auf der Straße vor dem Haus meiner Eltern parkt ein Krankenwagen.

»Halt an«, kreische ich unnötigerweise, denn Klaus fährt schon an den Rand. Ich springe aus dem Auto und laufe auf das Haus zu. Das Gartentürchen steht offen. Zwei Sanitäter kommen mir mit einer Trage entgegen, auf der meine Mutter liegt. »Mama!« Um ihnen Platz zu machen, trete ich in eine Staude. Hinter der Trage gehen Simone und mein Vater. Sie stützt ihn, sein Gesicht ist kreideweiß. »Papa!« Ich stürze auf ihn zu. Wir drei umarmen uns.

»Sie hatte plötzlich Herzrasen und Schmerzen«, informiert mich Simone.

»Ist es schlimm?«

»Keine Ahnung.« Kaum ertönt die Krankenwagensirene, taumele ich. Um nicht zu stürzen, klammere ich mich an Klaus' Arm. Alles wird schwarz vor meinen Augen.

19

Ich bin ein Schrei. Ein einziger Schrei, aber ich schweige. Mein Verstand ist an seinen Grenzen angelangt. Auch Klaus schweigt. Wir konnten immer gut schweigen zusammen, er und ich. Mit einer Flasche Rotwein beim Betrachten des Gewitters über Köln. Am Strand von Lombok.

Jetzt ist die Stille des Entsetzens zwischen uns unerträglich. Aus einem Beutel tropft Flüssigkeit in meinen Körper, um die Wehen auszulösen. Ich will das nicht. Ich will mein Kind, das tot ist, nicht mit Schmerzen zur Welt bringen, will die Geburt nicht ertragen müssen. Ich will einen Kaiserschnitt.

Die Ärztin hat erklärt, dass es für einen Kaiserschnitt keine medizinische Notwendigkeit gibt. Außerdem kann ich nach einer natürlichen Geburt schneller wieder schwanger werden. Als ob ich auch nur einen Gedanken daran verschwenden würde. Ich bin schwanger. Es sind noch sechs Wochen bis zum errechneten Geburtstermin. Doch die Flüssigkeit strömt in mich, um das Kind aus mir herauszutreiben, das ich nicht hergeben kann. Mit der letzten Kraft, die ich aufbringe, kämpfe ich dagegen an.

Klaus ist bei mir. Er sieht auf die Uhr; elf Stunden sind seit der Einleitung vergangen. Meine Stirn glüht.

Nun kommen die Wehen mit Gewalt. Trotz der Narkotika spüre ich die Schmerzen. Es ist, als müsse ich alles von mir geben, was in mir ist. Ich schreie um mein Leben und das meines Kindes, schreie, bis der Laut in mir erstirbt, abstirbt wie mein Baby. »Ich kann nicht mehr«, presse ich mitten in einer Wehe hervor.

»Sie schaffen das. Sie machen das sehr, sehr gut.« Die Hebamme drückt meine Hand. »Weiter. Weiter. Atmen. Ja! Da. Da ist das Köpfchen. Gleich ist es geschafft.« Ich merke, wie es mich zerreißt. Etwas flutscht aus mir heraus und brennt noch nach. Ich langsam. Langsam nehme ich wahr, dass Klaus mir über die Stirn streicht.

Die Hebamme hat uns den Rücken zugewendet. Sie dreht sich mit dem in eine Decke gewickelten Baby um. »Ihre Tochter! Möchten Sie sie sehen?« Meine Tochter. Meine Finja. Ich habe sie auf die Welt gebracht. Ich schüttele den Kopf, will sie sehen und will es doch nicht, denn ich habe Angst davor, wie mein totes Kind aussieht. Der Tod ist so etwas Monströses. Ich spüre, dass auch Klaus erschrocken ist. Er hält meine Hand wie ein Schraubstock. »Sie brauchen keine Angst vor Ihrem Baby zu haben. Man sieht ihr den Tod nicht an. Sie ist wunderschön«, redet mir die Hebamme zu.

Zögerlich blicke ich hin. Ein mit dunklen Haaren bewachsenes Köpfchen guckt aus der Decke. Das Gesicht ist ein wenig verknautscht, doch ich erkenne die Stupsnase, die mir von meinen Babyfotos bekannt vorkommt. Der Mund, der mich an den von Klaus erinnert, ist leicht geöffnet. Über der Oberlippe sprießt ein feiner, heller Flaum. Die Augen sind geschlossen. Die Haut an den Schläfen ist so dünn, dass man die Äderchen darunter sehen kann. Es ist schon alles dran, Wimpern, Augenbrauen, Ohrmuscheln.

Ein perfektes kleines Kind. Mein Kind. Ein warmer Schauer durchläuft mich. Ich bin so voller Liebe für dieses wunderbare Wesen.

»Streicheln Sie sie ruhig«, ermuntert uns die Hebamme.

Klaus wirkt ebenso hilflos wie ich, als er die Hand ausstreckt. Gleichzeitig berühren wir die Haut unserer Tochter.

Mit dem Zeigefinger fahre ich sanft über die Augenbrauen meines Mädchens, streichle so vorsichtig den Nasenrücken entlang, als könne ich sie kaputtmachen. Ich bin überrascht, wie warm sich die Kleine anfühlt. Vielleicht schläft sie nur, hoffe ich, wohl wissend, dass das nicht stimmt. Aber sie sieht so friedlich aus.

»Sie können sie auch auswickeln und auf den Arm nehmen.« Das kann ich nicht. Die Hebamme nickt. »Lassen Sie sich Zeit. Wie heißt Ihre Tochter denn?«

»Finja.« Kaum habe ich den Namen laut ausgesprochen, fühle ich, dass ich Mutter geworden bin und Klaus Vater. Und dass unser Kind, so friedlich schlafend es auch aussieht, tot ist. Meine Hand, die der Kleinen soeben über die Wange gestreichelt hat, sackt wie von selbst herunter. Mit ihr sind all meine Hoffnungen auf die Zukunft gestorben. Doch ich möchte sie festhalten, daher drücke ich Finja wieder an mich und beuge mich über ihr Köpfchen. Sie riecht so gut, nach Karamell, nach Honig und Milch. Ich sauge ihren Geruch auf, will ihn konservieren, will, dass dieser Moment ewig anhält.

In diesem Augenblick schreit mein Baby. Mühsam setze ich mich mit meiner Tochter im Arm auf. Warum reagieren Klaus und die Hebamme denn nicht? Haben sie nichts gehört? Fassungslos sehe ich die beiden an. Wieder schreit das Kind. Ich blicke auf das regungslose Mündchen meiner Finja, und erst jetzt begreife ich, dass es nicht mein Kind ist, das da schreit, sondern dass der Schrei aus dem angrenzenden Kreißsaal kommt.

Ich schließe die Augen. Verschließe sie vor der Welt, in der ich mein totes Kind geboren habe. In mir ist alles gut. In mir strampelt mein Mädchen. In mir bin ich eine werdende Mutter.

Der Alptraum hat noch nicht begonnen.

20

Im nüchternen Krankenhausflur, als wir auf Informationen über den Zustand meiner Mutter warten, muss ich an Finjas Geburt denken. Es war der schönste und grausamste Augenblick in meinem Leben. Im letzten halben Jahr habe ich ihn aus meiner Erinnerung auszublenden versucht, weil ich nicht verstand, wie etwas zugleich so voller Glück und Schmerzen sein kann.

Meine Kehle wird trocken. Ich schlucke hart. All die Monate habe ich die Vorstellung verdrängt, wie es war, als ich sie aus mir heraus auf die Welt gebracht habe. Ich habe sie mit jeder Faser meines Körpers gewollt, meine kleine Tochter, doch es hat nicht gereicht. »Hier!« Klaus gibt mir einen Becher mit Kaffee, den er aus dem Automaten gezogen hat. »Geht's dir besser?«

Ich nicke, bin bewegt, wie er sich um mich sorgt, nachdem ich beim Anblick des Krankenwagens ohnmächtig geworden bin, und weil er in dieser Situation bei mir ist, unseren Schwierigkeiten zum Trotz. Vorsichtig nippe ich an der scheußlichen Brühe, die etwas wärmt. Mein Mann setzt sich neben mich auf die Wartebank. Ich lehne den Kopf an seine Schulter. Es tut so gut, ihn wiederzuhaben. Von Zuneigung zu Klaus durchflutet, blicke ich zu meiner Schwester und meinem Vater, die sich an dem geriffelten braunen Plastik ihrer Kaffeebecher festhalten.

Ich strecke eine Hand aus, um meinem Vater über den

Arm zu streicheln. In mir ist Angst. Ich war keine gute Tochter seit Finjas Tod. In dem grauenhaften Krankenhausflur vor der Intensivstation begreife ich, wie sehr ich meiner Mutter in den vergangenen Monaten übelgenommen habe, dass sie ihre Tochter noch hat, um die sie sich sorgen kann, und ich nicht. Was war ich ungerecht. Mama, flüstere ich in Gedanken, bitte verlass mich nicht.

»Wie lange ist sie jetzt schon da drin?«, fragt Simone. Ihre Stimme hört sich fremd an.

Klaus wirft einen Blick auf seine Armbanduhr. »Zweieinhalb Stunden.« Er hält meine Hand, als wolle er sagen, wie sehr er mich liebt, und ich drücke sie als stille Antwort.

»Was ist, wenn Mama stirbt?« Meine Schwester vergräbt ihr Gesicht in den Händen.

Ich hocke mich vor sie hin und umarme sie. »Ksssch«, sage ich, dabei sehe ich zu meinem Vater. »Wir müssen ganz fest an Mama denken und hoffen.«

»Wie kannst du das sagen?«, fährt Simone mich an. »Worauf sollen wir denn hoffen? Das Leben ist eine einzige Scheiße. Erst nimmt es uns Finja und jetzt …« Ihre Wangen sind rot gefleckt.

Mit dem Finger wische ich ihr eine Träne ab. Simone tastet nach der Hand unseres Vaters. Ich lege meine obenauf und halte die beiden fest. Unser Vater schiebt den Unterkiefer vor. Das Quietschen von Gummi auf dem Linoleumboden lenkt uns ab. Eine junge Ärztin kommt auf uns zu. Wir stehen auf. Aus unerfindlichen Gründen fange ich an zu zählen. Einundzwanzig, zweiundzwanzig, dreiundzwanzig, vierundzwanzig. »Dr. Kerstin Butzmühlen« lese ich auf dem Namensschild an ihrer linken Brust. Ihr Lächeln lässt mich hoffen. Die Oberärztin, die mir Finjas Tod mitteilte, blickte verschlossen drein, so als könne sie die schlimme Nachricht dadurch von sich abhalten, Dr. Butzmühlen hingegen erwidert meinen Blick.

»Familie Triller?« Mein Vater nickt, unfähig, etwas zu sagen. »Ihre Frau hatte einen Blinddarmdurchbruch, deshalb mussten wir notoperieren. Die OP ist so weit zufriedenstellend verlaufen. Frau Triller ist noch nicht wieder bei Bewusstsein, Sie können aber trotzdem zu ihr.«

Ich schließe die Augen und atme lange aus, bis die Schwere von mir gewichen ist. Ich werde meine Mutter nicht verlieren. Mein Vater umarmt die Ärztin. Erst ist sie verblüfft, dann klopft sie ihm freundlich auf den Rücken. Als er sich von ihr löst, weint er. Meine Finger verschränken sich mit denen von Klaus, und ich weiß, dass wir gemeinsam alles durchstehen werden.

Die Morgennebelstimmung über den Rheinwiesen scheint geradewegs einem Fantasyfilm zu entspringen. Warm eingemummelt stapfe ich neben Gilbert durch das nasse Gras und denke an Finjas Geburt. Ich lasse diese Erinnerung wieder zu. Der Moment des tiefsten Schmerzes und des größten Glücks ist ein Teil meines Lebens, mit allen anderen Erinnerungen zu einem Ganzen verbunden. Ich fühle mich vollständiger, weil ich inzwischen darüber nachdenken kann.

Fünf Wochen sind seit dem gefährlichen Blinddarmdurchbruch meiner Mutter vergangen. Fünf Wochen, in denen Klaus und ich uns mit ganz viel Liebe behandelt haben, aber auch wie rohe Eier. Nicht nur meine Mutter ist eine Rekonvaleszentin, sondern auch unsere Beziehung. Wir bemühen uns, mehr miteinander zu reden und die Ehrlichkeit unserer Versöhnung mit in den Alltag zu transportieren, auch wenn es nicht immer einfach ist. Noch ist das Leben ohne Finja nicht normal, noch stellt es uns vor Herausforderungen. Am meisten graut mir vor Weihnachten. Das erste Weihnachten ohne Finja. Ich hatte es mir schon ausgemalt, wie sich ihre Patschehändchen nach den Kugeln am Baum strecken. Wie

Finja das Geschenkpapier auseinanderreißt. Wie ich ihr alle Weihnachtslieder, die ich als Kind gesungen habe, leise vorsumme. Wie wir Fotos von unserem Glück machen, die uns auch noch Jahre später an diesen wunderbaren Moment erinnern sollen.

So viele zerplatzte Träume. So viele Sehnsüchte.

Ein Güterzug rattert über die Südbrücke. Eine endlose Reihe von Waggons, beladen mit Kleinwagen in Schwarz und Grau, dazwischen ab und an mal ein weißer oder roter. Mir kommt der Gedanke, dass es mein Leben ist, das an mir vorbeizieht. Hin und wieder gibt es zwar bunte Tage, doch auch sie sind bloß ein unscheinbares Kleinwagenmodell. Meine Versöhnung mit Klaus hat kein rosarotes Happyend gebracht. Wir schlagen uns zwar wacker durch, aber noch bin ich nicht wieder schwanger, noch bleiben Augenblicke der Irritation in unserem Umgang miteinander. Was sich dagegen geändert hat und was mir Mut einflößt, ist die Sprache, die wir gefunden haben. Ich denke an unser Gespräch vor einer Dreiviertelstunde am Frühstückstisch. Gemeinsam haben wir die Entscheidung getroffen, wie wir Heiligabend verbringen werden. Getrennt voneinander, weil unsere Eltern nicht mit allen gemeinsam feiern wollten, deshalb haben wir ausgemacht, dass Klaus bei seinen Eltern feiert und ich bei meiner Familie. Zum letzten Mal, danach feiern wir nur noch als Paar, als eigene kleine Familie.

Meine Umgebung macht es mir unmöglich, nicht an Weihnachten zu denken. Sogar im Krankenhaus, in dem meine Mutter noch immer liegt, weil es bei der Wundheilung zu Komplikationen kam, ist die Stimmung weniger nüchtern als sonst. Tannenzweige aus Plastik baumeln an roten Bändern von der Decke. Die Bedienung der gläsernen Cafeteria hat Kunstschnee in Sternenform auf die Fenster gesprüht. Alkoholfreier Glühwein wird offeriert. Leise rieseln Christmas-Popsongs auf mich herab, als ich die Rolltreppe besteige. Auf der Station versuchen die Krankenschwestern mit einem singenden, klingenden Weihnachtsmann ein bisschen Stimmung zu verbreiten.

Das Bett meiner Mutter ist leer. Ihr rosa-hellblau geblümter Bademantel, der sonst an der Garderobe hängt, fehlt.

»Sie ist einen Kaffee trinken«, erzählt mir die Zimmernachbarin undefinierbaren Alters, die Frau Schuhmann oder Frau Schubert heißt, ich weiß es nicht genau. »Setzen Sie sich doch so lange zu mir.« Sie deutet auf einen Stuhl mit Plastikbezug, über dem eine graue Strickjacke hängt.

Ursprünglich wollte ich bloß frisch gewaschene Nachthemden vorbeibringen und gleich wieder nach Hause fahren, aber da die Frau alt ist und nie Besuch erhält, bringe ich es nicht über mich, ihren Wunsch abzuschlagen. Ich stelle die Tasche mit der Wäsche ab und nehme auf dem Besucherstuhl Platz. »Ganz schön kalt draußen.«

»Bald ist Weihnachten«, sagt die Frau. Das ist ein Thema, über das ich nun wirklich nicht reden möchte. Auch weil ich befürchte, dass die Alte niemanden hat, mit dem sie das Fest begehen kann. Mein Leben ist traurig genug ohne Finja, da halte ich ihre Einsamkeit nicht aus.

»Soll ich den Fernseher anmachen?«, schlage ich vor.

»Bitte nicht. Ich mag das Geschwätz nicht. Es hält mich davon ab, mich zu erinnern.« Mein Blick wandert zur geschlossenen Tür. Offenbar hat sich meine Mutter in der Cafeteria festgequatscht. »Ich weiß, dass Sie Ihr Kind verloren haben«, sagt die Frau. »Ihre Mutter hat es mir erzählt.«

»Sie hieß Finja«, erwidere ich.

Die Alte nickt. »Solange wir uns erinnern, sind die Namen mit Leben erfüllt.« Auf ihrem faltigen Gesicht liegt Traurigkeit.

»Haben Sie Kinder?«, frage ich, wohl wissend, dass ich ihr damit den Freibrief gebe, mir ihr Herz auszuschütten.

»Hilde, Hans und Joachim.« Zärtlich spricht sie die Namen der Tochter und der Söhne aus.

»Wo sind sie?«

»Leider hat mich keiner von ihnen überlebt.« Die Frau hat drei Kinder verloren.

Ich starre sie an. Was für ein Schicksal. Auf einmal kommt mir der Verlust von Finja nicht mehr ganz so gewaltig vor. »Warum?«, will ich wissen.

»Der Hans, der ist leider früh gestorben. Mit neun. Ist beim Spielen von einem Auto überfahren worden. Der Ball ist auf die Straße gerollt und er hinterdrein. Dreiundfünfzig Jahre ist das jetzt her. Seitdem habe ich mich immer vor Autos gefürchtet.« Ihr Kopf wackelt. »Joachim hat sich das Leben genommen, da war er gerade mal einunddreißig. Sie sagen, es war ein Unfall, dass er betrunken von dem Gerüst gefallen ist, aber das glaube ich nicht. Er wollte nicht mehr, hatte sich selber aufgegeben.«

»Ihr Abendessen, Frau Schuhmann.« Die nette Krankenschwester mit den kurzen grauen Haaren, die sich immer leicht verschnupft anhört, platzt herein. »Sie haben Besuch?« Skeptisch beäugt sie mich, dann realisiert sie, wer ich bin. »Ihre Mutter ist unten in der Cafeteria.« Sie stellt das Tablett ab, auf dem sich zwei dünne Scheiben Graubrot mit Käse und Wurst und eine Kanne Tee befinden.

Ich bleibe sitzen. Als sie aus der Tür gegangen ist, fängt die Alte wieder an zu reden.

»Hilde, die war so eine Patente wie Schwester Innegret. Immer freundlich, auch wenn sie viel zu tun hatte. An sich hat sie immer zuletzt gedacht.« Sie lässt den Teller unberührt. »Vor zwei Jahren und fünf Monaten ist sie gestorben. An einem Herzinfarkt. Sie hatte ein großes Herz, die Hilde, das nicht mehr für alle gereicht hat.«

»Jetzt sind Sie ganz alleine?« Die Leere, die in ihrem Leben vorherrschen muss, scheint mir entsetzlich zu sein.

»Ich bin die Letzte, man stelle sich das mal vor. Ich bin entkommen, um zu bewahren, all die Namen, aber bald ist das vorbei. Dann wird von ihnen nichts mehr übrig sein. Würden Sie mir einen Tee einschenken? Meine Hände zittern so.«

Ich greife zu der Kanne und gieße Hagebuttentee in die weiße Porzellantasse. Die Frau nimmt sie, verschüttet ein paar Tropfen auf der Bettdecke, dann nippt sie daran. Ihre fleckigen und faltigen Hände fallen mir auf. Blaue Adern stehen auf den Handrücken hervor.

»Das ist wohl so«, sagt sie, »dass wir nichts dagegen machen können. Wir können nur versuchen uns zu erinnern, bis wir den letzten Atemzug tun.« Ich registriere, dass sie den Tod erwartet, und frage mich, ob sie der Gedanke ans Sterben nicht ängstigt. »Ich bin alt«, sagt sie. »So alt. Sehen Sie mich an. Ich hab mein Leben gelebt. Mal war's schlecht. Sehr schlecht. Mal war's auch gut. Ich blicke nicht mit Bitterkeit zurück. Nicht mehr. Nur dass sich niemand für mich erinnern wird, wenn ich nicht mehr da bin, das finde ich schlimm. Sehen Sie mal da!« Frau Schuhmann zeigt auf die Schublade ihres Nachttisches, die ich für sie aufziehe. Neben einer Geldbörse und einer Schmuckschatulle liegt dort ein abgegriffenes Notizbuch.

»Das?«

»Ja, das.« Sie nickt, als ich es heraushole. »Hilde hat einen Stammbaum erstellt. Mehrere Jahre hat es gedauert, bis sie alle meine Cousinen und Cousins, Tanten und Onkel in den Akten ausfindig gemacht hat. Sie hat ihre Geburtsorte und das Datum notiert und geguckt, wann sie deportiert wurden und wohin. Dort sind sie auch gestorben. Alle.« Mich friert mit dem Buch in der Hand. »Danach hab ich keinen mehr gehabt, bis ich Hans kennenlernte. Siebenundvierzig war das. Was war er für ein schöner Mann. Unsere Söhne waren ihm wie aus dem Gesicht geschnitten. Aber der Krieg. In ihm war er längst nicht vorbei. Innerlich hat er immer weiter gekämpft, bis ich nicht mehr konnte. Irgendwann hab ich meine Sachen gepackt, Hilde und Joachim genommen und bin weg von ihm. Ohne Geld. Ohne vernünftige Berufsausbildung. Ein Wahnsinn, sagten alle.« Draußen auf dem Gang ruft jemand. Frau Schuhmann blickt zum Fenster. »Ich kannte das Leben nicht anders.«

Es ist mir ein Rätsel, wie sie das alles überlebt hat. Ich habe so viele Fragen an die alte Frau, aber sie sieht müde aus. »Behalten Sie das Buch«, sagt sie. »Ich möchte nicht, dass man es wegwirft, wenn ich nicht mehr bin. Geben Sie mir bitte noch die Schachtel?«

Ich hole ihr die Schmuckschatulle aus der Schublade. Sie klappt sie auf und nimmt eine Perlenkette heraus, die sie mir hinhält.

»Aber Frau Schuhmann, das kann ich nicht annehmen«, protestiere ich.

Doch sie drückt meine Hände um die Kette zusammen. »Sie ist nicht wertvoll. Nur für mich.« Ihr Kopf sinkt auf das Kissen, und sie schließt die Augen.

»Ich komme morgen wieder.« Mir scheint, als sei sie eingeschlafen, daher stehe ich auf. Als ich an der Tür bin, spricht sie noch einmal. »Erinnern Sie sich an mich als Rachel, bitte.«

Auf dem Gang begegnet mir meine Mutter mit leuchtend pinkfarbenen Haaren. »Mara? Wartest du schon lange? Ich war beim Krankenhausfriseur.«

Sie zupft an den grellen Strähnen. »Ist es gut geworden?«

»Ja«, antworte ich, die Kette und das Notizbuch in den Händen. »Es ist gut, und es wird besser. Langsam, aber es wird.«

Meine Mutter sieht mich kritisch an. »Hast du was?«

»Was hältst du davon, wenn wir Frau Schuhmann Weihnachten zu uns einladen?«

»Frau Schuhmann? Meine Zimmernachbarin? Die Frau Schuhmann?«

»Sie hat sonst niemanden mehr.«

»Wenn du meinst. Falls sie das überhaupt will. Sie kennt uns ja gar nicht.«

»Ja, falls sie das will.« Mir fällt ein, dass sie vielleicht gar kein Weihnachten feiert, aber an diesem Tag soll sie trotzdem nicht allein sein. In einer seltsam andächtigen Stimmung fahre ich nach Hause.

Gilbert leckt mir zur Begrüßung die Hände und schnüffelt an Buch und Kette. Beides lege ich in Finjas Kiste.

Ich würde Rachel Schuhmann gerne ein Geschenk mitbringen, doch mir fällt nichts ein, daher kaufe ich am nächsten Tag zwei Schneerosen, eine für meine Mutter und eine für die alte Frau, die mich so berührt hat.

»Oh, Liebelein«, ruft meine Mutter aus, als ich das Krankenzimmer betrete. »Es ist ja so traurig, Frau Schuhmann ist in der Nacht gestorben. Du warst die Letzte, die mit ihr gesprochen hat. Aber warum weinst du denn?«

Ich weine, weil ich Abschied nehme. Es sind keine schweren Tränen wie bei Finja, und nachdem ich geweint habe, fühle ich mich gestärkt.

Rachels Schneerose pflanze ich in unseren Garten. Anschließend gehe ich ins Kinderzimmer, schneide die Kette entzwei und nähe die Perlen wie Tränen auf einen Flicken von Finjas Erinnerungsdecke.

21

Als ich mich im Bett zur Seite drehe, liegt Klaus mit offenen Augen da und blickt mich an. Wie schön er aussieht mit seinem Haar, das in der Zeit unserer Trennung noch silbriger geworden ist, und der senkrechten Schlaffalte auf seiner Wange. »Morgen«, nuschele ich und boxe mein Kissen zurecht. »Was ist?«, will ich wissen. Anstelle einer Antwort küsst er mich auf die Stirn und vergräbt seine Nase in meinem Haar.

»Nichts«, wispert er. »Ich liebe dich.«

»Das soll nichts sein? Na warte!« Lachend schlage ich ihn mit dem Kissen. Er wehrt sich, hält meine Arme fest und drückt mich auf die Matratze zurück. Gilbert springt zu uns. »Runter mit dir!« Wir verscheuchen ihn, dann küssen und lieben wir uns, und erst danach fällt mir wieder ein, dass ich dieses Weihnachtsfest ohne Finja feiern werde. Traurigkeit ergreift mich.

»Du brauchst es nur zu sagen, und ich bleib hier«, bietet Klaus an, während er seine Reisetasche in den Kofferraum packt.

»Fahr ruhig. Und schöne Grüße an deine Eltern.« Ich gebe ihm einen Kuss. »Hier. Aber nicht vorher auspacken.« Mein Geschenk für ihn lege ich neben die Tasche. Es ist ein neuer MP3-Player. Nicht die persönlichste Gabe, doch da er seinen auf dem Flug von New York nach Köln in der Maschine liegengelassen hat, kann er den neuen gut gebrauchen. Ich habe unser Lied daraufgespielt. *»Le Freak«*. Damit will ich ihm zeigen, dass ich auch an die guten Geister unserer Vergangenheit denke. »Danke. Dein Geschenk liegt im Schlafzimmer. Mach's gut, Schatz, und ruf an, wenn was ist.«

»Mach ich.« Wir küssen uns innig. Am liebsten würde ich ihn festhalten, doch ich lasse ihn los und winke ihm nach, bis der Volvo um die Ecke verschwunden ist. Das Fortfahren des Autos ist ein kleiner Verlust.

»Fröhliche Weihnachten«, ruft mir der Dackelnachbar zu.

»Gleichfalls«, stammele ich. Fröhlich. Das ist augenblicklich das Letzte, wie mir zumute ist. Ich bin einfach nur traurig.

Doch die Traurigkeit schlägt wenig später um in Wut. In Wut über die Leute, die sich in der Innenstadt an mir vorbeizwängen, um Geschenke und Essen im Überfluss zu kaufen, statt zu Hause mit ihren Kindern zu spielen.

»Wer weiß, wie viel Zeit euch noch bleibt«, würde ich ihnen am liebsten zurufen. Wahrscheinlich ist es eine äußerst dumme Idee, mich ausgerechnet in den letzten verkaufsoffenen Stunden ins Kaufhaus zu begeben. Vorher habe ich es jedoch nicht über mich gebracht. *»Jingle Bells, Jingle Bells«*, hallt es. Weihnachten ist ein emotional überfrachtetes Fest. Es tut mir weh, in der Spielzeugabteilung nach einem Geschenk für Maja zu suchen, aber da ich mit Hedi, die an Weihnachten mit ihrer Tochter allein ist, vereinbart habe, dass ich mich blicken lasse, muss ich da durch. »Nimm irgendwas«, sage ich mir. »Die Geste zählt. Und dann raus hier!« Ich greife nach einem pädagogisch wertvollen Holzsteckspiel und will zur Kasse gehen, da registriere ich aus den Augenwinkeln ein Nuckelpüppchen. Es ist aus Frottee und hat ein handbesticktes Gesicht, dessen niedlicher Wirkung ich mich nicht entziehen kann. Ich kaufe zwei identische Püppchen und lasse eins davon einpacken.

Mit einer Flasche Wein und einer Packung mit Schokolade

überzogenen Ingwerstäbchen, die ich in der Feinkostabteilung im Tiefgeschoss erstehe, nehme ich den Bus zu meinen Eltern.

Acht Monate ist es nun her, dass Finja gestorben ist. Mit dem Finger male ich ein Schneckenhaus auf die beschlagene Fensterscheibe des Busses. Eigentlich fand ich Weihnachten immer schön. Jeden einzelnen Heiligen Abend in meinem Leben habe ich bei meinen Eltern verbracht, selbst als ich schon mit Klaus zusammen war. Während Studienfreunde als Boykott gegen den Konsum keine Geschenke mehr kauften, mochte ich es, meinen Eltern und Simone eine Freude zu machen. Nach dieser Freude sehne ich mich nun zurück. Momentan ist mir nicht sonderlich besinnlich zumute. Ich bin nur deprimiert. Wenigstens ist meine Mutter rechtzeitig vor dem Fest aus dem Krankenhaus entlassen worden. Ich muss an Rachel Schuhmann denken. Schade, dass ich sie nicht einladen und besser kennenlernen konnte.

In den Fenstern zur Straße hin blinken die elektrischen Sterne um die Wette. Im Fernsehen läuft *Der kleine Lord*. Auf bedruckten Papptellern liegen selbstgebackene Plätzchen, und der Weihnachtsbaum erstrahlt dieses Jahr in Pink und Gold. Meine Mutter hat in nur zwei Tagen das geschafft, wofür sie sonst den ganzen Monat braucht. Ich bemerke, dass sie mit aller Macht den Geist der Weihnacht heraufbeschwören will.

»Mach's dir bequem. Das Essen ist gleich so weit.« In ihrer Schürze mit dem aufgestickten Stechpalmenzweig versucht sie, Feierstimmung zu verbreiten. »Carl-Heinz, bringst du den Müll raus?«

Mein Vater schenkt sich am Esstisch zu viel von dem mitgebrachten Wein ein. Simone trinkt den Kasten Bier leer. Ich selbst halte mich beim Alkohol zurück, weil ich meine bedrückte Stimmung nicht betäuben will. Ich habe beschlossen, meine Emotionen so zu nehmen, wie sie kommen.

Als die Gans und die Knödel verzehrt sind, seufzt meine Mutter auf. »Ach ja, das haben wir uns doch irgendwie anders vorgestellt.«

Ich weiß, dass sie Finja meint. Tränen treten in meine Augen. »Ich vermisse sie«, sage ich laut.

»Ich auch«, sagt meine Mutter.

»Ich auch«, sagt Simone.

»Ich auch«, gesteht nun sogar mein Vater.

Wir sehen uns alle miteinander an und lächeln. Meine Traurigkeit wird von der Liebe gehalten, die mir meine Familie schenkt. Als Klaus anruft, kann ich ihn beruhigen, dass es mir so weit gutgeht. Ich nippe an meinem Kaffee und blicke zu der Vitrine hinüber, in der meine Mutter sämtliche handgetöpferten Aschenbecher und Blumenvasen, Fimotierchen und Salzteigkränze, Simis und meine Gaben zu Geburts-, Muttertagen und zu Weihnachten einlagert. Meine Mutter hütet Erinnerungen an Zeiten, an die die Schöpferinnen der Werke längst nicht mehr denken. Für andere ist es wertloser Plunder, für meine Mutter dagegen sind es wahre Schätze voller Erinnerungen. Ich denke an Rachel Schuhmann und an die Namen, die sie vor dem Vergessen bewahrt hat. Auch ich bin eine Hüterin. Mein Leben lang werde ich Finja bewahren, und das stimmt mich sentimental, aber glücklich.

Nachdem ich Kaffee getrunken habe, will ich mich auf den Weg zu Hedi machen. Kurz kommt mir der Gedanke, mich vor der Begegnung mit Maja zu drücken, doch ich will mich der Situation endlich stellen.

»Isch fahr disch, Mara-Mäuschen.« Mein Vater steht auf.

»Nee, Papa, du fährst nirgendwohin. Ich fahr Mara.« Simone erhebt sich ebenfalls, doch auf dem Weg zur Haustür muss sie sich an der Wand festhalten, daher übernehme ich das Steuer.

Vor einer Werkstatt, aus der ziemlich unchristliche Musik

dringt, setze ich meine Schwester ab. »Sag mal, willst du nicht doch mitkommen? Oder soll ich mit zu dir?«

Ich küsse Simi auf die Wange. Ein Duft von Vanille und Alkohol steigt von ihr auf. »Lieb von dir, aber ich komm klar. Hab du deinen Spaß!«

»Aber ich tu's wirklich gerne …«

»Raus jetzt.«

Ihr Lächeln sieht etwas verunglückt aus.

Quer durch die Stadt kurve ich zu Hedi. Als ich bei ihr klingele, ist mir übel, ich wünschte, Klaus wäre bei mir oder ich hätte Gilbert doch mit zu meinen Eltern genommen und könnte vorgeben, unbedingt mit ihm Gassi gehen zu müssen. Auf jeden Fall beschließe ich, nur schnell mein Geschenk abzugeben und dann wieder zu fahren.

»Komm rein.« Noch in der Tür drückt mir Hedi Maja in den Arm.

Erst bin ich sauer, dass sie mich so überfällt, dann sehe ich mir die Tochter meiner besten Freundin genauer an. Ihre Backen sind leuchtend rot und rund. Mit Milchbrei vermischte Spucke läuft aus ihrem Mundwinkel, und sie hat ein Dreifachkinn. So groß und schwer wäre Finja jetzt also. Ich kann es mir kaum vorstellen. Sehnsucht steigt in mir auf. Meine Liebe, die ich meinem eigenen Kind nicht geben kann, schmerzt.

Maja kneift mir mit ihren Fingerchen in die Nase. »Aua.« Glucksend lacht das Mädchen auf und kneift erneut zu. Ich fühle ein ganz klein bisschen Trost in der körperlichen Nähe, die ich zu Maja habe. Auch sie ist eine Hüterin, obwohl sie noch nichts davon ahnt. In ihrem Namen steckt die Erinnerung an Finja. Dankbar lächle ich Hedi zu, die uns abwartend beobachtet.

Ich hocke mich mit Maja auf den Wohnzimmerteppich und gebe ihr mein Geschenk. Mit ihren dicken Händchen greift sie danach. Das Einwickelpapier wird mit Begeisterung in Stücke gerissen und in den Mund gestopft. Das Nuckelpüppchen würdigt Maja hingegen keines Blickes. Vermutlich hätte Finja ebenso reagiert. Ein bisschen tut es weh, sie mir vorzustellen, aber eben nur ein bisschen. Maja zu sehen ist viel weniger schmerzhaft, als ich gedacht hätte. Es ist auch schön, und die Beklemmung, die bei dem Gedanken daran, ich könnte in einem neuen Baby nur einen Ersatz für Finja sehen, in mir aufsteigt, weicht allmählich. Auf einmal weiß ich, dass ich ein weiteres Kind lieben kann, ohne ihm oder Finja etwas von meiner Liebe wegzunehmen. Im Hintergrund läuft *»Last Christmas«*. Hedi beobachtet Maja und mich vom Sofa aus und wirkt glücklich.

»Kannst du was anderes auflegen? Das Gejaule kommt jetzt zum dritten Mal, seit ich hier bin«, bitte ich sie.

»Ich kann's ja mal versuchen.« Sie legt eine andere CD ein. Klassische Musik. Maja heult. Hedi nimmt die alte Wham-CD und wählt wieder *»Last Christmas«* aus. Sofort verstummt das Kind. »Den Musikgeschmack muss sie von ihrem Vater haben«, lacht Hedi. »Ich hoffe nur, sie kommt sonst nicht nach diesem Scheißkerl.«

Ich erschrecke über meine Ich-Bezogenheit. Die ganze Zeit habe ich nur darüber nachgedacht, wie schwer das Weihnachtsfest für mich sein wird, aber ich habe keinen Gedanken daran verschwendet, dass es auch für meine Freundin nicht gerade einfach ist.

»Kein Wort von ihm zu Weihnachten?«

»Nicht eine lausige Karte.«

Ich betrachte das kleine, entzückende Wesen auf meinem Schoß, das laut in die Hose furzt. »Hat er Maja überhaupt schon gesehen?«

»Einmal. Für ganze zehn Minuten. Bis sie zu schreien anfing, dann war's ihm zu lästig.«

»Scheißkerl.« Ich empfinde Hedis Wut auf ihn, als wäre es meine eigene.

Einvernehmlich lächeln wir uns an. Kaum vorstellbar, dass ich in meiner Isolation beinahe bereit gewesen wäre, meine Freundin für immer zu verlieren. Meine Hedi, die mich versteht, wie mich kein anderer versteht.

»Aber verrat's Maja nicht, okay?«, lächelt Hedi. »Sie kann ja nichts für ihren Erzeuger.«

Die Kleine fühlt sich warm an. Es ist schön, sie so nah bei mir zu haben, und überhaupt nicht länger schmerzvoll. Wer hätte das gedacht. Ich bestimmt nicht. »Tut mir leid, dass ich Maja die ganze Zeit nicht sehen wollte«, sage ich, ohne Hedi anzublicken.

»Ich fand's auch schade. Das hatte ich mir anders vorgestellt.«

»Bist du sauer, weil ich nicht auf deine Kleine zugehen konnte? Sei ehrlich.«

Hedi überlegt. »Sauer nicht, nein. Ich weiß ja, wie schwer das alles für dich ist, Maja zu sehen und dich an Finja zu erinnern. Ich war nur enttäuscht und konnte nichts dagegen machen.«

Nach einer Weile antworte ich. »Wenn du magst, komm ich jetzt öfter, um dich und Maja zu besuchen, wäre das okay?«

»Sicher wär das okay. Sag mal«, beginnt Hedi, »könntest du dir vorstellen, vielleicht, wenn's dir nicht zu sehr weh tut, das würde ich voll verstehen, wie wär's denn, du kannst auch jederzeit nein sagen, aber hättest du vielleicht Lust, Majas Patentante zu werden?«

Das kommt sehr überraschend, und ich bin berührt. Tief berührt. Gleichzeitig zögere ich, denn ich kann mir nicht sicher sein, ob sich nicht doch immer wieder Schmerz und Trauer einschleichen, wenn ich Maja sehe. Dann blicke ich auf das Kind auf meinem Schoß. Es wäre schön, zu dem Mädchen eine engere Beziehung zu haben. Dieses kleine Wesen ist es auf jeden Fall wert, es zu versuchen. Und ich nehme Finja dadurch nichts weg.

»Ich würde gerne«, willige ich zögernd ein. Hedi kommt zu uns auf den Boden und umarmt Maja und mich. »Ach, Hedi.« Tränen laufen mir über die Wangen, und ich sehe, dass auch meine beste Freundin weint. Dass ich gleich zweimal an diesem Abend mit anderen weinen kann, ist verrückt und herrlich zugleich.

Hedi schnüffelt. »Wie wär's, Patentante, wenn du als erste Amtshandlung Maja die Windel wechselst?«

Als Maja auf dem Wickeltisch vor mir liegt, bin ich fassungslos, welche Mengen an Kacke aus so einem entzückenden Winzling kommen.

Bei meiner Nachbarin Angelique brennt noch Licht. Sie steht allein in der Küche, daher ducke ich mich. Vorsichtig schleiche ich auf unser Haus zu. Ungesehen schaffe ich es ins Innere. Wenn ich gefestigter wäre, könnte ich ihr gegenüber großzügiger sein, aber ich lerne gerade erst wieder laufen. Da kann ich niemanden gebrauchen, der mich mit unbewältigter Trauer runterzieht. Ich frage mich allerdings, warum Angelique keine weiteren Kinder bekommen hat. Dann wäre sie sicher nicht so allein.

In unserem Haus ist es sehr unweihnachtlich. Keine Kerze. Kein Tannenzweig. Nicht einmal eine Dose mit Weihnachtsplätzchen. Das ist auch gut so. Mein erstes Weihnachten ohne Finja. Ich kann mir kaum vorstellen, dass auch dies einmal normal sein wird. Ich möchte Klaus anrufen, um ihm von dem Abend zu erzählen. Er wird es begrüßen, dass ich Majas Patentante bin, doch zuvor sollte ich sein Geschenk auspacken. Im Schlafzimmer liegt es auf meinem Kopfkissen, ein längliches Päckchen, mit goldenem Glanzpapier umwickelt. Ich denke an eine Halskette und sehe sie schon vor mir. Silbern, mit grobmaschigen Gliedern und einem skulpturalen Anker daran. Künstlerisch, nicht kitschig. Dazu ein Kärtchen mit dem Satz: »Danke für den Halt, den du mir gibst.« Es gibt Orte der Erinnerungen, von denen ich mittlerweile auch die schmerzhaften aufsuche, und Orte der Sehnsucht. Orte, die ich in meinem Leben noch nie betreten habe und die ich mir dennoch im Detail ausmale, so wie Finja auf der Krabbeldecke.

Ich versuche, meine Erwartungen runterzufahren, um von der Realität nicht enttäuscht zu werden. Selbst wenn die Kette nicht ganz meinem Geschmack entsprechen sollte, ist es doch die Geste, die zählt. Ich wickele das Päckchen aus. Darin liegt eine Uhr. »Bulgari« steht auf einem Zettel. Eine Woge der Enttäuschung trifft mich. Die Kraft der sich zurückziehenden Welle reißt an mir und unterspült den Boden unter meinen Füßen. Lieber hätte ich etwas von immateriellem Wert geschenkt bekommen, einen Stein wie den, den Klaus in Ligurien für mich gefunden hat. Er hat sicher das Beste für mich gewollt, rede ich mir ein. Doch für mich ist sein Geschenk befremdlich. Ich begreife nicht, was er mir damit sagen will. Dass seine Zeit weitergeht? Bevor ich ihn anrufe, warte ich zehn Minuten, um meine Enttäuschung zu überwinden.

»Hallo, Schatz«, meldet er sich. »Ich vermisse dich.«

»Ich dich auch. Hör mal, ich werde Majas Patentante.«

»Schön. Toll. Ich find super, dass du dir das zutraust. Danke für den i-Pod. Und unser Lied.« Im Hintergrund höre ich den Fernseher laufen. Das hätte ich nicht von Herrn und Frau Lomberg gedacht. Ich habe mir meine Schwiegereltern immer mit Blockflöte unterm Weihnachtsbaum vorgestellt.

Ich zögere. »Danke auch für die Uhr.«

»Gefällt sie dir?«

»Sie war bestimmt viel zu teuer.«

»Sie gefällt dir nicht!«

»Na ja, ich bin nicht sicher, ob ich sie verstehe.« Es fällt mir schwer, am Telefon mit ihm zu sprechen. Vielleicht sollte ich warten, bis er wieder bei mir ist, aber ich möchte ihm gegenüber nicht erneut verstummen. »Ich hätte eine Kette oder einen Stein ehrlicher gefunden, persönlicher.«

Stille. Ich habe ihn vor den Kopf gestoßen, doch es musste sein. Er schluckt vernehmbar. »Gut«, sagt er dann. »Wir tauschen die Uhr um, und du suchst dir was anderes aus.«

»Bist du jetzt enttäuscht?«

»Nein. Es ist ja nur eine Uhr, von der ich dachte, dass sie dir gefällt.« Er ist enttäuscht.

Ich beiße mir auf die Zunge, nehme meine Aussage aber nicht zurück, nur um ihn zu schonen. Ich will uns beiden nichts mehr vormachen.

»Übrigens viele Grüße von meinen Eltern«, sagt Klaus.

»Danke, zurück.« Wir schweigen noch ein bisschen zusammen, weil mir nichts einfällt, um die Distanz zwischen uns zu überbrücken. Ich fühle mich nicht wohl dabei, doch ich kann es nicht ändern.

»Bis morgen dann«, verabschiedet sich Klaus.

»Bis morgen. Ich freu mich auf dich.«

»Tschüs, Mara.« Er legt zu abrupt auf und lässt mich mit meinem Unwohlsein zurück.

Aber was hätte ich anders machen sollen? Hätte ich meine Enttäuschung über das Geschenk für mich behalten, dann hätte ich ihm seine erspart, hätte mich ihm gegenüber aber fremd gefühlt. Mein derzeitiges Gefühl ist allerdings auch nicht viel besser.

Da es noch zu früh ist, um schlafen zu können, schalte ich den Fernseher ein. Gregorianische Kirchengesänge. Gilbert, der froh ist, nicht mehr allein zu Hause zu sein, jault mit. Ich zappe herum, doch das Programm spricht mich nicht an, und schließlich mache ich den Fernseher wieder aus. Eigentlich ist Weihnachten ein Tag wie jeder andere, wenn man von dem ganzen ideologischen Überbau mal absieht. Für einen Eingeborenen in Papua-Neuguinea zum Beispiel. Wobei mir einfällt, dass die wahrscheinlich längst alle christianisiert worden sind. Also stelle ich mir vor, in Berlin-Kreuzberg zu sein. Gerade als ich in Gedanken einen Dönerkebap ordere, klingelt es an der Haustür. Klaus ist früher zurückgekommen, hoffe ich, aber das ist Unsinn. Wahrscheinlich ist es meine Mutter. Ohne das Auto? O nein, es muss Angelique sein.

Ich will nicht aufmachen, doch da klingelt es schon wieder, außerdem brennt das Licht. Schweren Herzens öffne ich. Völlig unerwartet bin ich mit Nils konfrontiert.

»Hallo, ich hab Simone auf einer Party getroffen, und die meinte, du wärst allein. Nicht, dass ich dich stören will, ich hab auch kein Geschenk dabei oder so …«

»Gut.« Ich bin froh, dass er es ist, und trete zur Seite, damit er hereinkann. »Willst du Bier, Wein, Saft oder Kaffee?«

Wir setzen uns in die Küche. Seit er mich vom Fernseher weggeholt hat, vor dem ich bei lebendigem Leib verschimmelt bin, haben wir uns nicht mehr gesprochen. Auch weil mir nicht richtig klar ist, woher die Nähe und Vertrautheit stammen, die ich bei ihm empfinde, und weil sie mir Klaus gegenüber als nicht ganz fair erscheinen. Nun bedauere ich, mich nicht bei ihm gemeldet zu haben. Während ich befangen einen Espresso aufsetze, überlege ich, wie ich Nils dafür danken soll, dass er mich aus meiner Depri-Phase erlöst hat. In mir ist ein bisschen Scham, nachdem er mich derart derangiert gesehen hat.

»Sehr nett von dir, mal vorbeizuschauen«, fange ich unsicher ein Gespräch an. Er lächelt vage. »Und wie war die Party so?«, frage ich.

»Nett, aber langweilig.«

»Keine Frau, mit der es sich zu flirten gelohnt hätte?« Das geht mich doch überhaupt nichts an. Die Atmosphäre in der Küche kommt mir seltsam verdichtet vor. »Der Espresso ist fertig. Soll ich Milch aufschäumen?«

Er fährt sich mit der Hand durch die blonden Haare. Seine langen Wimpern fallen mir auf. »Ich ... Milch«, sagt der Exlover meiner Schwester, der mittlerweile ein Freund ist. Nils steht auf, geht zur Terrassentür und sieht in den dunklen Garten hinaus. Sein Gesicht spiegelt sich in der Glasscheibe. Er wirkt nicht länger wie der Berufsjugendliche, mit dem ich alte Hits gegrölt habe. Aus einem Impuls heraus würde ich gerne zu ihm gehen und ihn umarmen. Meinen Kopf an seinen Rücken schmiegen. Rein freundschaftlich, sage ich mir. Oder mache ich mir da was vor?

Finja, denke ich, ihr Tod verbindet uns. Wenn sie nicht gestorben wäre, wären wir jetzt nicht zusammen hier. Wir müssen das klären. Ich gehe zu ihm. Er sieht mich in det Fensterscheibe auf sich zukommen und lächelt.

»Nils?« Er dreht sich zu mir um. Ganz nah stehe ich vor ihm. »Nils, ich muss ...« Sein Lächeln wird breiter. Sein Mund öffnet sich, und ich sehe, wie seine Zungenspitze seine Unterlippe berührt. An seinem Hals pocht eine Ader. Er hat eine Präsenz im Raum, die mich fast vergessen macht, was ich zu sagen beabsichtige. Aber nur fast. »Was willst du von mir?« Jetzt ist sie raus, die Frage. Er blinzelt. »Ich mein«, stammle ich, »ich bin emotional echt daneben. Jetzt geht's allmählich wieder, aber als du mich gefunden hast, war ich völlig unten. Wir sind ja nicht richtig befreundet oder so, du kennst mich nur in meinen Extremzeiten.«

»Was ist das hier? Mara Lombergs Psychocouch?« Mit der Hand fährt er sich über den Mund, geht zum Küchentisch und setzt sich. »Ich weiß nicht, was ich von dir will«, sagt er ein wenig zu laut. Ich bleibe, wo ich bin, wage kaum zu atmen. »Muss ich das wissen?«

»Na ja, ich bin verheiratet«, sage ich leise.

»Das weiß ich.« Als er mir in die Augen blickt, meine ich so etwas wie Sehnsucht darin zu erkennen.

Es drängt mich, seine Hand zu nehmen, doch ich unterdrücke das Gefühl. Ich bin Nils für alles, was er getan hat, sehr dankbar, aber ich liebe Klaus. Das, was sich zwischen Nils und mir aufgebaut hat, lag an dem emotional gestörten Zustand, in dem ich mich befand. Und in dem ich mich nun nicht mehr befinde. Das Fundament, auf dem meine Ehe steht, ist noch lange nicht so stabil, wie es sein sollte, ganz sicher werde ich aber nichts dafür tun, um es zu untergraben.

»Gute Nacht«, sage ich.

Nils nickt verstehend, auch wenn er einen traurigen Eindruck macht, und geht. Vom Fenster aus sehe ich ihm zu, wie er in seinen Alfa steigt und wegfährt, und seine Traurigkeit umfasst mich.

22

In wenigen Minuten nähert sich das alte Jahr seinem Ende. Es kann für mich gar nicht schnell genug vorübergehen.

Wir sitzen in unsere Bettdecken gehüllt, mit Mützen auf dem Kopf in den Liegestühlen auf der Terrasse und halten die Sektgläser mit Handschuhen fest. Gilbert ist bereits am Nachmittag, als der erste Böller losging, unter unser Bett geflüchtet. Cassiopeia kratzt in ihrem Terrarium herum. Wir sind allein. Meine Eltern haben uns zum Essen und Bleigießen eingeladen, aber Klaus und mir ist nicht nach Feiern. Ich lege meine Beine auf seinen Schoß. Musik schallt durch die Gärten. *»Tonight I'm gonna party like it's 1999.«*

Damals kannte ich meinen Mann noch nicht, und an ein Kind hätte ich nicht im Traum gedacht. Das große Millenniumfest habe ich mit Hedi und zwei weiteren Freundinnen in Berlin gefeiert. Wir hatten unsere ersten unterbezahlten Praktika bei einer Fernsehproduktion und wohnten in einer WG in Köln. Typen wurden auf ihre Multiple-Orgasmen-Tauglichkeit abgeschätzt und nach einem kultivierten Herzschmerz gegen den nächsten ausgetauscht. In der neuen Hauptstadt wollten wir an dem historischen Weltereignis teilnehmen und landeten auf einer Technoparty in einem ausgeräumten Keller. »Luftschutzraum« stand in altdeutscher Schrift über der Tür. Ein Relikt aus vergangenen Tagen. Kunstnebel machte das Atmen schwierig. Stroboskoplicht verwirrte mich. Hedi sah ich nur noch in abgehackten Bildern. Das erste und einzige Mal, dass ich Koks ausprobierte. Mit den Mädels auf dem vollgepissten Klo. Es brannte im Rachen und machte mich unantastbar. Wir tanzten bis zum nächsten Mittag durch, und ich war überzeugt davon, die Regisseurin meines Lebens zu sein. Hauptrolle: Mara Triller. Regie: Mara Triller. Casting: Mara Triller. Drehbuch: Mara Triller.

Natürlich habe ich mir damals ein Happyend geschrieben. Keanu Reeves im coolen Neo-Lack-und-Leder-Look, der mich auf der Straße unter Tausenden auswählt und mir die Welt zeigt. Die moderne Prinz-auf-dem-weißen-Pferd-Story. Wie anders sind meine Träume seither geworden. Nicht unbedingt realistischer.

»Was wünschst du dir vom neuen Jahr?«, frage ich Klaus. Die ersten Raketen explodieren schon in bunten Kaskaden. Ich betrachte die Fontänen aus Licht über uns. Mir wird doch noch feierlich zumute.

»Ich glaub, das letzte war eine Art Prüfung«, antwortet er, »die uns auferlegt wurde. Wir mussten da durch, und jetzt können wir nach vorne blicken. Nur nach vorne. Nicht mehr zurück.« Er redet mit Überzeugungskraft, malt mir aus, wie wir gemeinsam New York erobern. Seine Stimme hüllt mich in einen warmen Mantel der Liebe und Zugehörigkeit. Wir sind uns so nah wie vor neun Monaten, als wir uns unmittelbar nach Finjas Tod noch Halt geben konnten. Und ich bin zuversichtlich, dass wir es schaffen werden, als Paar im neuen Jahr weiterzubestehen.

»Frohes neues Jahr«, brüllt jemand ein paar Gärten weiter.

Jetzt ist es so weit. Das alte liegt hinter uns. Klaus und ich, wir stoßen an, dabei blicken wir uns in die Augen. »Auf die Zukunft«, sagt er, und ich spüre, wie sich seine und meine Liebe zu etwas Starkem und Gutem verbinden.

The same procedure as every year. Trotz aller Vorsätze und Wünsche bleibt der Januar der übliche graue, nervige Monat. Diesmal wird er dadurch verschlimmert, dass meine Mutter mit ihrem Blinddarmdurchbruch eine Legitimation erhalten hat, jede ihrer persönlichen Interessen durchsetzen zu wollen. »Ich bin dem Tod gerade mal so von der Schippe gesprungen. Das hätte auch ins Auge gehen können. Wer weiß, wie lange ich euch noch eine Mutter sein kann«, lautet ihre Rechtfertigung, um morgens um halb acht bei mir anzufragen, ob ich mit in den Großmarkt komme, weil es dort Klopapiervorräte für fünf Monate zum Sonderpreis gibt. Oder sie schleppt mich zu ihrer Friseurin zwecks Typberatung. Da ich nicht arbeiten gehe, finde ich keine Ausrede, um zu verhindern, dass ich mit Simone die flauschigen fliederfarbenen Strickkleider, die unsere Mutter in Serie herstellen möchte, bei der Tupperware-Party ihrer Nachbarin vorführen muss. Wenigstens entkomme ich in knapp einer Woche nach New York. Klaus' Ausstellungseröffnung im Big Apple steht an. Seit Tagen redet er von nichts anderem mehr, wenn er mich nicht gerade ins Bett zieht. Das tut er in schöner Regelmäßigkeit, und es gefällt mir.

»Hast du denn alle Impfungen?«, will meine Mutter wissen, während sie Gilbert mit den übriggebliebenen Weihnachtskeksen füttert.

»Mama, ich fahre in die USA, nicht nach Malawi«, stöhne ich.

»Wart ihr da nicht tauchen?«

»Das waren die Malediven. Hör auf, Gilbert vollzustopfen. Der Hund kotzt gleich.«

»Hier, Mara-Maus.« Mein Vater schleppt einen großen Koffer herein, den ich mir von meinen Eltern für die Reise ausleihen will.

»Ich geb dir besser meine Thermo-Unterwäsche mit«, fällt meiner Mutter ein.

Als ob mir ihre riesigen Wollschlüpfer noch passen würden, seit ich mindestens acht Kilo verloren habe. So hat der zurückliegende Stress wenigstens ein paar positive Auswirkungen.

»Weiß eh nicht, wohin mit dem ganzen Zeug«, schwindele ich. Tatsächlich will ich mit möglichst wenig Gepäck nach New York fliegen, um dort Klamotten einzukaufen. Schweren Herzens habe ich mich sogar dafür entschieden, Finjas Kiste zu Hause zu lassen und nur die Fotos aus dem Kreißsaal und die Ultraschallbilder mitzunehmen. »Danke für den Koffer. Ich ruf noch mal an, bevor wir fliegen.«

»Wart mal. Denglers hat einen Rabattverkauf«, sagt meine Mutter. »Echte Gänsedaunen. Aber sie geben pro Person nur eine Decke raus. Simi und du, ihr müsst mitkommen.«

»Keine Zeit«, ruft meine Schwester vom Flur aus, wo sie in knallgrüne Stöckelschuhe mit Mörderabsatz schlüpft. »Ich muss zur Arbeit.« Türenknallend verlässt sie das Haus.

Hat sie tatsächlich das Wort »Arbeit« in den Mund genommen? Ich dachte, Simone wüsste nicht mal, wie man es buchstabiert.

»Ich war auch ganz überrascht, aber vor ein paar Tagen hat Simi mit dem Job angefangen«, erklärt meine Mutter, als ich sie fragend ansehe.

»Was macht sie denn?« Außer als Partygängerin hat meine Schwester noch nie viel Talent gezeigt, möchte ich meinen.

»Sie ist Verkäuferin in einem Bekleidungsgeschäft«, erklärt meine Mutter stolz.

Nachdem ich über zwei Stunden mit ihr und meinem Vater in einer Schlange bei Denglers angestanden habe, um drei Daunendecken zu ergattern, lasse ich mir beschreiben, wo besagtes Geschäft zu finden ist.

»*Rainbow Fashion*« steht auf dem Schild über der Fensterfront. Schreiend bunte Plastikklamotten sind auf Puppen ohne Köpfe drapiert, Aufkleber verheißen bis zu siebzig Prozent Nachlass auf die Herbstmode. Als ich den Laden betrete, schlägt mir überlaute Popmusik entgegen. Es hört sich an, als wären sämtliche aktuelle Klingeltöne übereinandergelegt.

»Ich will zu Simone Triller«, brülle ich einer kaugummikauenden Verkäuferin in Minikleid und Krokolederimitatstiefeln entgegen, die einer käsigen, spindeldürren Frau versichert, das rosa Stretch-T-Shirt mit der Aufschrift »*Sex Bomb*« sehe einfach toll an ihr aus. Gelangweilt deutet sie nach hinten.

Der Verkaufsraum ist riesig. Ich komme an mindestens fünf Gruppen übergewichtiger Teenager vorbei, die sich mit Zielsicherheit die kürzesten und engsten Tops und Röcke aus den Mengen von Billigkleidung heraussuchen. Geblendet vor lauter Neonfarben, finde ich endlich meine Schwester. Simone packt aus Kartons glitzernde Oberteile aus und hängt sie an einen Ständer.

»Dass ich das noch erleben darf«, schreie ich gegen die musikalische Überdosis an.

»Mara! Ist Mama bei dir?« Auf mein Kopfschütteln hin sieht sie erleichtert aus. »Du glaubst gar nicht, wie schlimm die im Moment ist. Dauernd will sie was mit mir machen. Einen Aquarellkursus an der VHS oder so einen Quatsch. Da jobbe ich lieber hier, hab meine Ruhe und krieg auch noch Kohle dafür.«

Ruhe wäre zwar die letzte Bezeichnung, die mir bei diesem Laden einfallen würde, aber ich verstehe schon, was Simone meint. »Wie ist die Arbeit denn so?«

»Hätt gar nicht gedacht, dass mir das Spaß macht. Wenn nur der Chef nicht so ätzend wäre. Der stoppt sogar die Zeit, wenn wir aufs Klo gehen.«

»Warum suchst du dir nicht eine neue Stelle?«

»Ohne Erfahrung? Keine Chance. Stell dir vor, wenn ich genug gespart hab, nehm ich mir ein eigenes Apartment.«

Ich bin baff. Meine kleine Schwester arbeitet nicht nur, sie will auch noch in eine Wohnung ziehen. Und zwar allein. »Woher kommt diese ganze Veränderung?«, frage ich sie.

Simi druckst herum. »Du hast im letzten Jahr so viel durchgestanden. Du hast so viel Stärke gezeigt und Kraft aufgebracht. Da habe ich gedacht, irgendwas muss ich doch auch mal machen.«

»Das finde ich super, echt.«

»Fürs Tratschen wirst du nicht bezahlt«, schnauzt jemand. Als ich mich umdrehe, sehe ich einen weißhaarigen, etwa sechzigjährigen Mann in einem maßgeschneiderten Anzug. Seine gediegene Aufmachung will so gar nicht zur Umgebung passen.

»Ihre nette und zuvorkommende Verkäuferin hat mir gerade dieses Top hier empfohlen«, behaupte ich und ziehe auf gut Glück ein goldenes Paillettenimitat aus dem Stapel hervor. »Wo finde ich die Kasse?« Hocherhobenen Hauptes gehe ich an dem Anzugmann vorbei.

Zu Hause werfe ich das goldene Top auf den Sack für die Altkleidersammlung, in dem die Schwangerschaftssachen liegen, und gehe ans Telefon. Aufgelegt. Für eine Sekunde denke ich, dass mich Nils vielleicht anrufen wollte, aber seit Weihnachten herrscht Funkstille. Auch wenn ich ihn ein bisschen vermisse, wüsste ich nicht, was ich ihm sagen sollte.

»Was ist das denn für ein grauenhaftes Ding?«, fragt Klaus, das Top in der Hand.

Ich schnappe es mir und halte es vor die Brust. »Findest du das nicht sexy? Das hab ich mir extra für die Ausstellung in New York gekauft.«

Weil er zusammenzuckt, lache ich ihn aus. Er blinzelt, dann lacht er mit. Wir lachen auch noch im Bett, während wir uns gegenseitig ausziehen.

Als Nils mich am Abend tatsächlich anruft, geht mir kurz durch den Kopf, dass er es vielleicht doch war, sich aber nicht zu melden getraut hat. Ich versuche ihm seine Befangenheit zu nehmen, indem ich mich möglichst normal gebe. »Hallo, Nils, wie schön, dass du anrufst. Wie geht es dir?« Wir wechseln ein paar belanglose Sätze, in denen wir uns auf den neusten Stand bringen. Über meinen Auftritt im lila Flauschkleid muss er herzlich lachen. In mir keimt der Wunsch auf, mit ihm einfach befreundet zu sein.

»Hör mal, wenn du Lust hast, warum gehen wir nicht morgen zusammen mit Gilbert in den Wald?«, wage ich mich vor.

Nils zögert gar nicht so lange, bevor er zustimmt. Ich freue mich sehr auf unser Treffen.

»Hallo!« Am nächsten Mittag nimmt Nils mich in den Arm. Eine überraschend vertraute Geste. Ich war noch nie mit einem Mann befreundet. Entweder bin ich mit Männern ins Bett gegangen, oder sie waren weitgehend uninteressant für mich. »Wie geht's dir?«, fragt Nils.

»Erstaunlich gut. Ich habe das Gefühl, dass das neue Jahr wirklich ein Neuanfang für Klaus und mich ist. Zwischen uns ist es so viel besser geworden«, gebe ich offen zu. Wenn Nils mit mir befreundet sein will, muss er damit klarkommen.

»Das hast du dir verdient«, sagt er nur.

Der Wald ist beinahe menschenleer. Aus der Ferne ist der Lärm einer Schnellstraße zu hören. Wir gehen nebeneinanderher. Seine Jacke streift meine. Nils bückt sich, hebt einen Stock auf und wirft ihn. Mein Köter läuft um uns herum und springt an unseren Beinen hoch. »Nein, Gilbert. Such das Stöckchen. Such!«, fordere ich ihn auf, doch er riecht lieber ausgiebig an einem blätterlosen Gestrüpp.

»Das ist kein Hund«, lästert Nils, »das ist ein Plüschtier. Jedes Meerschwein ist härter als der.«

»Okay, ich hab von Gilbert auch nicht viel gehalten, als Simone ihn angeschleppt hat, aber er ist mir ziemlich ans Herz gewachsen. Man könnte mir die reinrassigste Preisdogge zum Tausch anbieten, und ich würde definitiv ablehnen«, lege ich mich für meinen Hund ins Zeug.

Nils fängt an zu lachen. »Hört sich an, als redest du von mir. Als Simone mich angeschleppt hat, warst du ja auch nicht gerade mein größter Fan, oder?«

»Du bist mein Freund«, sage ich. »Obwohl wir uns noch nicht so lange kennen.«

»Hmm. Ja.« Nils hat die Hände in die Taschen seiner Jacke gesteckt und schreitet weit aus. Ich muss mich beeilen, um hinterherzukommen. »Wo ist Gilbert?«, frage ich keuchend. »Gilbert! Hierher! Gilbert!« Wir rufen gemeinsam nach dem Hund. »Mistvieh«, schimpfe ich. »Wahrscheinlich hat er sich in einem Hasenbau verirrt. Gilbert!«

Ein Specht hämmert sein Tocktock. Wir laufen ein Stück zurück, dann verlassen wir den offiziellen Weg und suchen zwischen den Bäumen. Gilbert hat ein braunes Fell. Er kann sich auf dem Waldboden gut tarnen. »Wenn du nicht sofort auftauchst, wirst du auf Diät gesetzt«, drohe ich laut, dabei ist mir unheimlich zumute. Ich wünsche mir, er würde neben mir hochspringen und wie so oft meine Hand abschlecken.

»Gilbert!«, ruft Nils. Wir stolpern über Wurzeln und Erdlöcher. Der Verkehrslärm nimmt zu. Zwischen den Stämmen kann ich die Autos sehen. Eine dunkle Ahnung ergreift mich, und meine Schritte werden schneller.

Da hockt mein Hund. Auf der anderen Seite der stark befahrenen Straße. Er springt auf, als er uns bemerkt. Vor Freude wedelt er mit dem Schwanz.

»Bleib!«, rufe ich. Gilbert läuft quer über die Fahrbahn auf uns zu. Von links nähert sich ein Lastwagen. »Nein!«

Ich schließe die Augen. Sekunden später öffne ich sie wieder, denn ich muss wissen, was mit meinem Hund geschieht. Zu meinem Entsetzen befindet sich nun auch Nils auf der Straße. Er reißt Gilbert am Halsband hoch. Der Lastwagen hält auf die beiden zu. Ich sehe nur noch, wie Nils einen Hechtsprung macht. Der LKW rast an ihnen vorbei.

»Nils!« Brüllend stürze ich zu meinem Hund und meinem Freund. »Nils? Lebst du noch? Niiiiils? Niiiiiiiils!«

»Beruhig dich«, antwortet er und stemmt sich hoch. Vorne ist er überall mit nassem Laub und Erde bedeckt, nur nicht an der Stelle, wo er Gilbert gehalten hat. Letzterer schmiegt sich an mein Bein.

»Alles in Ordnung?« Ich bin so froh, dass ich Nils am liebsten um den Hals fallen würde, doch angesichts unserer noch recht jungen Freundschaft lasse ich es. Stattdessen hocke ich mich hin und kraule Gilbert hinter den Ohren.

»Alles okay.« Er humpelt zwar, aber er lebt.

Während wir zum Auto zurückgehen, muss ich ihn immer wieder von der Seite ansehen. »Willst du einen Kaffee?«, biete ich an, als wir in seinem Alfa sitzen. Er mustert mich, und seine Augen scheinen heute grüner als sonst zu sein.

»Kaffee und Paracetamol«, sagt Nils.

»Du hast dich doch verletzt! Warum hast du nichts gesagt?«

»Geht schon. Ist nur geprellt.« Jetzt bestehe ich darauf, dass er den Wagen vor dem Haus parkt, mit hineinkommt, sich aufs Sofa legt und mich seine Knie untersuchen lässt. Gerade als ich sein rechtes Hosenbein so vorsichtig wie möglich hochschiebe, taucht Klaus in der Wohnzimmertür auf.

»Hallo, Schatz.«

»Nils hat Gilbert das Leben gerettet«, informiere ich ihn aufgeregt. »Bist du schon da? Ich hab den Volvo gar nicht gesehen.«

»Rainer hat ihn sich geliehen.«

Nils setzt sich auf. »Du bleibst liegen«, befehle ich. »Ich hole das Paracetamol.«

Doch er erhebt sich langsam. »Ich fahr dann mal.«

»Und der Kaffee? Ich kann uns auch was kochen, dann essen wir alle zusammen.« Er lehnt ab. Während er zur Tür humpelt, begleite ich ihn. »Was hast du denn auf einmal?«

An der Tür beugt er sich zu mir und berührt sacht meine Wange. »Mach's gut, Mara. Vielleicht sehen wir uns ja mal wieder.«

Nur langsam begreife ich, dass das ein Abschied von unserer Freundschaft ist.

»Mara? Mara Lomberg?« Timon, mein alter Chef, klingt erstaunt. »Bist du nicht in Elternzeit?«

Ich zucke am Hörer zusammen, obwohl ich schon damit gerechnet habe, dass weder Annika noch Daniela ihm von Finjas Tod erzählt haben.

»Nein. Ich … also … Meine Tochter ist tot.« Durch das Telefon höre ich ihn scharf einatmen. »Ich komme damit klar, wirklich«, beeile ich mich zu sagen. »Weshalb ich anrufe. Ich möchte wieder arbeiten. Hast du einen Job für mich?« Zu dem Gespräch habe ich mich durchgerungen, weil ich nicht aus New York in das jetzige Nichts zurückkommen möchte. Da sich eine Schwangerschaft offenbar so schnell nicht einstellen will, muss ich mir was überlegen, um die Zeit zu überbrücken. Bei meiner alten Arbeitsstelle weiß ich immerhin, woran ich bin.

»Mara, das kommt jetzt überraschend … Deine Stelle ist leider nicht frei, aber wenn sich hier was tut, denke ich zuerst an dich, versprochen. Du rufst mal wieder an, ja?«

Obwohl ich keine konkrete Zusage erhalten habe, bin ich stolz auf mich, als ich auflege. Es sind über neun Monate seit Finjas Tod vergangen, und ich lüge nicht mehr, wenn ich auf die Frage, wie es mir geht, mit »Gut« antworte. Es wäre falsch, zu behaupten, dass ich wieder die alte Mara wäre, doch ich bin zumindest nicht mehr ganz so weit von ihr entfernt. Ich habe das Gefühl, etwas selbständiger steuern zu können, wann ich an meine Tochter denke und wann nicht. Meiner Trauer bin ich nicht länger völlig hilflos ausgeliefert. Und das ist ein riesiger Schritt für mich.

Um das Glück auszudrücken, dass ich in der Schwangerschaft empfunden habe, möchte ich weiter an der Decke nähen. Aus dem Altkleidersack ziehe ich die Umstandsbluse, die ich am liebsten getragen habe, und eine dehnbare schokoladenfarbene Leggins. Bluse und Hose breite ich in Finjas Zimmer auf der Tischplatte aus. Der dünngestreifte Blusenstoff wird zu einem Schneckenhaus. Aus der Leggins entsteht der Kopf einer Schnecke, und mit den Fäden eines aufgeribbelten rosa Babyschuhs, den meine Mutter gehäkelt hat, sticke ich die Hörner auf.

Das Klingeln des Telefons unterbricht meine Arbeit. Genau genommen würde ich es gerne ignorieren, aber der Gedanke taucht auf, es könnte Timon mit einem Jobangebot sein.

»Lomberg.« Niemand antwortet. Ein, zwei Sekunden Rauschen in der Leitung, dann wird aufgelegt. Wahrscheinlich falsch verbunden. Vielleicht stand unsere Nummer irrtümlicherweise in einer Stellenanzeige. Das ist schon mal passiert. Gerade will ich zurück zu meinen Nähsachen gehen, da klingelt es wieder.

»Jaha!«, sage ich etwas genervt in den Hörer.

»Was machst du gerade?« Es ist Hedi.

»Ich nähe.«

»Hör mal. Ich brauche unbedingt was Neues zum Anziehen, aber mit Maja ist das unmöglich. Kannst du auf das Biest aufpassen, wenn ich in der Umkleide bin?«

»Solange ich sie nicht wickeln muss.«

Wir treffen uns in der Innenstadt. Hedi probiert Tausende von Hosen und Röcken an, während ich darauf achte, dass Maja nicht verschüttgeht, die zwischen den Kleiderständern herumkrabbelt. »Da«, ruft sie und wischt ihre Rotznase an einem sündhaft teuren Kleid ab. Ich tue so, als hätte ich nichts gesehen.

Anschließend kommen die beiden mit zu uns. Erst habe ich Angst, mit einem Baby unser Haus zu betreten, aber meine Beklemmung weicht, sobald wir in der Küche stehen. Ein Kind in Finjas imaginärem Alter wird immer diesen vorübergehenden Effekt auf mich haben, das ist mir bewusst, doch ich kann ihn aushalten.

Wir kochen zusammen mit Klaus, der die letzten paar Tage vor New York nicht in die Werkstatt muss. Die Arbeiten sind geteilt. Nach Anweisung von Hedi schneidet Klaus Gemüse und Fleisch klein, ich reiße Maja Stückchen vom Toastbrot ab, die sie wiederum an Gilbert verfüttert. »Dadada«, krakeelt sie begeistert. Als wir essen, hat sie natürlich keinen Hunger mehr, patscht mit der flachen Hand in den Brei, dass es spritzt, und will sich vom Schoß ihrer Mutter stürzen.

»Komm her, mein Windelpopo.« Klaus nimmt sie auf den Arm und hüpft mit ihr in der Küche herum. Maja lacht schallend. Er reicht ihr alle Töpfe und Kochlöffel auf den Boden und gibt mit ihr ein Konzert. Mit Wehmut denke ich daran, was für ein wundervoller Papa mein Mann für unsere Tochter geworden wäre.

»Wenn Finja jetzt bei uns sein könnte.« Hedi drückt meine Hand.

Dass auch sie in dieser Situation an mein Mädchen denkt, rührt mich zutiefst. »Das wäre schön.« Ich schlucke.

»Hilfe! Mara, rette mich«, ruft Klaus. Maja und Gilbert krabbeln beide auf ihm herum. Maja zwickt ihn in die Nase, und Gilbert leckt ihm das Ohr. Hedi und ich bekommen einen Lachanfall, und ich fühle eine tiefe Liebe zu diesen Menschen in mir. Es ist ein Geschenk, dass ich noch so empfinden kann.

»Ich weiß, dass ich das nicht darf«, erklärt Hedi, »aber ich beneide dich um deinen Mann. Ich hätte gern einen wie ihn als Majas Papa und als Lover für mich. Hasst du mich jetzt?«

»Wieso sollte ich dich hassen? Ich beneide dich ja auch um Maja, und du hasst mich nicht dafür.«

»Ich hoffe nur, dass sich bald ein Mann nicht nur für mich interessiert, sondern auch dafür, ein Papa für mein Kind zu sein. Manchmal glaub ich, alleinerziehende Mütter wirken auf die Kerle total abstoßend. Wenn ich mit einem Mann flirte und er erfährt, ich hab ein Baby, dann ist er schneller weg, als ich gucken kann.« Meine beste Freundin sieht niedergeschlagen aus. Maja rollt mit Klaus Kartoffeln über den Boden.

»Nicht reinbeißen«, sagt er, als sich die Zähnchen der rohen Knolle nähern.

»Dada!«, beharrt sie.

»Nein. Nein. Nein.« Kaum hat ihr Klaus die Kartoffel entwunden, fängt sie an zu schreien. Rasch hält er ihr einen Schneebesen hin.

Majas Schrei stoppt abrupt. Sie greift sich das Küchengerät und schlägt damit gegen den Kühlschrank. »Dadadadaaaa.« Es klingt triumphierend.

»Ich kann mir nicht vorstellen, dass da draußen nur bindungsunfähige Männer rumlaufen«, sage ich und muss unvermittelt an Nils denken, aber ich unterdrücke den Gedanken sofort. »Vielleicht reagierst du nur nicht auf die richtigen und lässt denen gar keine Chance, weil du schon auf die Gefühlskrüppel angesprungen bist.«

»Mag sein«, erwidert Hedi ernsthaft. »Bloß wie erkenne ich die denn? Die haben ja keine Tätowierung auf der Stirn. Obwohl, das wär eigentlich eine gute Idee. Sobald sich einer als bindungsunfähig entpuppt, kriegt er per Gesetz so was aufgestempelt.«

»Hört sich für mich ein bisschen zu sehr nach KZ-Nummer an«, sage ich.

»An was du wieder denkst.« Entgeistert mustert Hedi mich. »Tätowierung ist vielleicht echt zu hart, aber könnte man nicht so eine Art Führungszeugnis einfordern? Die Schufa-Auskunft in Sachen Gefühle.«

Ich überlege mir, was bei Klaus wohl verzeichnet wäre (ACHTUNG: Im Ernstfall kann es zu Sprachlosigkeit kommen) und ob mir ein solcher Hinweis das vergangene Jahr leichter gemacht hätte.

Er hat seine lange Gestalt zu Maja hinuntergebeugt und bringt sie durch eine Froschimitation zum Lachen. Ich lächle. Klaus blickt zu mir und lächelt ebenfalls. Wir haben es geschafft. Wir haben es überstanden. Das kann uns keiner mehr nehmen.

»Tja, wir lassen euch zwei Hübschen dann mal allein.« Hedi erhebt sich.

»Du willst schon gehen? Es ist doch noch so früh.«

»Maja braucht ihren Schönheitsschlaf.«

Wir umarmen uns. Ihre Tochter bekommt von Klaus und mir unzählige Küsse.

Kaum sind die beiden aus der Tür, zieht mich Klaus an sich. Seine Lippen sind verlangend, seine Hände streicheln fordernd. Noch im Flur haben wir Sex. Als wir uns verschwitzt voneinander lösen, keuche ich ein »Ich liebe dich«.

Klaus strahlt mich an. Seine grauen Locken kleben nass auf seiner Stirn. »Und ich dich erst mal«, sagt er, bevor er im Bad verschwindet.

Ich sammle unsere Kleider auf, da klingelt neben mir das

Telefon. »Lomberg.« Schweigen. »Lomberg. Hallo! Wer ist denn da?« Es klickt erst und tutet dann.

In den letzten Wochen ist das öfter vorgekommen, fällt mir auf. Meine Füße fangen an zu kribbeln, daran merke ich, wie nervös ich bin. Vielleicht sollte ich Klaus darauf ansprechen. Aber was kann er schon dafür? Es könnte ja auch unsere verrückte Nachbarin Angelique sein, die sich einsam fühlt. Möglich wäre es zumindest.

»Hör mal, Mara, ich hab den Fotoapparat in der Werkstatt vergessen, mit den Aufnahmen der neuen Sachen. Die Fotos wollte ich doch nach New York mitnehmen. Ist es schlimm, wenn ich noch mal hinfahre?« Angekleidet kommt Klaus auf mich zu.

Nackt, wie ich bin, stammle ich mein Einverständnis und bleibe allein zurück. Sicher gibt es für alles eine ganz einfache Erklärung, denke ich mir. Wahrscheinlich sind die Anrufe reine Zufälle, und Klaus muss wirklich etwas fertigmachen. Vielleicht aber auch nicht.

Ich kann mich auf keinen Film und kein Buch konzentrieren, da ich immerzu darüber nachdenken muss. Weil ich hoffe, dass Hedi mir weiterhelfen kann, rufe ich sie an. Am Telefon gewinne ich den Eindruck, dass sie mich abwimmeln möchte.

»Hör mal, ich melde mich morgen«, sagt sie.

Im Hintergrund höre ich Musik. Als sie auflegt, stehe ich etwas enttäuscht da. Mit wem soll ich sonst darüber reden? Wie aus dem Nichts taucht der Gedanke auf, Klaus könnte eine Affäre haben. Mit meiner besten Freundin.

Das ist absurd.

Ist es das? Ich setze mich aufs Sofa, versuche an etwas anderes zu denken und erinnere mich an das Essen. War da nicht ein zu intensiver Blickwechsel? Hat Klaus Maja nicht besonders liebevoll behandelt, sobald Hedi zusah?

Nein. Keiner von beiden würde mir so etwas antun. Es ist

unverschämt, dass ich ihnen überhaupt eine Affäre unterstelle. Vielleicht sollte ich an der Decke für Finja weiternähen.

Und wenn es doch stimmen sollte? Möglich ist alles. Ich kenne nicht einmal mehr mich selbst, wie soll ich da mit Sicherheit sagen können, dass nichts zwischen den beiden läuft? Ich muss es wissen. Ich muss es einfach wissen.

Auf das Taxi, das ich rufe, brauche ich zu meiner Erleichterung nicht lange zu warten. Dem Fahrer gebe ich Hedis Adresse an. Als ich aussteige und zu den erleuchteten Fenstern hinaufblicke, wird mir mulmig. Ich habe Hemmungen, die Klingel zu drücken. Als ich es doch tue, ertönt sofort der Türsummer. Während ich die Treppen hochsteige, taucht Hedis Kopf ganz oben auf.

»Mara?« Sie hört sich verwirrt an. Dann stehe ich vor ihr. Wirkt sie schuldbewusst? Jedenfalls trägt sie nur einen Bademantel und darunter offenbar nichts. Ihr Haar ist auf eine Art und Weise zerzaust, die mir sehr verdächtig vorkommt. »Was ist denn los, Süße?«

»Schlange«, möchte ich ihr zuzischen. Was los ist? Meine beste Freundin liegt mit meinem Mann im Bett, das ist los. »Wo ist er?«, stottere ich.

»Wer?« Ich lasse sie stehen und schreite durch den Flur zum Schlafzimmer. Die Tür ist angelehnt. Mit dem Fuß stoße ich sie auf. Es liegt kein Mann in Hedis Bett.

Sie ist mir nachgekommen und mustert mich entgeistert. »Willst du vielleicht auch noch im Kleiderschrank nachschauen?«, fragt sie zornig.

Gleichzeitig fange ich zu lachen und zu weinen an. Verletzt sieht Hedi mich an, bleibt auf Distanz zu mir, aber dann nimmt sie mich in den Arm und hält mich, während ich Tränen darüber vergieße, mein Misstrauen noch immer nicht losgeworden zu sein.

Vier Tage bin ich über dem Termin. Eigentlich kommt meine Menstruation mittlerweile immer pünktlich. Unter den neugierigen Blicken der Verkäuferin habe ich im Drogeriemarkt einen Schwangerschaftstest gekauft. »Viel Glück«, hat sie mir zum Abschied gewünscht. Jetzt warte ich die Sekunden ab, bis sich entscheidet, ob mehr als eine Linie zu sehen sein wird. »Bitte«, flüstere ich. »Bitte, bitte nicht.«

Ich merke, dass ich Angst davor habe, wieder schwanger zu sein. Ich bin einfach noch nicht so weit. Meine Trauer um Finja ist noch zu groß, als dass ich ohne Schuldgefühle an ein weiteres Baby denken könnte. Ich will Finja, kein anderes Kind. Diese Erkenntnis trifft mich. Ich begreife, dass es so ist, auch wenn ich es vorher nicht gemerkt habe. Aber was ist, wenn ich tatsächlich schwanger bin? Das Baby könnte ich unmöglich abtreiben. Dann müsste ich ein Kind bekommen, für das ich nicht bereit bin. Vielleicht nie bereit sein werde. Wie sollte ich es je lieben? Adoption wäre keine Alternative.

Ein Blick auf die Uhr sagt mir, dass ich seit sechs Minuten auf die zweite Linie warte. Sie kommt nicht.

Ich rufe Hedi an, die mir den nächtlichen Besuch glücklicherweise nicht mehr nachträgt, obwohl sie erst ziemlich entrüstet war. Das heilige Versprechen musste ich ihr geben, sie nie, nie wieder eines solch gemeinen Betrugs zu verdächtigen. »Ich bin nicht schwanger«, sage ich ohne ein Wort der Begrüßung in den Hörer.

»Das tut mir leid.«

»Braucht es nicht.«

»Aha.« Ich höre Hedi Maja etwas zurufen. »Sag mal«, wendet sie sich wieder mir zu, »ist das jetzt gut oder schlecht?«

»Gut, denke ich. Weißt du, was komisch ist? Ich bin darüber irgendwie … erleichtert«, gebe ich zu. »Meinst du, das ist normal? Müsste ich nicht unbedingt ein Kind haben wollen?«

»Ach, Mara, ich glaub nicht, dass es in deiner Situation ein ›normal‹ gibt. Du befindest dich in der unnormalsten Lage der Welt.«

Dafür liebe ich meine Freundin. »Ich bin so froh, dass ich dich wiederhab, Hedi.«

»Ich war doch nie weg. Hör mal, Maja reißt mir gerade die Bude ein. Ich meld mich später, tschau.«

»Tschau.«

Ich muss es Klaus sagen, muss ihm sagen, dass ich wieder die Pille nehmen werde, auch wenn ich ein schlechtes Gewissen habe, weil er sich in letzter Zeit so angestrengt hat, ein zweites Kind mit mir zu zeugen.

Von dem lächerlichen Verdacht, dass er mich mit Hedi betrügt, habe ich ihm allerdings nichts erzählt.

»Ich hab Krabben geholt und mach uns Pasta dazu, okay?« Klaus schleppt drei Plastiktüten in die Küche. »Mit Knofi oder ohne?«

»Mit. Wir fliegen doch übermorgen, was sollen wir mit dem ganzen Essen?«

Er kratzt sich den Hinterkopf. »Frieren wir's halt ein.«

»Kann ich was helfen?« Unsicher warte ich hinter ihm.

»Das ist Chefsache. Stellst du den Crémant kalt?«

»Gibt's was zu feiern?« Meine Stimme hört sich dünn an.

»O ja. *The Big Apple*, dich, mich, uns …«

Er breitet die Hände aus, und ich lächle. Es ist ja nicht so, dass ich nie wieder ein Kind von ihm will. Nur nicht im Moment. Im Grunde brauche ich ihm gar nichts davon zu sagen, solange ich die Pille heimlich nehme. Auch wenn es im engeren Sinne Verrat wäre. Doch wozu sollte ich ihn mit Dingen belasten, die ich sowieso nur mit mir alleine ausmachen kann? Wer weiß, womöglich sehe ich das Ganze in New York schon anders. Eine neue Umgebung, neue Ansichten. Ich beschließe, es ihm erst zu sagen, wenn ich nach der Reise noch immer kein weiteres Kind möchte.

Es klingelt. »Wartest du auf jemanden?«, frage ich.

»Gereon wollte mir ein paar Unterlagen vorbeibringen.« Klaus schneidet den Knoblauch klein. »Machst du auf?«

Ich gehe in den Flur. Als ich die Tür öffne, steht eine Frau draußen, die mir bekannt vorkommt, aber ich kann sie nicht richtig zuordnen. Sie trägt einen weiten tomatenroten Mantel, an dessen Ärmel ein hellblauer Farbfleck prangt. Sie ist kleiner als ich und nicht außergewöhnlich hübsch, hat jedoch Ausstrahlung. Eine Assistentin von Gereon van Basten, vermute ich und meine, mich daran zu erinnern, sie auf Klaus' Ausstellung gesehen zu haben. Wahrscheinlich eine Kunststudentin, die ein unbezahltes Praktikum bei ihm macht. Wobei sie dafür eigentlich zu alt erscheint. Ich schätze sie auf Mitte dreißig.

»Ja bitte?« Abwartend sehe ich sie an. Etwas an ihr lässt mich in der Tür verharren, und ich trete nicht zur Seite, um sie hereinzubitten. Sie ist blass und nagt auf ihrer Unterlippe herum. In ihrer Hand hält sie einen Zettel. Die Art und Weise, wie sie mich anstarrt, beunruhigt mich. »Haben Sie was für meinen Mann?«

Sie streckt mir den Zettel hin. Ihre Nägel sind abgekaut, das fällt mir auf. Ich will den Zettel mit der Nachricht für Klaus an mich nehmen, doch sie hält ihn noch fest. Nun blicke ich darauf. Ein schwarz-weißes Bild. Es ist ein Ultraschallbild, nicht meines, aber so eins, wie ich es von Finja habe. Ein Gummibärchen in der Fruchthöhle.

Ich spüre die Gänsehaut, die sich auf meinen Armen bildet. Mein Kopf fühlt sich auf einmal ganz leer an.

23

Ich werde Mama. Zum ersten Mal in meinem Leben. Das Bild auf dem Ultraschallmonitor zeigt zwar kein sonderlich menschliches Wesen, eher eine Kaulquappe, aber in mir ist schon die Ahnung von etwas ganz Großem, das auf mich zukommt. Ich weiß längst, dass ich schwanger bin, noch vor dem Termin bei meiner Frauenärztin, und jetzt rollt die Erkenntnis wie eine Welle auf mich zu. Ich fühle Glück in mir aufsteigen, dass sich Klaus' und mein Wunschkind so schnell eingestellt hat, gleichermaßen habe ich Angst vor dem Unbekannten. Und mich erfüllt Neugier, vor allem Neugier auf das neue Leben, das mich erwartet. Die Freude überwältigt mich und treibt mir Tränen in die Augen.

Dieses kleine Wesen und ich. Wir werden für immer miteinander verbunden sein. Die Nabelschnur, die jetzt dafür sorgt, dass das Kind in mir wachsen kann, wird auch später noch da sein. Unsichtbar, aber vorhanden. Auf ewig. Das ist eine Dimension, die ich kaum fassen kann.

Als ich aus dem Untersuchungszimmer trete, habe ich den Eindruck, die Frauen im Wartezimmer sähen mich auf einmal anders an. Ich bin mir sicher, dass ich mich verändert habe, dass mir die nahe Zukunft als Mutter im Gesicht abzulesen ist. Ein Lächeln drängt sich auf meine Lippen. Noch im Flur vor der Praxis schalte ich mein Handy ein und rufe Klaus an.

»Hallo, Papa. Ich bin in der siebten Woche«, sprudele ich

hervor. Fast hätte ich noch ein »Trallala« drangehängt, das ist mir dann doch ein bisschen zu albern.

»Schön.« Klaus reagiert etwas verhaltener, aber er hat unser Gummibärchen ja auch noch nicht gesehen.

Ich freue mich wahnsinnig darauf, zum nächsten Ultraschall mit ihm zusammen zu gehen. In einer unglaublichen Hochstimmung fahre ich in die Firma. Erst nach der zwölften Woche werde ich es meinen Kollegen sagen, aber eigentlich würde ich es gerne jedem zurufen: »Ich bin schwanger. Ich krieg ein Kind.« Von dem Lachen, das nach außen dringt, tun mir bereits die Mundwinkel weh. Langsam, sage ich mir, so umwerfende Neuigkeiten sind das ja auch nicht. Alle paar Sekunden wird auf dieser Welt ein Baby geboren. Nur für mich ist es eben das allererste Mal. Mein Körper schenkt einem Menschen das Leben. In mir wächst ein Kind heran, das ohne mich gar nicht existieren würde. Angesichts der wahnsinnigen Verantwortung schütte ich die dritte Tasse Kaffee, die ich an diesem Morgen trinke, in den Ausguss.

»Alle warten auf dich, Mara«, flötet Daniela. »Was strahlst du denn wie ein Honigkuchenpferd? Ist was?«

Mein Grinsen stößt an meine Ohrläppchen. »Ich weiß ein Geheimnis. Ätschibumbätschi!«, summe ich und fange an zu kichern, weil Simone und ich uns das immer als Kinder zugerufen haben, wenn die eine etwas durfte, wusste oder konnte und die andere nicht.

Kopfschüttelnd geht Daniela davon.

Mit einem Gefühl von Besonderheit setze ich mich an den Konferenztisch und versuche, unauffällig auf meine Brust zu schielen. Sie zieht schmerzhaft. Das ist jedoch gut so, sonst würde ich gar nicht merken, dass ich schwanger bin. Ob den anderen auffällt, wie stark mein Busen gewachsen ist? Ich sehe mich um. Meine Kollegen sind zu sehr damit beschäftigt, unseren Chef von ihren Ideen zu überzeugen.

»Das Neue, das Einzigartige an der Sendung ist die Jury, die sich per Zufall aus dem Publikum …«

»Wen soll das denn interessieren? Nächster!« Timon urteilt hart.

Verstohlen streichele ich unter der Tischplatte über meinen Bauch. Gerade bewegt es sich wahrscheinlich da drin. Ich weiß noch nicht, ob »es« ein Junge oder ein Mädchen wird, im Moment ist es eher ein Fischlein, doch egal was, ich werde es lieben. Ich bin seine Mama. In mir befindet sich ein Bauchbewohner, mein klitzekleines Wunder. Vielleicht nicht unbedingt medizinisch gesehen, aber dass ausgerechnet in meinem Körper ein Mensch heranwächst, das finde ich dann doch unfassbar.

24

Die Frau hat mir das Ultraschallbild überlassen, bevor sie gegangen ist. Ich blicke durch die offene Tür, durch die eisige Kälte hereindringt, in die Schwärze der Nacht hinaus. Mir ist heiß. Mein Gesicht glüht. Ich kann nicht glauben, was die Frau da gerade gesagt hat. Dass ihr Kind von Klaus ist. Wahrscheinlich ist sie eine Verrückte, eine Stalkerin. Durch die anstehende New Yorker Ausstellung gab es ein paar Artikel über Klaus in den Feuilletons deutscher Zeitungen. Die Frau hat sein DIN-A5-großes Foto vielleicht in der *Süddeutschen* gesehen, sich in den attraktiven Künstler verliebt und redet sich jetzt ein, von ihm schwanger zu sein. Ich schließe die Haustür, damit die Irre nicht mehr hineinkann in mein Leben.

Glaube ich tatsächlich, was ich mir da gerade an Erklärungen für das Ungeheuerliche zurechtbastle? Ich habe keine Ahnung, was ich glauben soll, ich bin so verwirrt. Es gibt nur einen, der mir Klarheit verschaffen kann, der den aufwallenden Schmerz in mir zum Versiegen bringen kann, aber es fällt mir wahnsinnig schwer, in die Küche zu Klaus zu gehen.

»Kennst du das?« Mit zitternden Fingern halte ich ihm das Ultraschallbild vor die Nase, während er die Krabben in Olivenöl anbrät. Knoblauchgeruch hängt in der Küche. In mir ist nur ein Gedanke: Fang bitte an zu lachen, Klaus, lach diesen Unsinn weg, damit ich nach dem ersten Schrecken mit dir darüber lachen kann.

»Du bist schwang…«, fängt Klaus an, doch ein Blick auf mein Gesicht lässt ihn verstummen. Er runzelt die Stirn, beißt sich auf die Lippen.

Ich kann sehen, wie es in ihm arbeitet, und noch bevor er ein Wort sagt, weiß ich, dass es wahr ist. Er hat mich betrogen. Darüber hinaus hat er mit einer anderen ein Kind gezeugt. Die Angst davor packt mich, schüttelt mich, ich fange an zu zittern.

»Ich wollte das nicht«, sagt er. »Es ist einfach passiert. Ich konnte doch nicht wissen, dass sie gleich schwanger wird.«

Brechreiz steigt in mir auf. »Wann? Wann ist das passiert?«, spucke ich hervor. Seine Antwort wird mir das Herz zerreißen, trotzdem frage ich. Ich will die Wahrheit aus seinem Mund hören.

»Es war nie was Ernstes, das schwöre ich dir. Ich liebe dich doch. Nur dich.«

»Wann?«, krächze ich.

»Ich … war verzweifelt, hab zu viel getrunken und dann … Als du bei deinen Eltern gewohnt hast.«

Das hier übersteigt meinen Verstand. Klaus wird wieder Vater. Nur nicht von meinem Kind. Wieso hat er das getan? Warum hat er mir das angetan?

»Bitte, Mara, du musst mir verzeihen. Es war ein Unfall.« Die Krabben brennen an und verbreiten Gestank. Ich greife zur Pfanne und schlage damit nach Klaus, der sich wegduckt. Das heiße Öl und die angekokelten Krabben fliegen durch die Küche.

Unsere alles überstehende Liebe. Der Neuanfang. Eine Lüge. Unsere gemeinsame Zukunft. Eine beschissene Lüge.

Raus! Ich muss hier raus! Rückwärts stolpere ich in den Flur, reiße die Tür auf und laufe nach draußen. Die Kälte schneidet nach wenigen Metern in mein Gesicht, aber innerlich brenne ich.

»Mara! Mara! Bitte, lass uns reden.« Klaus kommt mir nach.

Ich will ihn nicht sehen. »Hau ab«, schreie ich. Meine Welt liegt wieder einmal in Scherben, und ich habe nur Pantoffeln an. Ich koche über vor Wut, vor enttäuschter Liebe, vor Hass, vor Verzweiflung.

»Ich schäme mich für das, was ich getan habe. Schrecklich schäme ich mich.« Klaus versucht mich festzuhalten.

»Fass mich nicht an! Fass mich bloß nicht an.« Ich will sie nicht hören, seine Lügen. Wir haben unsere Tochter verloren, und er hat nichts Besseres zu tun, als mit einer anderen Frau zu vögeln und ein neues Kind zu zeugen. Das ist Verrat. Verrat an mir und an Finja. Die Untreue hätte ich ihm unter Umständen verzeihen können, aber es gibt Grenzen, die nicht überschritten werden dürfen. Das ertrage ich nicht.

»Mara! Bitte!« Klaus fleht. »Verlass mich nicht!«

Mir ist, als würde ich eine Szene aus meiner Lieblings-Soap gucken. Schon hängen die ersten Nachbarn in den Fenstern und beobachten uns wie Serienschauspieler. Das hier ist alles so irre und falsch. Ich lache bitter auf und gehe von Klaus und unserem Eigenheim weg in die Nacht hinein, immer weiter mit meinen glühenden Wangen, bis mir auffällt, dass jemand neben mir ist. »Gilbert!«

Ich bleibe stehen, und er leckt mir die Hand. Jetzt erst spüre ich den gigantischen Schmerz in mir.

»Es tut so weh«, heule ich. Hedi hält mich im Arm und wiegt mich, als ob sie ihr schreiendes Baby beruhigt. Ich sitze auf der Couch, die mir meine beste Freundin als Zuflucht angeboten hat. »Es tut so weh. Dass er mir das antun kann. Wo wir doch unsere Tochter verloren haben.« Meine Fassungslosigkeit wird größer, je länger ich darüber nachdenke. Ich weiß nicht, woher Klaus die Frau genau kennt, vermutlich über van Basten. Ich weiß nicht, wie lange er sie schon kennt und ob er wirklich nur in der Zeit unserer Trennung etwas mit ihr hatte, und ich will es auch gar nicht wissen. Ich weiß nur, dass das nicht hätte passieren dürfen. Niemals. Und ich weiß, dass dieser neue Schmerz mein gerade erst heilendes Herz erneut in Stücke reißt.

Hedi sagt nicht viel, sie wirkt ebenso überfordert wie ich. Aber sie ist für mich da. Ich weine an ihrer Schulter. Sie zieht mich fester an sich, streichelt mir über den Rücken und summt beruhigende Laute. Wenigstens bin ich nicht ganz allein auf dieser Welt.

Nachdem ich das Unfassbare wieder und wieder ausgesprochen habe, nämlich dass Klaus der Vater eines fremden Kindes wird, ohne es wirklich begreifen zu können, und wir beide vollkommen erschöpft vom gemeinsamen Weinen sind, legt Hedi eine CD auf. »Wir beide« von Juli, unser Lied. Fast bringe ich ein Lächeln zustande, als meine Freundin den Refrain leise mitsingt: »Immer werden wir so bleiben, jung und frei und schön, wir beide. Stehen auf der guten Seite Jahr für Jahr. Immer werden wir so bleiben, lachen über schlechte Zeiten. Deine Schmerzen sind auch meine …«

Um nicht an Klaus, diese Frau und ihr Baby zu denken, denke ich an meinen neunten Geburtstag. Zur Feier des Tages durften Hedi und ich im Garten zelten. Wir waren früh wach und warteten darauf, dass die Sonne die Nacht endlich schlafen schickte, aber noch war es dunkel, als wir durch den geöffneten Reißverschluss sahen. Ich erinnere mich, dass ich meine Daumen so fest gedrückt hielt, bis sie weh taten, weil ich mir ein rosa Barbie-Fahrrad wünschte. In dieser Stunde konnte ich nicht wissen, dass ich es tatsächlich bekommen würde. Ich dachte nur, dass ich ganz sicher sterben müsste, wenn ich es nicht bekäme.

»Meinst du, wir werden immer Freundinnen bleiben, auch wenn wir groß sind?«, hatte mich Hedi damals gefragt. Ich erinnere mich nicht mehr an den genauen Wortlaut, doch sie muss die Frage sinngemäß so gestellt haben. Das Gras war tintenschwarz, und über unseren Köpfen erschien ein schmaler blauer Streifen, der aussah wie das Licht des Fernsehers, das im dunklen Flur unter der Wohnzimmertür durchschimmerte. Warum kann ich mich an das Licht so gut erinnern, habe aber vergessen, was ich geantwortet habe?

Der blaue Streifen dehnte sich aus, und von unten schmiegte sich ein rosa-grauer an ihn. Wie sich dieser Moment angefühlt hat, das weiß ich noch genau. Damals war ich mir sicher, dass Hedi und ich uns bis ans Ende unserer beider Leben so nah sein würden wie in dieser Nacht in dem engen Zweimannzelt.

Das Rosa des Himmels wurde zu einem Himbeerrot, die gleiche Farbe, die die klumpigen Bonbons in dem Glas in der Küche meiner Oma hatten und die im Mund einen schmierigen, süßen Geschmack hinterließen, wenn ich sie lutschte. Das Gras war nicht länger schwarz, sondern von einem Dunkelgrün wie die Flaschen, aus denen meine Eltern den ekligen Rotwein tranken, den ich einmal probiert hatte. Auf den Spitzen der Grashalme saßen Tautropfen. Ich habe noch vor Augen, wie ich mit der Handfläche darüberfuhr. Sie erinnerten mich an Tränen. Feentränen.

Hedi ist mir trotz allem so nah geblieben, wie wir es damals schon waren. Als Klaus und ich uns kennenlernten, in den ersten Monaten unseres Herantastens an den jeweils anderen, als ich später schwanger wurde und als wir heirateten, immer habe ich gehofft, dass auch unsere Liebe das ganze Leben bestehen würde. Schutzsuchend fasse ich nach Hedis Hand.

In einem Buch habe ich einmal gelesen, dass sich ein Mann wie der Hauptdarsteller in einer Daily Soap fühlt, weil ihm lauter schlimme Dinge widerfahren. Mein Leben ist dagegen viel zu bedrückend, um als Stoff für eine Serie zu taugen. Wenn ich in einer Soap lebte, würde mein Liebeskummer höchstens zwei Wochen dauern, spätestens dann würde ich auf den Mann meiner Träume treffen, den ich innerhalb der nächsten vier Wochen heiraten würde. Das geht mir durch den Kopf, während ich mit Simones Hilfe und der meines Vaters die paar Sachen, die ich mitnehmen möchte, wie die Nähutensilien und Cassiopeia, aus meinem früheren Zuhause in den Mercedes trage. Ich denke darüber nach, um nicht den Abschiedsschmerz fühlen zu müssen, der mich in den Räumen meiner zerbrochenen Ehe packen würde, wenn ich ihn ließe. Die letzten Tage und Nächte habe ich bei Hedi verbracht, doch mittlerweile ist ihre Wohnung für zwei Erwachsene, einen Hund und einen alles in den Mund steckenden Säugling wirklich zu klein. Meine Eltern haben mich gebeten, zu ihnen zu kommen, aber so tief zurück in meinen Schmerz wie nach der ersten Trennung von Klaus, als ich bei ihnen ins Kindsein flüchtete, möchte ich nicht mehr. Ich hätte von Klaus auch verlangen können, dass er auszieht, doch in unserem Haus stecken zu viele Erinnerungen. Erinnerungen, die ich nicht ertragen kann, denn jede Erinnerung, aus der heraus ich wieder zurück in die Wirklichkeit treten muss, bedeutet einen kleinen Tod für mich.

Simone hat dann mit Nils telefoniert und mit ihm vereinbart, dass ich in das vorübergehend leerstehende WG-Zimmer seines Mitbewohners einziehen kann. Ich mochte ihr nicht sagen, dass ich dagegen Vorbehalte habe. Aber wenn Nils partout nicht gewollt hätte, dass ich bei ihm auftauche, hätte er auch ablehnen können. Mit seinen Gefühlen kann ich mich nicht auch noch befassen, ich muss jetzt vor allem an mich denken.

Zum Glück ist unser Bungalow Klaus-freie Zone, und ich kann meine Sachen heraussuchen, ohne mich mit ihm auseinanderzusetzen. Er ist allein nach New York geflogen, wie er mir in einer SMS ankündigte. Im Grunde war mir klar, dass er die Ausstellung nicht absagen würde, trotzdem nagt es an mir. All die Anrufe auf meiner, Simones und Hedis Mailbox. Seine weinerlichen Nachrichten und Liebesschwüre. Ich hatte erwartet, dass er ein Opfer bringt, um mich zurückzubekommen. Nicht dass ich in dem Fall sofort zu ihm gekrochen wäre, aber es wäre immerhin ein Schritt auf mich zu gewesen.

Seine New-York-Reise ohne mich empfinde ich als qualvoll, die darin enthaltene Botschaft ist deutlich genug. Jetzt beginnt er ein anderes Leben. Mit dieser Frau im tomatenroten Mantel und dem gemeinsamen Kind.

Ich bin dazu gezwungen, ohne ihn weiterzuleben. Voller Hass und Wut nehme ich Finjas Fotos mit. Klaus wird dafür keinen Bedarf mehr haben, schießt es mir durch den Kopf.

Simone, die sich von Nils den Schlüssel geholt hat, schließt die Tür auf. Mein Vater trägt mit mir die Kartons herein und lädt mich zum Familienessen ein, aber ich möchte lieber allein sein, um das Chaos in meinem Kopf zu ordnen. Das muss mein Vater akzeptieren, doch bevor er geht, hält er mich ganz fest, so dass seine Umarmung fast schmerzt. Auch Simone werde ich kaum los. Es ist mir beinahe unangenehm, ihr eine solche Abfuhr zu erteilen, indem ich sie bitte zu gehen. Sie hat so viel für mich getan seit Finjas Tod, und jetzt ist sie auch wieder für mich da. Endlich allein gelassen, hocke ich mich in das muffige WG-Zimmer, das ich für die nächste Zeit bewohnen kann. Nils' Mitbewohner macht Urlaub in Jamaika und bleibt weg, bis das Geld aufgebraucht ist.

Ich sitze da und hole die Stoffe und Nähsachen heraus. Aus dem Stapel ziehe ich einen gräulichen, festen Stoff und greife zur Schere. Mit der Spitze steche in den Stoff. Wieder und wieder steche ich hinein, ritze durch das Material, zerfetze es, bis der Stoff in Streifen zerrissen vor mir liegt. Dann fädele ich einen dünnen weißen Faden in eine Nadel, versuche die Fetzen zusammenzunähen, sie zu einem Ganzen zu flicken, doch der Schaden lässt sich nicht beheben. Die Stiche sind viel zu zaghaft. Ich halte das Flickwerk in meinem Schoß und bemühe mich zu trennen, was an altem Schmerz, an Trauer um Finja in mir ist und was an neuem Trennungsschmerz. Ich bemühe mich, den neuen Schmerz zu lokalisieren. Das quält, aber es ist wie bei einer Wehe. Ich werde von dem Schmerz gepackt, gänzlich erfüllt, dann verebbt er langsam, und ich kann wieder atmen. Jetzt höre ich Musik. *»Da questa parte del mare«* von Gianmaria Testa. Melancholisch, traurig, schön.

Nach einer Weile klopft Nils. »Mara?«

Unsere erste Begegnung seit dem Waldspaziergang vor knapp einer Woche. Nils trägt eines seiner bedruckten T-Shirts. Darauf ist ein Schlumpf mit Surfbrett abgebildet, und die Aufschrift lautet *»Life is a Beach«*.

»Danke, dass ich hier wohnen darf. Das ist bestimmt nicht so leicht für dich …«, beginne ich befangen.

Mit einer wegwerfenden Handbewegung unterbricht er mich. »Vergiss es, Mara, das ist längst Geschichte. Mach dir keinen Kopf drum. Wann immer du was brauchst, sag Bescheid.« Leise schließt er die Tür hinter sich.

Erschöpft lasse ich mich in das müffelnde Kissen sinken.

Mir ist bewusst, wie klischeehaft es ist, als ich die Tür zum Friseursalon aufstoße, aber eine neue Frisur erscheint mir unabdingbar zum Weiterleben dazuzugehören.

»Wie wollen Sie die Haare denn?«, zwitschert die Friseurin mit der schwarzen Mähne, die ihr weit über den Rücken reicht, während sie Gilbert einen Napf mit Wasser hinstellt. »Ich hab einen Chihuahua.«

»Kurz. Ganz kurz.«

»Sind Sie sicher?«

Wann ist man das schon?

Zögerlich fängt sie an, kürzt ein paar Zentimeter und versichert sich mit einem Blick in den Spiegel, dass ich immer noch mehr Haare lassen will.

»Schneiden Sie alles ab«, fordere ich sie auf.

Sie zuckt mit den Schultern und schneidet drauflos. »Haben Sie auch gerade eine Trennung hinter sich?«, fragt sie. »Ich hatte einen Bob mit blonden Strähnen. Als mein Freund sich nach acht Monaten von mir getrennt hat, wollte ich eine Veränderung. Extensions«, erklärt sie ihre langen Haare. »Chica, unsere gemeinsame Hündin, lebt jetzt die Hälfte der Woche bei mir und die andere bei ihm.« Kommentarlos höre ich mir ihre Beziehungsgeschichte an und warte darauf, dass ich gehen kann. »So, das wär's.« Sie hält mir einen Handspiegel hin, damit ich meine neue Frisur von allen Seiten betrachten kann.

Anders sehe ich aus. Ernster, weniger weiblich, aber auch jünger. Ich empfinde meinen Anblick als fremd, und das ist gut so. Mein Haarschnitt ist ein Einschnitt.

»Haben Sie eine Tüte?« Vom Boden sammle ich die Haarsträhnen auf. Eine nehme ich Gilbert ab, der darauf herumkaut.

In der WG sitzt Simone zusammen mit Nils beim Kaffee. Vielleicht wird ja doch noch was aus ihnen, denke ich angesichts ihrer Eintracht. Beide starren mich an, sagen aber nichts. Ich lächle ihnen knapp zu und gehe in mein geliehenes Zimmer mit den Reggae-Postern an der Wand und der Cannabisfahne über dem Bett. Dort setze ich mich auf die Matratze und befühle mein kurzes Haar. Die abgeschnittenen Spitzen piksen in meine Handflächen. Es ist, als hätte ich mich von dem Teil in mir getrennt, der mich schwach, traurig und schwer macht. Ich hole meine Nähsachen heraus und drehe die aufgesammelten Haarsträhnen zu einer Schnur, die ich auf ein Stück Leinen sticke, das von meiner Urgroßmutter stammt. Meine Geschichte beginnt nicht mit Finjas Erinnerungsdecke, aber sie ist die Form, die ich meiner Geschichte gebe.

Klaus müsste längst aus New York zurück sein, die geplanten zehn Tage sind um, doch er hat sich noch nicht bei mir gemeldet. In unzähligen Stunden, während ich an meinem Ehering drehe, male ich mir aus, wie er bei ihr ist, bei der anderen. Ich spüre die Enttäuschung in mir nagen, spüre einen Stich in der Herzgegend, dennoch kann ich die Vorstellung davon nicht verhindern. Manchmal habe ich das Gefühl, ich brauche sie sogar, um mir völlig klar darüber zu werden, dass es mit Klaus und mir wirklich ein für alle Mal vorbei ist. Unsere Ehe ist Vergangenheit. Sie ist so tot wie unsere Finja.

Finja ist nun schon länger tot, als sie in meinem Bauch war. Der Schmerz des Verlustes überkommt mich wieder öfter, denn sie ist alles, was mich noch an Klaus bindet. Ich will ihn loswerden, die Gedanken an ihn und an das, was er mir angetan hat, aber ich will meine Finja nicht vergessen.

»Mara?«

»Komm rein.«

Zögernd öffnet Nils die Tür und steckt den Kopf ins Zimmer. Er geht freundlich, wenngleich verhalten mit mir um, und ich glaube, dass er, was immer er für mich empfunden hat, nicht mehr empfindet. Das ist auch gut so, denn alles andere würde mich überfordern. »Dein Mann steht draußen.«

Klaus. Er ist hier. Was soll ich tun? »Ich habe keinen Mann«, sage ich langsam, um Zeit zu gewinnen.

»Dann halt dein Ex. Er will mit dir reden.«

»O Gott«, flüstere ich. Mein Puls rast. Mein Mund fühlt sich ganz trocken an. Mir ist jeder Schritt, den ich tue, seltsam bewusst, als könnte ich die Bewegung der einzelnen Muskeln spüren. Dann stehe ich im Flur und sehe ihn.

Meinen Mann. Finjas Vater.

Meinen untreuen Mann. Den Vater eines anderen Babys.

Klaus wartet draußen im Hausflur auf dem Abtreter. Er sieht in der Tat verändert aus, obwohl sein graues Haar wie gehabt frisiert ist und ich jedes seiner schwarzen Kleidungsstücke kenne. Vielleicht ist es der eingegrabene Zug um seinen Mund. »Mara!« Seine Hand greift in die Luft. Ich bemerke seinen Blick auf meine kurzen Haare. Vermutlich denkt er gerade, wie hässlich ich bin. Wahrscheinlich ist er froh, mich losgeworden zu sein.

»Was willst du?« Ich lege so viel Feindseligkeit in meine Stimme wie nur möglich.

»Kann ich reinkommen?« Er stellt einen Fuß auf die Türschwelle.

»Nein.« Er zuckt zurück, sieht betroffen aus. Er? Ich bin es, die langsam verblutet. Ich bin es, der Unrecht angetan wurde. Von ihm.

»Mara, ich habe so viel über uns nachgedacht. Über das, was ich …« Er tritt von einem Bein auf das andere. »Glaub mir, ich kann es mir selber nicht verzeihen, aber du musst mir noch eine Chance geben, bitte!«

»Du kannst dir nicht verzeihen, und von mir verlangst du das?« Ich schüttle den Kopf, bis es weh tut. Klaus setzt an, einen Schritt auf mich zuzumachen, bricht die Bewegung jedoch mittendrin ab. Mit beiden Händen reibt er sich übers Gesicht.

»Ich weiß, dass ich nichts von dir verlangen kann. Ich kann dich nur auf Knien darum bitten, dass du dir anhörst, warum ich das getan hab … Lass uns über alles reden, ja? Damit ich dir sagen kann, wie sehr ich dich liebe.« Sein weinerlicher Unterton löst Aggressionen in mir aus.

»Bisschen spät dafür.« Ich möchte ihm die Tür ins Gesicht knallen.

»Nicht nach dem, was uns verbindet. Das ist was Besonderes. Du und ich, wir …« Er verhaspelt sich. »Wir haben doch Finja.«

Mir steigt die Magensäure in den Hals. Ich empfinde so viel Hass. Dass er unsere Tochter anführt, hier, in dieser Situation, um seine Untreue zu relativieren, seinen Verrat, das ist zu viel für mich. »Lass Finja da raus.« Der Flur verleiht meinen Worten Hall. Ich will Klaus' Herz zerschmettern wie er das meine. In diesem Augenblick bin ich Kali, die schwarze Mutter, die Göttin der Zerstörung, die die Welt mit ihrem Zorn erfüllt. Ich trage ein drittes Auge, habe mehrere Arme und eine Halskette aus Totenköpfen, und von meinem Ohr baumelt ein totes Kind.

Ich knalle die Tür zu und ringe nach Luft. Dann schließe ich die Augen.

»Mach, dass das aufhört«, wispere ich in den leeren Flur hinein.

Ein schmales silbernes Band mit einem kleinen Brillanten. Mein Ehering. Klaus hat den gleichen, etwas breiter nur und ohne Stein. In unser beider Ringe ist ein Spruch eingraviert: *Alles Große auf Erden beginnt stets als Kleines.* Während ich den Ring an meinem Finger drehe, fällt mir ein, dass der Spruch einen anderen Anfang hat: »Plane das Schwierige da, wo es noch leicht ist. Tue das Große da, wo es noch klein ist. Alles Schwere auf Erden beginnt stets als Leichtes. Alles Große auf Erden stets als Kleines.«

Ich fand den Spruch so bedeutsam, so hoffnungsvoll für unsere Beziehung. Jetzt frage ich mich, ob wir damals geahnt haben, was für schwere Zeiten auf uns zukommen würden. Aber eigentlich sahen wir nur eine positive Zukunft mit unserem gemeinsamen Kind, gingen wie selbstverständlich davon aus, dass unsere Liebe wachsen könnte. Ob Klaus seinen Ring noch trägt? Ich habe in meiner Wut nicht darauf geachtet, als er vorgestern vor mir stand. Bitterkeit legt sich auf meine Zunge.

»Kommst du mit in die Lotta?«, fragt Simone. »Da steigt eine Karnevalsparty.« Täglich schaut sie nach mir und verbringt dabei auffällig viel Zeit in der WG-Küche mit Nils. Meinen Segen hat sie.

»Nein, danke. Mir ist im Moment nicht nach kollektivem Saufen und Geschunkel.« Ich spüre das Verlangen in mir, etwas zu zerstören. Wie gerne würde ich etwas einschlagen, eine Fensterscheibe vielleicht. Seit Klaus' Besuch bin ich bis oben angefüllt mit Wut.

»War ja nur eine Frage.«

Nachdem Simone weg ist, überlege ich mir, dass es vielleicht doch nicht so schlecht wäre, auszugehen. Jeden Abend in dem fremden Zimmer abzuhängen und an Klaus und seine Neue zu denken macht nichts leichter. Mit einem Gefühl zwischen Trotz, Bedauern und dem Verlagen, alles Negative hinter mir zu lassen, ziehe ich den Ring vom Finger und lege ihn in Finjas Erinnerungskiste zu dem Stein und dem Notizbuch von Frau Schuhmann. Dann klappe ich den Deckel zu. Einige Sekunden lasse ich meine ringlose Hand auf der geschlossenen Kiste liegen. Beinahe muss ich mich mit Gewalt davon losreißen.

Im Kühlschrank stehen ein Piccolo und eine Miniflasche Korn. Beides schütte ich in einem Zug hinunter, dann wühle ich in dem Haufen Klamotten auf dem Boden in meinem Interimszimmer. Etwas Goldenes springt mir ins Auge. Das Top aus Simones Laden. Ich erinnere mich daran, dass Klaus es grauenhaft fand. Dann ist es genau richtig für diesen Abend und das Projekt »Vergiss Klaus«.

Mit zittrigen Fingern ziehe ich eine enge Jeans und die Peep-Toes an, trage reichlich Schminke auf und zupfe meine Kurzhaarfrisur mit Gel zurecht. Bevor ich das Haus verlasse, trinke ich noch ein Bier, um meine Nerven zu beruhigen.

»Die Hände zum Himmel, kommt, lasst uns fröhlich sein …«, schallt es mir in der Lotta entgegen. Arme strecken sich zur rot lasierten Kneipendecke, an der sich Zigarettenqualm sammelt. Vielleicht war es doch keine so gute Idee hierherzukommen. »Wir klatschen zusammen und keiner ist allein.« Um mich herum wogt die Menge. Ich dränge mich zur Theke durch, an der ich zwei Gläser Wodka Lemon bestelle, die ich schleunigst leere. Den als Frauenparkplatz verkleideten Typen auf meiner rechten Seite, der mich mit glasigen Augen anstiert, würdige ich keines Blickes. Links von mir steckt eine Krankenschwester einem Matrosen gerade die Zunge in den Hals, während er mit einer Hand ihren Po knetet. In wenigen Minuten werden sie wohl zusammen nach Hause gehen oder zumindest in die nächste dunkle Ecke verschwinden. Mir wird bewusst, dass ich noch nie einen richtigen One-Night-Stand hatte. Sex mündete bisher immer in feste Beziehungen. Wahrscheinlich ist es mit dreißig an der Zeit, diesen Makel in meiner Vita zu beheben. Was Klaus kann, das kann ich schon lange.

»Noch einen Wodka Lemon«, brülle ich dem als Pirat verkleideten Wirt zu. Ab jetzt werde ich Sex nicht länger an Liebe koppeln. Keine Sentimentalitäten. Ein Happyend existiert nicht, und mein Leben ist sowieso alles andere als eine romantische Hollywood-Komödie. Ich trinke den Wodka, dann stehe ich vom Hocker auf. Meine Augen versuchen, ein geeignetes Sex-Objekt ins Visier zu nehmen. Cowboys, Männer in Schottenröcken, auffallend viele Chirurgen, sogar ein Torero befinden sich in der Menge.

»Wir lieben das Leben, die Liebe und die Lust. Wir glauben an den lieben Gott und ham auch immer Durst.« Die laute Musik bringt meinen Kopf zum Dröhnen. Oder liegt es am Alkohol? Auf jeden Fall ist es so weit. Ich werde einen Mann aufreißen, ihn benutzen und vergessen. Männer sind nicht mehr als Zahnpasta für mich. Abschlecken, aufschäumen, ausspucken. Ich bin die Rachegöttin, die den Typen die Herzen herausreißt und sie pulsierend verschlingt.

Meine Augen beginnen zu tränen, aber ich beschließe, dass der Zigarettenqualm die Ursache dafür ist. Mittlerweile bin ich ziemlich betrunken, und in dem Dämmerlicht sehe ich die Gesichter nur undeutlich. Ich muss mich an einem Kerl im Plüschhasenkostüm abstützen, der mich prompt umarmt. »Willst du mal meinen Puschelschwanz sehen?«

Ich tauche unter ihm ab, dabei schwindelt mir. Wenn ich nicht bald einen Mann finde, den ich anbaggern kann, wird das heute nichts mehr. Auf der Bank, die an der Wand entlangläuft, steht Supermann, hat eine Teufelin und Pippi Langstrumpf untergehakt und schunkelt. Sein Körper sieht gut gebaut aus. Solange sich der hautenge Dress nicht als Mogelpackung entpuppt und die beachtlichen Oberarme und der Brustkorb von Schaumstoff ausgefüllt werden. Abschlecken, aufschäumen und was war da noch? Pippi Langstrumpf springt von der Bank und packt mich am Arm.

»Bist du okay, Mara?« Simone. Sie hat aufgemalte Sommersprossen und eine rote Zopfperücke auf dem Kopf. Ihr kurzes Kleidchen gibt den Blick auf den halben Po frei.

»Zahnpasta«, sage ich. Es muss ganz einfach sein. Andere machen das schließlich auch. Männer aufreißen. Deshalb sind wir alle doch hier.

Andere sind aber keine verwaisten Mütter und stehen nicht seit zehn Monaten jeden Morgen mit dem Tod auf. Warum bin ich nicht zu Hause und bringe Finja ins Bett?, frage ich mich. Schlaf, Kindchen, schlaf, dein Vater hüt't die Schaf, deine Mutter ist besoffen. Ach, Finja, meine Finja.

»Ist dir nicht gut?«

»Ich will einen Mann.«

Meine Schwester reibt sich mit dem Zeigefinger über die Nase und verschmiert dabei die Schminke. »Das ist jetzt keine so gute Idee.«

Wieso nicht? Wieso darf jeder hier einen anderen aufreißen, nur ich nicht? Warum darf Klaus das und ich nicht? »Ich werde Supermann bespringen«, sage ich und merke, dass ich meine Zunge nicht mehr richtig unter Kontrolle habe.

»Das bist doch nicht du, Mara.« Simone hält mich am Arm fest.

Aber ich habe genug davon, ich selbst zu sein. Wer bin ich denn überhaupt ohne Kind und ohne Mann? Ein Häufchen Elend in einem zu tief ausgeschnittenen Top. Mein Selbstmitleid kotzt mich an. Ich reiße mich von meiner Schwester los. Schwankend kämpfe ich mich durch die Feiernden auf Supermann zu, dem die Teufelin und eine hinzugekommene Vampir-Lady abwechselnd Küsschen geben. Die ersten Male rutsche ich von der Bank, dann schiebe ich die Teufelin zur Seite und ziehe mich hoch.

»Hast du sie noch alle?«, kreischt sie. Ihre albernen Hörner blinken.

Ich nehme ihr das Kölschglas aus der Hand und leere es mit einem Zug. Indem ich ihr den Rücken zuwende, quatsche ich Supermann an.

»Hey!« Sein Gesicht ist verschwommen. Seine schwarzen Haare erinnern mich an Klaus.

»Hey! Alles klar bei dir?«

»Was?« Ich verstehe ihn nicht. Er beugt sich zu mir. »Ob alles klar bei dir ist?«

»Alles … super.« Ich habe Schluckauf, außerdem stehe ich

neben mir. Wenn ich nicht bald handle, falle ich ungeküsst von der Bank. Lieber falle ich Supermann um den Hals und versuche, ihn zu küssen, aber ich erwische seine Lippen nicht. Meine Hände befühlen seine Arme. Doch kein Schaumstoff.

Was Klaus kann … »Bist du sicher, dass alles in Ordnung ist, Mara?«

Während ich gegen die aufsteigende Übelkeit ankämpfe, realisiere ich, wen ich mir da ausgesucht habe. Nils. Pippi-Simone-Langstrumpf steht unter uns und starrt mich an. Scheiße.

»Scheißmänner«, tue ich kund. »Ihr seid alle so scheiße. Küss mich.« Ich drücke meine Lippen auf seine.

Außer Alkohol schmecke ich nichts. Dann beginne ich zu schwanken und klammere mich an Super-Nils. Gemeinsam stürzen wir auf Simi und die anderen Tanzenden. »Ich bin eene Räuber …«, grölt es um mich herum. Das Karussell in meinem Kopf wird immer schneller. Alles dreht sich. Rund und rund und rund und rund. Ich merke, dass mir schlecht wird. Dann merke ich gar nichts mehr.

Als ich in dem geliehenen WG-Bett die Augen öffne, merke ich, dass etwas nicht stimmt. Es ist taghell. Die Sonne scheint auf die Cannabisfahne an der Wand. Auf meiner Zunge hockt ein Pelztierchen. Mein Magen rumort, und der Kopf fühlt sich viel zu schwer an, als dass ich ihn heben könnte. Meine Hand tastet unter die Bettdecke. Den Slip und das Goldtop habe ich noch an. Gott sei Dank!

Ich war in der Lotta. Simone war da. Und … Nils.

Wie ich in die WG gekommen bin, weiß ich nicht mehr. Ein Filmriss erster Güte. Es ist ewig her, dass ich zuletzt einen hatte, vielleicht mit zwanzig. Mein Unvermögen, mich an den vergangenen Abend zu erinnern, verwirrt mich. Hoffentlich kann ein Kaffee meinem Hirn auf die Sprünge helfen. Ich schlüpfe aus dem nach Rauch stinkenden Top und ziehe einen Jogginganzug über.

In der Küche hockt ein mürrischer Nils. »Morgen. Ist noch Kaffee da?«

Stumm deutet er zur Espressokanne auf dem Herd. Den darin enthaltenen Rest schütte ich in eine Tasse, dabei blicke ich auf den mit leeren Bierkästen vollgestellten Balkon, wo ein Supermann-Kostüm auslüftet.

Bilder kommen mir in den Kopf. Die Teufelin. Supermann. Der Kuss! O nein! »War ich schlimm gestern?«, frage ich kleinlaut.

»Keine Angst. Ich habe dich nach Hause in dein Bett gebracht und in meinem eigenen geschlafen.« Nils dreht mir den Rücken zu.

Ich bin erleichtert, zutiefst erleichtert, aber ich spüre auch ein bisschen Bedauern. Nicht, dass ich mir wirklich schon etwas Ernsteres mit einem Mann vorstellen könnte, sage ich mir.

25

»Geh da nicht rein!« Klaus hält mich zurück, als ich Finjas Zimmer betreten will. Zum ersten Mal seit ihrem Tod. Ich schüttele seine Hand ab.

»Lass mich.« Ich muss es tun, versteht er das denn nicht? So wie Blaubarts Frau den goldenen Schlüssel ins Schloss steckt, obwohl es ihr Mann verboten hat. Ich drücke die Klinke hinunter. Es kommt mir wie ein neuer, viel zu großer Raum vor. Die Wände sind weiter geworden, und die Decke scheint so fern zu sein. An der Wand lehnt das auseinandergenommene Gitterbettchen. Daneben steht der Designer-Kinderwagen. Ich habe auf dem teuren Modell bestanden, das amerikanische Schauspielerinnen auf den Fotos von Hochglanzillustrierten schieben. Hedi hat den gleichen.

Ich lasse mich auf den Boden sinken, denn das Stehen verlangt mir zu viel Kraft ab. Mein Rücken stützt sich an das schadstofffrei lackierte Holz der Wickelkommode, in der die Bodys aus Bio-Baumwolle liegen. Ein sauberes, ungiftiges Zuhause für mein Kind. Für mein Kind, das niemals atmen wird. Ganz in der Ecke steht die von meinem Vater lackierte Wiege, in der Simone und ich gelegen haben. Ich wollte Finja niemals hineinbetten, aber jetzt wünschte ich, ich könnte es tun.

Als das Licht im Zimmer abnimmt, fällt ein Schatten auf die tanzenden Tiere an der Wand. Das rosa Kätzchen reitet auf der Kuh, die den Schwanz einer Giraffe im Maul hält. Die Giraffe hat einen Huf auf die Schulter eines Kängurus gelegt.

Das Kind im Beutel hält den Schwanz des Elefanten fest, der mit seinem Rüssel eine Melodie in die Luft trompetet, die so unhörbar ist wie das Schreien meines Kindes. Übrig bleibt ein Raum, der seine Funktion nicht erfüllt. Genau wie ich.

Meine Hände sind leer wie mein Bauch. Ich muss etwas hineinlegen, muss die Leere füllen, doch ich schaffe es kaum, mich vom Boden hochzudrücken. Die Schubladen lassen sich nur schwer aus der Kommode ziehen. Auch sie sind leer. Da, wo ich vor drei Tagen noch Windeln, Söckchen und alles andere verstaut habe, liegt nichts mehr.

Klaus' Eltern haben die Sachen weggeräumt, als ich im Krankenhaus war. Ich kralle meine Finger in das Handtuch, das ich über die Wickelauflage gebreitet habe, drücke es zu einem Bündel zusammen und vergrabe mein Gesicht darin, in der Erwartung, Finjas Geruch zu riechen, ihren Geruch nach Karamell, nach Milch und Honig. Ich möchte mich so gerne daran erinnern. Der Duft des Weichspülers steigt mir in die Nase. Wie hieß er noch? *Exotic dreams, sweet dreams* oder *river dreams?*

Es ist verrückt. Ich bin verrückt. Mein Kind ist tot, und ich beschäftige mich mit Produktnamen. Das ist so unfassbar banal. Aber es hilft auch für einen winzigen Augenblick gegen den unendlichen Schmerz, der in mir ist.

»Mara?« Klaus steht an der Tür. Er betritt das Zimmer nicht. Ich sehe ihn nur kurz an. Den Blick in sein Gesicht ertrage ich nicht. »Kommst du?«

Ich nicke. Das geknüllte Handtuch presse ich an meinen Bauch.

Klaus wartet im Wohnzimmer auf mich. Als wir nach Hause kamen, war es aufgeräumt, die Kartons ausgepackt. Unsere Eltern haben alles in einer Blitzaktion erledigt. Mir wäre lieber, sie hätten die Kartons so gelassen, wie sie waren.

Das Sofa mit den Flokatikissen, der Couchtisch aus Glas

mit den Einrichtungszeitschriften und Modeillustrierten, nach Erscheinungsmonat gestapelt. Eine Glasschale mit Bonbons. Dem Sofa gegenüber Flatscreen, DVD-Player und die Musikanlage. DVDs und CDs sind säuberlich in die Fächer geräumt. Auf den Fensterbänken stehen Vasen in Weiß und Beige und zwei Orchideen in Übertöpfen. Keine Erinnerungen.

Die Stoffe aus Paris und die Elternzeitschriften sind aus dem Raum verbannt. Mit einem Mal überkommt mich das Gefühl, ebenfalls verbannt worden zu sein. Ich fühle mich diesem perfekten Raum nicht zugehörig. Trotzdem setze ich mich auf das Sofa zu Klaus. »Was sollen wir jetzt machen?«

»Einen Film gucken«, sagt Klaus, dabei weiß er, dass ich nicht den Augenblick, sondern unser ganzes restliches Leben ohne Finja meine. Er steht auf, schaltet den Fernseher an und sucht in den DVDs. »Was möchtest du sehen? Einen Tierfilm vielleicht?«

»Egal.« Ich kann mich auf keine andere Geschichte konzentrieren, bin zu voll mit meiner eigenen.

Naturaufnahmen, unterlegt mit der sonoren Stimme des Sprechers und gefühlvoller Musik. Ich muss keiner Handlung folgen, keine fremden Emotionen ertragen. Die Bilder verdrängen für den Moment das Bild des Todes in meinem Kopf. Die Zeit vergeht, während wir auf dem Sofa sitzen. Ab und an klingelt das Telefon. Wir reagieren nicht darauf. Was sollen wir auch sagen, außer dass Finja tot ist? Damit ist alles gesagt. Für immer.

Wieder klingelt das Telefon. Wie kann die Welt da draußen sich weiterdrehen, wenn unsere Tochter tot ist? Wieso bleibt nicht alles stehen, verharrt in der gleichen Regungslosigkeit, im gleichen Schmerz wie wir?

Ich weiß, dass das nicht sein kann und nicht sein wird. Vom Kopf her weiß ich das. Aber mein Herz findet es unerträglich.

26

An guten Tagen gelingt es mir inzwischen, mein Leben als eine Art Kaleidoskop zu betrachten. Wenn man es schüttelt, setzen sich die darin enthaltenen Teilchen neu zusammen. Immer öfter werde ich nicht mehr nur durchgeschüttelt, sondern bin diejenige, die das Muster der Teilchen meines Lebens verändert. Die kleine Dachgeschosswohnung mit Blick auf eine winzige Ecke des Doms, die mir der Makler zeigt, ist ein Anfang. Als ich aus dem Sprossenfenster blicke, sehe ich kahle Zweige mit Knospen und dahinter einen mit unzähligen Wolkenfragmenten überzogenen Himmel, fast zu strahlend blau für Februar. Eine Wolke hat die Form eines Delphins. Während sie weiterzieht, taucht er in die Wellen ab, bevor sich seine Gestalt wandelt und er zu einem Vogel wird. Ich habe mich entschieden, die Ein-Zimmer-Flur-Küche-Bad-Wohnung zu nehmen. Meine Entschlossenheit wächst, zudem sichert mir der Makler zu, umgehend den Vermieter in Kenntnis zu setzen und den Vertrag aufzusetzen. Wir vereinbaren, dass ich am nächsten Vormittag zur Unterschrift in sein Büro komme, als eine Wolke mit einem kometenartigen Schweif am Fenster vorüberzieht.

Noch im Hausflur, in meinem neuen Hausflur, rufe ich Hedi an, um ihr von den Neuigkeiten zu berichten. Sie bietet gleich an, mir streichen zu helfen, doch die Wohnung ist so klein, und ich möchte es alleine tun. Danach wähle ich Simones Nummer.

»Wow! Herzlichen Glückwunsch! Warum habe ich nie so ein Glück?«, fragt meine Schwester.

Für einen Moment fühle ich mich ein bisschen schuldig, weil Simi schon länger eine Wohnung sucht und ich so rasch eine gefunden habe, aber dann finde ich, dass mir das bisschen Glück zusteht.

Am Kiosk kaufe ich mir zur Feier des Tages eine Tafel Nougatschokolade. Von weitem sehe ich Isa mit einer gemeinsamen Freundin, Karen. Erst zögere ich, doch dann rufe ich ihre Namen. Die beiden stutzen. Als sie mich erkennen, umarmen sie mich. Ich bin erstaunt, wie leicht es mir fällt, mit ihnen zu reden, und dass ich ihnen die Sprachlosigkeit, die nach Finjas Tod geherrscht hat, nicht mehr übelnehme. Sie versprechen, mir beim Umzug schleppen zu helfen. Als wir uns verabschieden, trennen wir uns als Freundinnen, die zwar noch befangen miteinander umgehen, aber sicher sind, an ihre alte Freundschaft wieder anknüpfen zu können.

Meine gehobene Stimmung erhält einen kleinen Dämpfer, weil mir in der WG-Küche Nils über den Weg läuft, der gerade Spaghetti kocht. Er bietet mir einen Teller an, nur liegt so viel Coolness in seiner Stimme, dass ich glaube, es wäre ihm lieber, ich würde ablehnen. Vermutlich nimmt er mir übel, dass ich mich ihm auf der Karnevalsparty besoffen an den Hals geworfen habe. Wie kann er mir meine Verwirrung nachtragen? Mir ist schon klar, dass es etwas mit seinen wie auch immer gearteten Gefühlen für mich zu tun haben muss, doch ich bin nicht in der Lage und auch nicht willens, seinem Chaos auf den Grund zu gehen.

»Danke, ich hab Schokolade«, schlage ich die Nudeln aus.

Nils hockt sich betont gleichmütig an den Tisch und beginnt, die Pasta mit der Gabel aufzuwickeln. Unschlüssig sehe ich zu, wie er Parmesan aus der Tüte über die Spaghetti schüttet, bevor er sich die Gabel in den Mund schiebt. Es ist unglaublich umständlich, wie er den Käse isst, aber bei den nächsten Spaghetti, die er kaut, verfährt er genauso. Dann blickt er auf. »Ist was?«

Ich verstehe nicht, wieso es mir so schwerfällt, ihm von meinem anstehenden Auszug zu erzählen, zumal meine Unterbringung in dem WG-Zimmer nie eine Dauerlösung sein sollte. Also sage ich es ihm mit bemüht fester Stimme.

»Schön«, erwidert Nils nur. Seine zur Schau gestellte Gelassenheit enttäuscht mich, doch das wiederum ist eine solch alberne Reaktion meinerseits, dass ich meine Schokolade nehme und mich in das Reggae-Zimmer verziehe.

Als ich am nächsten Morgen aufwache, befürchte ich, der Makler oder der Vermieter könnte es sich anders überlegt haben, aber zum Glück klappt es mit der Unterzeichnung des Mietvertrages reibungslos und ich erhalte gleich im Anschluss den Wohnungsschlüssel. Im Baumarkt kaufe ich einen Eimer weiße Farbe und eine blaue Abtönfarbe, Pinsel, Rollen und Abdeckfolie. Ich kann es kaum erwarten, das Zimmer himmelblau zu streichen.

Während die Farbe trocknet, sitze ich im geöffneten Sprossenfenster in der Küche, blicke nach draußen und weiß, dass etwas ganz Wundervolles vor mir liegt. Dann fällt mir allerdings Klaus ein, daher schließe ich rasch das Fenster und kontrolliere, ob ich die Farbe überstreichen kann. Mit dem Pinsel tupfe ich Wolken an die Decke. Es wird mein Hoffnungszimmer.

Gegen Mittag am nächsten Tag wähle ich meine alte Telefonnummer, um mich zu vergewissern, dass Klaus nicht da ist, und nehme mir ein Taxi zu meinem alten Zuhause.

Angelique, die Nachbarin, winkt mir zu, während sie Narzissen im Vorgarten pflanzt. »Lange nicht gesehen! Wart ihr verreist?«

Ich war es auf jeden Fall, denn mit Finjas Tod bin ich in eine andere Welt katapultiert worden, doch allmählich komme ich in dieser hier wieder an.

Als ich das Haus aufschließe, riecht es fremd. Wie ein Eindringling gehe ich von Zimmer zu Zimmer, vorsichtig, denn ich befürchte, Spuren der anderen zu finden, aber nichts deutet auf ihre Anwesenheit in diesen Räumen und in Klaus' Leben hin. Das winzige Fünkchen Hoffnung, das in mir aufkeimt, unterdrücke ich. Ich bin hier, um Abschied zu nehmen, denn mir ist bewusst, dass das vor mir liegende Leben nichts mehr mit meinem Noch-Ehemann zu tun haben wird. Ich kann gar nicht mit Bestimmtheit sagen, woher ich das so genau und mit einer solch emotionalen Klarheit weiß. Ich weiß es einfach. Ich wusste es schon in dem Moment, als ich den Mietvertrag unterschrieben habe. An der Schlafzimmertür halte ich inne, gehe zum Schrank und hole mein Hochzeitskleid heraus. Das Kleid, das für die gemeinsame Zukunft, das gemeinsame Leben von Klaus und mir stand, kann ich nicht seinem Schicksal überlassen. Keine Ahnung, was Klaus mit den Sachen machen wird, die ich nicht in mein neues Leben mitnehme, aber ich will nicht riskieren, dass das Hochzeitskleid in der Altkleidersammlung endet.

Ich werfe einen letzten Blick in Finjas ehemaliges Zimmer und merke, dass es mir schwerfällt, die Vergangenheit zurückzulassen. Ohne dass ich mit Klaus darüber geredet habe, so weit bin ich noch nicht, ist dies meine Trennung von ihm. Ich glaube, ich muss die Trennung emotional für mich allein vollziehen, bevor ich es ihm sagen kann.

Als ich gehe und meinen Haustürschlüssel auf den Küchentisch lege, nehme ich nur das Kleid und meine Tochter mit. Ich schließe die Tür hinter mir, habe Tränen in den Augen und fühle mich dennoch befreiter.

Zurück in meiner Interims-WG, schreibe ich Nils ein Post-it. »Danke für alles. Bis bald, Mara.« Für mehr fehlen mir momentan die Worte, aber da klingelt es auch schon, und Simone, Hedi, Isa und Karen platzen herein und wollen wissen, was sie alles in meine neue Wohnung tragen sollen. Als sie sehen, wie wenig es ist, und erfahren, dass ich auch nichts an Möbeln aus Klaus' und meinem Haus haben will, sind sie erst entsetzt, doch sie begreifen, dass ich in meinem neuen Leben nicht dauernd daran denken möchte, wie Klaus und ich auf dem Sofa miteinander geschlafen haben, um ein neues Baby zu zeugen, und wie wir nach Finjas Tod auf dem Stuhl sitzend pappende Spaghetti gegessen haben. Ich will meine Erinnerungen so weit wie möglich selbst bestimmen, daher hänge ich nur die vergrößerten Fotos meiner Tochter in der Küche auf, die das Herz der Wohnung werden soll. Jeder, der mich besucht, kann dann Finja sehen.

»Wie hübsch dein Mädchen ist«, sagt Isa, nachdem wir uns verabschiedet und ein baldiges Wiedersehen vereinbart haben. Ich freue mich über ihre Worte, freue mich darüber, dass sie Finja wie jedes Kind wahrnimmt. »Kaum zu glauben, dass sie auf dem Foto tot ist.«

Kaum zu glauben, in der Tat. Es ist kaum zu glauben, wie sehr sich mein Leben von dem unterscheidet, das ich mir vor einem Jahr ausgemalt habe. Das ist ernüchternd, aber ich kann es mittlerweile akzeptieren.

Als ich allein bin, nehme ich den Mietvertrag zur Hand, um mich zu versichern, dass alles real ist. Da ich noch keine neuen Möbel habe, setze ich mich auf einen umgedrehten Farbeimer. Dabei fällt mir auf, dass ich den Vertrag mit meinem Mädchennamen Triller anstelle von Lomberg unterschrieben habe.

Als ich in den Farbdämpfen in meinem neuen Zuhause, den Geschmack der Fleischbällchen meiner Mutter auf der Zunge, meiner Jugendmatratze einschlafen will, die mein Vater eigens angeschleppt hat, ruft Klaus auf dem Handy an. »Ja«, sage ich betont neutral, während in meinem Gehirn ein Kinofilm abläuft. Ich habe tausend Dinge im Kopf, die er als Nächstes sagen wird. Dass er mich unendlich liebt und ohne mich nicht leben kann. Dass sein Leben sinnlos geworden ist. Mit der Hand reibe ich mir über die Stirn. Ich will das alles nicht denken. Ich möchte die Wehmut, die Klaus' Stimme in mir auslöst, durchleben und sie dann hinter mir lassen.

»Du gehst ja ran.« Mein Mann, oder mein Exmann, hört sich erleichtert an. »Wir müssen uns sehen, Mara. Wir haben so viele Dinge zu klären.«

Ich bemühe mich, Sätze zu formulieren, ohne in Tränen auszubrechen. »Nein, Klaus. Ich kann dich nicht sehen. Das mit uns, das ist vorbei.«

»Warum sagst du das? Du kannst mir das doch nicht einfach so vor den Kopf knallen.«

»Wenn ich es dir anders sagen könnte, würde ich es tun. Aber das ist momentan die einzige Form, die mir möglich ist, okay? Es ist vorbei mit uns. Wir haben sicher noch einiges zu klären, aber nicht jetzt. Erst mal muss ich mich ganz auf mich und mein Leben konzentrieren.«

Ich höre Klaus schluchzen und bin froh, dass wir uns nicht persönlich gegenüberstehen, sonst würde ich ihn womöglich in den Arm nehmen. Meine Trennung von ihm steht emotional auf so wackeligen Füßen. Aus Selbstschutz dürfen wir uns nicht sehen. So ist es erträglicher für mich.

»Das ist so schwer, Mara«, sagt Klaus und schnieft. »Das ist so wahnsinnig schwer.«

Ich kann ihn jetzt nicht trösten. Soll ihn doch seine schwangere Freundin trösten, schießt es mir durch den Kopf.

»Pass auf, das ist für uns beide keine tolle Zeit. Vielleicht können wir in ein paar Monaten mal über alles reden«, reiße ich mich zusammen. »Im Moment brauche ich Abstand. Mir ist klar, dass wir eigentlich auch den ganzen Finanzkram besprechen müssen, wegen dem Haus und so, aber dafür hab ich gerade keinen Kopf. Mach damit, was du willst. Es ist wirklich besser, wir legen jetzt auf. Tschau.« Mit einem Scheißgefühl im Bauch unterbreche ich die Verbindung und gehe in die Küche zu Finjas Fotos.

Mit dem Zeigefinger fahre ich über die Linien ihrer geschlossenen Augen, ihrer Stupsnase und ihres Mundes. Vielleicht hat sie geahnt, dass wir als Eltern und Paar versagen würden.

27

Es ist der zweite März. Der elfte Monat meiner neuen Zeitrechnung hat begonnen. Mit einem geliehenen Anhänger radle ich durch die verregnete Stadt auf der Suche nach Sperrmüll. Morgen schon werde ich nicht mehr viel Zeit dazu haben, da ich überraschend schnell in meiner alten Produktionsfirma anfangen kann. Erst dachte ich, ich höre nie wieder etwas von meinem alten Chef, doch vor drei Tagen rief Timon an und meinte, sie hätten personellen Notstand und ob ich kurzfristig einspringen könne. Ich kann.

Heute will ich noch einmal auf Streifzug gehen. Ein alter Stuhl mit zerrissener Korbsitzfläche gab den Ausschlag dazu. Ich sah ihn am Straßenrand stehen, erbarmte mich seiner und schenkte ihm mit einer Sitzfläche aus Filzschnüren ein zweites Leben in meiner Küche. Den Stuhl zu betrachten, mir vorzustellen, wer darauf gesessenen haben könnte und in welchen Lebenslagen, gefällt mir. Jeder Gegenstand, nach dem ich suche, hat eine eigene Geschichte, auch wenn ich sie niemals erfahren werde. Durch einen Anstrich und ein Stück Stoff mache ich die Möbel zu Teilen meines Lebens.

Jeder Kratzer, jedes Wurmloch birgt eine Erinnerung und verbindet mich mit der Welt. Mittlerweile hat der Stuhl von einem Küchenschrank aus den fünfziger Jahren in einem zarten Taubengrau Gesellschaft bekommen, von einer Stehlampe, deren Schirm ich neu bezogen und bestickt habe, von einem Tisch aus den Siebzigern, auf dessen Resopalplatte ich die Schattenrisse von Tieren gemalt habe, von einem Geschirrregal, das ich aus am Rhein angeschwemmten Latten gezimmert habe und das jetzt meine Tassensammlung trägt, außerdem von moosgrün, pink und dunkelviolett lackierten Stühlen. Diese Möbel in den Bergen schimmelnder Presspappe und katzenbepinkelter Sitzgarnituren zu entdecken war nicht einfach. Sperrmüll ist vor allem Müll, in dem sich die Sünden sämtlicher Billigeinrichtungshäuser des Umlandes nur Jahre später wiederfinden. Meiner Meinung nach sollten Geschäfte, die mit dem Slogan »Spar dich reich« werben und Schrankwände anbieten, verboten werden.

Ich liebe es, allerlei Sachen, die zu einem raschen Ende auf der Mülldeponie verurteilt worden sind, neues Leben einzuhauchen. In der Garage meiner Eltern stapeln sich mehrere Tische, Stühle und Lampen, von denen ich keine Vorstellung habe, wo ich sie in meiner kleinen Wohnung unterbringen soll, die ich aber unmöglich dem Verrotten oder Verbrennen überlassen kann. So geht es mir auch mit den Fotos, die ich finde. Ich horte sie in einem Karton, lauter namenlose Gesichter, die einmal eine große Bedeutung für jemanden hatten und nun der Vergessenheit anheimgefallen sind.

Hart bremse ich ab. Nicht ganz ungefährlich bei der nassen Fahrbahn und den Straßenbahnschienen, in die mein Vorderrad so leicht geraten kann. Doch ein geschwungener Sessel neben einem Garagentor hat meinen Blick magisch angezogen. Wie kann jemand ein solches Schmuckstück wegwerfen? Ich sehe den Sessel schon lebhaft vor mir, mit einem Bezug mit schwarz-weißen Blockstreifen, darauf ein gehäkeltes Kissen, bei dem ich die Farben der bunten Stühle aufgreife. Er ist perfekt, und deshalb packe ich ihn auf den Fahrradanhänger.

»Stop!« Ein Mann kommt dazu und hält ihn fest. »Das ist meiner.«

Mit dem Ellbogen wehre ich ihn ab. »Ich hab ihn zuerst gesehen, deshalb ist es meiner.«

Der Mann lacht, aber es ist kein freundliches Lachen. »Okay, okay, jetzt stellen Sie den Sessel sofort wieder dahin, wo Sie ihn herhaben.«

Er will mir drohen. Ich fixiere ihn. So schnell lasse ich mich nicht einschüchtern und sehe mir meinen Kontrahenten genauer an. Er ist ein völlig normaler Mann, nicht zu groß, nicht zu klein, nicht zu breitschultrig, nicht zu mager. Genau genommen ist er sogar sehr gutaussehend mit seinen braunen Haaren, den überraschend blauen Augen und den ausgeprägten Wangenknochen. Sein Anzug – lieber Himmel, er trägt einen Anzug bei der Sperrmülljagd – ist schick. Was will er dann mit meinem Sessel?

Offenbar habe ich schwach gewirkt, denn der Mann hebt ihn siegessicher aus dem Anhänger.

»Stop!«, brülle ich nun. Er verharrt. »Das Ding gehört mir, und wenn Sie das nicht einsehen wollen, werde ich Sie in Ihren …«, ich unterbreche kurz, um seinen Hintern in Augenschein zu nehmen, »… in Ihren nicht unknackigen Po treten, kapiert?«

Mein Gegenspieler starrt mich an, dann fängt er an zu lachen. Er hat ein volles, warmes Lachen, das ansteckend wirkt. Aber ich bin wild entschlossen, diesen Sessel mit nach Hause zu nehmen, und entwende ihm das Möbelstück wieder. Diesmal ist er willenlos, denn er wird noch immer durchgeschüttelt. Schön für ihn, wenn das Leben so witzig ist. Mir bleibt wenigstens der Sessel.

»Warten Sie«, keucht der Mann und hält sich die Seiten. »Es ist wirklich meiner. Ich ziehe gerade um und wollte den Sessel ins Auto packen. Sehen Sie. Da!« Er zeigt auf einen vollgestopften Jeep. Darin sehe ich einen Sessel, der die exakte Kopie meines Fundstücks ist.

Das Blut schießt mir in den Kopf. Das ist mir jetzt doch peinlich.

Der Mann streckt mir seine Hand entgegen. »Ich heiße Frank.« Ich merke, wie er beim Händeschütteln auf meinen Ringfinger blickt, an dem sich kein Schmuck mehr befindet.

»Äh, ja, Mara«, stammele ich.

»Also, Mara, du wolltest mich bestehlen, wie wär's daher, wenn du zur Strafe mit mir einen Kaffee trinken gehst?«

Jetzt ist es an mir, ihn anzustarren. Ich habe mich gerade von Klaus getrennt und bin nicht bereit, einen neuen Mann kennenzulernen. »Ich fange morgen wieder an zu arbeiten«, rede ich mich heraus.

»Kein Problem, ruf mich an. Wenn du Zeit hast, holen wir das nach.« Er gibt mir seine Karte. »Frank Böwe« steht darauf. Darunter die Berufsbezeichnung, Architekt, und seine Handynummer. »Ich darf dann mal.« Mit einem Lächeln nimmt er meinen Sessel, packt ihn in seinen Kofferraum und fährt davon.

Hat er wirklich mit mir geflirtet? Ich bin mir nicht ganz sicher, doch es fühlt sich gut an. Ungewohnt, aber gut. Obwohl ich überzeugt davon bin, dass ich mich nicht melden werde, stecke ich die Visitenkarte in meine Jackentasche.

Als ich morgens aufwache, ist mir schlecht. Die Übelkeit weicht auch nicht in der Bahn, sie nimmt eher noch zu und steigert sich, als ich mit nassen Handinnenflächen und rasendem Puls die Glastür mit der Aufschrift »Telegen TV-Produktion« aufstemme, den Flur entlanggehe und das Großraumbüro betrete. Den Weg habe ich bestimmt Tausende Male zurückgelegt. Es war immer das Normalste der Welt.

Aber zuletzt war ich mit Finja in meinem Bauch hier. Als ich gegangen bin, dachte ich, es wäre für immer. Ich erinnere mich an den Sekt in Plastikbechern, an die dahingesagten

Glückwünsche der Kollegen, an die Strampler, die sie mir geschenkt haben. Ich erinnere mich auch an die Konferenzen, als es mich gleichgültig ließ, dass die Einschaltquoten in der werberelevanten Zielgruppe um 0,6 Prozentpunkte gesunken waren und auf dem Feindsender ein starkes Konkurrenzformat gestartet war. Damals befand ich mich auf einer anderen Zeitebene, sah mich schon mit Finja den Tag verbringen, sie stillen, Brei kochen, ihre ersten Schritte an der Hand begleiten. Jetzt graut mir vor dem, was auf mich zukommt, wenn ich in meine Vergangenheit zurückkehre. Alles auf Anfang, als hätte es das letzte Jahr nie gegeben.

Doch ich war mal gut darin, mir innovative Fernsehformate auszudenken. Nicht wenige davon sind tatsächlich auf Sendung gegangen. Die Kampfkochshow und eine Quizsendung, in der verhasste Nachbarn gegeneinander antreten. Diese Fähigkeit kann ja nicht weg sein, rede ich mir zu. Durchatmen. Tief durchatmen.

»Hallo«, begrüße ich die Sekretärin.

»Mara!« Annika steht auf, kommt hinter ihrem Schreibtisch hervor, obwohl das Telefon klingelt, und umarmt mich. »Ich hab oft an dich gedacht und an das, was dir passiert ist.« Ihr Mitgefühl hilft mir.

»Danke. Wo ist mein Schreibtisch?« Ich löse mich aus der Umarmung und drücke ihre Hand, um ihr zu verstehen zu geben, wie sehr ich es zu schätzen weiß, dass sie nicht so tut, als wäre nichts gewesen.

»Ich dachte, du willst vielleicht nicht an deinen alten zurück? Ich hab dir einen am Fenster weiter hinten eingerichtet.«

Dass sie sich so viele Gedanken über meine Situation gemacht hat, berührt mich. Ich wende mich ab, um nicht loszuheulen.

Von den Kollegen ist noch niemand da, ich bin extra früh

gekommen, um nicht durch einen Raum starrender Blicke gehen zu müssen. Allerdings steht es mir noch bevor, sie darüber aufzuklären, dass meine Tochter gestorben ist und ich mich von meinem Mann getrennt habe. Nicht, dass es mir so fürchterlich viel ausmacht, wenn sie es wissen, doch es ihnen mitteilen zu müssen, finde ich schlimm. Ich überlege, ob so etwas in anderen Branchen anders abläuft, wo man nicht alle paar Jahre den Job und damit die Kollegen wechselt, wo man nicht so schnell dermaßen freundschaftlich miteinander umgeht und diese Freundschaft sich in Luft auflöst, sobald man sich aus den Augen verliert.

Mein Arbeitsplatz ist nackt. Keine Post-its, keine Postkarten, keine Fotos. Ich habe keine mitgebracht, weil ich nichts aufstellen will, um meiner Umgebung eine persönliche Note zu verleihen. Finjas Fotos liegen in meiner Handtasche und werden auch dort bleiben, vor den Blicken der Kollegen geschützt. Die Tasche lege ich auf der Tischplatte ab und schalte den Computer ein. Ich muss mir ein Passwort einrichten. »Finja«, schreibe ich und füge ihr Geburtsdatum hinzu.

»Einen Latte, hier.« Annika bringt mir einen Kaffee an den Tisch. Das macht sie sonst nur für den Chef.

»Lieb von dir.« Ich lächle sie an, dabei streift mein Blick meine Kollegin Daniela, die gerade erschienen ist. Ich erinnere mich wieder. Erinnere mich an meine Hilflosigkeit im Möbelhaus, angesichts ihrer Frage zwischen den Teppichen, wie es mir als Neu-Mama gehe.

Daniela blinzelt. Es scheint, als presse sie die Zähne zusammen, um eine Art Lächeln zu fabrizieren. »Was machst du denn hier?« Ich kann ihre Angst förmlich spüren.

»Arbeiten«, gebe ich knapp und betont freundlich zurück.

»Du kannst jetzt zu ihm«, unterbricht uns Annika mit einem Wink in Richtung Chefzimmer. Betont gelassen schlendere ich an Daniela vorbei zu meinem neuen alten Boss.

Timon umarmt mich. »Mara, komm rein, wie geht's dir? Setz dich. Kaffee hast du ja schon. Schön, dann erst mal willkommen zurück, super, dass du so rasch einspringen konntest, du kennst ja, was wir hier machen, in schlechten Zeiten wollen die Leute was fürs Herz.« Er redet schneller als sonst, vermutlich, um mir keinen Raum zu lassen, Finja auch nur zu erwähnen. Ich begreife, woher das kommt. Es ist seine Abwehr der Realität gegenüber. Natürlich sterben Kinder, das wissen wir alle. An Mangelernährung, an HIV, an fehlender medizinischer Versorgung, an erbärmlichen Lebensumständen, in Afrika, in Südamerika, in Asien. Aber doch nicht hier. Das darf nicht wahr sein, und deshalb darf es nicht wahrgenommen werden.

»Nimm, was gut läuft, Quiz und Ratgeber oder so«, sagt er, »und misch es mit Emos, okay? Hock dich am besten zu Dani, die zeigt dir, was für Formate wir in letzter Zeit entwickelt haben. Wenn du noch Fragen hast oder sonst was«, hier stockt er, »na ja, dann jederzeit.« Er wendet sich seinem Computermonitor zu und klickt seine Mails an, ein Zeichen für mich, ins Großraumbüro zurückzukehren.

Ausgerechnet mit Daniela, seiner Dani, soll ich mich kurzschließen. Ich straffe die Schultern. Da muss ich durch. Außerdem habe ich weitaus Schlimmeres überstanden.

»Bringst du mich auf den neusten Stand?«, frage ich meine ehemalige Intimfeindin, die aussieht, als wolle sie sich an ihrem Schreibtisch festhalten. Mir ist bewusst, dass sie befürchtet, ich könnte ihr Kochkampfsendungsformat übernehmen, das ja eigentlich mal mein Format war. »Was für neue Sendungen habt ihr denn so gemacht?«, füge ich hinzu.

Sie atmet auf. »Wir haben *Förster sucht Traumfrau*, *Teenie-Tausch* und *Deutschlands schlimmste Mütter* entwickelt. Ihr Blick ist starr auf den Monitor gerichtet, auf dem sie einen Ordner öffnet. Mir fallen ihre manikürten Finger mit farblosem Nagellack auf, die geschmackvollen Armbänder aus Platin, der hellgraue Pulli. »Alle drei liegen bei Sendern zur Entscheidung.«

Der übliche lauwarme Abklatsch bereits bestehender Sendeformate. Ich möchte den Tag erleben, an dem etwas wirklich Originelles produziert wird. Immerhin, Altes zu Neuem zusammenzusetzen dürfte mir nicht schwerfallen. Großartige kreative Eingebungen traue ich mir im Moment sowieso nicht zu.

Ich bedanke mich bei Daniela und kehre zu meinem Arbeitsplatz zurück. Während ich über die Idee nachdenke, dass sich jede Familie Hilfe im Haushalt wünscht, lässt sich jemand auf meinem Schreibtisch nieder.

»Hi!« Es ist mein Kollege Marc. Wir haben uns immer gut verstanden. »Schön, dass du wieder da bist.« Er setzt sein Everybody's-Darling-Lächeln auf, das sämtliche Frauenherzen, gleich welchen Alters, zum Schmelzen bringt. »Ohne dich war's einsam an der Front.« Wie ich steht er mit Daniela in ewigem Konkurrenzkampf, oder besser gesagt, sie konkurriert mit ihm, denn im Grunde ist er ein sehr umgänglicher Kollege, der auch gerne mal Ideen für die Formate der anderen beisteuert.

Ich schenke ihm das warmherzigste Lächeln, zu dem ich in der Lage bin. Der Klumpen in meinem Magen wird ein wenig kleiner. »Ich kann meinen Lieblingskollegen doch nicht ewig allein lassen.«

»Es ist schön, dass es dir wieder bessergeht«, sagt Marc und signalisiert mir mit seiner Antwort, dass er Bescheid weiß über Finja. Wahrscheinlich hat Annika es ihm erzählt. Ich atme auf. »Gehen wir nachher zusammen Mittag essen?«, schlägt er vor und hebt seinen Hintern von der Tischplatte.

»Gern.«

»Hey, Mara«, mischt sich ein alter Bekannter ein, der gerade gekommen ist. »Was machst du denn hier? Wo hast du überhaupt dein Kind gelassen?« Ich starre Dennis an. »Was denn? Schlechtes Mama-Gewissen?« Er grinst.

Ich hätte damit rechnen müssen, dass so etwas kommt, aber es überfällt mich trotzdem siedend heiß. Ich fange an zu schwitzen.

Marc stellt sich vor mich. »Halt die Klappe, Dennis.«

»Was denn?«

Ich höre nur noch, wie Marc ihm zuzischt, dass meine Tochter tot ist. Dennis' Reaktion bekomme ich nicht mehr mit. Um zu verhindern, dass mir mitten im Großraumbüro die Tränen in die Augen steigen, stürme ich aufs Klo. In einer der drei Kabinen schließe ich mich ein, klappe den Deckel der Toilette herunter und sinke darauf zusammen. Meine Augäpfel brennen. Meine Kehle schnürt sich weiter zu. In diesem Moment klingelt mein Handy.

Es ist Hedi. »Und? Wie ist dein erster Arbeitstag?«

Mir laufen die Tränen. »Beschissen«, heule ich los.

»O nein.« Hedi hört sich meine geschluchzte Schilderung der Begegnungen mit Daniela und Dennis an, bis sich die Toilettentür öffnet.

»Ich muss Schluss machen«, wispere ich ins Handy. Ich harre aus, bis der Eindringling sich in eine der freien Kabinen verzogen hat, bevor ich aus meinem Versteck hervorkrieche, mir das Gesicht wasche und die verschmierte Schminke mit einem Papiertuch wegtupfe. Meine verquollenen Augen sind wahrlich kein erhebender Anblick, aber ich kann mich ja nicht den ganzen Tag auf dem Klo einschließen. Und Dennis wird garantiert nicht der Letzte sein, der mein totes Mädchen erwähnt.

Gute Neuigkeiten verbreiten sich wie Geschlechtskrankheiten. Jeder in der Firma wusste innerhalb eines Tages, dass ich schwanger war. Über den Tod redet man lieber nicht.

Nicht einmal hinter vorgehaltener Hand. So sitze ich unter fröhlichen Menschen beim Mittagessen, die beiläufig registrieren, dass ich wieder da bin, und nicht einmal nach meinem Baby fragen. Vermutlich war ich früher genauso desinteressiert an den anderen, wahrscheinlich liegt es an der Schnelllebigkeit in unserem Metier, an der Vielzahl der Ereignisse und dem Maß an Selbstaufgabe, zu dem wir bereit sind, um die siebzig Wochenstunden durchzustehen. Vielleicht hatte Klaus mit seinen Klagen über das »Fernsehpack« doch nicht ganz unrecht. Zum Glück sitze ich neben Marc, der mir immer wieder ein aufmunterndes Lächeln zuwirft. Wenigstens sind nicht alle gleichgültig.

»Das Haus war so marode, dass das Geländer gebrochen ist. Der Kameramann ist ein Stockwerk tiefer gefallen. Mitsamt der Kamera. Wenn die keine Messies gewesen wären und der Müll nicht unten im Flur lagern würde, hätte der sich sonst was gebrochen«, erzählt ein Kollege.

Lachend geben die anderen ihre Horrorgeschichten von vergangenen Drehs zum Besten.

Ich ringe mir ein Lächeln ab, um nicht gleich am ersten Tag aus der Menge hervorzustechen. Schon jetzt bin ich vollkommen erschöpft, denn ich bin es gar nicht mehr gewöhnt, so lange zu arbeiten und meinen Tag derart fremdbestimmt zu verbringen. Als ich endlich nach Hause komme, habe ich das Gefühl, etliche Schritte zurück gemacht zu haben. Ich lege mich auf den Bauch auf mein Bett im Hoffnungszimmer und durchsuche das Adressverzeichnis meines Handys. Kaum bin ich bei Nils' Nummer angelangt, muss ich wieder an den Karnevalsabend denken. Meine Wangen glühen vor Scham, und ich rufe ihn doch lieber nicht an.

Wenn ich noch mit Klaus zusammen wäre, würde ich ihm alles erzählen. Ich stelle mir vor, wie er mit der Kunststudentin zusammen auf dem Sofa sitzt, auf unserem kinderfreundlichen neuen Sofa, über seine Skulpturen redet und über ihr Baby, und es versetzt mir einen Stich.

Um zum zweiten Mal an diesem Tag zu heulen, bin ich zu fertig. Lieber rappele ich mich auf, gehe zum Kiosk zwei Häuser weiter, hole mir Süßigkeiten und Kitschzeitschriften und labe mich am Glanz und am Elend der Königshäuser und Stars. Manche Leute haben fünf Scheidungen hinter sich und feiern trotzdem die nächste Hochzeit wieder ganz in Weiß und für immer. Das Leben ist so absurd.

28

»Was wünschen wir uns im Leben am meisten?«, fragt Timon. Um ihn herum sitzen wir bei dünnem Kaffee und trockenen Keksen am Konferenztisch, Daniela, Marc, Dennis, fünf weitere Kollegen und ich. »Na, was ist?« Herausfordernd sieht er uns an.

»Eine Villa mit Swimmingpool, einen Ferrari«, sagt ein Kollege.

»Bar Rafaeli«, ergänzt ein anderer.

»Brad Pitt«, kichert Daniela.

Timon blickt mich an.

»Mein Baby«, liegt mir auf der Zunge. »Leichtigkeit«, sage ich stattdessen.

Alle gucken verständnislos.

»Gut, du wünschst dir ein teures Auto und du vielleicht ein Supermodel und so weiter«, erkläre ich. »Aber was wir uns alle zusammen wünschen, egal ob Mann oder Frau, ist doch ein bisschen mehr Leichtigkeit im Leben. Wir haben alle unsere Sorgen. Ich meine, es fänd sicher jeder schön, wenn wir jemanden hätten, wie die Stars ihren persönlichen Assistenten, der uns die Drecksarbeit abnimmt und an den wir die Verantwortung mal abgeben könnten, oder?« Marc nickt. »Einen, der uns die Steuer macht, uns an den Termin beim Arbeitsamt erinnert und das schicke Kleid rechtzeitig vor dem Date in die Reinigung bringt und wieder abholt.«

Auch Timon sieht interessiert aus. »Hast du eine Idee für das Format?«

»Noch nicht so richtig. Aber ich denke in die Richtung *Der Super-Butler.*« Daniela lacht laut auf. Ich ignoriere sie. »Eine Durchschnittsfamilie kriegt für einen Monat einen Butler zur Seite gestellt, einen, der alles für sie regelt«, improvisiere ich. »Von der Aufräumaktion, der Geburtstagsparty für die dreizehnjährige Tochter, Jobsuche, was weiß ich, bis zum Diätplan.«

»Klingt nicht schlecht«, befindet mein Chef. »Bleib dran. Was habt ihr sonst?«

Die anderen pitchen ihre Einfälle. Ich lehne mich zurück. Meine Feuerprobe habe ich bestanden. Selbst wenn mir so schnell kein neues Format einfallen sollte, kann ich erst mal mit meiner Super-Butler-Idee Zeit schinden. Es fällt mir daher auch nicht schwer, pünktlich um sechs meinen Computer auszuschalten, während die anderen noch vor den Bildschirmen sitzen.

»Bis morgen dann«, rufe ich in den Raum hinein und ernte ungläubige Blicke. Mir doch egal.

Mit Straßenbahn und Bus fahre ich zu meinen Eltern, wo mich Gilbert überschwänglich begrüßt. Er leckt mir die Hände ab, so sehr freut er sich, mich zu sehen. Tagsüber lasse ich ihn jetzt bei meinen Eltern, damit er in den Garten kann und vor lauter Langeweile nicht Cassiopeia anknabbert.

Eine Kommode wartet in der Garage darauf, dass ich ihr einen blassrosafarbenen Anstrich verpasse und sie mit Porzellangriffen vom Flohmarkt aufpoliere. Ich ziehe meine Jacke aus und schlüpfe in einen Mechanikeroverall meines Vaters. Auf dem dunkelblauen Stoff sind etliche Ölflecken verteilt und seit neuestem auch Farbspritzer in Himbeerrot, Sonnengelb und Zartblau. Als ich nach den Plastikhandschuhen in der Tasche fische, finde ich die Visitenkarte wieder, die meine Zufallsbegegnung Frank mir gegeben hat, und es kribbelt in meinem Bauch. Ein Mann hat tatsächlich an mir Interesse, will sich mit mir verabreden.

Ich öffne die Dose mit dem Lack und tauche einen Pinsel in die rosa Farbe. Es ist eine schmeichelhafte Vorstellung, die mein Ego gehörig aufbaut, zumal Frank in meiner Erinnerung sehr attraktiv ist. Allerdings denke ich nicht, dass es eine gute Idee wäre, ihn anzurufen. Wenn ich ihm direkt von Finja erzähle, wird er mich für psycho halten, aber ich könnte meine Tochter niemals verschweigen. Während ich den Lack auf eine Schubladenfront auftrage, realisiere ich, dass ich noch zu verwundet bin. Die Karte stecke ich dennoch sorgfältig in mein Portemonnaie.

»Hallo. Brauchst du Hilfe?« Simone steht in der Garage.

Ich freue mich, meine kleine Schwester zu sehen. »Was machst du denn so früh hier? Hast du den Job als Verkäuferin geschmissen?«, frage ich, als ich ihr eine schmale Farbrolle reiche.

»Hab heute früher frei, weil ich Samstag bis neun gearbeitet hab. Sag mal, wie merke ich eigentlich, ob ein Mann, na ja, also, der Richtige ist?«

»Das fragst du mich? Schon vergessen, dass ich betrogen und verlassen worden bin? Für Herzensdinge bin ich definitiv die falsche Ratgeberin.«

»Dafür kannst du ja nichts. Ich mein, für dich war Klaus ja schon der Richtige, oder?«

Ich kann die Frage nicht mehr mit Entschiedenheit bejahen, wahrscheinlich aber schon. Wenn uns das mit Finja nicht passiert wäre, wären wir vermutlich noch zusammen. Vielleicht hätten wir uns bei der Entscheidung für oder gegen ein weiteres Kind zerstritten oder es bekommen und uns darüber als Paar auseinandergelebt. Vielleicht hätten wir alle Umstellungen auf die Familie am Ende sogar überstanden. Unschlüssig zucke ich mit den Schultern.

»Auf jeden Fall warst du richtig heftig in ihn verliebt. Also, es gibt da jemanden, den ich ziemlich toll finde«, sagt Simone.

»Mal wieder?« Ich lächle. »Seid ihr zusammen?«

»Nee, er reagiert nicht mehr auf mich, also, wenn ich ihn berühre.«

Oder wenn du deine Brüste blankziehst, fällt mir ein. Meine eigene Boshaftigkeit erschreckt mich. Das hat Simone nun wirklich nicht verdient. Und dafür stehen wir uns auch wieder viel zu nahe. »Versuch doch mal, ihm zu sagen, was du für ihn empfindest«, schlage ich vor.

»Sagen?« Ihr Blick ist fassungslos. Sie fährt mit der Rolle über die Seitenwände der Kommode.

»Genau. Wenn du den Mund öffnest, kannst du gähnen, rülpsen oder auch was sagen«, stichele ich.

»Haha, bist du witzig, Mara.«

Wir streichen zusammen, Simi und ich.

»Und wenn ich es ihm sage«, meint meine Schwester auf einmal. »Was ist, wenn er überhaupt nichts für mich übrighat?«

»Das Risiko gehst du ein, sicher. Aber sieh's mal so: Entweder du bist erleichtert, weil er deine Gefühle erwidert, oder du sparst dir viel Zeit mit falschen Hoffnungen.«

Sie nickt. »Du hast recht.«

Ausgerechnet ich, die verwaiste Mutter und verlassene Ehefrau, erteile Ratschläge in Gefühlsdingen. Das bringt mich darauf, mir zu überlegen, wann ich wohl wieder Gefühle für einen Mann entwickeln werde.

»Braucht ihr noch Hilfe?« Unser Vater taucht in der Garage auf, und wir wechseln das Thema.

Es ist, als wäre ein zweiter elfter September passiert. Daniela bricht in lautes Schluchzen aus, als sie die Nachricht hört, und sackt an ihrem Schreibtisch zusammen. »Oh, mein Gott, wie soll ich es Brigitte sagen?!«

Annika läuft mit einer Schachtel Kleenex aufgeregt zu ihr. »Du Arme!«

Marc und die anderen Kollegen sprechen gedämpft miteinander, um Daniela in ihrem Trauerprozess nicht zu stören. Panik kommt auf, einem Unglück könnten weitere folgen. Die Gesichtsfarbe der Belegschaft tendiert in Richtung Schilfgrün. Kollektive Trauerarbeit. Es ist das ganz große Drama, und alles nur, weil die Kochkampfsendung wegen ins Bodenlose sinkender Quoten abgesetzt worden ist. Ich komme mir vor wie im Kino, als ich die gewisperten Zukunftsängste auffange und die wässrigen Augen sehe. Was haben sie schon groß verloren? Ein Fernsehformat, das die Welt nicht braucht. Eigentlich müsste ich mitfühlender sein, immerhin war es am Anfang mal meine Idee, die nun zum Sterben verdammt ist. Natürlich begreife auch ich, wie viele Arbeitsplätze gefährdet sind, wenn Sendungen gekippt werden, nicht zuletzt meiner. Doch es ist eben nur das, eine Arbeitsstelle, nicht die wichtigste Beziehung in unserem Leben. Wobei es eher scheint, als sei Danielas Mutter gestorben. Mit gebeugtem Rücken schleicht sie nach draußen, gefolgt von den Blicken der anderen.

»Du schaffst das«, muntert Marc sie an der Tür auf und legt ihr bestärkend die Hand auf die Schulter. »Wir denken an dich.«

Mein Mund wird trocken. Als würde ich auf meinem Schreibtischstuhl nach hinten geschleudert, betrachte ich alles aus der Distanz. Meine Kollegen trauern wirklich und wahrhaftig, weil sie nur für ihre Arbeit leben und ihnen durch das Absetzen der Sendung ein Stück von ihrem Leben genommen wurde. Früher war ich genauso verwachsen mit meinem Job. Aber das ist nicht mehr so. Das geht gar nicht mehr. Ich will mich nie wieder in dieser Welt einleben.

»Trinkst du noch was mit?«, fragt mich Marc am Ende meines Arbeitstages. »Den Schock verarbeiten?« Er deutet auf den Konferenzraum, in dem sich die anderen zusammengefunden haben, um die Champagnervorräte zu killen.

»Keine Zeit«, erwidere ich.

Pünktlich um zwei Minuten vor sechs fahre ich meinen Computer herunter, ziehe meine Jacke an und gehe. Die Blicke der Kollegen, aus denen Existenzangst spricht, folgen mir, als ich ihnen zuwinke. Es gab eine Zeit, da fand ich es furchtbar, Verträge nur für ein Jahr zu bekommen, da sehnte ich mich nach Sicherheit und leistete dafür ohne zu murren unbezahlte Überstunden, in der Hoffnung, man werde mich eines Tages für meine Opferbereitschaft belohnen.

Wenn mir etwas in meinem Leben abhandengekommen ist, dann ist es das Gefühl, dass es überhaupt eine Sicherheit gibt. Doch im Unterschied zu der Mara, die ich vorher war, ängstigt mich das nicht mehr.

Allein stehe ich an der Haltestelle und warte auf die Bahn. Vielleicht hätte ich dableiben und mich als Teil der Gemeinschaft betrachten sollen. Doch es ist ja nicht so, als könnte ich das Gefühl von Nähe gewaltsam aufbauen. Mich verbindet einfach nichts mit den anderen außerhalb der Arbeit, und ich möchte in der mir verbleibenden freien Zeit nicht unbedingt über Berufliches reden. Wenn ich mir Formate ausdenke, alte miteinander mische und dergleichen, habe ich nicht mehr das Gefühl, diese Arbeit gehöre zu mir. Das ist völlig anders, wenn ich an meinen Möbeln arbeite, und ich wünsche mir mit einem Mal, ich hätte etwas Handwerkliches, etwas Kreativeres gemacht als das Studium und die Fernsehpraktika. Vielleicht eine Schreinerlehre oder so was.

Diesen Gedanken versuche ich Hedi näherzubringen, während ich mit Maja ein Wettkrabbeln um einen rot-blau-gelbgrünen Stoffball veranstalte. Die Kleine hat schon ihren Schlafanzug an.

»Aber du musst doch arbeiten, um Geld zu verdienen«, meint Hedi. »Was willst du denn sonst machen?«

»Weiß ich ja auch nicht«, gebe ich zu. »Ich krieg den Ball. Ich krieg den Ball.«

»Gagagaaaa!«, schreit Maja. Vergeblich versucht sie, den Ball mit ihren dicken Fingern zu packen. Um ihn zu behalten, beißt sie hinein.

»Meine Patentochter wird mal Fußballerin«, prophezeie ich.

»Och nö«, sagt Hedi. »Hollywood-Schauspielerin wär mir lieber. Dann könnte ich in ihrer Villa mit Pool leben, und sie könnte mir Kiefer Sutherland vorstellen.«

»Kiefer Sutherland? Kein Wunder, dass du immer zu den Nieten unter den Männern greifst, bei deinem Geschmack«, lästere ich.

Zur Strafe entwendet meine beste Freundin ihrer Tochter den Ball und wirft ihn mir an den Kopf.

»AAAAhaaaaaahhh!« Lautstark schlägt sich Maja auf meine Seite.

Ich frage mich, nach was für Männern ich in Zukunft greifen werde und ob ich überhaupt jemals wieder so weit sein werde, mich auf eine Beziehung einzulassen.

29

Als Finja starb, überkam mich die Trauer wie eine Sturmflut. Ohne Vorwarnung und mit einer ungeahnten Kraft schlug sie über mir zusammen. Erst ging ich unter, ertrank fast, dann klammerte ich mich an die Trauer, die mir als das einzig Beständige erschien, um am Leben zu bleiben. Das Ausmaß der Verwüstungen, die die Flut anrichtete, nehme ich erst gänzlich wahr, seit sie sich nach und nach zurückzieht. Manchmal kommt noch eine kleinere Welle und schwappt über mich hinweg, hat aber längst nicht mehr die Kraft, mich zu vernichten. Wenn ich das hier überlebe, werde ich alles überleben. Und ich habe es schon überlebt.

Die Erkenntnis über das Ausmaß meiner Stärke trifft mich ausgerechnet in der überfüllten Straßenbahn auf dem Weg zur Arbeit. Eingekeilt zwischen einer Gruppe hysterisch kreischender Teenager und einem Mann, der Alkohol ausdünstet, wird mir klar, dass ich es geschafft habe. Ich lebe kein richtig glückliches Leben, bin oft traurig, verletzt und ängstlich, doch ich zweifle nicht mehr daran, dass ich mich langsam dem Glück wieder nähere. Gut, ich hatte meine Hilfsorganisationen. Ohne Simone, ohne meine Eltern und Hedi, die mich unterstützt haben, wo sie konnten, wäre ich jetzt nicht so weit. Ich schreibe mir ein mentales Post-it, ihnen endlich angemessen dafür zu danken. Eigentlich müsste ich auch Nils danken. Er war in so vielen schwierigen Situationen für mich da, oft ungefragt. Er war ein Freund, und ich vermisse ihn.

Mit meiner neugewonnenen Selbstsicherheit ertrage ich die Hässlichkeit meines Arbeitswegs, ertrage die Bedrückung, die der Knast auslöst, an dem ich mit der Straßenbahn vorbeikomme, und die Mütter mit den Kleinkindern, die an der Haltestelle aussteigen, um die einsitzenden Erzeuger zu besuchen. Ich ertrage die Ladenketten, an denen ich entlangmuss, solche wie KiK und Zeeman mit ihren Plastikklamotten, die oft genug in Ländern wie China, der Türkei und Bangladesch unter menschenfeindlichen Bedingungen hergestellt werden. Auch wenn ich mich nach etwas Schönem sehne und nur dem Grauen begegne, hält meine positive Grundstimmung an, mit ihr betrete ich sogar die Firma.

»Guten Morgen!«

Stumm tippen die Kollegen auf ihren Tastaturen herum. Kein Surfen im Internet, kein gemütliches Zeitunglesen, keine zugerufenen Scherze wie sonst. Die freudlose Atmosphäre im Inneren, die zu dem Plastikteppichboden und den mit Sendebändern vollgestopften Spanplattenregalen passt, ruft mir wieder ins Gedächtnis, dass mein Job gefährdet ist, doch ich beschließe, mir darüber Gedanken zu machen, wenn es so weit sein sollte. Als der Chef uns zusammenkommen lässt, setze ich daher keine Trauermiene auf, sondern warte ab, was er uns mitteilen wird. Die anderen tuscheln, ob sie nun die Kündigung erhalten. Daniela hat verschwollene Augen, und auch Marc sieht nicht aus, als ob er eine ruhige Nacht verbracht hätte. Sein charmantes Lächeln ist hängenden Mundwinkeln gewichen.

Timon begrüßt uns nonchalant. Kein Wort über eine Krise. »Was für Projekte habt ihr so entwickelt?«, will er als Erstes wissen.

Die anderen sind fassungslos, drängen auf eine Klärung ihrer Lage.

»Wie sicher sind unsere Jobs?«, fragt Dennis.

Sicher ist nichts im Leben, will ich ihnen zurufen, stattdessen lehne ich mich in meinem Stuhl zurück. Sie tun mir leid, aber nur bis zu einem gewissen Grad. Wir sind dem Schicksal ausgeliefert, wenn es uns Erfahrungen aussetzt, die so existentiell sind, dass wir über kein Wissen verfügen, wie wir sie überleben sollen. Doch für minder schwere Probleme sind wir alle gerüstet. Letzten Endes können wir uns immer nur auf uns selbst verlassen. Diese Verantwortung nimmt uns keiner ab. Kein Chef, kein Sender, kein Partner. Wie deutlich mir das auf einmal vor Augen steht.

Trotzdem wünsche ich mir, ich hätte meine Erfahrungen nicht machen müssen, würde wie die Kollegen um eine Arbeitsstelle bibbern, die nicht besser oder schlechter als so viele andere ist, wenn ich dafür Finja hätte behalten können.

»Bitte«, beschwichtigt Timon. »Panikmache hilft nicht weiter. Die Lage ist ernst, aber nicht bedrohlich. Wir konzentrieren uns auf bestehende Projekte und auf neu zu entwickelnde.« Die anderen schweigen, während ihre Körpersprache Ablehnung ausdrückt. Schultern sind nach vorne gesackt, Arme verschränkt, Köpfe gesenkt. »*Deutschlands schlimmste Mütter* steht an, ich brauche einen verantwortlichen Redakteur.«

Hände schießen nach oben wie in der Schule. Jeder will so viele Pluspunkte wie möglich auf seine Seite schaffen.

»Ich kann das machen«, ruft Daniela in die aufgeregte Runde.

»Du hast dich bei der Kochshow verausgabt, Dani«, sagt der Chef. »Ich halte es für besser, wenn du jetzt mal ruhiger trittst. Ich hatte da eher an …« Sein Blick scannt die Kollegen, die sich aufrecht hinsetzen und ihre verkniffenen Mienen zu glätten versuchen. Er sieht mich an. »… Mara gedacht.«

Ich fühle mich geschmeichelt, und Danielas pikierte Miene verschafft mir zusätzlich Genugtuung. Während meine kurzen Zotteln wirr in alle Richtungen abstehen, trägt sie die schönste Lockenfrisur, die sich eine Frau nur wünschen kann. Für ihre äußerst teure und geschmackvolle Designerkleidung hat sie zudem noch die perfekte Figur. Großartige Widerstände kennt sie in ihrem Leben höchstwahrscheinlich nicht, dennoch ist sie an diesem Punkt ausgeknockt.

»Es gibt keine Probleme«, teilt Timon uns noch mit. »Nur Herausforderungen.«

Hedi drückt den Türöffner. Ich halte die Haustür mit dem Hintern auf, bis Simone und ich die blassrosa lackierte Kommode hindurchbugsiert haben. Maja bekommt sie für ihr Kinderzimmer. Ich weiß eh nicht, wohin damit, und Hedi fand die Kommode wunderschön, als ich sie ihr gezeigt habe.

Rückwärts steige ich Treppenstufe für Treppenstufe hoch. »Hast du's ihm mal gesagt?«, fällt mir ein.

»Scheiße, ist die schwer«, murrt Simone. »Wem? Was?« Sie schnauft.

»Dem Typen. Dass du in ihn verliebt bist.«

»Hi, Hedi. Konntest du dir keine Wohnung mit Aufzug suchen?«, sagt Simone an mir vorbei.

Ich wende mich um, um meine Freundin anzulächeln, die Maja auf dem Arm hält. Die Kleine zieht an ihren Haaren, und Hedis schwarzes Hemd ist auf Schulterhöhe mit Brei beschmiert. Zumindest gehe ich davon aus, dass die braungrünliche Masse von Majas Abendessen stammt. »Gaga.« Das Mädchen streckt die Ärmchen aus, als es mich sieht.

»Hallo, Süße.« Ich spitze die Lippen zum Kuss. In der Wohnung ecken wir am Türrahmen zum Kinderzimmer an.

»Tut dir das nicht weh?«, fragt Simone.

»Hat nur den Lack getroffen«, antworte ich. Wir stellen das Möbel in dem orange gestrichenen Raum ab.

»Aua. Da kriegt man ja Augenkrebs. Ich mein, dass Maja die Kommode bekommt und nicht deine Tochter.«

Ich überlege. »Ein bisschen wehmütig bin ich schon, aber es tut nicht weh, nein. Was ist jetzt mit dir und dem Kerl?«

Hedi kommt hinter uns her. »Bist du verknallt, Simi?«

»Ja, bin ich.« Sie reagiert genervt. »Und ja, ich hab's ihm gesagt.«

»Jetzt lass dir nicht alles aus der Nase popeln.« Ich nehme Hedi das Kind ab und reibe meine Nase an der Babynase. Die sich einstellende Traurigkeit und den Gedanken an Finja akzeptiere ich, dann verebbt die Schwere, und ich kann mit Maja lachen.

Meine Schwester nimmt einen Bären auf den Arm und boxt ihm in den Bauch. »Ist halt nicht«, meint sie.

»Wieso?«, hake ich nach.

»Ist er schwul?«, fragt Hedi mit einem ungläubigen Blick auf die Brüste meiner Schwester. Ich kann sehen, dass Simone unglücklich ist, unglücklicher als sonst. Normalerweise hat sie keinen Liebeskummer, weil sie üblicherweise die Männer verschleißt. Nicht umgekehrt. »Du kennst ja den Spruch«, sagt Hedi. »Lass ihn zischen, nimm dir 'nen frischen …«

»Ich kotz gleich«, fällt Simi ihr ins Wort. »Sag mal, willst du echt eine rosa Kommode vor diese Wand stellen?«

»Ich wollte den Raum noch streichen, aber ich hab's nicht geschafft«, gibt Hedi zu.

»Ich kann dir doch helfen«, schlage ich vor.

»Wirklich?« Der Blick, den meine beste Freundin und meine Schwester wechseln, entgeht mir nicht.

»Vielleicht werde ich heulen, während ich streiche, aber ich krieg das hin.«

»Das musst du nicht«, wiegelt Hedi ab. »Ich hab volles Verständnis dafür, wenn du lieber nicht …«

»Ich krieg das hin, hab ich gesagt. Außerdem kann ich es

wohl kaum verantworten, dass mein Patenkind in diesem Farbalptraum aufwächst«, entscheide ich.

»Da trinken wir drauf«, sagt Hedi. Wir gehen in die Küche, wo sie Prosecco einschenkt. »Ich darf ja wieder«, meint sie. Ich erinnere mich, wie ich mir in meiner Schwangerschaft gewünscht habe, trinken zu dürfen, worauf ich Lust habe, und werde traurig. Majas Anblick und der Gedanke daran, ihr Zimmer zu streichen, haben mich nicht in diesen Zustand versetzt, eine beiläufige Bemerkung Hedis reicht jedoch dafür aus. Bin ich doch noch nicht so stark? Ohne den Beistand der anderen wie Simone und Hedi wäre ich vielleicht nicht in der Lage, morgens aufzustehen. Ich denke auch wieder einmal an Nils.

Weil ich so oft an ihn denken muss, überwinde ich meine Unsicherheit und rufe ihn an, als ich zu Hause bin. Während es klingelt, bin ich nicht sicher, ob ich mir wünschen soll, dass er den Anruf annimmt oder dass er es nicht tut. Ich will ihn fragen, ob wir uns sehen wollen. Vorsichtig natürlich, um nichts zu überstürzen, was ich nicht ganz begreife.

»Mara?« Das Zögern in seiner Stimme versetzt mir einen Stich. Er klingt reserviert.

»Ich möchte dich gern sehen«, platze ich heraus. Pause. Eine sehr lange Pause entsteht. Zu lange. Es war falsch, Nils anzurufen.

»Ich hab im Moment ziemlich viel zu tun«, sagt er dann.

Er hätte auch gleich nein sagen können. Enttäuscht lege ich auf.

Die einst weißen Wände der Küche sind vergilbt. An der Wand hängt ein zwei Jahre alter Kalender. Das nicht mehr umgeschlagene Oktoberbild zeigt niedliche Kätzchen in einem Weidenkorb. In einem ähnlichen wurde Finja eingeäschert. »Moseskörbchen« nannte der Bestatter den geflochtenen Sarg.

In einer Küchenecke steht eine Futterschüssel mit angetrockneten Fleischstückchen auf dem klebrigen Boden. Hier wie im Rest der Wohnung riecht es durchdringend nach Katzenpisse. Auf der gegenüberliegenden Seite ist die Einbauküche. Von der Spanplatte blättert die Plastikfront aus Eichenholzimitat ab. Auf dem Tisch stehen dreckige Töpfe. In einem Glas mit einer bräunlichen Flüssigkeit hat sich dicker Schimmel gebildet, daneben quellen Zigarettenstummel und Asche aus einer umfunktionierten Kaffeetasse mit der Aufschrift »Erinnerung an Bad Münstereifel«. Durch die offene Tür schallen der Lärm des Fernsehers und das Keifen zweier Mädchen.

Angegurtet in seinem Hochsitz versucht ein anderthalbjähriger Junge an den Aschenbecher zu gelangen, doch die Mutter haut ihm auf die Finger. »Ey, Pfoten weg, Justin, oder es setzt was!«

Vielleicht nennt sie ihn auch Jason, ich habe mir die Namen der sechs Kinder nicht richtig merken können. Alyssa oder Ashley, die Älteste, dann Riccardo oder Raphael, Alessandro, Melissa-Cheyenne und Ruben rekonstruiere ich die Geschwister. Bis auf Alessandro und Melissa-Cheyenne stammen alle von unterschiedlichen Vätern.

Justin oder Jason gibt seine Versuche nicht auf. Mit seinen Fingerchen erreicht er die Tasse, und prompt kippt sie um.

»Halt drauf«, sage ich zu dem Kameramann, der sich vor mir in die enge Küche gezwängt hat und nun filmt, wie die Mutter Justin oder Jason an den Haaren reißt. Das Kleinkind kreischt, woraufhin sie ihm wieder Prügel androht.

»Jetzt mal halblang hier«, mische ich mich ein, obwohl ich den Take damit versaue. »Sie können doch Ihr Kind nicht schlagen. Das ist verboten.«

Die Hand der Frau zuckt zurück. Ihr verständnislos blickendes Gesicht ertrage ich nicht. Es ist so dumm. Genauso wie das der Mutter von Valentina, Mehmet, Melvin und Nevio, bei denen ich mit meinem Kamerateam gestern war, und das von Yannicks und Kim-Cheyennes Mutter, die ich morgen besuchen werde. Deutschlands schlimmste Mütter. Ausgerechnet ich muss das Elend, in dem diese Kinder aufwachsen, mit ansehen.

Ich hasse die Frauen von ganzem Herzen. Ich hasse sie dafür, dass sie ihre Babys in blauen Dunst hüllen und die Krabbelkinder vor dem Fernseher parken, anstatt mit ihnen spazieren zu gehen oder zu spielen. Ich hasse sie für die lieblosen, kalten Typen, die sie den Kindern in regelmäßigen Abständen als neue Papas präsentieren. Ich hasse sie für die Schläge, die sie ihrem Nachwuchs verpassen, wenn er nicht pariert. Ich hasse sie für den Wackelpudding, den sie ihren Säuglingen anstelle von Gemüsebrei geben. Ich hasse sie dafür, dass sie dennoch ein gesundes Kind nach dem anderen zur Welt bringen. Voller Wut lasse ich zu, dass sie in ihrer ganzen Dummheit und Brutalität gefilmt werden.

Am Abend heule ich mich bei Hedi aus. Ihr Verständnis tut gut.

»Warum kann man denen die Kinder nicht wegnehmen?«, fragt Hedi.

»Die Familie ist bei uns doch das Heiligste«, gebe ich zurück. »Da müssen die ihre Kinder schon umbringen, damit was passiert.«

»Wie hältst du das nur aus?«

Keine Ahnung. Es ist kaum zu ertragen, und mir graut vor dem nächsten Drehtag. Vielleicht sieht ja jemand vom Jugendamt die Aufnahmen, und das hat mal Konsequenzen, hoffe ich und denke kurz daran, was mir Nils wohl raten würde.

»Was anderes. Jetzt wollen auch Greta und Steffi aus der Krabbelgruppe so eine schöne Kommode für ihre Kinder haben. Du weißt schon, die beiden, die immer meinen, ich sei eine Asi-Mutter, weil ich Maja fremdbetreuen lasse, wenn ich arbeiten gehe«, erzählt Hedi.

»Die ihre Mädels zum Baby-Yoga angemeldet haben?«, erinnere ich mich.

»Und zum Englischkursus. Ich habe ihnen gleich gesagt, das sind lauter Einzelstücke. Unter sechshundert Euro läuft da gar nichts.« Ich kapiere nicht. »Sie wollen unbedingt solche Kommoden haben und zahlen dir den Preis, den du verlangst, ist das nicht toll?« Hedi schreit fast in den Hörer.

»Warum holen sie sich nicht eine Kommode vom Flohmarkt und lackieren sie selbst?«, wundere ich mich.

»Weil sie dafür keinen Sinn haben. Sei doch froh, so verdienst du locker über tausend Euro. Ist das denn nichts?«

»Doch, klar, danke.« Als ich auflege, wird mir vor allem klar, dass ich nun noch mehr Arbeit habe. Aber auf das Verschönern der Möbelstücke freue ich mich. Dennoch ist es ein Wahnsinn, dass es Mütter gibt, die ihrem Nachwuchs gegenüber nicht das geringste Interesse aufbringen, und andere, die ihre Kleinen behandeln, als seien sie alle Jesuskinder.

»Ich schlag dich kaputt, du Hurensohn!« Die achtjährige Kim-Cheyenne haut ihrem zwei Jahre jüngeren Bruder Yannick mit einem Stöckelschuh auf den Kopf.

»Fick dich, du geile Schlampe«, kontert der und tritt ihr in den Unterleib. Schockiert, wie ich bin, kann ich erst mal gar nicht handeln und blicke zu ihrer Mutter, die zwei Meter weiter auf dem Sofa hockt, *Zähl die heitren Stunden nur* guckt und Schokoküsse in sich hineinstopft. Sie ist vierundzwanzig und wiegt fast hundert Kilo.

»Willst du denn nichts tun?«, fordere ich sie auf.

Mit halbgeschlossenen Augen blickt sie mich an. »Andy!«, ruft sie matt in Richtung des Flures, dann schaltet sie um auf den Shopping-Kanal. Eine mir nur allzu bekannte Moderatorin preist Porzellanpuppen mit echten Haaren an. Die Mutter greift zum Telefon und bestellt den ein Meter großen Kitsch für neunundneunzig Euro – dafür, dass die Familie von ALG II lebt, ein teurer Spaß. Hinter ihr auf der Sofalehne hockt bereits eine ganze Sammlung seelenloser Puppenkinder.

»Mami, Hunger.« Dem jammernden Yannick schiebt sie die Packung mit den Schokoküssen zu, dabei können seine Augen kaum mehr aus den Fettmassen in seinem Gesicht blicken. »Ich will aber Pizza. Pizza. Pizza. Pizza. Pizza. Pizza.«

»Was ist mit Geld?«, fragt sie daraufhin meinen Chef, der zum Dreh mitgekommen ist. Er zieht zwei Hunderter und zwei Fünfzig-Euro-Scheine aus seinem Portemonnaie und reicht sie ihr. Einen der Fünfziger gibt sie gleich an Yannick weiter. »Kwattro Schtaschoni mit Käserand, und frag Papi, was er will. Und bring Cola light mit.«

»Hol auch Zigaretten«, sagt Timon zu dem Jungen.

Ich kann es nicht fassen. Die Frau verkauft sich und ihre Familie für eine hässliche Puppe und Weißmehl. Ihre Tochter, Kim-Cheyenne, packt neben ihr auf dem Sofa einen pinkfarbenen Gameboy aus. Fahrig drückt sie die Tasten, während es enervierend piept. Der Tonmann setzt den Kopfhörer ab.

»Kimi, ich kann den Fernseher nicht hören«, klagt die Mutter.

»Dann mach lauter«, schnauzt das Mädchen.

Ich versuche an etwas Schönes zu denken. An die Erinnerungsdecke, an mein Hoffnungszimmer, an Finjas Bewegungen in meinem Bauch. Aber das bringt mich nur dazu, die Frau noch mehr zu hassen. Wer um alles in der Welt gibt diesen Müttern das Recht, ein so kostbares Gut, wie Kinder es sind, in derartigen Verhältnissen aufwachsen zu lassen? Nie wäre es Finja auch nur annähernd so gegangen. Niemals hätte ich mich vor den Fernseher gehockt, während draußen die Sonne scheint, sondern wäre mit meiner Tochter spazieren gefahren. Bei Regenwetter hätte ich mit ihr gemalt und gesungen. Alles hätte ich für sie getan. Ich verspüre den Drang, die Mutter von Kim-Cheyenne und Yannick zu schlagen.

»Kümmere dich um deine Kinder. Mach ihnen was Gesundes zu essen und geh mit ihnen auf den Spielplatz«, möchte ich ihr zubrüllen, während ihr Gesicht unter meinen Ohrfeigen zu glühen anfängt. Angewidert blicke ich auf meine Hand. Tatsächlich würde ich es nicht einmal über mich bringen, die Frau zu berühren.

»Bisschen öde hier«, höre ich meinen Chef dem Kameramann zuflüstern. »Sag mal, Kimilein«, wendet er sich dann zuckersüß an das Mädchen. »Möchtest du deiner Mami nicht mal sagen, was dich so alles an ihr stört?«

»Kim-Cheyenne heiß ich.«

»Gut, Kim-Cheyenne. Warum erklärst du deiner Mami nicht, wie du sie findest? Ich meine, findest du sie nicht zu dick?«

Ich empfinde die Atmosphäre im viel zu vollgestopften Wohnzimmer als unerträglich.

»Was krieg ich dafür?«, fragt Kim-Cheyenne gelangweilt, ohne den Blick von ihrem Gameboy zu nehmen.

»Einen Fuffi. Und jetzt rück mal mit der Sprache raus.«

Das Kind reißt den Geldschein an sich. »Mami ist zu dick?« Fragend sieht sie meinen Chef an.

Sag was!, brülle ich der Mutter in Gedanken zu. Sag schon, dass du so ein Benehmen nicht duldest, dass deine Tochter nichts Schlechtes über dich zu berichten hat. Schweigend sieht die Frau weiter fern. Timon kann das Mädchen ungehindert mit Schmähungen über ihre Mutter füttern. Nachdem sie die Beleidigungen folgsam für die Kamera wiederholt hat, drückt Kim-Cheyenne erneut auf ihrem Gameboy herum.

Endlich taucht auch mal Andy auf, der Erzeuger von Yannick und Kim-Cheyenne. »Wo sind frische Socken?« Er trägt einen schwarzen Plastiktrainingsanzug mit weißen Streifen und ist barfuß. Eine Wampe zeichnet sich unter der Jacke ab, und sein Gesicht ist ähnlich aufgedunsen wie das seines Sohnes.

»Schlafzimmer«, sagt seine Frau.

»Da sind sie nicht«, fährt er sie an. »Nix kriegst du hin, du fette Schlampe. Kannst nicht mal die Sachen ordentlich hinlegen. Faules Stück, du.« Er spricht das aus, was ich die ganze Zeit über gedacht habe. »Meine Mutter hat gesagt, ich tät besser mit der Vanessa. Die macht die Wohnung schön ordentlich und sauber und ist nicht so fett und hässlich.«

Seine Frau sackt etwas mehr in sich zusammen, als er sie anschreit. Meine Abscheu kämpft mit meinem Mitgefühl. Ich halte es nicht mehr aus und gehe in den Hausflur. Was mache ich hier nur?

Timon folgt mir. »Das wird *der* Knüller.« Er holt sein Handy aus der Hosentasche. »Wir zeigen die krassesten Szenen.«

»Ich kann das nicht …«, beginne ich.

»He, Yannick, hast du die Zigaretten?«, fragt mein Chef den Jungen, der gerade vier Teampizzakartons die Treppe hochträgt und keucht wie ein Achtzigjähriger mit Bypass. Die Zigarettenschachtel liegt obenauf. »Komm wieder rein«, sagt Timon zu mir. Widerstrebend folge ich ihm. Er wirft der Mutter die Zigaretten zu.

»Ich rauch nicht«, protestiert die Frau lahm.

»Na und? Ist ja nur fürs Bild.«

»Das können wir nicht machen«, erkläre ich ihm nachher im Auto von der Rückbank aus. Mein Chef sitzt vorne neben dem Kameramann. Meine Augen begegnen seinen im Rückspiegel. »Das ist einfach schrecklich.«

»Genau. Die Horror-Mütter. Und du bist genau die Richtige dafür. Zeig der Welt, was das für herzlose Hexen sind.

Wähl die schlimmsten Szenen aus und schneide ordentlich Zigarettenrauch dazwischen. Kotz dich aus!«

Erst jetzt realisiere ich, dass er mich nicht an das Format gesetzt hat, weil ich von allen Kollegen am ruhigsten auf die Krise reagiert habe. Auch nicht wegen meiner Erfahrung. Er hat mich ausgewählt, weil er mit meiner erhöhten Emotionalität als verwaiste Mutter gerechnet hat. Er will, dass ich die Frauen hasse. Über seine Skrupellosigkeit bin ich schockiert.

An diesem Abend finde ich in der Garage meiner Eltern nicht wie sonst Ruhe und Ganzheit, als ich die Schublade eines Beistelltisches leime. Zu aufgewühlt bin ich über Timons Motive, aus denen er mich an das TV-Format gesetzt hat, zu aufgewühlt bin ich über meine eigene Rolle in dem gefilmten Demütigungs- und Bloßstellungsprozess, der sich *Deutschlands schlimmste Mütter* nennt. Nicht nur mein Chef ist skrupellos, auch ich bin es. Habe ich mir wirklich einmal vorgemacht, eine Fernsehsendung mit dem Titel wäre nicht marktschreierisch? Tatsächlich habe ich gar nichts gedacht, weil ich mich die ganze Zeit bloß um mich drehe. Ganz bewusst habe ich die Augen davor verschlossen, welche Folgen mein Handeln und Tun haben. Auf einmal bin ich auch schockiert über meine unreflektierte Skrupellosigkeit. Wie lange will ich denn noch anderen die Verantwortung für mein Leben zuschieben, ohne sie selbst zu tragen? Wann begreife ich endlich, dass ich die Akteurin in diesem Leben bin?

Mit einer Schraubzwinge fixiere ich die zusammengeleimten Schubladenseiten. Ich könnte mich daranmachen, das restliche Tischchen in dem Taupe anzustreichen, das ich mir habe mischen lassen. Mit einem Schraubenzieher löse ich den Deckel von der Dose und rühre den Inhalt um, doch als ich den Pinsel in die Farbe tauche, merke ich, dass meine Konzentration nachlässt. Mein Blick bleibt am Kinoprogramm auf der Zeitungsseite hängen, die ich als Unterlage ausgebreitet habe. Die Filmpalette zeigt heute *Waltz with Bashir*, einen animierten Dokumentarfilm. Vage erinnere ich mich daran, von dem Streifen gehört zu haben, als er neu herauskam, aber ich habe es nicht ins Kino geschafft, obwohl mich die Story interessierte, das weiß ich noch. Ich verschließe die Farbdose, säubere den Pinsel, schlüpfe aus dem Arbeitsoverall, hänge ihn an den dafür vorgesehenen Haken und gehe ins Haus, wo Simone sich die Fußnägel grasgrün lackiert. Auf meinen Vorschlag, ins Kino zu gehen, reagiert sie mit Begeisterung. Weniger euphorisch ist sie jedoch, als sie erfährt, dass ich einen Dokumentarfilm ausgesucht habe. Sie versucht, mich zu einer Hollywood-Komödie mit Cameron Diaz zu überreden, aber ich bleibe hartnäckig.

In dem kleinen Kinosaal begreife ich allmählich, wieso mich ausgerechnet dieser Film angesprochen hat. Ich atme schwer angesichts der überwältigenden Bilder, und in der Dunkelheit des Raums höre ich mein eigenes Seufzen.

»Ist das krass«, flüstert Simone neben mir.

Die Geschichte ist hart. Ein Mann sucht über zwanzig Jahre nach seinem Einsatz als israelischer Soldat im ersten Libanonkrieg nach seinen verlorenen Erinnerungen an das Massaker, das er damals mitbekommen haben muss. Der Film zeigt schonungslose Bilder eines Krieges. Auf seiner Suche spricht der ehemalige Soldat mit vielen Menschen, die sich an ihre Sicht der Dinge erinnern, und mit Psychologen. Von Schuldgefühlen ist die Rede, und es wird von einem anderen Soldaten erzählt, der überlebt hat, weil er die Schrecken des Krieges durch eine imaginäre Kamera betrachtet hat. Eine solche innere Kamera schaffe Distanz, erklärt eine Psychologin. Es sei ein Mechanismus, außerhalb des Geschehens zu bleiben, als ob man einen Film sähe. Die Frau redet von mir, denke ich, aufrecht und steif in meinem Kinosessel. Als ich von Finjas

Tod erfuhr, habe ich eine solche Kamera eingeschaltet. Ich erinnere mich an das Gefühl, meinen Körper richtiggehend zu verlassen und neben mir zu stehen, meinen Schmerz und das Leid zu betrachten, als ob es einem anderen Menschen zugestoßen wäre. Derart auf Distanz zu Finjas Tod zu gehen war mein Schutzmechanismus, nur habe ich diese Distanz zu allem und jedem aufgebaut, auch zu Klaus. Um sie zu überwinden, muss ich alle Erinnerungen an Finja in mir zulassen und integrieren, selbst die schmerzhaften, darüber reflektiere ich, während der Abspann läuft.

In der Nacht träume ich tatsächlich von Finja und ihrer Geburt, von dem körperlichen Schmerz und der Angst, aber der Traum ist grotesk verzerrt, und als ich aufwache, fühle ich mich noch weniger vollständig als zuvor, sondern bloß verstört. Ich rufe bei Telegen an und melde mich krank.

»Gute Besserung«, wünscht mir Annika.

30

»Das ist alles so schön!« Greta, die Mama aus Hedis Krabbelgruppe, gerät über meine umgestalteten Möbel in der Garage in Entzücken. »Und originell.«

»Hab ich zu viel versprochen?« Verschwörerisch lächelt mir Hedi zu, während Simone die Augen hinter Gretas Rücken verdreht.

»Guck mal, die Lampe. Die würde unheimlich gut neben Anna-Katharinas Bett passen. Nein, und der Sessel. Da sind ja genau die gleichen Blumen draufgestickt. Den muss ich unbedingt haben.« Sie zückt ihr Handy und wählt eine Nummer. »Schatz! Ich bin's. Du, ich hab hier so süße Sachen für Anna-Kas Zimmer gefunden … Ich weiß, dass du im Stress bist, aber kann ich die jetzt kaufen?«

»Wenigstens so was bleibt mir erspart. Ich muss vor keinem Kerl buckeln«, raunt Simone mir zu, die noch ziemlich unter Liebeskummer leidet.

Greta schmatzt auf das Handy. »Bis heute Abend, Schatz. Tschau.« Mit einem zufriedenen Gesichtsausdruck legt sie auf. »Gut. Ich nehm das. Ich empfehle dich den Frauen aus dem Biokochkurs weiter.«

Als sie geht, hat sie mir außer der Kommode, die ich extra für sie lackiert habe, noch zwei Sessel mit Bezügen aus bestickten Flicken und die Lampe abgekauft. Das alles für das Mädchenzimmer eines nicht einmal ein Jahr alten Kindes. Ich freue mich darüber, selbstverständlich, das ist richtig viel Geld für eine Arbeit, die mir mehr liegt als der Fernsehjob, doch einen Tag nach meinem schockierenden Erlebnis beim Dreh kommt mir das alles wahnsinnig vor. Ich kann nicht sagen, ob Anna-Katharina mehr geliebt wird als Kim-Cheyenne. Vielleicht. Vielleicht auch nicht. Aber sie hat auf jeden Fall viel mehr Chancen im Leben, und das ist nicht gerecht. Ich gönne es allen Anna-Katharinas dieser Welt von ganzem Herzen, dass sich ihre Mütter so um sie sorgen, wie Greta es tut, doch ich wünsche mir, es gäbe nicht gleichzeitig Kinder wie Justin und Ashley und Yannick, die Zuneigung vor allem in Form von elektronischen Lärmmachern, wechselnden Fernsehprogrammen und fettigem Essen erhalten. Und ich muss an mich denken, wie ich als Mutter geworden wäre, womöglich gar nicht so viel anders als Greta.

Tränen schießen mir in die Augen, als ich Hedi mit Maja schmusen sehe, während ich dem Kinderzimmer am Abend einen pastellgrünen Anstrich verpasse.

Meine beste Freundin zeigt sich erschrocken. »Ich wollte dich nicht traurig machen.« Sie lässt von ihrer Tochter ab, die auf den offenstehenden Farbtopf mit dem Lavendelton zukrabbelt, den ich für die Borte brauche.

Gerade noch rechtzeitig kann ich verhindern, dass die Kleine ihre Finger in die Farbe steckt. »Nein, nein, nein«, sage ich mit Nachdruck.

Maja schüttelt den Kopf. »Nainainainain.«

Vor Begeisterung klatschen Hedi und ich in die Hände. Wir sehen uns an und lachen.

»Ich dachte, ich würde nie so eine bescheuerte Mutter werden, die jeden Furz ihres Kindes bejubelt«, stöhnt meine Freundin. »Und jetzt sieh mich an. Super, Maja, wie du in die Windel gekackat hast. Ohhh, toll hast du die Blätter von der Pflanze gerissen. Gruselig.«

»Solange du ihre Klogänge nicht noch kommentierst, wenn sie vierzehn ist …«, beschwichtige ich sie. »Im Ernst, es ist wunderbar, wenn ein Kind so geliebt wird. Ich heule übrigens nicht, weil mich das an Finjas Verlust erinnert, sondern weil ich daran denken muss, wie viele Kinder es gibt, die so eine Liebe nie erfahren dürfen.« Da mir wieder die Tränen kommen, klatsche ich schnell Pastellgrün auf den grellen Untergrund. Ich weine auch, weil ich mir Klaus als Vater seines neuen Kindes vorstelle. Ich hätte es so gerne gehabt, dass er mit meinen Kindern herumtollt und schmust.

»Ja«, sagt Hedi, »an so was darf ich gar nicht denken. Ich mein, man will helfen, man will ihnen wirklich helfen und fühlt sich dann so hilflos, weil man nichts machen kann.«

»Weißt du, was das Verrückte ist?«, hole ich mich in die Realität zurück. »Erst war ich sauer auf die Mütter, die ihre Kinder im besten Fall gleichgültig behandeln. Jetzt bin ich auch noch für sie traurig.« Ich erinnere mich an Andy, der seine Frau mit so viel Abscheu behandelt hat. »Denn ich gehe schwer davon aus, dass sie selber nicht viel Liebe erfahren haben, die sie weitergeben können. Hoffentlich werde ich nicht noch Sozialarbeiterin.«

»Ein endloser Kreislauf«, stöhnt Hedi.

Muss das so sein? Diejenigen, die geliebt werden, geben Liebe weiter. Diejenigen, die sie nicht erfahren, geben Frust und Hass weiter? Immer und immer und immer wieder? Erneut muss ich an Klaus denken und daran, dass seine Eltern es nicht über sich gebracht haben, mitfühlend auf unsere Situation nach Finjas Tod zu reagieren. Dass es genau genommen kein Wunder ist, wenn er seine Trauer nicht zulassen kann. Wütend fahre ich mit der Rolle über die Wand. Offenbar bin ich noch weit davon entfernt, Finjas und Klaus' Verlust verarbeitet zu haben.

»Warum machst du das mit der Verschönerung und den

Möbeln nicht beruflich?«, fragt mich Hedi, nachdem ich das Zimmer fertiggestrichen habe.

»Wie soll das denn gehen?«, gebe ich zurück. Ich schlüpfe aus den Streichklamotten, die pastellgrün besprenkelt sind, und verabschiede mich mit einem Kuss von der im Schlafzimmer schlummernden Maja. Das Nuckelpüppchen, das ich ihr zu Weihnachten geschenkt habe, hält sie an sich gedrückt.

Doch Hedis Frage lässt mir keine Ruhe. Als ich auf dem Weg nach Hause an einem leerstehenden Ladenlokal vorbeikomme, über dessen Tür für »Blumes 1-a-Backwaren« geworben wird, stelle ich mir vor, wie meine Möbel wohl darin aussehen würden.

Finjas Nuckelpüppchen, das ich in der Nacht aus der Erinnerungskiste zu mir ins Bett geholt habe, steckt als Glücksbringer in meiner Handtasche, die von meinem Arm baumelt, als ich die Tür zum Chefbüro aufstoße. In den schlaflosen Stunden zwischen zwei und fünf Uhr morgens habe ich mich dazu entschlossen, die öffentliche Bloßstellung von Kim-Cheyennes und Yannicks Familie nicht einfach so zuzulassen. Timon winkt mich zu sich. »Ich geh gerade die Szenen durch, die wir vorgestern gedreht haben. Geiles Zeug.«

Auf dem Notebook sind Kim-Cheyenne und Yannick mit ihren Eltern zu sehen, wie sie Pizza essen. Während Kimi sich ein Stück davon in den Mund schiebt, hält die Mutter in einer Hand eine Zigarette. Was die Aufnahmen nicht zeigen, ist das auffordernde Winken meines Chefs hinter der Kamera, woraufhin sie überhaupt erst an der Zigarette zieht. Auch ihr späteres Nichtraucherhusten ist nicht zu sehen.

Ich kann das nicht länger vor mir selbst verantworten.

»Das wird der Redaktion gefallen«, freut sich Timon. »Da ordern die gleich mehr von.« Es fehlt nur, dass er sich die

Hände reibt. Stattdessen lehnt er sich in seinem Lederschreibtischstuhl zurück.

»Hör mal«, fange ich an. »Ich hab da eine Idee für das Format. So, wie es ist, ist es vor allem bedrückend. Wie wäre es, wenn wir dem ganzen Elend was Positives entgegensetzen? Wenn wir nicht nur Deutschlands schlimmste Mütter zeigen, sondern dem Zuschauer einen Hoffnungsschimmer geben?« Er sieht interessiert aus, deshalb rede ich weiter. »Das Licht am Ende des Tunnels. Die Hoffnung auf eine bessere Zukunft. Ich stelle mir das so vor: Man sieht die verkorksten Familienzustände, wie sie sind. Ungeschönt. Und dann begleiten wir die Leute, wenn sie sich durch professionelle Hilfe verändern.«

»Gibt's schon«, unterbricht er mich.

»Aber unsere Sendung wird anders. Wir begleiten die Familien länger. Die Mütter begreifen ja nicht wirklich, was sie da tun und was das für Auswirkungen auf ihre Kinder hat. Die wollen bestimmt nur das Beste. Aber wie sollen sie was ändern können, was sich ihr Leben lang so abgespielt hat?« Ich rede mich in Rage. »Wir sollten sie nicht bloßstellen. Wenn wir sie mindestens ein Jahr lang filmen und sie Betreuung in jeder Hinsicht bekommen, pädagogische, therapeutische, soziale …«

»Bin ich die Heilsarmee, oder was? Wer soll das bezahlen? Und wer will denn so einen Mist sehen? *Boring stuff*!« Timon entlässt mich mit einer Handbewegung, doch so rasch gebe ich nicht auf.

»Die Leute lieben Dramen. Aber sie lieben auch die Läuterung von Menschen. Quasi so eine Art Vorher – Nachher wie in den Frauenzeitschriften. Erst die Horrorzustände, dann der Prozess des Umlernens und die Belohnung für die Mühen. Mit der Botschaft: Wenn die das schaffen, kannst du das auch.«

»Halleluja!« Mein Chef greift symbolisch zum Telefon. Diese Unterredung ist für ihn am Ende angelangt.

Aber noch nicht für mich. »So, wie das Konzept jetzt ist, stellt es die Mütter bloß. Es hilft ihnen nicht. Es macht im Grunde alles nur noch schlimmer. Alle Welt weiß nach der Ausstrahlung, wie inkompetent sie sind.« Ich drücke meine Handtasche mit der darin versteckten Nuckelpuppe an mich, so wie Maja es mit ihrer Puppe getan hat.

»Wir sind ein freies Land«, ätzt mein Chef. »Ich hab die Frauen nicht gezwungen, sich vor der Kamera so zu zeigen. Wenn sie bloßgestellt werden, dann sind sie selbst schuld. Und tschüs, ich kann mir so einen sentimentalen Soap-Quatsch nicht leisten.«

Mir fällt kein weiteres Gegenargument ein. Ich bleibe stehen, suche noch nach einer Idee, um Timon umzustimmen, aber Annika, die mit einem Stapel Kopien hereinkommt, lotst mich aus dem Raum. Langsam gehe ich nach draußen, enttäuscht von mir selbst und dem Resultat meiner Bemühungen.

»Wie läuft's?«, fragt Marc, als ich mich an meinen Arbeitsplatz setze.

»Der Chef ist zufrieden.« Wie stark meine eigene Unzufriedenheit ist, verschweige ich. »Sag mal, wenn du mit einem Beitrag nicht einverstanden bist, weil darin Fakten falsch dargestellt werden, was machst du dann?«

Marc beugt sich zu mir, so dass ich sein herbes Parfüm riechen kann. Der Geruch löst ein Bedürfnis in mir aus, und ich sehne mich nach Nähe. Nach männlicher Nähe. »Du fragst bestimmt rein theoretisch, nicht wahr?«, grinst er. »Wenn dir eine Sendung nicht passt, lass statt deinem Namen ein Pseudonym druntersetzen. Braucht dir dann in deiner Vita nicht peinlich zu sein. Lust auf ein Bier heute Abend?« Seine Augen stellen eine Verbindung zwischen uns her.

»Es geht nicht darum, dass mir was peinlich ist«, sage ich. Er hält den Blickkontakt nicht länger, sondern spielt mit einem Stift auf meiner Schreibtischplatte. »Ich finde etwas völlig falsch.«

»Dann ist die Frage, ob du dir moralische Skrupel leisten kannst.« Marc schiebt den Stift näher an mich heran. »Was ist jetzt mit heute Abend?«

Es ist verlockend, sich mit ihm zu treffen, denn ich bin gerne mit ihm zusammen, aber heute zieht es mich wieder in die Garage zu meinen Möbeln, deshalb vertröste ich ihn.

»Du willst echt den ganzen Abend in Farbdämpfen verbringen?« Simone steht neben mir, während ich einem niedrigen Tisch einen moosgrünen Anstrich verpasse. »Du hast doch nicht angefangen zu schnüffeln, oder?«

Das nicht, aber dank Gretas und Hedis verbal gerührter Werbetrommel habe ich heute schon drei Anrufe wegen meiner Möbel erhalten. Und eine Frau hat bereits vier Stühle gekauft. Es ist ein Gefühl, als würde sie ein Stück von mir mitnehmen und in die Welt hinaustragen. Diese Befriedigung vermisse ich in meinem Brotjob, und mir graut vor der Ausstrahlung der ersten Folge von *Deutschlands schlimmste Mütter.* Zwar habe ich auf Marcs Anregung hin meinen Namen ändern lassen, doch meine Beteiligung an diesem Machwerk bleibt.

Morgens fällt es mir schwerer, das Großraumbüro zu betreten. Ich ertappe mich schon dabei, wie ich in Konferenzen Klaus' »Fernsehpack« vor mich hin murmele. In Tagträumen vor meinem Computer stelle ich mir meine Möbel in dem Ladenlokal vor. Mit einem Latte macchiato in der Hand sitze ich dann auf einem meiner Sessel und blicke auf die Straße. Dort bleiben die Passanten vor meinem Schaufenster stehen, um mehr von den bunten Stücken zu entdecken. Ich biete ihnen einen selbstgemachten Milchkaffee an, und darüber kommen wir ins Gespräch. Die Vorstellung ist schön, nur zu naiv, um damit Geld zu verdienen.

»Mara, dein Filmteam wartet unten im Auto«, reißt mich die Sekretärin aus meinen Gedanken.

Wie gerne hätte ich weitergeträumt, aber ich muss die Realität in dem Maße verändern, wie es in meiner Hand liegt. Ich kann nicht über das Schicksal bestimmen, doch ich kann wenigstens verhindern, dass mein Handeln negative Auswirkungen auf das Leben anderer hat. In den vergangenen Monaten hatte ich vor allem das Gefühl, ein Spielball des Schicksals zu sein, der mal hierhin und mal dorthin getreten wurde, jetzt sehe ich mich wieder als Spielerin. Zwar bin ich davon abhängig, dass mir ein Teammitglied den Ball zupasst, denn ich spiele nicht für mich allein, aber was ich mit diesem Pass anstelle, liegt nicht nur am Glück, sondern auch an mir selbst.

»Pass mal auf«, sage ich kurz darauf zu Kim-Cheyennes und Yannicks Mutter, die wieder mal vor dem Fernseher hockt. »Schalt die Kiste aus und komm mit mir und den Kindern auf den Spielplatz.«

Erst nölen die beiden herum, dass sie lieber Gameboy spielen und glotzen wollen, doch als sie auf der Schaukel sitzen, sehen sie tatsächlich ein klitzekleines bisschen fröhlich aus.

»Willst du sie nicht anschubsen?«, schlage ich der Mutter vor.

Ihr Phlegma bringt mich dazu, sie treten zu wollen. Immerhin steht sie (wenn auch seufzend) auf und schaukelt ihre Tochter und ihren Sohn abwechselnd. Ich lasse den Kameramann das Bild filmen, dann interviewe ich sie auf der Bank, im Hintergrund die tobenden und lachenden Kinder, und frage, ob sie sich für eine gute Mutter hält.

»Nein«, gibt sie zu. »Alle sagen, dass ich nix tauge. Mein Mann sagt das und die Kinder auch.«

»Würdest du dir denn wünschen, eine bessere Mutter zu sein?«

»Ja.«

»Was hindert dich daran?«

Sie blickt unbestimmt in die Ferne. »Vielleicht hab ich zu jung geheiratet.«

»Hättest du denn eine Alternative gehabt?«

»Nein. Ich bin dumm. Hab nichts gelernt.«

Ich muss schlucken. »Was wünschst du dir denn für deine Kinder? Was sollen sie aus ihrem Leben mal machen?«

Sie kaut auf der Unterlippe herum, reibt die Handflächen aneinander. Ihr ganzer Körper wirkt, als ringe sie mit sich. »Wenn sie glücklicher werden wie ich, das wär schön.«

Im Schneideraum lasse ich den Cutter das Interview ans Ende des Beitrages setzen. Um Platz dafür zu schaffen, schneidet er auf meine Veranlassung hin die Pizza-und-ZigarettenSzene heraus. Das letzte Bild wird der Moment auf dem Spielplatz, in dem die Mutter Kim-Cheyenne und Yannick schaukelt.

Das alles ändert nichts an den Tatsachen, das ist mir durchaus bewusst. Es verbessert auch nicht die Bedingungen, unter denen die beiden aufwachsen müssen, und verhindert nicht die Lethargie ihrer Mutter. Aber wenigstens demontiert es diese nicht bis zuletzt, wenigstens kann sie trotz allem ihr Gesicht wahren. Ich werde das Band einfach mit dem abgenommenen Sendeband für die Redaktion vertauschen. Sicher ist es nicht, dass meine Version wirklich auf Sendung geht, doch ich habe es zumindest versucht. Schließlich geht es auch um mein Gewissen.

31

Das Vogelgezwitscher in der Kastanie im Hinterhof nimmt täglich zu, was Gilbert mit lautstarkem Bellen durch das geöffnete Fenster quittiert. Noch ein paar Tage und es ist April. Bald wird es Frühling, das kann ich in der Luft riechen. Im letzten Frühling habe ich meine Tochter verloren. Als Finja starb, schien die Sonne. Goldgelb wie der Samt, auf den ich eine Hand sticke, die die Wärme der Strahlen einzufangen versucht. Während ich nähe, merke ich, wie sehr sich die Arbeit an der Erinnerungsdecke von den Verschönerungsaktionen an den Möbeln unterscheidet. Sie machen mir Freude, aber das hier ist mehr. Es geht unter die Haut, dringt bis in mein Innerstes vor. Finjas Tod hat mich und weite Teile meines Lebens verändert, doch die Veränderungen sind noch nicht radikal genug. Wie bei den Flicken soll etwas ganz Neues aus dem Alten entstehen.

Als ich fertig bin, bette ich die genähten Flicken zu den anderen in die Erinnerungskiste. Ich kann nicht umhin, wieder an Nils zu denken. Das ist immerhin besser, als an Klaus zu denken. An Klaus denke ich noch immer mit Schmerz, Trauer und Wut. An Nils denke ich mit Bedauern. Ich hätte ihn so gerne als Freund behalten. Wirklich nur als Freund? Weil ich diese Frage nicht weiter vertiefen möchte, ziehe ich meine Schuhe und die Jacke an und gehe nach draußen. Unter Umständen helfen mir jetzt meine üblichen Herz-Schmerz-Journale. Ich steuere den Kiosk an, doch die Erinnerungen haben mich dünnhäutig gemacht. So trifft mich die Begegnung mit einer Schwangeren, die strahlend eine Zeitschrift für Eltern kauft. Ihr Blick, der mich streift, ist vielleicht triumphierend, vielleicht bedauernd, wahrscheinlich einfach nur gleichgültig, aber ich fühle mich getroffen. Ihr stolzes Glück greift mich an. Was, wenn ich ihr sagen würde, dass sie die Nächste sein kann? Dass womöglich ihr Kind noch im Mutterleib stirbt. Wäre sie dann noch so stolz auf ihren Riesenbauch?

Ich bin neidisch. Nicht nur, weil ich nicht schwanger bin und es in absehbarer Zeit auch nicht sein werde, sondern weil ich weiß, dass ich dieses unbefangene, unbeschwerte Glück so nie wieder empfinden werde. Stolz wird wohl das Letzte sein, was ich in Zukunft mit Bauch fühlen kann.

Wieder in der Wohnung, überlege ich, dass ich mit einem neuen Mann vielleicht eher die Chance auf ein lebensfähiges Kind hätte. Stößt so was wie mit Finja vielleicht nur Klaus und mir zu? Wenn ich einen neuen Mann kennen- und lieben lernen würde, könnte ich in zwei, drei Monaten schon schwanger sein und nächstes Jahr ein zweites Kind zur Welt bringen.

Aber bin ich wirklich bereit für einen anderen Mann? Ich habe mit Klaus bisher nicht einmal die nötigen Scheidungsformalitäten besprechen können. Nicht nur eine weitere Schwangerschaft wird nie wieder so unbeschwert sein wie die mit Finja. Ich kann mich unmöglich erneut Hals über Kopf und mit ganzem Herzen in einen Mann verlieben, wie ich mich in Klaus verliebt habe, und ich trauere auch deshalb.

»Was für eine verfickte scheißige Scheiße ist das!« Timons Flüche sind sogar noch draußen bei uns im Großraumbüro gut zu hören. Daniela, Marc und die anderen Kollegen zucken zusammen und verbarrikadieren sich hinter ihren Schreibtischen. Wahrscheinlich beten sie darum, dass der Ausbruch nicht auf ihrem Mist gewachsen ist. Auch mir ist nicht ganz wohl, aber immerhin kenne ich den Grund für den Wutanfall und versuche mich innerlich gegen die Konfrontation zu wappnen, die unweigerlich bevorsteht.

Annika ist leichenblass, als sie die Tür des Chefbüros von innen öffnet und den Kopf herausstreckt. »Mara?« Sie haucht das Wort fast, so als könne sie der Wut, die hinter ihr aus dem Büro dringt, damit etwas entgegensetzen.

Als ich aufstehe, heften sich die mitleidigen Blicke der anderen auf mich. Sogar Danielas. »Ich drück dir die Daumen«, flüstert Marc.

Ich ringe mir ein Lächeln ab, dabei ist mir überhaupt nicht danach zumute. Ich habe mit diesem Augenblick gerechnet, ihn mehrfach in Gedanken durchgespielt, doch jetzt, da er naht, wird mir übel. Ich wusste, dass ich meine Entlassung riskiere, wenn ich den Fernsehbeitrag ändere. In gewisser Weise habe ich sogar fest damit gerechnet, trotzdem fühlen sich meine Beine an, als hätten die Knochen an Dichte verloren. Ich will locker wirken, doch meine Stimme wird zu einem Piepsen. »Hallo!«, sage ich und halte den Blick auf den hässlichen anthrazit, hellbeige und blau gefleckten Teppichboden gerichtet.

»Hast du sie nicht mehr alle?«, fährt der Chef mich an. Ich sehe auf. Mit dem Handy fuchtelt er am Fenster herum. Draußen fahren die Autos mit Licht. Es ist den ganzen Vormittag über nicht wirklich hell geworden. »Haben sie dir ins Gehirn geschissen oder was?«

Komischerweise nimmt seine Unflätigkeit der Situation die Schärfe. Würde er sachlich und ruhig mit mir reden, käme ich mir schuldiger vor. Hier wäre nun also die Gelegenheit, mich zu rechtfertigen. »Ich konnte die Aussage der Folge nicht verantworten«, sage ich.

»Du konntest was nicht?« Mein Chef beugt sich zu mir, als hätte er schlecht gehört.

Dabei bin ich mir sicher, dass selbst die Kollegen draußen jedes Wort unserer Unterhaltung verstehen. Ich kann sie förmlich vor mir sehen, wie sie sich vor der Tür scharen und kaum zu atmen wagen. »Der Beitrag hat die Mütter bloßgestellt. Sie kommen wie herzlose Monster daher. Wie sollen sie irgendwem noch ins Gesicht sehen können, wenn wir das so senden?«

»Ist das mein Problem? Das Format heißt *Deutschlands schlimmste Mütter*, kapiert? Die Frauen wussten das, als sie den Vertrag unterschrieben haben. Wir machen hier kein Schulfernsehen!« Er stützt sich auf dem schwarz lackierten Schreibtisch ab, so dass die Wackelbulldogge darauf in Bewegung gerät. Das Plastiktierchen gibt mir den Rest. Alles hier kommt mir auf einmal hässlich und albern vor.

»Die Frauen haben das Geld gesehen, deshalb haben sie sich auf den Dreh eingelassen. Für die sind ein paar Euro mehr doch ein riesiger Unterschied.« Meine Erklärungsversuche sind an Timon verschwendet, deshalb komme ich gleich zum Wichtigsten. »Übrigens kündige ich. Ich nehme mal an, ich bin dann sofort freigestellt.«

Er schnappt richtiggehend nach Luft. Seine Gesichtsfarbe sieht in dem Neonlicht, das von der Decke scheint, ungesund orange aus. »Du kündigst? Du? Diese Scheiße wäre beinahe auf Sendung gegangen. Das wird ein juristisches Nachspiel haben. Du hast vertragswidrig gehandelt und der Firma geschadet.«

Mir schießt das Blut in den Kopf, und meine Hände beginnen zu zittern. »Das habe ich. Bestimmt. Aber es ist ganz sicher nicht moralisch haltbar, den Frauen Zigaretten aufzudrängen, wenn sie Nichtraucherinnen sind, und ihre Kinder mit Geld zu bestechen, um möglichst negative Aussagen zu bekommen.« Meine Stimme hat einen weinerlichen Unterton, der mir gar nicht gefällt. »Wenn das hier ein juristisches Nachspiel hat, dann wird es auch ein öffentliches haben. Ich wette, dass die Presse sich darauf stürzen wird. Ich sehe die Schlagzeilen schon vor mir: Telegen kauft Kinder. Sender setzt Format ab.« Ohne auf seine Reaktion zu warten, verlasse ich das Büro. Die Tür schließe ich leise hinter mir.

Marc, Daniela, die Sekretärin und die anderen Kollegen starren mich an. Marc kommt zu mir, als ich meine wenigen Sachen in die Handtasche packe. »Was machst du denn jetzt?«

Ich zucke die Schultern. »Was anderes.«

Diesmal gehe ich nicht mit gemischten Gefühlen aus der Firma, sondern mit einer tiefen Erleichterung. Ich lasse eine Episode meines Lebens hinter mir, die mich nicht mehr zufriedengestellt hat. Genau genommen hätte ich viel früher einen Schlussstrich darunter ziehen und den Mut finden sollen, etwas Neues zu beginnen, aber dann war Finja ein Grund, es noch nicht zu tun. Ich weiß, dass ich mir spätestens zum Ende meiner Mutter-Auszeit Gedanken über eine neue berufliche Orientierung hätte machen müssen. Jetzt steht dies eben früher an.

Die Luft ist geschwängert von Abgasen. Auf der Straße donnert ein LKW an mir vorüber, der zu dem nahegelegenen Möbelhaus gehört. Die TV-Produktionsfirma ist eingekeilt zwischen einem riesigen Baumarkt und einem Laden center für Kleiderschnäppchen. Allen ist gemeinsam, dass sie ihre Kundschaft mit Produkten minderwertiger Qualität und noch geringerer Haltbarkeit beliefern. Ich will das nicht mehr. Wenn ich schon so viele Stunden meines Lebens mit Arbeit zubringe, möchte ich dafür eine Umgebung, die meinen Bedürfnissen gerecht wird. Ich erinnere mich an einen Spruch: Wann, wenn nicht jetzt? Wer, wenn nicht wir? Ich zücke mein Handy und telefoniere.

Wenige Stunden später stehe ich mit einem Schlüssel in der Hand vor Blumes 1-a-Backwaren und warte auf Hedi und Simone. Die beiden kommen fast gleichzeitig an.

Simone hat Gilbert für mich von meinen Eltern geholt. »Was gibt's denn bloß so Wichtiges?«

Mit Pokerface schließe ich das leere Ladenlokal auf und lasse sie eintreten. »Hier werde ich bald meine Möbel verkaufen.«

»Wow!« Simone dreht sich in dem kleinen Geschäft um.

Den Wänden fehlt zwar ein neuer Anstrich und der Holzboden muss lackiert werden, aber der Laden hat bereits jetzt eine ganz eigene Atmosphäre, die Gilbert mit seinen großen Nasenlöchern in sich aufnimmt.

»Reichlich spontan, oder?« Hedi geht durch den Laden.

»Der Wunsch war schon länger da. Erinnere dich an das, was du neulich gesagt hast. Von wegen das beruflich machen mit den Möbeln. Aber den Impuls habe ich heute erst bekommen.«

»Wie willst du das denn kohlemäßig hinkriegen?«, fragt Hedi kritisch.

»Ich kann ja nicht ewig die Vernünftige von uns beiden bleiben. Ich habe mein Sicherheits-Sparkonto. Solange das Geld reicht, werde ich diesen Traum durchziehen.«

»Und wenn das Geld dann weg ist?«

»Dann habe ich es wenigstens versucht, und das Geld ist für was draufgegangen, was mir Freude macht. Ich kann mich nicht mein Leben lang mit etwas arrangieren, was ich nicht wirklich will. Wann soll ich sonst was riskieren, wenn nicht jetzt? Ich habe nicht viel zu verlieren, weißt du.«

Hedi wirkt nachdenklich. »Du hast recht.«

»Klar hab ich recht.« Ich bin mir so sicher, dass ich meine Idee durchziehen werde, allen Wirtschaftsprognosen zum Trotz. Es gibt immer Gründe, etwas nicht zu tun.

»Ich sage sofort den ganzen Frauen von der Krabbelgruppe und denen im Fitnessstudio Bescheid. Wir lassen tolle Flyer drucken und verteilen die vor der Eröffnung«, übt sich Hedi in Optimismus.

Ich nehme meine Freundin in den Arm.

»Hör mal«, sagt Simone. »Wenn du eine Verkaufskraft brauchst, ich wüsste da jemanden.«

Weil ich am Anfang sicher nicht genug Geld verdienen werde, um zusätzlich zu der Ladenmiete und meinem Lebensunterhalt noch eine Angestellte zu bezahlen, wiegle ich ab.

»Ich werde meine Schichten im Klamottenladen so legen, dass ich nachmittags zwei, drei Stunden bei dir einspringen kann«, bietet Simone überraschend an. »Wir schreiben das auf, und du bezahlst mich, wann immer du kannst.« Ich bin sprachlos. Simi grinst. »Wann geht's los, Chefin?«

»In einer Woche?« Länger will ich nicht warten. Jetzt soll alles möglichst schnell gehen. Letztendlich kann ich es mir nicht leisten, die Miete zu zahlen, ohne etwas in dem Raum zu verkaufen.

»Wie willst du den Laden überhaupt nennen?«, fragt Hedi.

»Finjas.« Mir wird warm, als ich den Namen meiner Tochter ausspreche, der bald für alle sichtbar an meinem Geschäft prangen wird.

Mit diesem warmen Gefühl schaffe ich es, meinen Mann anzurufen, während Hedi meine Hand hält und Simone mir den Rücken streichelt. »Pass mal auf, Klaus«, falle ich ihm ins Wort, als er wissen will, wie es mir geht. Mein Herz rast, aber ich bringe immerhin die Sätze zustande, die ich mir überlegt habe. »Ich mach mich selbständig. Dafür müssen wir aber alle finanziellen Angelegenheiten klären. Wir sollten das Haus verkaufen, um den Kredit zu tilgen und deinen Eltern das Geld zurückzuzahlen.«

Es hat etwas Endgültiges, über diese Dinge zu reden anstatt über Gefühle, doch ich bin nicht bereit, mir länger etwas vorzumachen. Klaus und ich haben keine gemeinsame Zukunft. Da brauchen wir auch keine gemeinsamen Verpflichtungen mehr.

Vor lauter Vorbereitungen komme ich kaum noch dazu, an der Decke zu nähen. Bewusst nehme ich mir ein Stück Organza vor, das ich auf einen Markisenstoff mit knallbunten Streifen sticke. Dicken roten, himmelblauen, gelben und grasgrünen Blockstreifen. Es ist der Stoff, mit dem ich eine Chaiselongue vom Flohmarkt habe beziehen lassen. Der Organza schwächt die Farben und das Muster. Streiche ich über den durchsichtigen Stoff, treten die Streifen stärker hervor. Während sich meine Hand auf und ab bewegt, wirken sie wie farbige Wellen.

In den Monaten seit Finjas Tod ging alles viel zu langsam. Ich trat auf der Stelle, suhlte mich in vergangenen Hoffnungen, erging mich in Träumen, Sehnsüchten und der Trauer. Mit einem Mal ist es, als hätte ich tatsächlich die Forward-Taste gedrückt und könnte mein Leben gar nicht mehr anhalten. Ich treffe Entscheidungen, über die ich früher lange nachgedacht hätte, in Sekundenschnelle. Schließlich kann ich eh nicht voraussagen, was die Zukunft bringt. Ich tue das, wozu ich Lust habe und was für mich finanziell machbar ist. Und trotz meiner gesteigerten Verlustängste habe ich nicht mehr so viele Zukunftsängste. Deshalb bin ich auch das Risiko eingegangen, die ehemalige Bäckerei anzumieten.

Wenn ich nicht in den Räumen stehe und renoviere, bin ich in der Garage meiner Eltern und werkle an weiteren Möbeln herum. Natürlich habe ich Muffensausen und befürchte, mich übernommen zu haben, aber gleichzeitig bin ich so in die Arbeit involviert, dass mir für Zweifel keine Zeit bleibt. Weil ich alleine nicht in den paar Tagen fertig werden kann, packt mein Vater mit an. Gemeinsam stehen wir in der engen Garage und schmirgeln, lackieren und nageln. Es ist schön, auf einmal so viel miteinander zu tun zu haben. Meine Kindheitserinnerungen an meinen Vater umfassen vor allem das Basteln von Nistkästen, Puppenstubenmöbeln und Pferdeställen, aber seit der Pubertät ist er mir in gewisser Weise abhandengekommen, und meine Mutter wurde zum vorherrschenden Mittelpunkt der Familie. Die Kommunikation mit meinem Vater beschränkte sich zunehmend auf ihre Vermittlung. »Papas Knie tun wieder weh, aber er steht ja immer in seinem Keller und bohrt an irgendwas herum, er setzt sich ja nie zu mir und redet mal mit mir.«

Ganz sicher ist er kein Mann der großen Worte, doch zwischen uns herrscht eine Vertrautheit, während wir Seite an Seite arbeiten, und ein Verständnis, das auf einer Liebe basiert, die keine großartigen Ansprüche oder Bedingungen stellt. Ich weiß, dass er innerhalb seiner Möglichkeiten immer für mich da sein wird, und ich bin mir sicher, dass es umgekehrt auch für mich gilt.

Wir bauen schlichte Wandregale aus wurmstichigem Schrankholz, denen ich mit cremeweißem und zartrosa Lack einen *»Shabby-Chic-Look«* verpasse. Vorlage ist ein Foto aus einem Buch über schwedische Bauernhäuser. Mein Vater lackiert die Bretter zweimal, und ich bearbeite sie anschließend mit Schmirgelpapier.

»Und sonst?«, erkundigt er sich. »Alles in Ordnung?« Es ist seine Art, mich zu fragen, wie es mir geht seit der Trennung von Klaus.

»Gemessen an früher würde ich mein Leben vielleicht nicht als bombastisch bezeichnen, immerhin es geht mir so gut wie seit Monaten nicht mehr, und das ist ja auch schon was.« Uns ist beiden klar, dass ich die Monate seit Finjas Tod meine, und es ist wirklich so.

Zu Hause in meinem Hoffnungszimmer, allein in meinem Bett an mein Kissen gekuschelt, merke ich aber, dass ich diese neue Leichtigkeit gerne auch in Liebesdingen spüren würde. Ich vermisse jemanden, der mir Zärtlichkeit schenkt und meine sexuellen Bedürfnisse befriedigt. Mir kommt der Gedanke, Marc anzurufen. Er hat sich in der letzten Woche zweimal gemeldet, um sich zu erkundigen, was aus den Drohungen meines Chefs geworden ist. Bislang noch nichts, und ich rechne auch nicht mehr damit. Timon konnte den geänderten Sendebeitrag zurückziehen, und die alte Version wurde ausgestrahlt, insofern ist weder der Produktionsfirma noch dem Sender ein echter Schaden entstanden. Am Ende der Telefonate fragte mich Marc, wann wir uns treffen. Ich erfand Ausreden, denn obwohl ich ihn mag und er attraktiv ist, verkörpert er zu viel von dem, was ich hinter mir lassen möchte. Rein theoretisch könnte ich bei Nils anrufen, immerhin hat er mal etwas für mich empfunden, wenn er es auch nicht so explizit benennen konnte oder wollte. Aber es wäre besser, ich würde jemanden treffen, der von alldem unbelastet ist.

Auch wenn ich mich nicht überfordern will, indem ich zu viele Schritte auf einmal von mir verlange, krame ich die Visitenkarte heraus, die der Sperrmüllmann mir gegeben hat, und rufe ihn an. Ich habe ein bisschen Angst, dass ich dieser Zufallsbegegnung im Nachhinein zu viel Bedeutung beimesse. Andererseits habe ich auch emotional nichts zu verlieren.

»Frank Böwe.« Seine Stimme klingt männlich tief, selbstsicher, sympathisch.

»Hallo, hier ist Mara. Wir kennen uns nicht richtig, aber du …«

»Die Sesseldiebin. Rufst du an, um deine Strafe anzutreten?«

Ich bin überrascht, dass er sich sofort an mich erinnert.

»Kann die nicht zur Bewährung ausgesetzt werden?«, kontere ich verblüffend locker.

»Kein Kaffee? Schade.« Ich spüre sein Lächeln durch den Hörer.

»Es ist wirklich so, dass ich keine Zeit dafür habe, ich fange gerade was Neues an.«

»Schon wieder?«

»Den letzten Job hab ich gekündigt. Ich mache bald einen Laden auf, und deshalb rufe ich auch an. Nächsten Freitag ist schon Eröffnung, und dazu wollte ich dich einladen.« Mir ist es lieber, ihn erst einmal mit vielen Menschen um mich herum zu treffen.

»Ich komme gern.«

Ich nenne ihm noch die Anschrift und die Uhrzeit, und er verspricht, sich so früh wie möglich von der Arbeit freizunehmen. Als ich auflege, fühle ich mich gut. Dann fällt mir wieder Nils ein. Wenigstens zu meiner Ladeneröffnung möchte ich ihn einladen – trotz seiner Abfuhr. Dennoch bin ich froh, als nur seine Mailbox rangeht und ich ihm die Einladung draufsprechen kann.

32

Mit der Zungenspitze lecke ich über den rosaroten Zuckerguss eines Schokoladenmuffins. Die Süße vertreibt den säuerlichen Geschmack in meinem Mund, den die Aufregung mit sich bringt. Gleich werde ich die Tür meines Ladens aufschließen und das »GEÖFFNET«-Schild aufhängen.

Ich habe den Holzfußboden abgeschliffen und hellgrau lasiert. Die Wände sind in einem neutralen Eierschalenweiß gehalten, damit die Möbel in ihrer Buntheit wirken können. Meine Mutter hat den ganzen Tag lang Muffins gebacken, die in roten, gelben, himmelblauen und grünen Papierförmchen mit weißen Punkten stecken und auf Tabletts verteilt sind. Farblich passen sie perfekt zu den Tischchen, Sesseln, Lampenschirmen und Stühlen. »Finjas« ist ein echter Kindertraum geworden, ein Wunderland, ein Ort der fröhlichen Erinnerung. Den Namen habe ich auf ein riesiges Patchwork-Kissen appliziert, das im Schaufenster auf der gestreiften Chaiselongue liegt. Das Schaufenster hat Gilbert als sein Reich auserkoren. Vor der Liege ausgestreckt, beobachtet er das Treiben auf der Straße.

»Komm, trink einen Sekt, bevor's losgeht.« Simone reicht mir ein Glas. Sie sieht glücklich aus in ihrem tageslichttauglichen Pippi-Langstrumpf-Look: kurzes Kleidchen, geringelte Overknees, Stiefel. Sie, die nie so richtig erwachsen geworden ist, scheint für diesen Laden geradezu bestimmt zu sein.

Ich stoße mit ihr, meinen Eltern und Hedi an. Auf dem Weg zur Tür wäre ich beinahe über Maja gestolpert, die von Möbelstück zu Möbelstück krabbelt und mit begeistertem Kreischen das bunte Holz betatscht. Dann drehe ich den Schlüssel im Schloss herum. Mir ist ganz feierlich zumute. Etwas Neues beginnt mit diesem Augenblick, und auch wenn der Ausgang ungewiss ist, beschließe ich, jeden einzelnen Moment zu genießen.

Die ersten Menschen, die »Finjas« betreten, sind Bekannte und Freunde wie Isa und Karen. Simone führt sie voller Elan herum. Nils taucht als achter Gast auf und gibt mir einen Wangenkuss. Als seine Bartstoppeln mich streifen, durchfährt mich ein elektrisierendes Gefühl.

»Herzlichen Glückwunsch«, sagt er. »Und danke für die Einladung.«

Er wirkt verlegen, und ich bin es auch, freue mich jedoch unheimlich, dass er vorbeigekommen ist. Ob das ein Neuanfang für unsere Freundschaft ist? Oder für mehr?, wage ich zu überlegen.

»Niiils!« Simone springt auf ihn zu und umarmt ihn.

Ich verspüre einen leichten Schmerz, als mir klar wird, dass Nils der Mann ist, in den sie sich verliebt hat. Auch wenn er für mich nicht wirklich eine Option war, ist er dadurch in noch weitere Ferne gerückt, und seltsamerweise macht mir das was aus.

»Mara, komm mal bitte!« Aufgeregt winkt mich meine Mutter herbei.

Eine Bekannte von Hedi will zwei Patchwork-Kissen kaufen. Auf meine erste Kundin stoßen wir mit Prosecco an. Meine Wangen glühen.

Simi scheint ein Verkaufsgenie zu sein, denn in den nächsten zwanzig Minuten verlassen eine Stehlampe, zwei Kinderstühle und mehrere Kissen das Geschäft. Allmählich beginnt sich die Nervosität zu legen, und ich bringe es fertig, einen Muffin zu essen, die erste feste Nahrung des Tages.

Als ich den Mund vollhabe, spricht Nils mich an. »Sorry, dass ich dich neulich so abgebügelt habe. Ich war nicht richtig gut drauf. Ich hoffe, du nimmst mir das nicht übel.«

Er ist so ein wahnsinnig netter Mann, denke ich mit Bedauern. »Ich nehm dir garantiert nichts übel. Nicht nach allem … Du weißt schon.« Wir sehen uns an, halten den Blick, halten ihn, halten ihn immer noch.

»Das ist Wahnsinn, was du für dich erreicht hast, Mara«, sagt Nils. »Respekt. Einfach nur Respekt.«

Sein Lob erfüllt mich mit Freude. Ich möchte ihn berühren und ihm sagen, wie sehr ich ihn vermisst habe. »Schön, dass du da bist«, bringe ich hervor. Es ist, als hätte es die Distanz zwischen uns nicht gegeben, als könnten wir einfach bei dem Moment weitermachen, als wir mit Gilbert im Wald spazieren waren. Als seine Jacke meinen Ärmel streifte, er ein Stöckchen aufhob und für meinen Hund warf. Als der Specht an den Stamm hämmerte.

Nils sieht sich im Laden um. »Du bist weit gekommen. Verdammt weit. Ich bin stolz auf dich.«

Ich begreife, was er meint, denn ich bin selber stolz auf mich. Es gibt nicht viele Situationen in meinem Leben, in denen ich so gefühlt habe. Und es ist bereichernd, diesen Augenblick mit Nils zu teilen.

»Schiffstaufe«, ruft mir Hedi zu. »Du musst den Laden offiziell einweihen. Eine Rede!«

»O nein!« Ich habe nichts vorbereitet, weiß gar nicht, was ich sagen soll, und mir fällt es schwer, den innigen Moment mit Nils zu unterbrechen und mich den anderen wieder zuzuwenden.

»Doch, doch. Großes muss groß gewürdigt werden. Los! Begrüß uns, sag, was dir das hier bedeutet, und so weiter.«

Meine Eltern nicken bestätigend, alle Augen sind auf mich gerichtet. Dann kann ich auch gleich ein paar Worte sagen. Danke und viel Spaß.

»Ja, also«, fange ich an. »Das ist jetzt das Finjas.« Ich räuspere mich. »Mein Laden. Mein eigener Laden. Ich kann euch gar nicht sagen, wie erstaunt ich darüber bin. Jemand hat eben zu mir gesagt, dass ich weit gekommen bin.« Ich wechsle einen wissenden Blick mit Nils, der neben Simone steht. »Und es ist wahr. Vor nicht mal einem Jahr habe ich das Liebste verloren, das ich hatte, und ich dachte, es wäre das Ende. Ich meine damit meine Tochter Finja. Nach ihr ist mein Laden benannt, weil es mir wichtig ist, dass sie niemals vergessen wird.« Ich sehe, dass meine Mutter nach einem Taschentuch greift. Hedi hält Maja an sich gepresst. Simone legt einen Arm um Nils. Auch mir kommen die Tränen. »Und weil mein Weg vergangenes Jahr so wahnsinnig schwer war, bin ich noch viel, viel stolzer auf das hier.«

Mein Blick wandert über die Möbel, und in Bruchteilen von Sekunden erinnere ich mich daran, wie ich sie gefunden und hergerichtet habe. »Wer im Finjas etwas kauft, wird immer auch ein kleines Stück von ihr mitnehmen.« Mein Blick ruht auf meiner Mutter, auf meinem Vater, auf meiner Schwester, auf Hedi. »Ich habe das hier und so vieles aus eigener Kraft erreicht, aber ohne einige spezielle Menschen wäre ich nie so weit gekommen.« Obwohl der Laden finanziell mein Ruin sein könnte, bin ich noch nie so reich gewesen wie in diesem Augenblick, das spüre ich. Und dieser gefühlte Reichtum lässt mich großzügiger werden, so dass ich ausgerechnet an Angelique, meine frühere Nachbarin, denken muss. Ich habe einige liebe Menschen um mich herum. Ich hatte sie immer. Aber noch vor Monaten war ich nicht bereit, sie an mich heranzulassen. Jetzt sind sie hier, bei mir. »Auf die Gefahr hin, dass es oberkitschig wird, möchte ich nun diejenigen nennen, die mir geholfen haben: meine Eltern, Rosemarie und Carl-Heinz Triller, Simi, meine Schwester, die mir meinen einzigartigen Hund Gilbert geschenkt hat, meine beste Freundin Hedi und ihre Tochter Maja, meine Patentochter …« Hedi winkt mir mit Majas Patschehändchen zu. »Und Nils.« Vorsichtig sehe ich ihn an, und er nickt mir sachte zu. Etwas verknotet sich in meinem Magen. »Euch allen möchte ich danken. Ihr seid schlicht und einfach toll. Und das war's jetzt mit meiner Rede.«

Die geladenen Gäste und ein paar Zufallskunden scheinen sich fremdzuschämen, vielleicht sind sie aber auch nur gerührt, auf jeden Fall fangen sie an zu klatschen. Mit Tränen in den Augen wende ich mich ab und verziehe mich in den Hinterraum. Hedi kommt mir nach.

»Dank dir.« Wir umarmen uns. »Besser, wir sehen mal nach Maja, damit sie nicht meine Möbel zerstört«, sage ich, als ich mich aus der Umarmung löse.

Auf der Chaiselongue im Schaufenster sitzen Nils und Simone und tuscheln. Ich werde sentimental. Mir fällt die Vertrautheit ein, die einmal zwischen Klaus und mir geherrscht hat. Es tut weh. Sehr weh. Immer noch, und ich kann nicht vorhersehen, wann der Schmerz endlich aufhören wird, aber er ist nicht so stark, dass ich mich jetzt nicht zusammenreißen und die Gäste bedienen könnte, die mit Elan dabei sind, meinen Laden leer zu kaufen.

Die ganze Eröffnungsfeierlichkeit vergeht in einem Rutsch, wie im Rausch laufe ich von hier nach dort, um Glückwünsche in Empfang zu nehmen und den ein oder anderen Geldschein. Ich begreife erst, dass schon drei Stunden vorbei sind, als Simone und meine Eltern die übriggebliebenen Muffins und die schmutzigen Gläser ins Auto packen. Meine Schwester lehnt einen Umtrunk ab. Sie will früh ins Bett, weil sie morgen gleich zwei Jobs als Verkäuferin zu bewältigen hat. Ich wechsle viele Abschiedsworte und räume nebenbei auf, und als ich mich umsehe, bin ich mit Nils allein im Laden.

»Ich helf dir noch zusammenzukehren«, sagt er.

Mir ist bewusst, dass die Worte, die zwischen uns heranreifen, auch unseren zukünftigen Umgang miteinander prägen werden. Ich würde so gerne wissen, was er Weihnachten für mich empfunden hat, was er heute empfindet und was er für Simone fühlt. Ich möchte es wissen, und gleichzeitig fürchte ich mich davor. Um Zeit zu gewinnen, bücke ich mich nach einem Muffin, der unter die Chaiselongue gepurzelt ist. Nils bückt sich zusammen mit mir, und wir stoßen mit den Köpfen aneinander. Ein vorübergehender Schmerz. Ich fasse mir mit der Hand an die Stirn. Noch bevor ich es kommen sehe, beugt Nils sich vor und küsst mich. Unter der Wärme seiner Berührung beginnen meine Lippen zu prickeln. Meine Haut vibriert. Die Gedanken fangen an, sich aufzulösen. Kurz davor, mich dem Gefühl hinzugeben, frage ich mich, ob es das ist, was ich will.

Nils scheint meine Verwirrung zu spüren, denn er löst seine Lippen von meinen und steht auf. Völlig benommen von dem, was geschehen ist, erhebe ich mich ebenfalls. Der Kuss war schön. Gerne würde ich Nils ein weiteres Mal küssen, um herauszufinden, was ich wirklich fühle. Ich überlege noch, ob ich etwas sagen oder ihn einfach küssen soll, als ich den attraktiven Mann vor dem Schaufenster stehen sehe. Der Architekt. Frank. Mir ist vorher gar nicht aufgefallen, dass er nicht bei der Eröffnung war. Frank gestikuliert. In dem irrealen Zustand, in dem ich mich befinde, begreife ich gerade so, dass die Tür abgeschlossen ist. Es ist mir nicht recht, dass er ausgerechnet jetzt auftaucht, dennoch öffne ich ihm. Er überreicht mir einen Blumenstrauß, der so groß ist, dass ich mein Gesicht dahinter verbergen kann. Auf den Blick hin, mit dem Frank Nils betrachtet, stelle ich die beiden einander vor. »Nils. Frank.«

»Ich geh dann mal.« Nils wirkt auf einmal verschlossen. Während ich noch nach einem Grund suche, um ihn zurückzuhalten, ist er schon aus der Tür.

»Hab ich gestört?«, fragt Frank, dem meine Verwirrung wohl aufgefallen ist.

»Nein, Quatsch.« Ich schäme mich ein bisschen, weil ich lüge, und bringe extra viel Zeit damit zu, den Blumenstrauß in eine Vase zu stellen.

Dieses intensive Gefühl, als sich Nils' und meine Lippen berührten. Dieses Gefühl von Angekommensein. Es steht in einem solchen Widerspruch zu dem, was mein Kopf für richtig hält. Ich meine, es ist Nils, bei dem ich so empfunden habe. Nils, der Bindungsangst hat. Nils, in den Simone verknallt ist. Zum ersten Mal in ihrem Leben richtig verliebt ist. Nils, den ich bereits verletzt habe, auch wenn ich es nicht wollte. Nils, der mich zurückgestoßen hat. Es gibt viele Gründe, mich nicht auf das Gefühl einzulassen.

»Wollen wir was trinken gehen?«, fragt Frank.

Ich nehme seine Einladung an, um das Gefühl zu verdrängen. In dem Lokal suchen wir einen ruhigen Tisch aus, und Gilbert lässt sich zu meinen Füßen nieder. Also wird dies hier doch noch ein Date. Ich habe ewig nicht mehr mit einem Mann geflirtet, zumindest nicht mit ernsthafteren Absichten, nicht mehr, seitdem ich mit Klaus zusammen war. Vielleicht habe ich ja verlernt, wie das geht. Vielleicht ist in mir auch viel zu viel Schwere wegen der Trauer um Finja. Vielleicht ist es mit Nils deshalb so kompliziert, weil ich in Gefühlsdingen momentan eine Genesende bin.

Frank verbreitet eine Unkompliziertheit um sich herum, die mir hilft. Er findet selbstverständliche Gesprächsthemen, die für mich sicheres Terrain darstellen, und er flirtet auf eine lockere Art mit mir, ohne den Anschein zu erwecken, mich beeindrucken zu müssen. »Als dein Bewährungshelfer, liebe

Sesseldiebin, bestehe ich darauf, dass wir uns wieder treffen und über deine Anstrengungen zur Besserung beratschlagen«, schlägt er um 22.40 Uhr vor, wie ich mit einem überraschten Blick auf mein Handy feststelle. Schon fast zwei Stunden sind in seiner Gegenwart vergangen.

»Aha. Und wie sehen diese Anstrengungen aus?«

»Balinesisch. Es gibt da ein wunderbares Restaurant. Einverstanden?« Seine Augen lassen die meinen nicht los. Mein Magen verknotet sich zwar nicht, aber er wird angenehm warm.

»Und wenn ich mich weigere, komme ich dann in den Knast?«

»Bei Wasser und Brot.« Er setzt eine gespielt finstere Miene auf. »Und Gemeinschaftsduschen.«

Ich pruste in mein Pils. »Solche Phantasien hast du also.«

»Nur bei Verbrecherinnen wie dir. Aber ich glaube an deine Fähigkeit zur Resozialisierung.« Er spielt mit dem Papier an meinem Bierglas. Seine Finger sind wenige Zentimeter von meiner Hand entfernt.

»Du denkst, dass der Diebstahl des Sessels eine einmalige Angelegenheit war und ich nie wieder klauen werde?« Dass ich es nicht verlernt habe, unverfänglich zu flirten, gibt mir Zutrauen.

»Ganz sicher bin ich mir da nicht, nenn mich einen Sozialromantiker, aber ich lasse mich gerne auf das Experiment ein.«

Wir witzeln halb ernst, halb spaßig herum, und es ist wie erwartet seltsam, dass Frank nichts von Finja weiß, aber ausgesprochen nett. Immerhin muss ich mir so keine Gedanken machen, dass alles, was ich sage oder tue, vor dem Hintergrund der verwaisten Mama gesehen wird. Es ist ein beinahe unbefangener Zustand, den ich zumindest an diesem einen Abend genießen möchte. Und nach diesem Abend traue ich mir sogar eine Wiederholung zu. Als ich mich um 23.15 Uhr mit einer leichten Umarmung von Frank verabschiede, ist es eine ausgemachte Sache, dass wir uns in wenigen Tagen zum Essen wiedersehen werden.

Berauscht liege ich im Bett und sehe mir Finjas Fotos an. In elf Tagen ist ihr Geburtstag. Ein Jahr fehlt sie nun schon fast, das ist noch immer unglaublich. Da reißt mich die Handymelodie aus meinen Gedanken. Es ist Simone. Ich überlege, ob ich drangehen soll, dann melde ich mich.

»Hab ich dich geweckt?«, fragt Simi.

»Nein, ich bin noch wach. War alles ein bisschen zuviel heute, um so schnell abzuschalten.« Ich denke an den Kuss und schäme mich vor meiner Schwester, weil ich hoffe, dass sie Nils nicht erwähnt und mir somit Zeit gibt, bevor ich ihr von meinen Gefühlen erzählen muss.

»Ach, Mara, es war eine so schöne Eröffnung. Du kannst dir gar nicht vorstellen, wie glücklich ich bin. Dich so zu sehen, wie gut es dir wieder geht, was du alles anpackst und schaffst. Und dir dabei helfen zu können. Irre. Und dann …« Sie seufzt. »Ich war Nils heute total nah. Ich dachte, er empfindet nichts für mich, aber dass er zur Eröffnung gekommen ist, meinetwegen …«

Ihre liebevolle Stimme ist zu viel für mich. Ich kann ihr doch nicht sagen, dass der Mann, in den sie verknallt ist, mich, kurz nachdem sie weg war, geküsst hat. Dass ich ihn zurückgeküsst habe, obwohl mir nicht klar ist, was genau ich für ihn empfinde, und obwohl er mir nicht so viel bedeutet wie ihr. Ich kann ihr doch nicht so weh tun.

»Was macht deine Wohnungssuche?«, lenke ich hilflos ab.

»Ich hab eine Frau getroffen, die zieht jetzt zu ihrem Lover, und wenn's klappt, kann ich in ihre Wohnung.«

»Toll!«, sage ich, dabei möchte ich genau genommen sagen, wie verworren meine Gefühle für Nils sind. »Du hast mir gar nichts davon erzählt, dass du in Nils verknallt bist«, beginne ich.

»Das war halt irgendwie so komisch, fand ich, weil du doch beim Karneval mit ihm rumgeknutscht hast. Ich weiß, dass du nie wirklich was von ihm wolltest. Das wolltest du doch nicht, oder?«

Ich hole Luft. »Das mit Nils und mir, das ist …« Ja, was? Was ist es denn eigentlich? Simone hat so viel für mich getan. Wir sind uns endlich wieder nahegekommen. Ich kann sie unmöglich vor den Kopf stoßen wegen etwas, was wahrscheinlich keine Chance hat, weil es viel zu verworren ist. »Das ist nichts.«

Es beginnt in meinen Ohren zu piepsen, ein unangenehmes, aufdringliches Geräusch. Trotzdem höre ich, wie erleichtert Simone ist. »Da bin ich aber froh, Mara. Ich wollte dich nämlich nicht verletzen, wenn ich was mit Nils anfange.«

Hastig beende ich unser Telefonat. Mit dem Handy am Ohr starre ich vor mich hin. Ich fühle mich erbärmlich, fühle, dass ich sowohl Nils als auch Simone gerade betrogen habe. Verspüre die Sehnsucht, Nils zu küssen, zu streicheln … Vielleicht hatte das Ganze eben aber auch etwas Gutes. Wenn eine Beziehung schon so verkopft beginnt wie Nils' und meine, dann kann einfach nichts daraus werden. Ich brauche etwas Einfaches, etwas Überschaubares, etwas Unbelastetes.

Mit zitternden Fingern rufe ich Nils an. Er klingt hoffnungsvoll, als er sich meldet. »Ich wollte dich die ganze Zeit anrufen, Mara, aber ich wusste nicht, ob du noch mit dem Typen zusammen bist.«

»Ich bin zu Hause.«

»Kann ich vorbeikommen?«

Seine Lippen, die Sprödigkeit der Haut, die Weichheit der Berührung, das Verlangen … Simi, meine Schwester, ihre Angst, mir weh zu tun, ihre erste richtige Liebe. Meine noch nicht bewältigten Gefühle für Klaus, meine Trauer um Finja ... So viel zieht mich hin zu Nils, zu viel steht zwischen uns.

»Wenn wir uns irgendwann später getroffen hätten, nach Finjas Tod, nach meiner Trennung, dann wäre es wahrscheinlich anders, aber so ...« Es kostet mich Überwindung, die Sätze zu formulieren. »Du hast deine Beziehungsangst, und ich habe meine gescheiterte Ehe und meine Tochter. Ich glaub, das ist zu viel.« Lass es uns trotzdem versuchen, möchte ich in den Hörer rufen. Nimm mich einfach wieder in den Arm und küss mich. Ich schweige.

»Okay«, sagt Nils schließlich. »Okay.«

In meinem Bauch reißt und zieht es. Das Handy wiegt so schwer in meiner Hand. »Übrigens wäre es mir lieb, wenn keiner was von dem Kuss erfährt«, bringe ich hervor und meine natürlich Simone.

»Was denkst du überhaupt von mir?« Seinen Frust schmecke ich auf meiner Zunge.

Dann legen wir mit knappem Abschied auf, und ich heule in mein Kissen.

Ich habe so viel Zuwendung und Liebe von den Menschen bekommen, die mir nahe sind, dass ich das Gefühl habe, etwas davon weitergeben zu müssen. Deshalb bin ich auf dem Weg zu Angelique, meiner früheren Nachbarin. Ich fühle mich ihr gegenüber schuldig, weil ich nie auf ihre Trauer um ihren Sohn eingehen konnte, weil ich nie mit Verständnis und Mitgefühl darauf reagiert habe.

Da ich befürchte, Klaus oder sogar der Kunststudentin zu begegnen – denn mein Mann will das Haus nicht verkaufen, sondern den Kredit und die Besitzurkunde mit meiner Einwilligung auf seinen Namen umschreiben lassen – rufe ich den Anschluss mit unterdrückter Nummer und einem sich umstülpenden Magen an. Der Anrufbeantworter springt an: »Hallo, hier ist der Anschluss von Klaus Lomberg. Zurzeit ist niemand zu Hause, bitte hinterlassen Sie eine Nachricht nach …«

Ich drücke die Verbindung auf meinem Handy weg. Die Ansage auf dem AB hatte ich einmal gesprochen. Meine Spuren in Klaus' Leben sind jetzt getilgt. Immerhin hat er den Namen der Frau noch nicht genannt. Ich kann nicht sagen, warum mir das so wichtig ist, denn sie bekommt ein Kind von ihm, da ist eine solche Kleinigkeit wie eine Telefonansage doch nebensächlich, zudem ist eine Versöhnung zwischen uns ausgeschlossen, aber für mich macht diese Kleinigkeit einiges aus. Sicherlich könnte ich ihn auf dem Handy anrufen und ihn persönlich fragen, ob die beiden zusammen in unserem ehemaligen Haus leben, aber wenn es so sein sollte, will ich die Wahrheit lieber nicht wissen.

Ein vorsichtiger Blick die Straße hinunter zeigt mir, dass der Volvo nicht vor dem Haus geparkt ist. Ich habe eine Mütze aufgesetzt, als ob ich diejenige wäre, die sich verstecken muss. Ärger keimt in mir auf. Zu gerne würde ich über den Dingen schweben wie der Luftballon, den ich in der Hand halte. Es sind aufgeblasene goldene Engelsflügel. Ein wenig habe ich mich gesträubt, sie zu kaufen. Ich hätte lieber einen gelben Ballon genommen, ähnlich dem bei Finjas Beerdigung, aber ich habe ihn ja nicht für mich, sondern für Angelique ausgewählt. Und zu ihr passt er haargenau.

Meinc Finger drucken auf den Knopf unter dem tönernen Engel. Hoffentlich ist sie überhaupt da. So weit habe ich gar nicht nachgedacht, ich war zu sehr damit beschäftigt, Klaus und der Studentin nicht über den Weg zu laufen.

»Mara?« Angelique sieht überrumpelt aus, als sie mir öffnet. »Was machst du denn hier, ich dachte …« Überfordert bricht sie ab.

»Kann ich reinkommen?«

Sie geht voran ins Wohnzimmer. »Soll ich uns Kaffee kochen?«

»Ich bin nur da, weil ich dir etwas sagen wollte.« Ich blicke auf die Engelsflügel, die in dem mit Engeln überladenen Wohnzimmer nicht mehr ganz so absurd wirken wie auf der Straße. »Erinnerst du dich an unser Gespräch über deinen Marcel?« Sie nickt verhalten. »Ich wollte mich entschuldigen, dass ich dir damals nicht zuhören konnte, aber ich war viel zu traumatisiert, um mit deinem Verlust klarzukommen. Um ehrlich zu sein, du hast mir Angst gemacht.«

»Ich?«

»Die vielen Engel hier.« Ich deute in den Raum. »Das alles hat auf mich gewirkt, als könntest du deinem Schmerz nie entfliehen. Nach all den Jahren nicht. Und ich habe Panik gekriegt, bei mir könnte es genauso sein.«

»Warum bist du jetzt hier?«

An Angeliques Stelle wäre ich auch misstrauisch. Es fällt mir schwer, es so direkt anzusprechen. »Na ja, ich hatte ziemlich viel Glück, weil ich Menschen habe, die mir sagen, wenn ich mich zu sehr in meiner Trauer vergrabe.« Ich drücke ihr den Luftballon in die Hand. Verwirrt starrt sie erst mich an, dann die schwebenden Engelsflügel. »Du hörst erst auf, einsam zu sein, wenn du bereit bist, deine Trauer loszulassen.« Ich nicke in Richtung Luftballon. »Lass los.«

Dann gehe ich. Angelique und ich werden nie Freundinnen. Das muss aber auch nicht sein, denn in unserem Schmerz und der Trauer um unsere Kinder begegnen wir uns.

Am Ende der Straße blicke ich zu meinem alten Zuhause zurück. Eigentlich sollte ich dort mit Finja und Klaus leben. Ich denke diesen traurigen Gedanken zu Ende, dann will ich gehen. Ich sehe noch, wie etwas Goldenes aus dem Nachbargarten in die Luft steigt.

»Schönen Tag und viel Spaß mit Ihrem neuen Sessel«, wünscht Simone einer Kundin, der sie gerade die Tür aufhält.

Ich trage eine Kiste mit weiteren Kissen und Bilderrahmen hinein, denn bei der Eröffnung sind die kleineren Sachen ordentlich minimiert worden. »Sie hatte nur zwei Drittel des Geldes, den Rest zahlt sie nächsten Monat, aber sie wollte den Sessel unbedingt haben. Das ist doch okay?«

»Sicher«, sage ich.

»Ein Typ hat sich für die Chaiselongue interessiert. Ich wusste allerdings nicht, was du dafür haben willst«, informiert mich Simi. »Er kommt später noch mal rein.«

Dann hilft sie mir, die Sachen aufzustellen und aufzuhängen. Ich betrachte sie, wie sie voller Eifer dabei ist, und habe ein schlechtes Gewissen wegen Nils' Kuss und dem Geheimnis darum.

Als ich für Simone, die etwas zu essen holt, die Kasse übernehme, betritt eine Frau mit drei Kindern den Laden. Ihren Kleidern ist anzusehen, dass Geld keine große Rolle spielt. Die drei Mädchen sind alle aufeinander abgestimmt angezogen und sehen bilderbuchmäßig aus. Entzückt stürzen sie sich auf die rosafarbenen Tischchen und Stühlchen. Die Frau erkundigt sich nach dem Preis. Ohne mit der Wimper zu zucken, will sie alles haben. »Und die Sessel und das Nachtschränkchen da. Dreimal.«

»Das hier sind Unikate. Ich könnte Ihnen höchstens ähnliche herrichten.«

»Aha. Ich zahle gleich. Sie bringen die Sachen doch vorbei?«

»Gegen einen kleinen Aufpreis gerne.« Hoffentlich braucht mein Vater seinen Mercedes so schnell nicht wieder. Die Frau reicht mir ihre Kreditkarte. »'tschuldigung, ich bräuchte es bar, wir haben kein Kartensystem.« Genervtes Stöhnen ihrerseits. »Dann zahle ich bei Lieferung.« Ihr Blick landet auf Majas

Nuckelpüppchen, das neben der Kasse liegt. Die Kleine muss die Puppe gestern vergessen haben. »Sie haben Kinder?«, fragt die Kundin.

Ich nicke unverbindlich, denn ich habe keine Lust, ihr meine Geschichte zu erzählen.

»Schön«, sagt die Frau mit einer Überzeugung, die ich enervierend finde. »Es ist schön, wenn man Zeit für ein Hobby neben den Kindern hat.« Meint sie mit Hobby etwa meinen Laden? »Frauen, die so karrieresüchtig sind«, fährt sie fort, »dass sie lieber arbeiten, als bei ihren Kindern zu sein, sind ja so was von egoistisch. Wobei es immer noch besser ist, als wenn sie gar keine Kinder bekommen. Daran krankt unsere Gesellschaft nämlich, wenn Sie mich fragen.«

Wut steigt in mir auf. Ich fühle mich verurteilt und entwertet.

»Wann liefern Sie?«, fragt sie mich.

»Gar nicht«, sage ich. »Tut mir leid, aber ich möchte Ihnen die Sachen nicht verkaufen. Das heißt, es tut mir nicht leid. Es ist so.«

»Unverschämtheit. Das lass ich mir nicht bieten.« Empört rauscht sie ab.

Unter wirtschaftlichen Aspekten habe ich gerade absolut selbstmörderisch gehandelt, aber solange ich es mir leisten kann, will ich mein Innerstes nicht verbiegen.

»Was war denn mit der los?«, wundert sich Simone, nachdem sie fast mit der Nichtkundin und ihren drei Töchtern zusammengestoßen wäre, und wedelt mit einer Plastiktüte. »Sushi gefällig?«

Mit finanziellen Schwierigkeiten muss ich leben, denn nichts darf das Gefühl zerstören, das mich mit diesem Laden und den Möbeln verbindet.

Als ich an den Poller Wiesen aus dem Mercedes steige und Gilbert die Beifahrertür öffne, kommt Frank auf mich zu. Zur Begrüßung gibt er mir einen Wangenkuss, der sich ganz richtig anfühlt. Ein schwarzer Hund von den doppelten Ausmaßen eines Neufundländers schießt auf uns zu.

»Gilbert!« Ich will meinen Winzling schon hochheben, doch der springt todesmutig an dem Riesen hoch.

»Benji tut nichts«, sagt Frank.

»Ich wusste gar nicht, dass du einen Hund hast«, stelle ich fest und kraule Benji das Fell.

»Wenn du irgendwas über mich wissen willst«, meint Frank, »frag los.«

»Dann sag mir, was das für eine Rasse ist.«

»Ein Briard. Und deiner?« Wir spazieren am Rhein entlang, die Hunde jagen vor uns her.

»Ein Mischling. Fledermaus und Ratte.«

Nach dem netten Essen im balinesischen Restaurant haben Frank und ich uns für diesen Mittwochnachmittag zum Spazierengehen verabredet. Der bräunlich trübe Fluss hat die Wiesen überschwemmt und Holz, Schuhe, Plastikflaschen und anderes Strandgut zurückgelassen. Gilbert versucht mit Benjis Unterstützung, einen LKW-Reifen aus dem Wasser zu ziehen. Wir bleiben stehen.

»Verstehen sich gut, die beiden«, bemerke ich.

»Sehr gut sogar«, sagt Frank mit einer Stimme, die mich veranlasst, ihn anzusehen. In seinem Blick liegt etwas, das ein schwaches Ziehen in meinen Eingeweiden auslöst.

»Jetzt darfst du mich was fragen, dann bin ich wieder dran.« Er legt einen Arm um mich, doch das geht mir entschieden zu schnell. Ich warte ein paar Sekunden, um nicht unhöflich zu sein, bevor ich weitergehe. »Wenn du nicht fragst, tu ich es«, sagt er, als er aufholt. »Teilst du dein Leben mit noch jemand anderem als deinem Hund?«

»Nein. Und du?«

»Zeitweise. Ich hole meine Tochter jedes zweite Wochenende zu mir.« Zu hören, dass er eine Tochter hat, versetzt meiner Hochstimmung einen Dämpfer. »Schlimm?«, erkundigt er sich fast ein bisschen ängstlich. »Du kannst mit Kindern nichts anfangen, stimmt's?«

»Stimmt nicht. Ich …« Ich komme wohl nicht länger drum herum, ihm von Finja zu erzählen. »Meine Tochter ist tot«, platze ich heraus.

Er wirkt betroffen. Das Ende der Leichtigkeit zwischen uns bedaure ich und erwarte, dass er sich der Situation entzieht, indem er ein Stöckchen für Benji wirft.

»Wann ist sie gestorben, wenn ich fragen darf?«

»Letzten April. Sechs Wochen vor dem errechneten Geburtstermin.«

»Weißt du, woran?«

»Sie haben keinen Grund dafür gefunden. Es war halt … Schicksal.«

»Was musst du durchgemacht haben«, sagt Frank. »Ich will jetzt nicht aufdringlich sein, aber was ist mit dem Vater deiner Tochter?«

»Die Trauer um Finja hat mich sehr einsam gemacht, das heißt, ich hab mich abgekapselt von allen, auch von ihm, Klaus.«

»War das der Mann, mit dem du bei der Eröffnung im Laden warst?«

»Das war Nils.« Mein Lächeln fällt nicht ganz so ungezwungen aus wie erwünscht. »Ein Freund. Zu Klaus habe ich im Moment keinen Kontakt. Unsere Beziehung hat unsere Trauer nicht überstanden.«

»Du meinst nicht, dass du und er, dass ihr euch noch mal versöhnen könnt?«

Ich schüttele den Kopf. Dass Klaus mich betrogen hat,

wäre früher Grund genug für eine Trennung gewesen, dass er ein Kind mit einer anderen bekommt und unser Kind tot ist, das wiegt zu viel für jede Form unserer Beziehung. Gilbert springt mit matschigen Pfoten an Franks Beinen empor, den das nicht weiter stört. »Es ist zu viel passiert.« Ich schaffe es nicht, ihm von Klaus, der Studentin und dem neuen Kind zu erzählen. Mit Frank ist es anders als mit Nils. In gewisser Hinsicht bin ich unbefangener, fällt es mir leichter, mich trotz meines Traumas als begehrenswerte, normale Frau zu präsentieren, denn er ahnt nichts von meinem psychischen Absturz. Andererseits gibt es auch so viel an Abgründen in mir, die ich Nils nie zu erklären brauchte und die ich Frank nur in langen Gesprächen vermitteln könnte. Ich bin mir nicht sicher, ob das bessere oder schlechtere Ausgangsbedingungen sind, aber sie sind okay.

Frank hat mir nickend zugehört. »Es ist schwer, mit dem Expartner in Kontakt zu bleiben, wenn's vorbei ist. Noch dazu in eurem Fall. Ich kann's mir ungefähr vorstellen.«

»Hast du mit der Mutter deiner Tochter noch was zu tun?«

Frank schlendert neben mir her. »Wenn Alice nicht wäre, sicher nicht. Aber wir reißen uns zusammen.« Die Gelassenheit, mit der er dann über seine Exfrau redet, und die Offenheit, mit der er die Gründe für die Trennung schildert, imponieren mir. Nachher nimmt Frank wie selbstverständlich meine Hand. Ich ziehe sie nicht zurück

33

»Guck mal. Ich und Hedi haben einen Flyer gemacht. Wie findest du ihn?« Simone hält mir ein buntes Papier vor die Nase.

Mein Blick geht jedoch an dem Zettel vorbei zu Frank, der telefonierend vor dem Schaufenster steht. »Hedi und ich«, sage ich und freue mich darüber, Frank nach unserem Spaziergang gestern so bald wiederzusehen.

»Du guckst ja gar nicht hin.«

»Doch.« Ich sehe mir den Flyer an. »Finjas« steht in apfelgrüner Schrift über einem Foto vom Inneren meines Ladens. Ein paar Möbelstücke sind darauf abgebildet. Das Bild macht Lust auf mehr. Darunter sind Adresse und Öffnungszeiten verzeichnet. »Er ist wirklich klasse geworden. Seit wann kann eine von euch Photoshop?«

»Können wir nicht. Ein Typ, den ich von einer Party kenne, hat mir geholfen.« Meine Schwester hat nichts von ihrer Wirkung auf Männer eingebüßt, obwohl sie nach einer Intervention von Hedi und mir über eine weniger offenherzige Garderobe verfügt. Schräg sind ihre Klamotten immer noch, aber sie hat auch die Figur dafür, sich ungewöhnlich anzuziehen.

Die klingelnde Ladenglocke veranlasst uns aufzublicken. »Hallo! Ich hab um die Ecke ein nettes Café entdeckt und dachte, vielleicht magst du mir Gesellschaft leisten.« Frank begrüßt mich mit einem Kuss, den er zwischen Mundwinkel und Wange platziert. »Ich bin übrigens Frank.« Er hält Simi seine Hand hin, die sie mit hochgezogenen Augenbrauen ergreift.

Ihre Verblüffung ist verständlich, da ich bisher kein Wort über Frank verloren habe. Ich wollte erst sicher sein, was ich für ihn empfinde. Nun kennt sie ihn eben vorher schon. »Meine Schwester Simone«, stelle ich vor. »Hör mal, ich wollte noch die Rahmen aufhängen, aber das dauert nicht lange. Bestell mir doch einen Chai Latte mit, ich komm dann gleich nach.«

»Ich kann dir auch helfen.«

»Das mache ich lieber in Ruhe.«

»Bis gleich. Und lass dir Zeit.« Er schenkt Simone und mir ein hinreißendes Lächeln, bevor er geht.

»Netter Typ«, bemerkt sie.

»Findest du?« Ich fühle, dass meine Befangenheit wegen Nils etwas von mir weicht.

»Nee, eigentlich ist er fies und ätzend, aber weil du's bist, will ich ihn dir schönreden«, zieht sie mich auf. Ich knuffe sie in die Seite. »Bring ihn doch zu meiner Einweihungsparty am Samstag mit«, schlägt sie vor. »Ich feiere in meiner neuen Wohnung, tatatataaa!«

»Hast du die von deiner Bekannten gekriegt? Super!«

»Direkt im Zentrum, ganz nah am Ring, total süß. Von dir wünsche ich mir dafür übrigens das kleine Sofa und den Beistelltisch.« Sie zeigt auf die Sachen. Typisch meine Schwester. Aber ich gönne sie ihr. »Kannst du haben«, sage ich. »Solange wir weiterhin so gut verkaufen wie in dieser Woche.«

»Mit den Flyern werden sie dir den Laden noch mehr einrennen«, versichert Simi.

Hoffentlich stimmt ihre Prophezeiung, denn ewig reichen meine Ersparnisse nicht. Ich hätte nie gedacht, dass ich mein Sicherheits-Sparkonto mal für eine solche Unsicherheit angreifen würde. Als mir einfällt, dass ich auf Simones Einweihungsparty vermutlich Nils wiedersehen werde, verspüre ich ein Unwohlsein. »Wie läuft's denn zwischen dir und Nils?«, frage ich betont beiläufig.

»Es wird. Er schickt mir jeden Tag eine SMS. Ich bin so verknallt wie noch nie«, schwärmt mir meine Schwester vor, die Gilbert mit Keksen füttert, woraufhin ich mich mit den Rahmen beeile, um zu Frank zu kommen.

Er hat einen kleinen Tisch im Café ausgesucht. Als er mich bemerkt, klappt er sein Notebook, an dem er gearbeitet hat, wie selbstverständlich zu. Von zwei vor ihm stehenden Tassen schiebt er eine über den Tisch.

»Dein Chai. Ich bestell dir lieber einen neuen, der ist nur noch lauwarm. Was hältst du davon, übernächstes Wochenende mit mir nach Amsterdam zu fahren? Stell dir vor, Spaziergänge an Grachten, Kunstausstellungen, Pommes spezial …«

Allein bei dem Wort »Kunst« muss ich an Klaus denken.

»Wir müssen reden«, fange ich an.

Frank sieht nahezu erschrocken aus. »Du willst mir jetzt nicht sagen, dass ich ein netter Kerl bin, aber keiner, für den du Gefühle entwickeln kannst?«

Ich lächle knapp. »Nett bist du schon. Ich hab halt keine Ahnung, ob ich überhaupt wieder dazu in der Lage bin, mich zu verlieben. Ich bringe einen prallen Rucksack aus meiner Vergangenheit mit, und ich bin mir nicht sicher, was da alles auf mir lastet und wann ich es überhaupt bewältigt kriege.«

»Ich schleppe auch so einiges an Gepäck mit mir rum. Die Trennung von meiner Frau war alles andere als amüsant. Wir sind keine zwanzig mehr. Dich gibt's nur inklusive, logisch.«

Es hört sich so einfach an, wie er es sagt. »Aber Amsterdam verschieben wir noch, ja?«

»Wie du willst. Wo wir gerade beim Gepäck sind. Morgen kommt Alice, und sie will ins Kino. Allein steh ich den Zeichentrickfilm, den sie sich ausgesucht hat, nicht durch. Vielleicht ist dir ja langweilig, und du kommst mit, solange du nichts Besseres vorhast.«

»Ich hab nichts Besseres vor«, sage ich vorsichtig, skeptisch gegenüber dem Tempo, das Frank vorlegt. Zwischen uns ist noch nicht wirklich was passiert. Im Grunde bin ich mir gar nicht im Klaren darüber, was ich von ihm möchte.

»Es geht dir alles zu schnell, nicht?«, fragt Frank. »Sag ehrlich, wenn ich dich überfahre.«

»Das ist schon schnell, weil ich mich doch noch gar nicht festlegen kann.«

»Du verpflichtest dich zu nichts, wenn du mit ins Kino kommst. Das verspreche ich dir. Ich würde mich nur darüber freuen.« Er ist so nett und offen und macht keinerlei Druck. Vielleicht ist er genau der Mann, auf den ich mich nach Klaus einlassen kann.

Als wir uns verabschieden, gibt er mir einen leichten Kuss auf den Mund, den ich erwidere. Aber ich bin nicht mit dem Herzen dabei, sondern denke daran, dass ich ihm meine Tochter auch gerne vorgestellt hätte.

Später in der Garage schmirgele ich gerade an einer Truhe herum und denke über Klaus, Nils und Frank nach, als meine Mutter eine Tasse Tee und einen Teller mit selbstgebackenen Zimtschnecken vor mich hinstellt. »Mach mal Pause. Wie läuft's denn?«

»Ach, Mama, ich dachte, Klaus wäre der Mann für den Rest meines Lebens. Aber da habe ich mich gründlich vertan, und jetzt weiß ich nicht, ob ich meinem Urteil über Männer jemals wieder trauen kann.«

Sie streicht mir eine Haarsträhne hinters Ohr. »Liebelein, überfordere dich nicht so, ja? Du wirst nie ein abschließendes Urteil über jemanden treffen können, weil du nie weißt, was sich euch in den Weg stellen wird. Wenn du dabei bist, dich in einen neuen Mann zu verlieben, dann lass es einfach zu.« Sie zieht mich an sich, und ich kann ihren Trost genießen.

Mein Darm windet sich um den Magen, meine Handflächen und Fußballen kribbeln, der Atem geht langsam und schwer. Ich bin so nervös wie vor einer wichtigen Prüfung, und das alles nur, weil mir in wenigen Minuten ein sechsjähriges Mädchen gegenüberstehen wird: Alice, Franks Tochter.

Die Menschenmenge im Multiplex-Kino suche ich nach den beiden ab. Vielleicht ist die Kleine dort mit den abstehenden Ohren, der Lackhandtasche und dem lila Lippenstift Alice? Oder die mit dem Totenkopf-Shirt, dem Schweißband und den geschnürten schwarzen Stiefeln?

»Da bist du ja!« Zur Begrüßung gibt mir Frank links und rechts einen Wangenkuss. In dem hellgrauen Anzug sieht er sehr gut aus. »Das ist Alice. Alice, Mara.«

Er schiebt ein in Pink gekleidetes Mädchen mit blonden Zöpfen nach vorne. Kaugummi kauend guckt die Kleine mich an. Ihre langen Beine stecken in Strumpfhosen, Schleifen und Perlen zieren ihre Haarspangen. Sie sieht erfreulich kindlich aus.

»Hallo!« Erst zögere ich, ob ich ihr die Hand geben soll, etwas zu steif vielleicht, dann gebe ich sie ihr trotzdem.

Sie nimmt sie mit schlaffem Druck. Eine rosa Blase zerplatzt vor ihrem Mund.

»Nimm das Kaugummi raus«, sagt Frank streng. »Und sag hallo zu Mara.«

»Hallo zu Mara.« Alice verdreht ihre blauen Augen, doch sie hält den Kopf so, dass ihr Vater es nicht mitbekommt.

»Willst du Popcorn?«, frage ich, um die Situation zu entschärfen.

»Und Tortillachips mit viel Käse und Weingummi und Cola.«

»Davon wird dir nur schlecht«, wiegelt Frank ab. »Popcorn reicht.«

»Menno. Wenn ich mit Mama im Kino bin, krieg ich immer, was ich will.« Alice zieht einen Flunsch.

»Du bist aber nicht mit Mama im Kino, sondern mit mir, und da gibt's Popcorn und Apfelsaft und Ende der Diskussion.«

Weil es offensichtlich ist, dass das Thema für seine Tochter lange nicht ausdiskutiert ist, biete ich an, mich in die Schlange vor dem Snackstand einzureihen. Vor mir warten aufgeregt kichernde Teenager. Aus der Distanz beobachte ich, wie Frank in die Hocke geht und auf die störrisch wirkende Alice einredet. Ob Finja mit sechs Jahren auch so groß wäre?, frage ich mich. Und ob sie ebenfalls auf dieses grässliche Prinzessin-Plastik-Fantastik-Glitzerzeug stünde? Oder wäre sie bereits viel abgeklärter? Ich kann es mir nicht vorstellen. Weder wie sie aussähe noch was ihre Vorlieben oder Abneigungen wären. Finja wird für mich immer ein Baby bleiben.

Im dunklen Kinosaal streift Franks Hand die meine. Ich denke an die Worte meiner Mutter, dass ich die Gefühle einfach zulassen soll, und ziehe sie nicht weg. Etliche Minuten, vielleicht sogar eine halbe Stunde oder länger bleiben unsere Hände so nebeneinander liegen. Die körperliche Nähe ist mir äußerst angenehm und gibt mir Gewissheit, dass ich wieder zu Gefühlen außerhalb der Trauer fähig bin.

Dann nimmt Frank meine Hand und hält sie fest. »Eine Frau wie dich hab ich gesucht«, wispert er. »Ich habe noch eine Überraschung für dich.«

»Was denn?«

»Später.« Die angedeutete Überraschung irritiert mich, doch ich verdränge den Gedanken daran und versuche es zu genießen, dass jemand meine Hand hält, während sich auf der Leinwand vor uns ein untersetzter Dinosaurier vergeblich bemüht, durch die Glasscheibe eines Schaufensters an einen

Eisbecher zu kommen. Nach längerem Warten nimmt der Dino Anlauf und springt hindurch. Glas birst. Ich höre Alice lachen, bis sie sich verschluckt. Frank löst seine Hand von der meinen, um seiner Tochter auf den Rücken zu klopfen.

Die Kinovorstellung ist auf jeden Fall ein Erlebnis, vor allem ein sehr lautes. Um uns herum brüllen die Kinder vor Vergnügen und buhen, wenn der hinterlistige Zirkusdirektor versucht, den unschuldigen kleinen Dino zu fangen. Die animierte Welt besteht aus Gut und Böse, aus netten Tieren und Erwachsenen mit schlechten Absichten, deren üble Pläne von den Guten vereitelt werden können. Zur Strafe platzt den Bösen die Hose, und sie werden mit grünem Glibberschleim überzogen. Die Filmwelt ist so übersichtlich aufgeteilt, dass ich mich danach sehne, ein Teil davon zu sein. Und sie lebten glücklich bis an ihr Ende als große, bunte Familie.

Außerhalb des Vorführsaals ist das nicht so einfach, das führt mir Alice vor Augen, als sie die etwa einen Meter große Plüschnachbildung des Dinokindes haben möchte, die es praktischerweise am Merchandisingstand gleich neben dem Ausgang überteuert zu erwerben gibt.

»Du hast schon zu viele Stofftiere, Alice«, lehnt Frank ab.

»Aber keinen süßen Dino.«

»Ich habe nein gesagt, Äffchen.«

»Nenn mich nicht so. Ich will aber den Dino.« Die Kleine lässt nicht locker. »Bitte, Papa!«

»Nein, nein und noch mal nein. Ich hol jetzt den Wagen, und wir treffen uns an der Ausfahrt.« Er wendet sich zu mir. »Kommst du mit ihr klar?«

»Sicher.«

Nachdem er gegangen ist, schiebt Alice ihre Hand in meine. Dieser Vertrauensbeweis rührt mich. Sie lehnt sogar ihr Köpfchen an meine Seite. »Guck mal, was er für liebe Augen hat, der Dino.«

»Äh, ja.«

»Schenkst du ihn mir?« Ihre eigenen Augen werden rund und flehend.

»Dein Papa findet, du hast zu viel Spielzeug, und ich …« Mir ist nicht ganz wohl dabei, als sie sich das Plüschmonster unter den Arm klemmt und zur Kasse geht.

»Neunundzwanzig neunzig«, sagt die Verkäuferin in meine Richtung. Da ich nur verlieren kann, fällt mir die Wahl nicht schwer. Folge ich Franks Erziehungsstrategie und kaufe das Ding nicht, mache ich mir die Kleine zur Feindin, bevor ich sie richtig kennengelernt habe. Sie und ich wissen beide, dass ich bei ihrem Vater keine Chance haben werde, wenn sie mir keine gibt. Kaufe ich den Dino, wird Frank von meiner Inkonsequenz und Unfähigkeit, mit Kindern umzugehen, womöglich abgeschreckt. Ich kann nur hoffen, dass er mir eher vergibt als seine Tochter.

Außerdem, wer kann schon voraussagen, wie viele Wünsche diesem Mädchen überhaupt noch erfüllt werden. Rein theoretisch könnte dies der letzte Tag in ihrem Leben sein. Und da soll ausgerechnet ich ihr einen Wunsch verweigern?

Kaum hat Frank das Ungetüm in Alices Armen gesehen, fängt er zu lachen an. »War's sehr übel?«, fragt er und streichelt mir wie beiläufig über den Oberschenkel, während ich auf dem Beifahrersitz Platz nehme.

Zu dritt schlendern wir danach durch die Innenstadt. Alice zeigt uns in den Schaufenstern, was sie sich alles wünscht, und zum Glück ist ihr Vater dabei, der jedem Bambiaugen-Angriff wacker standhält. Ein Eis setzt sie aber noch durch. Im Café verkleckert sie auf einer Malunterlage für Kinder Schokoeis und malt die vorgedruckten Hasen rosa aus.

»Sie mag dich«, flüstert er und legt seinen Arm um mich.

Für einen Augenblick sind wir Vater, Mutter und Kind, und ich stelle mir vor, Frank und ich wären zusammen. Alice wäre dann so etwas wie meine Tochter, zumal wenn wir weitere Kinder bekämen.

Wir gehen zum Parkhaus zurück. Frank und ich mit Abstand zwischen uns, aber wir halten uns an den Händen, und Alice springt vor uns her. Als wir eine stark befahrene Straße überqueren, greift sie nach meiner freien Hand. Meine Ausgaben für den Dino sind noch nicht vergessen. Frank und ich kommentieren dies mit einem Lächeln.

Das geht alles zu schnell, denke ich. Viel zu schnell. Aber warum eigentlich nicht? Finjas Tod ist für mich auch viel zu schnell gegangen. Ich sollte die Dinge auf mich zukommen lassen, wie meine Mutter mir geraten hat, und nicht dauernd darüber nachdenken. Trotzdem bleibt die Angst, es könnte nicht von Dauer sein.

»Guck mal, ein Clown auf Stelzen!« Mit ausgestrecktem Finger zeigt Alice auf einen verkleideten Mann, der Kunststückchen vorführt.

Eine Menschenmenge hat sich in der Fußgängerzone um ihn versammelt, und aus einem tragbaren CD-Player plärrt Musik. Angeführt von Alice, nähern wir uns. Und da sehe ich ihn. Klaus. Mit ihr.

Sie trägt einen deutlich sichtbaren Schwangerschaftsbauch vor sich her. Ein Krampf ergreift meinen Unterleib. Ich krümme mich vornüber und ringe nach Luft. Diese Frau führt das Leben, das einmal meines war. Das Leben an Klaus' Seite mit seinem Kind in ihrem Bauch. Ich möchte ihr die Augen auskratzen, ihr das Kind herausreißen. Mit der einen Hand halte ich meinen Bauch, mit der anderen versuche ich mich an Frank festzuhalten, um nicht hinzufallen.

»Was ist?« Frank klingt besorgt.

Schweiß läuft mir über die Stirn. Mein ganzer Rücken ist klitschnass geschwitzt. Ein schwarzer Film schiebt sich vor meine Augen. Ich taumele. Weg hier. Nur weg hier. Als ich zwei Schritte nach hinten stolpere, fort von meinem Mann und der Frau, dreht Klaus sich um. Unsere Blicke begegnen sich, und mich durchfährt ein Schlag.

Ich presse mir die Hand vor den Mund und renne davon. Ein paar Straßen weiter beginnt mein Handy zu klingeln. Frank oder Klaus. Das Chaos in meinem Kopf ist zu groß. Während ich an der Bahnhaltestelle stehe, klingelt es weiter. Der empörte Blick einer Rentnerin mit Einkaufswagen neben mir lässt mich schließlich danach greifen. Frank oder Klaus. Weder noch, es ist Hedi, die mich bittet, auf Maja aufzupassen. Sie muss kurzfristig zu einer wichtigen Besprechung ihrer Quizsendungsproduktion.

»Ich kann nicht …«, will ich mit Tränen in den Augen absagen.

»Bitte!«, fleht Hedi.

Heulend willige ich ein.

»Das ist ein Hoppa-Pferd«, erkläre ich Maja eine halbe Stunde später unter Tränen, als sie auf eine Pferdezeichnung in einem Bilderbuch zeigt.

»Hobbhobbhobb«, wiederholt sie.

»Bravo, Maja.« Schwach kommentiere ich ihre Sprachversuche. Noch sind meine Augen geschwollen von den Tränen, die ich geweint habe, und meine Stimme ist belegt von Traurigkeit, aber Majas Lebendigkeit beginnt einen tröstenden Einfluss auf mich zu haben. Die Kleine klatscht in die Hände.

»Und das ist ein Schwein. Wie macht ein Schwein?« Ich fange an zu grunzen.

Maja lacht und versucht mich nachzuahmen. »Ähähähä!«

»Nein! Hrrhrrhrr …«

Auf diesem Niveau unterhalten wir uns eine ganze Weile, und ich merke erst nach einiger Zeit, dass ich Klaus und die Frau vorübergehend vergessen habe.

»Baubau? Baubau?«

»Gilbert? Der durfte nicht mit ins Kino. Der passt auf Cassiopeia auf. Gilbert ist ein Hund, der macht wauwau.«

»Baubau.«

»Genau, wauwau. Cassi ist eine Schildkröte. Sie macht … Ach, die macht gar nichts. Ich kann doch nicht mehr tun, als es versuchen«, erkläre ich Maja verzweifelt. »Es immer weiter versuchen, mich dem Leben ohne Finja zu stellen. Was meinst du? Reicht das aus?«

»Baubau.« Ihre winzigen Finger umschließen meinen Daumen, berühren die Schwielen an meinen Handinnenflächen.

Nachdem Hedi mich abgelöst hat und sich noch die Begegnung mit Klaus und der Studentin in allen Einzelheiten hat schildern lassen, fahre ich nach Hause, füttere Cassiopeia mit Pellets, führe Gilbert kurz Gassi und lege mich in mein Hoffnungszimmer. Dann rufe ich Frank an. Ich muss ihm wenigstens sagen, dass ich noch nicht so weit bin.

»Mara! Was war denn los?« Er hört sich furchtbar nett an.

»Erklär ich dir gleich. Schläft Alice schon?«

»Mit dem Dino. Der nimmt zwei Drittel ihres Bettes ein, und sie liegt ganz an den Rand gequetscht. Vorm Einschlafen hat sie gesagt, wie toll sie dich findet.« Ich sehe sein Lachen vor mir. »Hör mal, warum kommst du nicht vorbei und wir reden? Ich hab ja auch noch die Überraschung für dich.«

Bei der Erwähnung besagter Überraschung bekomme ich sofort ein schlechtes Gewissen. »Ich hoffe, du hast dich nicht in Unkosten gestürzt, ich …«

»Wenn du nicht kommst, muss ich es dir am Telefon sagen. Es ist ein Internetshop.«

»Was soll ich denn damit?«

»Ich kann dir einen Internetshop einrichten lassen, über

den du deine Möbel verkaufen kannst, dann sparst du dir die Miete. Und ein Designgeschäft, der Inhaber ist ein Kunde von mir, wär interessiert daran, deine Sachen gegen geringfügige Beteiligung in den eigenen Räumen anzubieten. Damit hältst du die Unkosten so gering wie möglich.«

»Das ist alles sehr lieb von dir, aber …«

»Du könntest den Laden natürlich auch behalten und über das Internet dazuverdienen, ein viel größerer Kundenstamm …«

»Ich will keinen Internetshop. Frank, keine Ahnung, warum du so an mir interessiert bist, was du eigentlich in mir siehst.«

»Du hast so viel Energie, Mara, das ist ansteckend, außerdem hast du ein gutes Herz. Ich weiß, wie abgeschmackt sich das anhört, und du bist anders als alle Frauen, die ich kenne. Im Grunde kenne ich dich noch nicht wirklich, das stimmt, aber was ich von dir kenne, reicht mir, um zu wissen, dass ich mir eine Zukunft mit dir und Alice vorstellen kann. Das alles ist so überraschend für mich, dass es mich umhaut. Du haust mich um.«

»Ich denke, wir haben uns da in was verrannt.«

»Hm.« Er schweigt. »Dann vielleicht später? Wir lassen es einfach langsamer angehen.«

»Was später ist, kann ich dir nicht sagen. Rechne lieber nicht mit mir. Ich bin nicht diejenige, die du suchst.«

Nach einem verunsicherten Gruß lege ich auf und beginne darüber zu weinen, dass ich mich auf keinen neuen Mann einlassen kann. Als das Telefon wieder klingelt, denke ich, es ist noch mal Frank, und überlege erst, nicht ranzugehen. Doch es ist Klaus.

»Du?« Ich fühle wieder den Krampf und den Schwindel.

»Ich wollte nicht, dass du mich mit ihr siehst, Mara, ich habe nicht mit dir gerechnet, ich …«

»Was soll das?«, unterbreche ich ihn. »Wenn du mit ihr

zusammen bist, dann bist du mit ihr zusammen. Das geht mich ja auch gar nichts mehr an. Vielleicht sollten wir allmählich mal die Scheidung einreichen, um alles zu klären. Bald kommt dein Kind auf die Welt, und dann kannst du sie heiraten und …« Ohne ein weiteres Wort lege ich auf.

In mir sind keine Tränen mehr, ich bin nur ganz und gar erschöpft, als ich mich auf der Matratze zusammenrolle, Gilbert zu meinen Füßen.

Sonst verdecken Füße von einkaufslustigen Passanten das Pflaster am Ring, doch zu dieser späten Stunde sind die dicht an dicht klebenden Kaugummis auf den Steinplatten überall zu erkennen. Wie frisch gefallener Schnee sehen sie aus. Schnee an einem Frühlingstag. Ich befinde mich in einer seltsamen Stimmung, als wäre ich in einem intensiven Film gewesen und noch immer nicht in der Wirklichkeit angekommen. Das hat zum Teil mit der gestrigen Begegnung mit Klaus zu tun, die vieles Ungelöste in mir wieder aufgewirbelt hat, aber auch mit Finjas Geburtstag, auf den ich unweigerlich zusteuere. In fünf Tagen ist es so weit. In fünf Tagen ist sie seit einem Jahr tot.

Ich habe das Gefühl, in einer Zeitschleife gefangen zu sein. Gerade dachte ich, nach vorne zu blicken, da kommt diese Trauerwelle und reißt mich zurück ins Meer der Tränen. Es scheint mir, als seien meine Trauer und mein Schmerz schlimmer als zuvor, aber rational betrachtet liegt es wohl daran, dass ich mich länger nicht mehr so hilflos gefühlt habe, seit ich aktiv mein Leben angehe.

Vor einem Irish Pub bleibe ich stehen und frage mich, was ich hier überhaupt mache. Warum gehe ich in diesem Zustand zur Einweihungsparty meiner Schwester, wo ich auf lauter Fremde treffen werde? Die Kneipentür öffnet sich, und drei ziemlich angetrunkene Typen torkeln heraus. Mit ihnen dringt eine Liedzeile zu mir auf den Bürgersteig. »*Something inside so strong and I know that I can make it.*« Es klingt traurig und gleichzeitig zuversichtlich. »*You're doing me wrong, so wrong, you thought that my pride was gone. Oh no, something inside so strong. Oh, oh, oh …*«

Es gibt diese Momente im Leben. Etwas geschieht zufällig, eher beiläufig, und erhält doch Bedeutung. Keiner der drei Betrunkenen wird sich morgen an mich erinnern können, aber dieses Lied in dieser Situation wird auf meiner Erinnerungskarte verzeichnet, und ich beginne, Zuversicht zu fühlen, bloß wegen eines achtel Liedes. Ich gestehe mir ein, dass ich im Grunde nur wegen Nils zu der Party gehe. Dass ich ihn sehen möchte.

Als ich die Hausnummer meiner Schwester in einer Seitenstraße entdecke, zögere ich, den Klingelknopf zu drücken, auf den mit Tesafilm ein Zettel mit ihrem Namen geklebt ist. Was tue ich, wenn ich vor Nils stehe?

Ich will schon wieder umdrehen, da spricht mich eine Frau an. »Willst du auch zu Simi?«

Stumm nicke ich, während sie die Klingel drückt. Als der Türsummer ertönt, lässt sie mich zuerst eintreten und die Treppe zu der Einzimmerwohnung im zweiten Stock hinaufgehen. Die fünfundzwanzig Quadratmeter sind so voll und verraucht, dass ich weder meine Möbel richtig sehen noch Simone ausmachen kann. Ich werfe meine Jacke auf einen Stapel Klamotten in der Nähe der Tür. Auf meine Nachfragen hin finde ich den Weg ins Badezimmer, wo meine Schwester Bierflaschen in eine mit Eiswürfeln gefüllte Wanne steckt, während ein langhaariger Mann im Stehen pinkelt.

»Mara! Da bist du ja. Möchtest du ein Bier? Soll ich dir mal ein paar meiner Freunde vorstellen? Das ist übrigens Bart.« Sie nickt in Richtung des Stehpinklers, der sich abschüttelt und zu mir umdreht.

»Hi!« Sein Grinsen ist sehr freundlich.

Damit er nicht auf dumme Gedanken kommt, versenke ich die Hände tief in meinen Jeanstaschen und verlasse zusammen mit Simone das Bad. Ich kann nur hoffen, dass Bart das Waschbecken benutzen wird.

Wir drängen uns an den anderen Gästen vorbei, die saufen, kiffen und quatschen. Hier und da nennt Simi Namen, die ich nicht behalten kann, und dann stehe ich vor Nils. Ich bekomme Herzklopfen.

»Hallo!«, sagt er. »Ich wollte mir gerade ein Bier holen. Willst du auch eins?« Er drückt sich an mir vorbei und verschwindet zwischen zwei hysterisch lachenden Frauen, deren Parfüms sich mit dem süßlich harzigen Geruch von Cannabis mischen.

Konsterniert bleibe ich stehen. Das war's dann jetzt? Vielleicht muss ich akzeptieren, dass die Verbundenheit, die ich zu Nils empfunden habe, nie wirklich existent war. Vielleicht habe ich mich in meiner Bedürftigkeit nur so zu ihm hingezogen gefühlt. Eine Entzauberung findet statt, als Bart Nils' Platz einnimmt und von seinem jüngsten Trip in die Coffeeshops Venlos zu erzählen beginnt. Ein paarmal taucht Nils in meinem Gesichtsfeld auf, vermeidet jedoch den Blickkontakt. Seine zur Schau getragene Indifferenz lässt mich sauer werden. Was läuft dieser Idiot herum und küsst mich, obwohl er zur selben Zeit meiner Schwester Hoffnungen macht? Wieso reagiert er so verletzt, wenn er von vornherein wusste, was für ein emotionales Wrack ich bin?

»Arschloch«, entfährt es mir, und ich kämpfe mit Tränen der Enttäuschung.

»Laber ich dir zu viel?«, fragt Bart erschrocken.

»Ja, nein, ist okay, aber mir ist nicht nach Unterhaltung heute.«

Ich bitte Simone, die mit ein paar Freunden Tequila trinkt, um Entschuldigung und täusche Müdigkeit vor.

»Schlaf dich aus. Hör mal, wenn du mich am Montag doch brauchen solltest, dann melde dich«, bietet sie an.

Ich küsse sie dankbar auf die Stirn. Nachdem ich mit einiger Mühe meine Jacke aus dem Klamottenstapel an der Tür gefischt habe, trete ich in den Hausflur. Das Licht flackert. Ich schließe die Tür, damit die Musik nicht noch lauter ins Treppenhaus dröhnt. Anderthalb Treppenabsätze tiefer höre ich, dass die Tür wieder geöffnet wird.

»Mara! Warte.«

Nils.

Ich bleibe stehen, als er zu mir kommt. Er hat sich ein paar Tage nicht rasiert, und unter seinen Augen sind Schatten zu sehen. Insgesamt macht er einen abgekämpften Eindruck. Auf seinem weißen T-Shirt prangt ein Che-Guevara-Konterfei mit dem Aufdruck *»Against clichés«*. Den restlichen Text zu lesen, gibt mir Zeit, bevor ich beschließen kann, wie ich mit ihm in dieser Situation umgehen soll. *»Before Che was a LOGO he was a guerilla fighter. He was a doctor …«* Der Rest verschwindet in einer Falte, die der Stoff wirft. Über uns schwillt die Musik an und ab. Wir stehen da, nur wenige Stufen voneinander getrennt, und haben uns nichts zu sagen oder vielleicht zu viel zu sagen. Ich merke, wie sehr mein Körper sich nach ihm sehnt. Ist das Liebe? Oder ist es die Einsamkeit, die mich so fühlen lässt?

»Ich liebe dich«, sagt er. Seine Stimme hört sich in dem Fünfziger-Jahre-Hausflur seltsam an.

Bevor ich etwas erwidern kann, geht das Licht aus. Im Dunkeln könnte ich nach seiner Hand greifen. Ich höre seinen Atem, bin mir seiner körperlichen Nähe dermaßen bewusst, dass sich mir die Haare aufstellen. Vorsichtig tastend setze ich meinen Fuß eine Treppenstufe höher.

»Ich liebe dich seit …«, fängt Nils an, als Licht aus Simones Wohnungstür fällt und das Flurlicht wieder angeht.

Ich blicke in sein müdes Gesicht und spüre das Bedürfnis, meine Hand an seine stoppelige Wange zu legen. Doch die Partygäste, die sich an uns vorbei die Treppe hinabdrängen, zwingen mich dazu, die gerade erst erklommene Stufe wieder zu verlassen. Nils rührt sich nicht von der Stelle, obwohl ihn die Leute anrempeln. Ich möchte ihm sagen, dass ich ihn vermisst habe, möchte mich an ihn lehnen, ihn küssen, dem Bedürfnis in mir endlich, endlich nachgeben. Da geht mein Blick nach oben. Auf dem Treppenabsatz steht meine Schwester.

Simone starrt uns an. Ihre Augen sind so rund, so ungläubig, so voller Schmerz. Simi und ich, wir sind uns gerade erst wieder so nahegekommen. Ich will sie nicht verlieren. Mein Blick wandert zurück zu Nils. Er hat Simone offenbar nicht bemerkt, nur das Abschweifen meiner Konzentration.

Sein Lächeln wirkt traurig. »Schlechtes Timing, was? Darin bin ich wohl Profi. Ruf mich an, wenn du … Ach, Scheiße, du rufst ja doch nicht an.«

Als er an mir vorbeigeht, bin ich nahe daran, ihn festzuhalten. Doch der Blick meiner Schwester hat mich erschüttert. Ich muss ihr die Situation erklären. Irgendwie. Mit dem Klassiker? Es ist nicht so, wie du denkst. Wie ist es denn dann?

Wir warten, bis die Haustür unten ins Schloss gefallen ist. Das Licht geht wieder aus. »Simi?«, frage ich zaghaft.

Ich höre sie schluchzen. Meine Hand tastet nach dem Lichtschalter, und ich stolpere eine Stufe hinunter, bis ich den kleinen roten Punkt in der Dunkelheit gefunden habe. Als das Licht aufflammt, hockt meine Schwester auf dem Boden. Ich gehe zu ihr, setze mich neben sie und lege ihr den Arm um die Schultern.

»Warum kann der Mann, in den ich mich verknalle, mich nicht auch lieben?« Simone wischt sich mit dem Handrücken über die nassen Wangen. »Bin ich es denn gar nicht wert, geliebt zu werden?«

»Klar bist du es wert. Du bist so unglaublich viel wert.«

»Aber nicht für ihn.«

»Es tut mir leid, Simi, es war nicht meine Absicht, dass Nils sich in mich verliebt. Ich dachte wirklich, das mit Frank könnte was werden. Ich werde ihn auch nicht anrufen oder so, versprochen.«

»Ach, Mara, selbst wenn er dich nicht mehr liebt, heißt das doch nicht, dass er mich dann lieben wird.« Unter Tränen lächelt sie mich an, meine tapfere kleine Schwester.

34

Unter der Spüle steckt der blaue Müllsack, in den ich mein Hochzeitskleid gestopft habe. Nun ziehe ich es hervor. Es ist schmal geschnitten, kurz und aus cremefarbener Seide gefertigt. Mein Bauch war im dritten Monat noch so flach, dass ich locker hineingepasst habe. Da Klaus und ich nur standesamtlich geheiratet haben, ist das Kleid so schlicht wie möglich. Mit beiden Händen streiche ich darüber. Es ist ein Symbol. Für mich ein stärkeres als der Ehering, denn das Kleid war meine Hülle, meine Haut, als Klaus und ich uns einander versprochen haben. Mein Kokon, in dem Finja gereift ist, und meine Vorstellung von Klaus und mir als Einheit für die Ewigkeit. Mit der Schere schneide ich ein Loch hinein. Aus der Seide nähe ich die Flugschirme einer Pusteblume. Einen Rest lege ich zur Seite, um einen Anhänger mit Kopien von Finjas Fotos zu fertigen. Als ich das zweite Foto daraufsticke, steche ich mir in den Finger und empfinde Schmerz, aber er ist nicht zu vergleichen mit dem Schmerz, den ich wieder durchlebe, weil Finja morgen ein Jahr tot sein wird.

Als mein Mädchen starb, schien die Sonne. Am Tag ihrer Beerdigung regnete es. Heute ist der Himmel grau verhangen. Grau ist auch die Stimmung meiner Seele. Es ist gut, dass es am Samstag nicht zu einer Annäherung zwischen Nils und mir gekommen ist. Nicht nur wegen Simone. Ich glaube, ich hatte dieses starke Bedürfnis nach ihm nur, um an Finjas Jahrestag nicht so allein zu sein. Aber ich weiß, dass ich die Einsamkeit überlebe. Ich habe so vieles durchgestanden nach ihrem Tod, habe den geflochtenen Sarg mit ausgesucht, in dem ihr Körper verbrannt worden ist, habe zugesehen, wie ihre Urne mit Erde bedeckt wurde. Ich war an ihrem Grab, und ich habe sie in meinem Leben zu bewahren versucht. Daher werde ich auch den morgigen Tag überstehen.

Das Taxi, das ich mir rufe, bringt mich zu meinem alten Zuhause. Der Bungalow sieht nicht anders aus als letztes Jahr, und dennoch ist er weit entfernt von dem Haus, in dem ich mal gewohnt habe. Vor der Tür parkt der Volvo-Kombi mit dem Kennzeichen K-ML 2105. Dass Klaus es noch nicht ausgetauscht hat, verstört mich. Ich dachte, das Symbol unserer Familie hätte ihm mehr bedeutet. Mittlerweile kutschiert er damit seine neue Frau und das neue entstehende Kind herum. Ich lasse die Luft in meine Lungen strömen und wieder heraus, bis die Verstörung gewichen ist. Langsam nähere ich mich dem Bungalow, da ich vom Fenster aus gesehen werden kann. Klingeln werde ich nicht. Ich hänge den Stoffanhänger mit Finjas Fotos an die Klinke, während Gilbert aufgeregt an der Fußmatte schnüffelt.

Als ich ausgezogen bin, habe ich die Fotos und die Ultraschallbilder mitgenommen und Klaus keine Erinnerung an seine Tochter gelassen. Ich war getroffen, war so verletzt und wollte ihn verletzen, jetzt bin ich nur traurig. Auch wenn ich Klaus nicht verzeihen kann, dass er in unserer vorübergehenden Trennungsphase mit einer anderen Frau geschlafen und ein Kind gezeugt hat. Er hätte seinen Schwanz unter Kontrolle haben müssen oder wenigstens für den nötigen Schutz sorgen können, er hätte nach unserer Versöhnung nicht einfach versuchen dürfen, mit mir ein zweites Kind zu zeugen. Aber selbst wenn er diesen Verrat nicht begangen hätte, wären wir wahrscheinlich irgendwann an dem Punkt angelangt, an dem wir hätten erkennen müssen, dass uns am Ende nur noch die Trauer, die Erinnerung und die Sehnsucht verbunden haben.

Sein Verhalten werde ich nicht verstehen, und ich will es nicht verstehen, aber ich muss ihn nicht länger dafür bestrafen. Ich möchte ihm die Möglichkeit zur Erinnerung an das Gesicht seiner Tochter nicht mehr nehmen. Was er daraus macht, ist seine Angelegenheit.

Als ich Gilbert zu mir rufe und zurück zum Taxi gehe, werfe ich einen Blick in den Kombi. Auf dem Rücksitz liegt eine Tüte mit der Aufschrift »Bis zum Mond. Baby- und Umstandsmode«. Mein Herz krampft sich zusammen. Es krampft und krampft und krampft, dann höre ich ein deutliches »Plopp«, und es schlägt wieder normal.

35

Ich kann es nicht begreifen. Eine Nacht ist vergangen, seit ich Finja zur Welt gebracht habe. Tot zur Welt gebracht habe. Ich weiß es, aber ich verstehe es nicht. Meine Finja ist tot. Ich sage es laut vor mich hin.

»Sie ist tot«, sage ich, so wie ich im Unterricht einmal »Die Kraniche des Ibykus« aufgesagt habe. Ich kenne den Text auswendig, aber die Wörter sind ohne Bedeutung für mich. Weiter komme ich nicht. Was folgt nach »Sie ist tot«? Ist dies das Ende oder der Anfang oder ein Mittelteil irgendwo dazwischen? Liegt die Betonung auf »ist« oder auf »tot«?

Sie hat mich nie angesehen, meine Finja. Nie hat ihre Hand meine Haut berührt. Nie konnte ich sie in meinen Armen wiegen, wenn sie schrie. Ich hätte sie doch beschützen müssen. Ihr Leben hat in meinem Körper begonnen und ist dort zu Ende gegangen. Ich trage die Schuld an ihrem Tod.

Mein Blick geht zum Fenster. Wie gestern scheint die Sonne. Kann es nicht wenigstens regnen, weil mein Kind gestorben ist? Flirrende Heiterkeit dringt ins Wohnzimmer. Meine Hand wandert zu meinem Bauch, um die Wölbung zu streicheln, und fasst ins Leere. Ich spüre nach Tränen, finde jedoch keine. Die Luft des Zimmers strömt in mich und drängt aus mir mit einem schwachen Seufzer wieder heraus.

»Hier bist du.« Klaus kommt ins Wohnzimmer. »Wie lange sitzt du schon hier?«

Das Gefühl für die Zeit ist mir abhandengekommen. Neun

Monate war ich in Erwartung. Von einem Tag auf den anderen warte ich auf nichts mehr.

Klaus gibt mir einen Kuss auf die Stirn. Wie einer Kranken oder einem Kind. Dem Kind, das ich ihm nicht schenken konnte. Er setzt sich und sagt nichts weiter. Mehr gibt es zwischen uns auch nicht zu sagen. Welches Wort kann schon die Schwere unseres Verlustes, unserer Trauer und Hoffnungslosigkeit beschreiben?

Gemeinsam wird der Schmerz nicht leichter, aber er ist besser auszuhalten. Ich hole die beiden Fotos aus meiner Bademanteltasche, die die Hebamme im Kreißsaal gemacht hat. Die Fotos zeigen ein schlafendes Baby, kein totes. Unsere Finja sieht süß aus. So zart und verletzlich.

»Halt mich fest!«, bitte ich Klaus.

Er nimmt mich in den Arm. Ein schwacher Trost fließt aus ihm in mich hinein. Einfach so bleiben, das möchte ich. Ich weiß, dass er das fühlt, was ich fühle. Gemeinsam ertragen wir diesen Zustand. Ich werde gedanklich eins mit ihm, so wie ich vorher eins mit Finja war. Er ist mein Baby, und ich bin das seine. Am liebsten würde ich in seinen Bauch kriechen, mich dort wie ein Fötus zusammenrollen und das Vergangene ungeschehen machen.

36

Forschern ist es gelungen, bei genveränderten Mäusen gezielt Erinnerungen zu löschen, und sie zeigen sich zuversichtlich, in Zukunft auch beim Menschen Gedächtnisinhalte manipulieren zu können. Wenn sie Finjas Tod in mir löschen würden, wäre das die Heilung meines Schmerzes? Doch auch wenn es gelänge, würde ich es niemals zulassen, denn damit würden mir auch die Erinnerungen an die Schwangerschaft genommen werden und die Erinnerungen an Finjas Gesicht, an die Wärme ihres Körpers, an den Geruch ihres Köpfchens. Und wer wäre ich ohne diese Erfahrungen und den Weg, den ich in diesem Trauerjahr gegangen bin?

Selbst jetzt, mit dem Wissen um den Schmerz, den der Tod meiner Tochter mit sich gebracht hat, würde ich mich noch einmal für eine Schwangerschaft mit ihr entscheiden. Weil sie das Wunderbarste war, was mir jemals passiert ist, meine Finja.

Sie hat ihre Spuren in meinem Gedächtnis hinterlassen. Ich stelle mir Kinderfüße vor, die durch Sand laufen. Eine Welle kommt und spült die Abdrücke weg, dennoch ist das Kind dort entlanggegangen.

Finja gehört zu mir, zu meinem Leben, und wenn ich einmal zehn Kinder haben sollte (falls ich jemals wieder einem Mann so weit vertrauen kann, um mit ihm eine Beziehung einzugehen), würde sie immer ein Teil meiner Familie bleiben. Meinen Kindern, ihren Geschwistern, würde ich von ihr erzählen, und sie könnte in ihnen weiterleben, so wie die Namen der Verwandten von Rachel Schuhmann in ihrer Erinnerung. Finja wäre für meine weiteren Kinder nicht mehr als ein Schatten aus der fernen Vergangenheit, eine Art kleiner Geist, aber sie wäre da. Sie behielte ihren Platz in der Welt, so verschwindend gering er auch sein mag.

Es ist Finjas Todestag. Ein Jahr ist vergangen, doch es scheint länger her zu sein. Simone hat mir angeboten, an diesem Tag den Laden alleine aufzumachen, aber alles in meinem Geschäft hat mit meiner Tochter zu tun. Ohne sie gäbe es diesen Ort nicht. Später werde ich zu ihrem Grab fahren, trotzdem bin ich ihr zwischen meinen selbstgestalteten Möbeln viel näher. Nach dem Friedhofsbesuch will ich die Flicken aus der Erinnerungskiste aneinandernähen. Am Morgen habe ich sie zusammengesetzt und festgestellt, dass mir nur noch eine Mitte fehlt.

»Mara, bist du da?« Der vertraute Bass, gemischt mit Unsicherheit.

Ich komme aus dem Hinterzimmer, in dem ich Tee koche, nach vorne in den Laden. Klaus steht dort und sieht sich um. Mein erster Gedanke ist, dass er nicht hier sein soll, in meinem neuen Leben, nicht an diesem Tag, dass er stört. Ein Ziehen, ein leichter Schwindel, dann atme ich tief durch und bekämpfe die negativen Emotionen, die in mir aufwallen.

Klaus bemerkt mich und versucht ein Lächeln, dabei deutet er auf den Schriftzug im Schaufenster. »Schöner Name.«

Sein Gesicht ist faltiger geworden, verhärmter gar, oder ist das bloß Einbildung? Ich verschränke die Arme vor der Brust.

»Ich weiß nicht, ob es dir recht ist, dass ich da bin«, sagt Klaus, »aber ich kann nicht aufhören, an euch zu denken. An dich und an Finja.« Seine Augen sehen rot und verschwollen aus. In seiner Hand hält er den Anhänger mit Finjas Fotos.

Wärme und Zuneigung steigen in mir auf. Obwohl Klaus

mir fremd geworden ist, wird uns unsere Tochter immer verbinden. Auch später noch. Ich werde lernen, ihm zu verzeihen. Wir waren beide in einer Ausnahmesituation, wir konnten beide nur für uns weiterleben, wir waren beide in unserer Trauer gefangen.

»Danke für den Anhänger«, sagt Klaus mit trockener Stimme. »Er bedeutet mir sehr viel.«

Ich werde weicher ihm gegenüber, gebe meine abweisende Haltung auf und gehe einen Schritt auf ihn zu.

»Mir … ich«, setzt er an, »ich dachte, ich würde damit klarkommen. Ganz gut klarkommen, aber jetzt bricht alles über mir zusammen.« Ich fasse nach seiner Hand mit dem Anhänger. »Wenn ich nur stark genug bin, dann geht es weiter, hab ich gedacht.« Er schluchzt. »Ich habe alles weggedrängt, was an Schmerz in mir war. Nur nicht zurückblicken, hab ich gedacht. Aber …« Er beugt sich vor, legt seinen Kopf an meinen. »Ich komm nicht damit klar, wieder Vater zu werden. Ich halte das nicht aus, mich auf ein weiteres Kind zu freuen. Ich habe zu viel Angst davor, dass wieder was passiert, wie mit Finja.«

Ich streichle seinen Rücken. Erst ist es fremd, dann vertraut, und ein bisschen ist es so, als würde ich Finja berühren. Eine graue Locke fällt ihm in die Stirn. Wir waren zwei Blinde, die ihren Weg mehr schlecht als recht entlanggestolpert sind. Dass wir die Augen nicht früh genug öffnen konnten, war nur zu einem ganz kleinen Teil wirklich unsere Schuld.

»Ich habe mich von ihr getrennt«, sagt er. »Es geht nicht. Immer muss ich an dich und an Finja denken und an das, was ich euch angetan habe.«

Klaus steht noch ganz am Anfang seines Trauerwegs, das ist ihm anzusehen. Ich kann ihm nicht dabei helfen, diesen Weg zu beschreiten. Ich kann ihm nur Steine aus dem Weg räumen.

»Klaus, wegen diesem Kind.« Es fällt mir schwer, darüber zu sprechen, doch ich tue es für ihn. »Kümmer dich darum, ja? Es kann nichts für Finja, nichts für unsere Probleme und nichts für deine Trauer. Du hast die Chance, wieder Papa zu werden. Das ist ein Geschenk. Nimm's an.«

Als Finja starb, schien die Sonne. Jetzt versteckt sie sich hinter Wolken, als ich aus der Straßenbahn steige und auf das Friedhofstor zugehe. In der Hand halte ich ein Geschenk für meine Tochter.

Ich habe es abgelehnt, mich von Klaus begleiten zu lassen, auch wenn wir vereinbart haben, uns in den nächsten Tagen noch mal zu treffen, um zu reden. Diesen Weg will ich allein zurücklegen, deshalb habe ich auch meine Eltern, Hedi und Simone gebeten, nicht am Nachmittag zum Grab meiner Tochter zu kommen. Ihr Tod war ein Einschnitt, danach kam der Schock. Ich funktionierte irgendwie, atmete, trank, aß, versuchte mich festzuklammern, um nicht unterzugehen, aber von einem Moment auf den anderen konnte alles wieder da sein, jede Bewegung, jede Träne, und ich strampelte hilflos. Ich fühlte mich ausgeschlossen und habe mich von den anderen isoliert. Ich fühlte mich unverstanden und konnte mich selbst nicht mehr verstehen. Endlich habe ich aufgehört zu strampeln und mich gefunden.

Ich bin kein besserer Mensch geworden, weil meine Tochter starb, ich bin mir nicht einmal sicher, ob ich eine andere geworden bin oder ob ich nicht doch die Mara bin, die ich immer war. Manchmal denke ich, dass ich mich einfach nur mehr auf das eingelassen habe, was in mir ist.

Auf dem Weg zu den Kindergräbern stutze ich. An Finjas Grab kniet jemand. Blinzelnd blicke ich gegen die Sonne. Der breite Rücken, über dem sich ein verwaschenes hellgrünes T-Shirt spannt, gehört zu Nils. Ich spüre in mich hinein, spüre nach, ob ich heimlich verschwinden möchte oder bleiben will. Dann gehe ich näher. Er pflanzt eine Sonnenblume. Auf seinem Arm erkenne ich den schwarzen tätowierten Stern. Torfkrümel hängen in den Haaren auf seinen Unterarmen, und seine Finger sind voller Erde. In mir ist ganz viel Liebe, die an die Oberfläche drängt, daher hocke ich mich neben ihn. Nils blickt auf. Ich erwidere das Lächeln, das über seine Lippen huscht.

Den runden Stein aus Ligurien, den Klaus mir einmal gab, lege ich auf dem Grab neben die Skulptur. Er gehört Finja nun mehr als mir. Dann nehme ich Nils' erdige Hand und halte sie fest. Gemeinsam blicken wir auf das leuchtende Gelb der Sonnenblume.

37

Salzige Schweißperlen mischen sich mit Wassertropfen, als ich aus der heißen Badewanne steige. Nackt, wie ich bin, gehe ich ins Schlafzimmer, wobei ich Wasserlachen auf den Dielen hinterlasse. Nachher werde ich sie wegwischen, damit keine Flecken auf dem Holz zurückbleiben, doch darum kümmere ich mich jetzt nicht. Ich lege mich auf die große Flickendecke, die über das Bett gebreitet ist, und atme tief ein. Mein Bauch hebt sich. Das Atmen erweckt die Narben meiner Schwangerschaft mit Finja zum Leben, rote Risse, die in den drei Jahren seit ihrem Tod blasser geworden sind. Ich habe sie einmal gehasst, weil sie mich für immer mit dem verbinden, was ich nicht mehr behalten durfte. Jetzt gehören sie zu mir wie meine Erinnerungen.

Meine rechte Pobacke klebt auf narbig braunem Leder, aus dem ich Muster von Blumenranken und Blättern geschnitten habe. Ich hebe den Hintern wenige Zentimeter und verlagere ihn auf einen Samtflicken. Mein Zeigefinger bohrt sich durch eines der Löcher im Leder in den Bettbezug darunter. Aus der Ferne höre ich Gilbert bellen.

An meiner linken Wange fühle ich die groben Stiche, mit denen ein Leinenstoff bestickt ist. Das Garn ist aus meinen abgeschnittenen Haaren gedreht. Mit der Hand streichle ich über ein Stück Samt. Ich brauche nicht hinzusehen, um zu wissen, dass es von himmelgrauer Farbe ist, genau der Ton zwischen Grau und Hellblau, den der Himmel an so vielen

Tagen im Jahr annimmt. Darauf habe ich Perlen genäht. Sie fallen kaum auf, doch wenn die Sonne daraufscheint, glitzern sie wie Tränen.

Leichte und feste Stoffe, Sackleinen, Tüll, Baumwolle, Farben, Muster. Keiner der Flicken ist wie der andere. Pastellfarbene Blumen, türkisfarbene Elefanten, Spitze auf Filz. Kitschige Kätzchen in Ballettröckchen wechseln sich mit einer archaischen Weberei aus gesponnener Schafwolle ab. Bunte Farben, auf denen Muster und Stickereien Leben versprühen, neben blassen Stoffen und hauchzarten Applikationen aus Seide. Winzige, kaum wahrnehmbare Nadelstiche, die viel Konzentration erfordert haben, und grobe Stiche, voller Wut durch den Stoff gezogen.

Aneinandergenäht erzählt die Decke eine Geschichte. Die Geschichte der Trauer um meine Tochter und die Geschichte des Lebens, das ich ohne sie führen muss. Während ich an der Decke gearbeitet, Stück für Stück von ihr zusammengetragen habe, glaubte ich nicht an eine Zukunft. Ich versuchte, die Vergangenheit zu erhalten. Nur die Arbeit an der Decke hat mich überleben lassen. Seitdem ist das Leben wieder schön für mich geworden. Nicht immer, nicht in jeder Sekunde, doch selbst an weniger guten Tagen bin ich erfüllt von dem Wissen, wie viel Glück noch vor mir liegt.

Ich überlege, welche Formulierung zu der Decke passt. Sie ist mein Anker, mein Strohhalm, mein Rettungsboot und nichts von alledem.

Sie ist eine Gabe.

Mit der Hand fahre ich über das Meer aus Farben und Mustern. Die Flügel des auf Blümchen gestickten Schmetterlings, an denen ich zupfe, sind aus einem rosafarbenen Vichykaro-Stoff, der einmal ein Sonnenhütchen gewesen ist. In der Decke stecken unendlich viele Erinnerungen an fröhliche Tage – und an schwere. An Momente, in denen ich nicht wusste, wie es ohne mein Mädchen weitergehen sollte. An Zeiten, in denen die Hoffnung mir neuen Lebensmut einflößte.

Mit Finjas Geburt hat der Tod in mein Leben Einzug gehalten, und er ist nie wieder ganz verschwunden. Die Trauer wiegt wie ein Rucksack voller Steine, der mir damals umgehängt wurde. Beim ersten Schritt drohte ich umzukippen, so sehr zog mich das Gewicht nach hinten. Ich glaubte, mich niemals mehr frei bewegen zu können. Nach und nach aber fielen die Steine heraus, und meine Last wurde leichter. Nur manchmal, wenn der Weg des Lebens ansteigt, merke ich noch, wie sehr mich die Steine drücken.

Vor drei Jahren hätte ich nicht geglaubt, dass es einmal so viele Tage geben könnte, an denen ich nicht an mein totes Mädchen denke. Auf einem der Flicken, den ich in jener schlimmen Zeit genäht habe, befindet sich eine kleine Schnecke. Vorsichtig streckt sie ihre Fühler aus dem Häuschen. Finja stelle ich mir oft als Schnecke vor. Ich sehe sie einfach nicht als Engel. Gibt es im Himmel überhaupt so kleine Flügel, wie mein Mädchen sie brauchte? Sie hatte ihre Fühler nach dem Leben ausgestreckt, doch etwas hat sie so erschreckt, dass sie sich tief in ihr Haus zurückgezogen hat, wo sie niemand sehen kann außer mir.

Das Herz der Decke ist eine Pusteblume, von der sich die Flugschirme aus der Seide meines Hochzeitkleids und aus Schafwolle über die restlichen Flicken verteilen. Mit der Handfläche fahre ich dem Flug der Schirme nach, spüre die wächserne Sprödigkeit der Wolle und die Glätte der Seide, spüre, wie die Flugschirme sich über die weichen, fließenden Stoffe wölben, und fühle die Holzperlen, die kühlen Strasssteine, die Pailletten, die Häkelmaschen, den sinnlichen Samt und die Empfindlichkeit von altem Leinen.

Das alles gehört zu mir. Zu meinem Leben. Es ist so wahnsinnig kostbar, so einzigartig. Wie anders man mit ihm umgeht, wenn man es einmal verloren hat.

Neben mir, auf dem Stoffquadrat mit dem bunten Frottee-Elefanten, gluckst Clara im Schlaf. Ich wende mich meiner vier Monate alten Tochter zu. Ihre kleinen Hände hält sie zu Fäustchen geballt, und ihr Mündchen nuckelt. Sie ähnelt Nils, erinnert mich aber auch ein wenig an Finja. Noch immer schwelt in mir die Angst, dieses Kind ebenfalls zu verlieren. Eine Sicherheit werde ich wohl nie haben. Dennoch: Wenn ich meine zweite Tochter ansehe, mit ihren dicken Backen, dem Kratzer auf der Stirn und dem Spuckefaden, der aus ihrem halbgeöffneten Mund auf die Flickendecke läuft, fühle ich mich vom Leben reich beschenkt.

Zu leben ist wie mit den Wellen im Meer zu schwimmen. Wenn eine Welle kommt, schiebt sie mich ein Stück nach vorn. Wenn sie geht, zieht sie mich wieder etwas zurück. Aber es geht immer weiter vorwärts.

Clara schlägt die Augen auf und lacht ihr hinreißend zahnloses Lächeln. Ich beuge mich über sie. Beschützend. Behütend. Mit den Lippen berühre ich die dünnen Haare auf ihrem Köpfchen. Mit der Wärme meines Atems steigt der Geruch von Haut und Milch auf. Der Geruch von Glück.

Danksagung

Wäre dieser Roman ein Film, käme nun der Abspann, und jeder der daran Beteiligten erhielte ein paar Sekunden Ihrer Aufmerksamkeit. Also stellen Sie sich jetzt bitte vor, dass im Hintergrund das Lied *»Something inside so strong«* mit der Stimme von Terry O'Neill einsetzt. Sie hören die traurigen und doch so wunderschönen Lyrics und die Tränen in die Augen treibende, Hände zu Fäusten ballende Melodie. Dazu laufen über die schwarze Leinwand Namen von Menschen, dir mir auf sehr unterschiedliche Art und Weise geholfen haben, den Tod meiner Tochter zu überleben und nach einigen Jahren dieses Buch fertigzustellen:

Martin, meine Kinder, unsere Eltern und Familien (namentlich genannt sei hier stellvertretend Ulla Becker, weil sie so gerne Dankesworte liest), unsere Freunde und Bekannten, die uns teils sprachlos und oft genug hilflos dennoch ihrer Anteilnahme versichert haben, vor allem Achim, der uns als Erster auffing. Uta und Alex, Katharina und Christiane, Jochen und Vroni, die uns mit ihrem kleinen Paradies den Blick auf die schönen Dinge im Leben gewiesen haben, meine Hebamme Anja Pascher und Gudrun Stentenbach vom Kölner Geburtshaus, Dr. Jost Kaufmann, der uns den Tod unseres Kindes auf eine menschliche und mitfühlende Art und Weise beigebracht hat, Alexandra Bosch für die vielen anonymen Frauen auf www.maximilianprojekt. com, deren Forumseinträge so wichtig waren, damit ich mich nicht für gänzlich verrückt hielt,

Ulla Lessmann, Brigitte Glaser und Ulrike Rudolph, die dankenswerterweise immer ein Ohr für meine Probleme rund ums Schreiben hatten und haben, meine Oma Margarete Reuter, die noch so oft an meine verstorbene Tochter denkt.

Marcus Seibert, der mir Nachhilfe in Französisch erteilt hat. Sabine Klewe, deren auf einer Ladies Crime Night bedrückend vorgetragene Feenszene mich zu den Passagen mit den Engeln inspirierte.

Die Namen der Menschen, die sich in den unterschiedlichen Stadien auf dieses nicht gerade einfache Buchprojekt eingelassen und es ungemein bereichert haben: Gisa Klönne, Beate Sauer, Sargon Youkhana, mein Agent Bastian Schlück, Andrea Wildgruber vom Ullstein-Verlag und ganz besonders meine Lektorin Angela Troni.

Wie die Heldin meines Romans möchte auch ich, dass Ihnen vor allem ein Name in Erinnerung bleibt, der Name meiner erstgeborenen Tochter: Gioia.

Elisabetta Severina
Der Duft von zu Hause

Deutsche Erstausgabe
Roman. www.list-taschenbuch.de
ISBN 978-3-548-60885-3

Elisabetta hält das Rezeptbuch ihrer Familie in den Händen. Als ihre Mutter mit nur 43 Jahren starb, war sie selbst noch ein kleines Mädchen. Beim Blättern spürt sie den Düften ihrer Kindheit nach und erinnert sich an die Geschichte ihrer Familie. Und versteht schließlich, was ihre Mutter ihr mit auf den Weg geben wollte: ein glücklicher Mensch zu sein, ein eigenes Leben zu führen, also neue Rezepte zu erfinden und dem Buch der Familie hinzuzufügen.

»Eine berührende Familiengeschichte, aufgespürt mit Zartheit, Leidenschaft und erzählerischem Können.«
Il Sole, 24 ore

List Taschenbuch